BringMe Back

브링 미 백

B. A. 패리스 장편소설

황금진 옮김

BringMe Back

브링 미 백

arte

이 세상 최고의 자매 크리스틴에게

차례

12년 전
9

1부	2부	3부
13	115	239

에필로그
294

감사의 말
296

옮긴이의 말
298

12년 전

면담: 핀 매퀘이드
날짜: 2006년 3월 15일
시간: 03시 45분
위치: 퐁슈

므제브에서 스키를 타고 돌아가던 길이었습니다. 저는 중간에 파리에 들러 레일라를 깜짝 놀라게 해주기로 했습니다. 레일라가 파리에 한 번도 못 가봤거든요. 함께 노르트담 성당 근처 식당에서 저녁을 먹은 다음 센 강변을 산책했습니다. 그날 밤 파리에서 묵을 수도 있었지만, 지금 같아선 그럴걸 그랬어요. 저희 둘 다 데번주 세인트메리스에 있는 집에 가고 싶은 마음이 굴뚝같았습니다.

파리를 떠난 게 자정쯤이었을 겁니다. 출발하고 한 시간 반 정도 됐을 때, 제가 화장실에 가고 싶어져서 고속도로를 벗어났습니다. 퐁슈에 피크닉 구역이 있거든요. 휴게소가 아니라서 주유소도 없고 아무것도 없었지만 화장실이 있다는 건 알고 있었습니다. 예전에 므제브로 스키 여행을 갈 때도 들렀던 적이 있어서 알고 있었죠. 그때 말씀드린 차 말고는 아무도 없었습니다. 화장실 건물 바로 앞에 주차를 해놨더라고요. 반대편 대형 화물차 구역에 화물차도 두어 대 있었던 것 같습니다. 적어도 두

대는 있었는데 한 대는 막 떠나는 걸 제가 봤고 나머지 한 대는 나중에 제가 기사한테 말을 걸었던 차예요.

저희 차 안에 빈 물병도 하나 굴러다니고 있었고 므제브에서 올라오면서 내내 군것질을 했기 때문에 제가 화장실 건물을 지나 주차장 끝까지 차를 몰았습니다. 거기 쓰레기통이 하나 있었거든요. 거기다 과자 봉지를 버리려고요. 제가…… 화장실 밖에 주차해놓고 그냥 걸어서 갔어야 하는 건데. 그랬으면 제가 더 가까이 있어줄 수 있었겠죠. 더 가까이 있을걸 그랬어요.

레일라는 자고 있었습니다. 고속도로에 들어서자마자 곯아떨어졌고 전 그녀를 깨우고 싶지 않았어요. 그래서 잠깐 동안 그대로 운전석에 앉아만 있었습니다. 저도 좀 쉬려고요. 제가 내다 버리려고 쓰레기를 주워 모으기 시작하는데 레일라가 잠에서 깨더군요. 레일라는 거기 화장실을 쓰느니 깨끗한 휴게소에 도착할 때까지 참겠다고 그랬어요. 그래서 저만 차에서 내리면서 차문을 잠그고 있으라고 했습니다. 그렇게 어두컴컴한 곳에 레일라를 혼자 두고 가는 게 마음에 좀 걸렸거든요. 레일라가 어두운 걸 너무너무 싫어해서요.

제가 화장실에 들어가다가 마주친 남자가 있었는데 얼마 후 차 떠나는 소리가 들렸습니다. 그 남자는 저보다 키가 작았어요, 한 180센티미터쯤? 까만 머리였던 것 같고 턱수염이 있었습니다. 저도 거기 화장실이 별로 마음에 안 들어서 볼일을 빨리 봤습니다. 누가 지켜보고 있는 것 같아서 기분이 이상했거든요. 어쩌면 화장실 한 군데 문이 닫혀 있어서 그랬던 건지도 모르겠습니다.

저희 차로 돌아가는 길에 화물차 한 대가 주차구역에서 빠져나가는 소리가 들리기에 지켜봤더니 고속도로 진입로 쪽으로 향하더라고요. 무슨 급한 일이라도 있는 것처럼 차를 굉장히 빨리 몰았지만, 솔직히 그 당시엔 그냥 그런가 보다 하고 말았습니다. 멀리서도 저희 차의 실루엣이 보였는데 이제 저희 차밖에 없더군요. 화장실 건물 앞에 주차되어 있던 나머지 한 대가 가버렸으니까요. 차 근처에 가서야 레일라가 차 안에 없다는 걸 알았습니다. 그때만 해도 마음이 바뀌어서 화장실에 간 줄 알았어요. 혹시 제 뒤에서 헐레벌떡 나타나지 않을까 싶어 뒤를 돌아봤던 게 기억납니다. 레일라도 저 못지않게 그곳이 무서웠을 테니까요. 그런데 뒤돌아봐도 없기에 차 안에 들어가서 기다렸습니다. 날이 점점 어두워지니까 저도 무서워져서 시동을 건 다음 차를 화장실 건물 앞으로 옮겼어요. 빛이 조금이라도 있는 곳으로요. 그러면 레일라가 차로 돌아오기 위해 그 어두컴컴한 길을 걷지 않아도 될 테니까요.

몇 분 지나니까 이제 슬슬 걱정이 되더군요. 그때까지도 레일라가 안 나타나니까 이상한 기분이 드는 겁니다. 그래서 차에서 내려서 화장실로 레일라를 찾으러 가봤죠. 세 칸이 있었는데 두 칸은 비어 있고 나머지 한 칸만 문이 닫혀 있었어요. 그래서 그 칸에 레일라가 있나 보다 생각했죠. 이름을 불러도 대답이 없기에 화장실 문을 밀어봤더니 활짝 열리더라고요. 그 안에도 레일라가 없기에 부리나케 다시 밖으로 나가 레일라를 부르기 시작했습니다. 어쩌면 제가 차에서 나온 뒤에, 레일라가 스트레칭도 하고 바람도 쐴 겸 잠깐 산책이나 다녀와야겠다고 생각했을지도 모르니까요. 하지만 그런 생각을 하면서도 레일라가 차에서 나가 돌아다닐 리 없다는 걸 속으로는 알고 있었습니다. 그것도 밤에, 한 치 앞도 보이지 않는 곳에서 레일라가 그럴 리는 없으니까요. 아까도 말씀드렸다시피 레일라는 어둠을 굉장히 싫어했거든요.

화장실 건물을 돌아 뒤로도 가보았습니다. 혹시 레일라가 있을까 해서요. 거기서도 못 찾았을 땐, 트렁크에서 손전등을 꺼내서 수색 범위를 넓혔습니다. 레일라의 이름을 목이 터져라 부르면서 피크닉 구역을 다 뒤졌습니다. 대형 화물차 구역에 아직 화물차 한 대가 있기에 그쪽으로 가서 도와달라고 소리쳤습니다. 누구라도 있어서 레일라를 같이 좀 찾아주길 바라면서요. 하지만 운전석에 아무도 없었고 문을 쾅쾅 두드려도 답이 없었습니다. 그래서 화물차 기사가 뒤쪽에서 잠이 들었나 보다 생각했죠. 그래서 그쪽 문도 쾅쾅 두드려봤지만 아무도 나오지 않았습니다. 휴대전화를 꺼냈지만 아까부터 신호가 안 잡혔다는 게 생각났죠.

정말 뭘 어떻게 해야 할지 모르겠더군요. 혹시 레일라가 어딘가에서 낙
상을 당해 누워 있을지도 모른다는 생각에 그 자리를 떠나기는 싫었지
만 손전등 불빛만 가지고는 레일라를 찾지 못할 게 뻔하잖아요. 그래서
다시 차로 돌아가 최대한 빨리 차를 몰고 다음 주유소까지 간 다음 뛰어
들어가 도와달라고 소리쳤습니다. 제 불어가 그다지 능숙하지 않다 보
니까 사람들한테 알아듣게 말하기가 쉽진 않았지만 마침내 현지 경찰에
신고해주겠다고 하더군요. 그러고 나서 영어가 능통한 형사님이 오셨고
함께 레일라를 찾아보자며 저를 피크닉 구역으로 데리고 가주셨죠. 제
가 너무 레일라를 찾고 싶어 했으니까요.

이게 내가 프랑스 A1 고속도로 부근 어딘가에 있는 경찰서에 앉아 경찰
에 한 진술이었다. 진실이었다. 온전한 진실이 아니었을 뿐.

1부

1
현재

  런던월[1])에 자리 잡은 해리 형의 으리으리한 사무실 건물의 유리벽 로비를 지나는데 휴대전화가 울린다. 뒤돌아 리셉셔니스트의 책상 위에 달린 디지털시계를 확인해보니 이제 겨우 4시 반이지만, 마음은 벌써 집을 향하고 있다. 몇 달 동안 끈질기게 매달린 끝에 유명한 비즈니스 거물 그랜트 제임스에게 접근해서 해리 형의 신규 펀드에 5000만 파운드를 투자하도록 설득했으니 축하할 일만 남았기 때문이다. 포상의 일환으로 해리 형이 나와 엘런을 위해 오늘 밤 하이드아웃에 저녁 식사 자리를 예약해주었다. 첼트넘에서 제일가는 식당인 만큼 엘런은 분명 날아갈 듯 기뻐할 것이다.

  초조한 마음으로 휴대전화를 힐끔거리며 제발 안 받아도 되는 전화이길 빈다. 발신자 이름을 보니 엑서터의 형사 토니 헤던이다. 이 형사를 제일 처음 만난 것은 12년 전 내가 레일라 살인 사건의 용의자로 체포되었을 때인데, 그와는 그 후 쭉 친구로 지내고 있다. 리셉션 공간 왼편에 곡선으로 굽은 철제 벤치가 있기에 그쪽으로 걸어가 서류가방을 내려놓는다.

  "토니." 전화를 받으며 말한다. "오랜만이네요, 반가워요."

  "지금 전화 받을 수 있어요?"

  "그럼요."

---

1) 영국의 금융 중심지인 시티에 있는 거리 이름.

대꾸를 하며 들어보니 토니의 목소리가 사뭇 진지하다. 내게 전화를 걸어 프랑스 당국이 신원 미상 여성의 시신을 발견했다는 사실을 알려줄 때면 토니의 목소리는 으레 진지해진다. 토니가 얼마나 조심스러울지 짐작이 가기에 단도직입적으로 묻기로 마음먹는다.

"또 시신이 발견됐나요?"

"아뇨, 그런 게 아닙니다." 토니가 예의 부드러운 데번서 억양으로 나를 안심시킨다. "토머스 윈터라고 세인트메리스 살 때 이웃이었죠. 그분이 어제 서에 찾아왔더군요."

"토머스 영감님요?" 내가 깜짝 놀라 묻는다. "아이고, 아직까지 살아 계시리라곤 생각도 못 했는데. 잘 지내고 계시던가요?"

"몸은 꽤나 건강한 편이지만 아무래도 연세가 있으니까요. 그래서 그분이 하신 말씀에 우리도 크게 의미를 부여하고 싶지 않은 겁니다." 토니가 말을 멈춘다. 토니의 다음 말을 기다리는 동안 속으로 토머스 영감이 경찰서에 가서 대체 무슨 말을 했을지 짐작해본다. 그러다 레일라와 내가 프랑스로 휴가를 떠나기 전, 그러니까 레일라가 실종되기 전, 토머스 영감은 우리를 세상에서 제일 행복한 커플로만 알고 있었다는 사실이 떠오른다.

"왜요, 그분이 뭐라고 하셨는데요?" 내가 묻는다.

"그게요, 어제 그분이 레일라를 봤답니다."

순간 심장이 멎는 듯하다. 철제 벤치의 차디찬 등받이에 손을 얹고서 토니가 방금 해준 말을 곱씹어보려 애를 쓴다. 그는 내가 무슨 말이라도 해주길 기다리고 있겠지만 말문이 막혀 아무 말도 안 나온다. 토니가 침묵을 참지 못하고 말을 잇는다.

"어르신 말씀이 레일라가 오두막집 밖에 서 있기에 가서 말을 걸었더니 달아났다는 겁니다."

"레일라가 아니었으니까 달아났겠죠." 내가 무덤덤한 목소리로 대꾸한다.

"내 생각도 그랬습니다. 어르신께 레일라 양을 마지막으로 본 지 12년이나 지나지 않았느냐고 말씀드렸더니 50년 후에도 알아볼 수 있을 거라고 하시더군요. 머리에 모자를 뒤집어쓰고 있었지만 레일라 양이 분명하다고 하셨습니다. 서 있는 모양새가 틀림없었대요."

"하지만 말도 못 나눠봤잖아요."

"그랬죠. 어르신 말씀이, 그대로 읽어드리죠. '내가 이름을 부르니까 뒤돌아서 나를 보더니 달아났다우.' 역 쪽으로 갔다고 하는데 그때 매표소 문이 닫혀 있어서인지 기차를 기다리는 여자를 봤다는 사람이 아무도 없습니다. CCTV도 없으니 우리도 알 길이 없죠."

이럴 때 뭐라고 대꾸해야 좋을까 궁리해본다. "정말 그게 레일라였다고 생각하는 건 아니죠? 세월이 이렇게 많이 흘렀는데."

토니가 땅이 꺼져라 한숨을 쉰다. "내 마음도 윈터 씨의 상상력이 왕성한 탓이라고 하고 싶군요. 그래도 당신이 알아야 할 것 같아서 전화한 겁니다."

"고마워요, 토니." 전화를 끊고 싶지만 너무 성급한 듯하다. "은퇴가 언제죠? 9월이었나요?"

"맞아요, 이제 몇 달 안 남았군요. 앞으로 뭐 하고 살지 막막할 따름입니다."

나는 이 말을 물고 늘어지기로 한다. "은퇴하자마자 우리부터 보러 내려오면 되죠. 엘런도 굉장히 보고 싶어 할 겁니다."

"그럼요, 가야죠."

또 전화할 데가 있다고 하는 걸 보니 토니도 내가 지금 별로 통화할 기분이 아니라는 걸 알아차린 모양이다. 가만히 서서 상황을 제대로 파악해보려고 애를 쓴다. 토머스 영감이 왜 레일라를 봤다고 생각했는지 의아해하면서. 재빨리 머리를 굴려본다. 우리가 프랑스로 운명적인 휴가를 떠나기 직전 토머스 영감의 팔순을 축하해주었으니 지금은 아흔둘이란 얘기가 된다. 아흔둘이면 사람 얼굴이 헷갈리기 쉬운 나이고, 발언이나 목격담을 무시당하기 쉬운 나이다. 늙은이의 횡설수설에 불과할 수 있다. 이렇게 확신하고는 주머니에서 열쇠를 꺼내 주차장으로 향한다.

퇴근길 정체가 너무 심하다. 금요일 오후인 걸 감안해도 이례적일 정도다. 마을 입구에 있는 '사이먼스브리지에 오신 것을 환영합니다. 과속하지 말아주십시오.'라는 표지판을 지날 때쯤, 새로 따낸 계약으로 신났던 기분이 차츰 돌아온다. 하이드아웃을 예약해주다니 해리 형이 엄청나게 선심을 썼다. 해리 형이 거기선 사슴 스테이크를 먹어야 한다고 했는데 정말 그럴까 보다.

잠시 후, 집 앞에 차를 세우는 중이다. 바깥에선 볼품없을지 몰라도 일단 실내에 들어서면 내게는 보금자리이자 동산이자 안식처나 다름없는 집이다. 현실 세계에 있을 때의 엘런은 내가 엘런을 보고 싶어 조바심치듯 그녀도 내가 보고 싶어 조바심치며 문간에 서 있고는 한다. 대개는 작업 중인 일러스트의 세계에 푹 빠져 있다가 자동차 타이어가 자갈 위를 우두둑우두둑 지나는 소리에 그 세계에서 빠져나와 내가 차에서 내리기도 전에 문을 열곤 한다. 그런데 지금은 그러지 않는다. 오늘은 왠지 불길하다.

바보처럼 굴지 말자고, 엘런이 늘 문을 열고 맞아주지는 않는다고, 전화로 기쁜 소식을 미리 알렸으면 당연히 엘런이 기다리고 있었을 거라고 스스로를 타일러본다. 하지만 얼굴을 보고 직접 알려주고 싶었다. 엘런이 가만히 듣다 당신 정말 대단하다며 칭찬해주는 모습이 보고 싶다. 이런 말이 어떻게 들릴지는 나도 잘 알지만 내가 자만심이 강해서 그런 건 아니다. 이번 계약 성사는 내 직업 생활의 하이라이트나 다름없기 때문이다. 그랜트 제임스는 아드레날린을 솟구치게 하는 짜릿한 성과다. 시장보다 한 수 앞설 때 얻는 희열감 저리 가랄 정도의 성과다.

자물쇠에 열쇠를 넣고 돌리는 소리가 났을 텐데도 엘런이 문가로 오지 않는다. 털이 붉은 우리 집 사냥개 페기도 오지 않는다. 이건 전자보다 훨씬 드문 일이다. 이름을 부르는 대신 엘런을 찾아 나서는 내 얼굴에 걱정의 빛이 스쳐 간다. 거실로 들어가는 문을 밀어 여니 안락의자에 몸을 웅크리고 있는 엘런이 보인다. 내 파란색 셔츠를 입고 있다. 엘런이 자꾸만 내 옷장에서 옷을 몰래 꺼내 가고 있다. 그래도 난 괜찮다. 오히려 엘런이 그 옷을 입고 있는 모습을 보는 게 좋다. 마치 텐트처럼 양 무릎을 가슴께까지 세우고 파란색 셔츠로 다리를 덮고 있다.

엘런을 찾아 다행이란 생각에 숨죽여 내쉬던 안도의 한숨은 먼 과거에 시선을 고정한 채 멍하니 창밖을 응시하는 그녀의 모습에 쏙 들어간다. 한동안 못 보던 엘런의 모습이지만 내겐 너무 익숙해서 모를 수가 없다. 페기가 그녀의 발치에 잠자코 누워 있는 이유도 이제 알겠다. 페기는 늘 엘런의 기분에 민감하게 반응한다.

"엘런?" 내가 조심스레 부른다.

엘런은 나를 향해 고개를 돌리면서 눈에 초점이 돌아오자 벌떡 일어선다.

"미안." 엘런이 기운 없이 말하며 급히 나를 향해 다가오자 페기가 그 뒤를 터벅터벅 따른다. 페기도 이제 제법 나이 든 티가 난다. "생각 좀 하느라고."

"그런 것 같더라."

엘런이 키를 높여 내게 키스를 한다. "오늘 하루는 어땠어?"

"좋았지." 계약 소식을 잠깐 보류한 채 짧게 대답한다. "자긴 어땠는데?"

"나도 좋았지." 하지만 그녀의 미소가 지나치게 밝은 감이 있다.

"그래서 내가 집에 들어올 때 무슨 생각을 하고 있었던 건데?"

엘런이 고개를 가로젓는다. "별거 아냐."

손가락으로 엘런의 턱을 들어 올려 위를 향하게 한다. 내 눈을 피하지 못하도록. "나한테는 안 통하는 거 알면서."

"진짜 별거 아냐." 엘런이 우긴다.

"말해줘."

엘런이 어깨를 살짝 으쓱인다. "오늘 오후에 페기를 산책시키러 나갔다 돌아오면서 이걸 발견했어⋯⋯." 셔츠 앞주머니에 손을 넣어 뭔가를 꺼낸다. "집 밖 길바닥에 놓여 있더라고."

내려다보니 엘런의 손바닥에 채색된 목각 인형이 놓여 있다. 충격으로 가슴이 철렁 내려앉더니 곧바로 분노가 치민다. 순간 엘런이 내 서재를 이리저리 뒤졌나 하는 생각이 들어 미칠 듯 화가 났기 때문이다. 하지만 이내 엘런은 절대 그런 짓을 할 사람이 아님을 떠올리고 눈이 뒤집힐 듯 끓어오를 뻔한 분노를 좇는 데 집중한다. 어쨌거나 집 밖 길바닥에서 발견했다고 하지 않았던가?

"누가 떨어뜨린 거겠지." 최대한 태연하게 말한다. "어떤 애가 학교나 어디 다른 데 갔다 집에 가는 길에."

"나도 알아. 그냥 그걸 보니까……." 엘런이 말을 하다 만다.

"보니까?" 엘런을 다그친다. 무슨 말을 할지 알기에 마음을 단단히 먹고서.

"레일라 생각이 나서." 언제나처럼 그 이름은 우리 사이에 어정쩡하게 매달려 있다. 게다가 오늘은 토니의 전화까지 받아서인지 평소보다 더 묵직하게 느껴진다.

엘런이 무거운 분위기를 바꿔보려 갑자기 웃음을 터뜨린다. "그래도 이제 한 세트 완전히 갖추게 됐네." 이 말 또한 무슨 의미인지 나는 알고 있다.

그 이야기를 처음 들려준 건 레일라였다. 어쩌다 두 자매가 인형 안에 인형이 겹겹이 들어 있는 러시아 인형 마트료시카를 한 세트씩 갖게 되었고, 어쩌다 엘런의 인형 세트 속 가장 작은 인형이 어느 날 갑자기 사라졌는지. 엘런은 인형을 가져간 범인으로 레일라를 지목했지만 레일라는 부인했고, 지금까지도 인형의 행방은 밝혀지지 않았다. 처음 그 이야기를 들은 지 13년이 지난 지금, 이 무슨 운명의 장난이란 말인가! 레일라가 엘런의 작은 러시아 인형처럼 사라진 이후 지금까지 행방이 밝혀지지 않았으니 말이다.

"그 인형 바깥 담장에 갖다 놓아야 할 것 같은데. 길에 떨어진 장갑을 주웠을 때처럼 말이야. 누군가 찾으러 올지도 모르잖아."

엘런의 표정이 어두워지자 나도 속상해진다. 그까짓 러시아 인형이 뭐라고. 하지만 토니와 통화를 하고 난 뒤라 사소하게 느껴지지가 않는다.

"그럴 수도 있단 생각은 못 했어." 엘런이 말한다.

"어쨌거나 이제 자기가 원하면 러시아 인형쯤은 얼마든지 사줄 수 있게 됐어." 내가 달랜다. 인형을 못 사서 그런 게 아니라는 걸 알면서도.

엘런의 두 눈이 휘둥그레진다.

"자기 혹시……?"

"맞아." 이렇게 말하고는 엘런을 양팔로 번쩍 안아 올린 다음 빙글빙글

돌린다. 언제나 그렇듯 엘런은 레일라하고는 비교도 안 되게 가볍다. 밤색 머리카락이 짧게 묶은 머리 묶음에서 덩굴처럼 삐져나와 얼굴을 때린다. 엘런이 내 양어깨를 꽉 붙잡는다.

"그랜트 제임스가 투자했어?" 엘런이 꺄악 소리를 지른다.

"응!" 레일라 생각을 밀어내며 말한다. 빙글빙글 돌던 것을 멈추고 엘런을 바닥에 내려놓는다. 어지러운지 엘런은 휘청거리며 내게 기대 오고 나는 그런 엘런을 양팔로 꼭 감싼다.

"정말 잘됐다! 해리가 너무 기뻐서 하늘로 날아가는 거 아냐?" 엘런이 꼼지락거리며 내 품을 벗어난다. "거기 있어 봐, 조금 이따 다시 올게."

엘런이 부엌으로 사라지자 나는 소파에 앉아 기다리기로 한다. 페기가 내 무릎 사이로 비집고 들어온다. 양손으로 페기의 얼굴을 감싸고 보니 털색이 점점 희끗희끗해지는 게 보여 마음이 무거워진다. 손으로 페기의 귀를 부드럽게 잡아당기며 넌 참 예쁜 친구라고 말해준다. 내가 이렇게 해줄 때마다 페기가 얼마나 좋아하는지 모른다. 사실 페기는 나한테 언제나 단순한 반려견 이상의 존재였다. 그런데 지금은 러시아 인형 때문에 그런 생각이 잘못된 것만 같다.

마음이 불안해서인지 가만히 앉아 있기 어렵다. 정원 별채에 있는 내 서재로 가고 싶다. 가서 내 러시아 인형, 엘런이 존재를 모르는 그 인형이 숨겨놓은 장소에 그대로 있는지 확인하고 싶다. 하지만 참기로 한다. 내 세상에서는 모든 게 잘 돌아가고 있다고 스스로에게 주지시키며. 그럼에도 정말 힘이 든다. 자리에서 일어나 엘런을 찾으러 가려는 찰나, 그녀가 한 손엔 샴페인을, 다른 한 손엔 샴페인 잔 두 개를 가지고 돌아온다.

"완벽한데." 내가 엘런에게 미소를 지어 보이며 말한다.

"몇 주 전에 냉장고 안쪽에 숨겨놨지." 엘런이 테이블에 잔을 내려놓고 샴페인 병을 내게 내밀며 말한다.

"아니지." 나는 샴페인 병을 꽉 잡고는 그 병을 아직 쥐고 있는 엘런을 내쪽으로 잡아당긴다. "자기가 해야지." 엘런을 꼭 끌어안자 우리 사이에서 샴페인 병이 꾹 눌린다. "자기가 얼마나 아름다운지 자기는 알아?" 내 찬사에 멋쩍어진 엘런이 고개를 푹 숙여 내 어깨에 키스를 한다. "그나저나 그랜트 건 성공시킬 줄은 어떻게 안 거야?"

"난 몰랐지. 하지만 성공을 못 시켰으면, 축하의 샴페인이 아니라 위로의 샴페인이 됐겠지."

"내가 왜 자기더러 완벽하다고 하는지 알겠지?" 키스와 함께 엘런을 놓아주며 샴페인 병의 와이어를 푼 다음 코르크 마개를 천천히 빼낸다. 샴페인 거품이 뽀글뽀글 올라오자 엘런이 재빨리 테이블에서 잔을 집어 든다. "오늘 밤 우리 어디 가게? 맞혀봐!" 샴페인 잔을 채우며 묻는다.

"맥도널드?" 엘런이 장난으로 응수한다.

"하이드아웃!"

엘런이 기쁨에 겨워 나를 바라본다. "진짜?"

"진짜. 해리 형이 감사의 표시로 예약해줬어."

잠시 후, 엘런이 위층에서 외출 준비를 하는 동안, 나는 정원에 있는 내 서재 책상에 앉아 맨 위 오른쪽 서랍을 스르륵 연다. 커다란 호두나무 앤티크 책상이라 서랍이 어찌나 깊은지 손을 꽤 깊숙이 뻗어야 안쪽에 숨겨놓은 목제 필통에 닿을 정도다. 그 자리에 얌전히 놓여 있던 작은 채색 인형을 꺼낸다. 엘런이 집 밖에서 발견했다는 인형과 똑같아 보인다. 광택제 때문에 반질반질한 인형을 손안에 꼭 쥐고 있자니 언제나처럼 힘겨운 마음속 줄다리기가 시작된다. 갈망과 후회, 고독과 무한한 슬픔이 팽팽하게 맞선다. 물론 고마운 마음도 있다. 이 작은 목각 인형이 아니었다면 레일라 살인범으로 재판을 받았을지 모르니까.

이 인형은 원래 레일라 것이었다. 그녀가 가지고 있던 러시아 인형 세트 중 가장 작은 인형이었다. 어린 시절, 엘런의 작은 인형이 없어지자 레일라는 엘런이 그 인형을 가져간 다음 자기 거라고 우길까 봐 늘 가지고 다녔다. 그 인형을 부적이라면서 스트레스를 받을 때면 엄지와 검지 사이에 끼우고 매끄러운 표면을 부드럽게 문지르곤 했다. 므제브에서 돌아오는 길에도 레일라는 몸을 옹송그린 채 자동차 문에 기대 그렇게 인형을 만지작거리고 있었다. 다음 날 아침 피크닉 구역에 다시 간 경찰은 그 인형이 내가 주차해놓았던 지점, 쓰레기통 옆에 떨어져 있는 것을 발견했다. 경찰은 또 뭔가를 질질 끌고 간 흔적도 발견했는데, 내 변호사가 지적했듯 이는 레일라가 차에서 누군가에게 끌려 나갔음을 의미하며 인형은 단서의 일종으로 그녀가 일부러 떨어뜨렸을 거라고 했다. 이 중 어느 쪽이든 입증할 증거가 부족했기 때문에 나는 프랑스를 떠나도 좋고 그 인형도 가져가도 좋다는 허락을 받았다.

인형을 원래 숨겼던 장소에 도로 넣어놓은 다음 엘런에게로 간다. 하지만 하이드아웃에서 고급 음식으로 허기를 달래고 돌아온 후, 함께 침대에 누워 서로 몸을 섞는 동안 속으로 엘런이 아까 주웠다던 작은 러시아 인형을 저주한다. 그 인형은 세월이 아무리 흘러도 우리가 레일라로부터 완전히 자유로워지는 건 불가능하다는 사실을 상기시켜주는 물건이기 때문이다.

우리는 레일라의 이름을 꽤 자주 듣는 편이다. 거리에서 누군가 소리쳐 부르기도 하고, 책이나 영화 속 등장인물로 나오기도 하고, 새로 문을 연 식당 이름일 때도 있고, 칵테일 이름, 호텔일 때도 있다. 하지만 소위 레일라를 보았다는 목격담을 상대할 일은 이제 없어졌다. 어제 토머스 영감의 진술이 10년 만에 처음이었다. 실종 초기에는 제보가 수백 건 들어왔다. 아무나 머리 색만 붉으면 신고하는 것 같았다.

내 팔에 얼굴을 파묻은 채 나를 꼭 끌어안고 있는 엘런을 내려다보니 그녀도 레일라 생각을 하고 있을지 궁금해진다. 하지만 가슴이 규칙적으로 오르내리는 것을 보니 엘런은 이미 깊은 잠에 빠진 모양이다. 엘런한테 토니와의 통화 내용을 알리지 않아 참 다행이다. 엘런과 내가 서로가 아닌 다른 상대와 사랑에 빠졌다면 이번 통화뿐만 아니라 만사가 훨씬 수월할 텐데. 레일라가 실종된 지 12년이나 지난 마당에 엘런이 레일라의 언니라는 게 문제가 될까?

당연히 문제가 된다.

2
과거

넌 처음 본 게 100만 년 전만 같아, 레일라. 넌 알고 있었는지 잘 모르겠지만 그때 나한테는 여자 친구가 있었어. 너와는 정말 달랐지. 금융업계의 나처럼 광고업계에서 성공가도를 달리고 있는 사람이었어. 시간이라는 건 기억에 있어서는 참 이상해. 너를 떠올릴 때면 늘 해리 형하고 세인트캐서린독스에 있던 아파트가 떠오르는 걸 보면. 거기서 너와 보낸 시간은 전 여자 친구와 보낸 시간보다 훨씬 짧은데 말이야. 넌 그때까지의 내 인생에 종말을 고하게 된 계기였어. 모든 게 '레일라를 만나기 전'과 '레일라를 만난 후'가 되었지.

2004년의 마지막 날 저녁 7시를 넘겼을 즈음일 거야. 너는 기억 못하겠지만 나는 기억해. 해리 형이 넉넉하게 출발해야 극장에 도착할 수 있다고 우겼거든. 그날 밤이 끝내주는 밤이 되든 말든 난 관심 없었어. 하긴 그때의 내가 관심 없던 게 한둘이 아니긴 했지. 널 만나기 전까지는 말이야.

해리 형이랑 리버풀스트리트에 있는 지하철역으로 내려갈 때만 해도 내가 곧 사랑에 빠지리라고는 생각도 못했어. 형이 교통카드를 충전해야 해서 자동판매기 줄에 서 있는 동안 나는 사람들이 새해를 맞기 위해 어디론가 서둘러 가는 모습을 지켜봤지.

몇 분이 흘렀을까, 칙칙한 흑백의 런던 시민들 사이로 어떤 색깔이 도드라져 보였어. 지금까지 본 그 어떤 빨강보다도 아름다운 빨간색이었지. 물론 레일라 너였어, 아니 너의 머리카락이라고 해야겠네! 너는 기억할까, 네가 어떻게 벽에 기대서 있었는지, 밀려드는 주변 인파를 기겁하며 어떤 눈으로 바라봤는지? 겁을 먹은 것처럼 보였지만, 돌이켜보면 너는 정말 아무 것도 아닌 것에도 겁을 먹었어. 인파, 강아지, 어둠. 개를 너무 무서워해서 맞은편에서 개가 다가오는 것 같으면 그 개를 피하려고 길을 건너곤 했잖아. 나랑 같이 있을 때도, 심지어 개가 목줄에 매여 있을 때도 말이야. 그날 지하철역에서 인파를 피하려고 끙끙거리며 벽 쪽으로 나아가다가 네 머리카락이 역내 조명에 끼였는데 꼭 불이 붙을 것만 같았어. 손바닥만 한 자주색 스커트에 끈 달린 앵클부츠를 신은 육감적인 몸매의 너는 젓가락처럼 마른 몸에 깔끔한 정장을 입고 우중충한 겨울 코트를 걸치고 지나가는 여자들과는 완전 딴판이었지. 그때 네가 고개를 들었고 우리는 눈이 마주쳤어. 너를 뚫어져라 쳐다봤던 걸 들킨 것 같아 창피해진 나는 다른 데로 눈을 돌리려고 했지. 그런데 너의 시선이 날 계속 잡아끌었고, 나도 모르는 사이 내가 역 한가운데를 성큼성큼 가로지르고 있었어.

"도와드릴까요?" 녹색 빛이 도는 너의 갈색 눈동자를 내려다보며 내가 물었지. 나중에 알고 보니 그걸 녹갈색이라고 하더군. "길을 잃어버리신 것 같아서요."

"그냥 런던이 이렇게까지 붐빌 줄을 예상 못한 것뿐이에요." 넌 경쾌한 스코틀랜드 억양이 깃든 말투로 대답했어. "웬 사람이 이렇게 많데요!"

"새해 전야니까요. 신나게 놀려고 어딘가로 가고 있는 거죠." 내가 설명을 해줬어.

"그럼 늘 이런 건 아니란 거네요?"

"이른 아침하고 오후 늦게는 대개 이래요. 표를 사려고 했던 거죠?"

"네."

"어디로 가실 건데요?"

네가 뭐라고 대답했는지 기억나?

"유스호스텔요."

"어디 있는 거요?" 내가 다시 물었지.

"잘 모르겠어요. 피커딜리 광장 근처일걸요."

"주소 없어요?" 넌 고개를 절레절레 저었어. "예약은 했어요?" 내가 포기하지 않고 끝까지 물었지.

그제야 넌 예약을 안 했다고 털어놨어.

어쩌면 저렇게 순진할까 싶어 깜짝 놀라기도 하고 마음이 끌리기도 했어. "새해 전야에 방을 잡으려면 힘들 겁니다." 내가 알려줬지.

낯빛이 창백해지니까 주근깨가 더 또렷해지더라. 그때였어, 내가 너와 사랑에 빠진 순간이.

"휴대전화 있어요?" 내가 물었어.

너는 이번에도 고개를 절레절레 저었지. "없어요."

이 정도로 대책 없는 사람을, 현대문명의 이기라든지 런던이라는 대도시에 이 정도로 물들지 않은 사람을 만나니 독주라도 한잔 들이켠 것 같았어. 다른 사람이었으면 호스텔 전화번호를 찾아달라고 부탁할 사이도 없이 그 자리를 벗어났을 거야. 하지만 난 이미 너한테 벗어날 수 없으리란 걸 알았지.

"나이가 어떻게 돼요?" 내가 물었어. 갑자기 너에 대해 알아야 할 건 뭐든 알아내고 싶어져서.

"열여덟 살요. 좀 있으면 열아홉이에요." 너는 야무진 얼굴로 턱을 치켜들었지. "가출 청소년 아니거든요, 무슨 생각을 하는지 모르겠지만."

해리 형이 내 옆으로 나타나는 바람에 나는 대꾸를 안 해도 됐지.

"온 사방을 찾아다녔다. 너 아까 저쪽에 서 있지 않았냐?"

내 시선은 너한테 고정되어 있었어. "이 아가씨께서 피커딜리 광장 근처에 있는 유스호스텔을 찾고 있대. 혹시 형은 알아?" 해리 형이 알 리 없다는 판단하에 자신 있게 해리 형에게 물었어. 왜냐하면 난 이미 너를 우리 집으로 데려가기로 마음먹고 있었거든.

"미안하지만 모르는데." 해리 형이 골똘한 얼굴로 너를 보며 말했어. "예약할 때 그쪽에서 주소를 줬겠지."

"여자분이 예약을 안 하셨대."

해리 형의 두 눈이 휘둥그레졌어. "새해 전야에 방을 구할 수 있을까 모르겠네."

"그럼 어떻게 해야 할까요?" 이렇게 묻는 네 목소리에는 슬슬 당황한 기색이 비치기 시작했지.

해리 형이 머리를 긁적였어. 문제가 생기면 나오는 형의 버릇이었지. "난 모르겠는데."

"머리를 굴려봐야지." 내가 낮은 목소리로 말했어.

해리 형이 내 쪽을 보며 '우리랑 상관없잖아.'라는 눈빛을 보냈지. 해리 형이 옳았어, 우리랑 상관없었으니까. 나랑 상관있었지.

"있잖아, 난 저 여자분이 호스텔이든 호텔이든 구하게 도와줄래. 여기 이렇게 내버려두고 갈 수는 없잖아." 내가 해리 형한테 말했어.

"음, 다른 사람이 도와주면 되잖아. 우린 극장에 가야지." 해리 형은 굽히지 않고 말하더군.

"저기요, 걱정 마세요, 난 괜찮을 테니까. 이미 시간을 너무 많이 빼앗았네요. 내 잘못이죠, 미리 계획을 세웠어야 하는 건데. 그렇지만 꿈에도 몰랐어요, 런던이 이렇게나……." 너는 적당한 표현을 찾으려는 듯 잠깐 뜸을 들였어. "……정신없는 곳인 줄."

나는 안주머니에 손을 넣고 지갑을 꺼냈어. "여기." 그러고는 내 공연 티켓을 해리 형한테 건네며 말했어. "서맨사를 데려가. 가고 싶어 했잖아, 그렇지?"

"그렇기는 한데……."

나는 표를 해리 형의 손에 꼭 쥐여줬어. "괜찮아. 나중에 파티에서 봐." 해리 형은 나와 눈을 마주치려고 했지만 내가 모른 체했지. "서맨사한테 전화해봐. 극장에서 만나자고 하면 되겠다." 해리 형이 뭐라고 하기도 전에 난 네 가방을 들고 역 한가운데를 가로지르기 시작했어. "따라와요."

출구를 향하는 내 심장이 방망이질을 치기 시작했지. 신나거나 위험한 일을 눈앞에 두고 있을 때면 늘 그랬듯이 말이야. 거리를 가득 메운 인파 속에서 너를 잃을까 걱정이 돼서 내가 너에게 손을 뻗었어.

"나한테 꼭 붙어 있어요!" 내가 시끄러운 자동차 소음보다 더 크게 외쳤지.

네 손이 내 손을 단단히 움켜잡았어. "걱정 마요, 안 떨어질 테니까!" 너도 큰 소리로 외쳤어.

네가 그렇게 영원히 내 곁에 꼭 붙어 있길 바랐는데.

3
현재

토요일이라 엘런이 늦잠을 자는 동안 나는 페기를 데리고 아침에 먹을 갓 구운 빵을 사러 나간다. 일요일에는 보통 내가 늦잠을 자는 동안 엘런이 베이컨과 달걀로 아침 식사를 준비한다. 엘런이 말하길, 언젠가 우리 둘 다 너무 늙어 늦잠을 못 자고 꼭두새벽에 일어나는 날이 올 거란다. 불면증 때문에 밤의 절반을 뜬눈으로 지새우고 잠에서 깨어 더 이상 침대에 누워 있을 수도 없으면 오트밀이라도 끓이게 될 거라나. 아마 그녀 말이 맞을 것이다.

신문 가판대와 정육점 사이에 있는 마을 빵집은 조금만 걸어가면 나온다. 통곡물 빵 한 덩이와 신문 몇 가지를 산 후, 정육점에 들어가 롭한테 인사를 하고 나니 내일 점심에 먹기 딱 좋은 양 다리 고기가 보인다. 우리 둘만 먹기엔 조금 큰 감이 있지만 페기도 있으니까 괜찮다.

집에 돌아갈 때는 페기를 데리고 강변 쪽으로 돌아가기로 한다. 동네 술집 '잭도'의 주인 루비와 마주치지 않기를 바라면서. 루비는 아침마다 에어데일[2]을 산책시키는데 마주치면 아직도 조금 어색한 사이다. 루비와 사귀게 된 게 2014년이었는데, 그때는 레일라를 위한 추모식을 조촐하게 연 지 1년쯤 지난 시점이었다. 엘런을 처음 만난 게 바로 그 추모식에서였다. 그때까지만 해도, 사이먼스브리지에는 내가 프랑스에서 실종된 여성과 연인 관

---
2) 짙은 색깔의 털에 덩치가 큰 테리어종 개.

계였다는 사실을 아는 사람이 아무도 없었다. 추모식 이후 오래지 않아 내 정체가 신문기사를 통해 탄로 났을 즈음엔 걱정할 이유가 전혀 없었다. 이미 그 마을에서 6년째 조용히 살아오고 있었기 때문이다. 사람들은 자기들 중에 살인자가 있을지 모른다는 사실에 겁을 먹기보다 재미있어했다. 그 덕분에 나는 더 이상 숨어 지내지 않아도 되겠다는 자신감을 갖게 됐고 전과 달리 마을 사람들과 어울리기 시작했다. 사람들이 내 과거에 대해 물으면 사실대로 말해주었다. 딱 알려주고 싶은 만큼만 알려주기는 했지만.

운명의 장난인지, 데번까지 나를 추적해서 내 정체를 '까발린' 기자가 루비의 사촌이었다. 사촌의 소행에 죄책감을 느낀 루비는 여러모로 내게 잘해주었다. 루비와 함께 있는 게 즐거웠다. 착하고 쾌활한 여자였기 때문에. 해리 형의 설득에 넘어가 일터에 복귀했을 때도, 주중에는 런던에 있는 아파트에서 보내고 주말에는 사이먼스브리지로 돌아와 루비도 보고 페기도 보곤 했다. 페기는 내가 런던에 있는 동안 객도에서 지냈다. 내가 아는 한, 루비와 나는 스스럼없는 사이였다. 내가 월요일 아침 런던으로 출근할 때는 잠깐 껐다가 금요일 저녁 사이먼스브리지로 돌아올 때는 다시 켤 수 있는 그런 관계였다.

엘런이 일러스트 쪽 일을 시작하려 한다는 사실을 알게 된 건 해리 형을 통해서였다. 해리 형은 추모식 이후 쭉 그녀와 연락을 하고 지냈던 모양이다. 마침내 엘런이 에이전트를 구해서 미팅 때문에 런던에 올 일이 생겼을 때, 해리 형은 그녀에게 우리 아파트에서 자고 가라고 했다. 일러스트레이터로 점점 잘나가게 되면서 엘런이 런던에 오는 일도 잦아졌다. 어느새 나는 그녀의 런던 방문을 기다리고 있었다. 하지만 가끔 테이블 너머로 엘런과 눈이라도 마주치면 내가 고개를 돌렸다. 인연을 맺지 않겠다고 굳게 마음먹었기 때문이다. 그러다 내가 엘런을 사이먼스브리지에서 보내는 주말에 초대하기 시작했다. 어느 날 저녁 장작불 앞에서 느긋하게 쉬고 있는데, 그녀가 내게 기대더니 키스를 했다. 우리는 결국 침대로 갔다.

루비가 엘런에 대해서 물었을 때 처음부터 거짓말을 하려던 건 아니었다. 그보단 그녀의 정체가 영 편치 않아서였다. 나중에 엘런과 같이 살게 됐을 때 루비가 화를 낸 것도 당연하다. 루비로서는 억울할지 모르겠지만, 나는 동거 직후 신문에 실린 「실종 여성의 애인, 그녀의 언니와 동거」라는 헤드라인 기사의 배후로 루비를 의심하고 있다. 엘런과 내가 결혼을 앞두고 있는 만큼, 루비와 대화를 하긴 해야겠지만, 일단 나부터 실종된 전 여자 친구의 언니와 결혼한다는 발상에 적응을 하고 난 다음으로 미뤄야 할 것 같다.

몇 주 전 이 지역 신문에 결혼 발표를 낸 후 우리는 잭도에 가지 않고 있다. 엘런이 우겨서 낸 광고였다. 모두가, 특히 루비가, 자신이 이곳에 정착할 거란 걸 알아야 한다는 이유에서였다. 내 생각엔 우리가 사귀어서는 안 된다고 속닥거리는 사람들의 입을 다물게 하고 싶어서 그런 것 같다. 내가 레일라의 언니와 결혼하는 걸 못마땅하게 여기는 이들도 있기 때문이다. 대놓고 그런 말을 하지는 않지만 우리에게 축하인사를 건네는 그들의 눈빛에서 읽을 수 있고 목소리에서 느낄 수 있다.

강물에서 첨벙대는 페기를 소리쳐 부른다. 몸을 흔들어 물을 털어낸 페기가 내게 돌아오자, 다시 길 쪽으로 접어든다. 루비를 피할 수 있어서 다행이다. 집에 거의 다 와가는데, 앞마당 쪽 돌담 위에 뭔가 놓여 있는 게 보인다. 지난주에 엘런이 주웠다는 작은 러시아 인형이다. 그렇게 오래 가지고 있다가 주운 곳에 되돌려놓았다는 건 그 인형이 엘런에게 굉장히 소중한 물건이라는 의미일 텐데, 가지고 있으면 안 된다고 말했던 게 다시금 미안해진다. 주인이 와서 찾아갈 일은 없을 것 같기 때문이다. 미안한 이유는 또 있다. 인형을 다시 갖다 놓았다는 건 엘런이 내 말을 절대 어기지 않고, 내 말을 절대 거스르지 않는다는 증거이기 때문이다. 그 덕에 갈등 없는 생활이 가능하긴 하지만 착잡한 심정이 드는 건 어쩔 수 없다.

인형을 청바지 주머니에 넣고 집에 들어간다. 엘런이 부엌에 있을 줄 알았는데 위층에서 나를 부르는 소리가 들린다. 페기를 보내 엘런을 데려오게 해놓고 그동안 나는 전화로 주식시장을 체크한다. 잠시 후, 엘런이 부엌으로 들어온다. 맨살이 많이 드러나는 잠옷을 입은 모습이 너무 섹시해 보여 그대로 들어 올려 침대로 다시 가고 싶어진다.

"그 옷 입고 밖에 나갔다 온 건 아니겠지." 내가 짓궂게 말한다.

"밖에?"

"그 러시아 인형을 갖다 놓으러 말이야." 엘런을 깜짝 놀라게 해주려고 몰래 주머니에 손을 넣는다. 그녀가 가지고 있어서 안 될 건 뭐란 말인가?

"아직 안 갖다 놨는데."

설마 농담이려니 생각하며 엘런을 바라본다. 하지만 그녀의 볼이 새빨갛게 물들어 있다.

인형을 꼭 움켜쥐고 있던 손가락이 그대로 굳어버린다.

"안 갖다 놨다니 그게 무슨 소리야?"

"아침 먹고 갖다 놓으려고 했어." 엘런은 내가 충격을 받은 게 아니라 화가 난 줄 잘못 알고 있다. "계속 가지고 있으려던 건 아니었어."

"그래서 인형은 지금 어디 있는데?" 화난 듯한 내 목소리가 나도 너무 싫다. 지금은 화가 난 게 아니라 당황한 것뿐인데.

엘런이 급히 부엌에서 나가 큰 러시아 인형을 가지고 돌아온다. 그 인형은 작년에 엘런이 이 집에 들어온 이후 쭉 우리 식당 티크 수납장 위에 놓여 있었다. 엘런이 그 큰 인형의 가운데를 돌려 다음 인형을 꺼내고, 꺼낸 인형을 또 돌려 그다음 인형을 꺼낸다. 마지막 인형을 돌려 열었을 때는 그녀가 장난을 치고 있다는 걸 내가 알아차릴 것이다. 그 안에는 아무것도 없을 것이고 엘런이 싱글벙글 미소를 지으며 당연히 인형은 밖에 다시 내다 놨다고 말할 것이다. 나는 눈썹을 추켜세우다가 서서히 미소를 짓겠지?

"여기 있잖아." 엘런이 작은 러시아 인형을 꺼내 조리대 위에 분리해놓은 다른 인형들 틈에 놓는다. "잠깐만 가지고 있으려고 했을 뿐이야."

얼굴에서 미소가 사라지지 않게 하려고 애를 쓰며 나는 아무렇지 않은 듯 주머니에서 손을 뺀다. 아까 담장에서 주운 인형은 주머니 속에 그대로 남겨둔 채. "알았어, 자기가 원하면 가지고 있어."

엘런이 못 미더운 표정을 지으며 나를 본다. "진짜?"

"진짜지, 누가 그걸 찾으러 오겠어, 안 그래?"

"나도 그럴 것 같아." 엘런이 러시아 인형을 다시 놓기 시작한다. 이번에는 안쪽으로 차곡차곡 포개놓지 않고 조리대 위에 나란히 늘어놓는다. 제일 큰 인형부터 줄을 세워 맨 끝에 제일 작은 인형을 놓는다. 주운 인형은 엘런의 나머지 인형 세트와 완벽하게 맞아떨어진다. "자, 이제 다섯 가족이 모두 모였네. 참 이상하기도 하지, 이렇게 오랜 세월이 흐른 뒤에 잃어버렸던 걸 마침내 되찾다니."

돌아서며 속으로 궁금해한다. 내가 오늘 두 번째 러시아 인형을 주웠다고 하면 엘런이 뭐라고 할까? 레일라의 시신이 발견되었다면, 엘런은 이상한 우연도 다 있다고 하겠지. 하지만 레일라의 시신은 발견되지 않았다. 내가 정말 바라지 않는 게 한 가지 있다면, 그건 레일라가 아직 살아 있을지 모른다고 엘런이 생각하는 것이다.

나는 엘런이 덧없는 희망을 품는 게 너무 싫다.

4
과거

그날 밤, 리버풀스트리트역에서 세인트캐서린독스까지 가는 데는 36분이 걸렸지. 술집과 와인 바 바깥에 서서 이미 새해를 축하하고 있던 인파를 헤치고 나아가면서 나는 혼자 되뇌었어. 취기가 도는 건 들뜬 분위기 탓이라고. 하지만 너 때문이란 걸 난 알고 있었지.

"이름이 뭐예요?" 내가 물었어.

"레일라."

"뭔가 좀 더 스코틀랜드 분위기가 나는 이름을 기대했는데." 내가 솔직히 말했지.

"난 운 좋게도 엄마가 이름을 지어주셨어요. 언니는 운이 별로 없었어요. 아버지가 이름을 지어주셨거든. 아버지는 원래 아일러³⁾ 출신이라서 언니 이름을 엘런 항구에서 따서 엘런이라고 지으셨어요."

"그래도 예쁜 이름인데요."

"맞아요, 예쁜 이름이죠. 그쪽은요? 그쪽 이름은 뭐예요?"

"핀."

"아일랜드 이름?"

"맞아요. 난 아일랜드에서 나고 자랐어요."

---

3) 스코틀랜드 남서쪽에 있는 섬.

너는 밤하늘을 배경으로 당당하게 빛나고 있는 런던탑의 크기도, 타워브리지의 위용도 믿을 수 없어 했지. 세인트캐서린독스에 도착했을 즈음, 사람들은 그곳에 정박해놓은 이런저런 요트와 보트에서 파티 중이었어. 너는 완전히 넋을 잃었지.

"이게 런던인가요?" 네가 물었어.

"이게 런던이에요." 내가 대답했지. 사랑해 마지않는 도시에 대한 너의 반응에 신나하면서. 나는 우리 아파트 건물 앞에서 멈춰 섰어. "여기가 내가 사는 곳이에요."

"여기서 산다고요?" 갑자기 네 얼굴에 의심하는 기색이 역력해져서 내가 이렇게 말했던 게 기억나. 원래는 호스텔이나 호텔을 찾아줄 생각이었다고.

"그래요. 오늘 밤엔 숙소를 절대 못 구할 테니까 나랑 해리 형이랑 우리 집에서 지내요. 내일은 우리가 호스텔을 찾아줄게요." 너는 여전히 마음을 정하지 못한 것 같았어. "서재에 소파 베드가 있으니까 거기서 자면 돼요. 아무 일 없을 테니 걱정하지 말고요."

내가 출입문에 비밀번호를 입력하자 너는 잠시 주저하더니 나를 따라 건물 안으로 들어왔어. 엘리베이터에서 너의 불안감은 커져만 갔지. 왜 안 그러겠어, 사실상 내가 너를 납치한 거나 마찬가지였는데. 그래서 너를 안심시켜주고 싶었어. 지금까지 거짓말한 건 하나도 없고, 그날 밤 시내에 있는 호텔이나 호스텔은 모조리 몇 달 전에 이미 예약이 완료됐을 게 뻔하기 때문에 방을 못 구할 거라고 말해주고 싶었어. 하지만 우리는 이미 3층에 도착했고 일단 아파트를 보고 난 후엔 네 마음이 좀 편안해지기만 바랐지.

"세상에, 이 아파트가 진짜 그쪽 거예요?" 내가 집 구경을 시켜주니까 네가 소곤거리듯 말했어.

"해리 형이랑 같이 쓰는 거예요."

"집이 정말 예뻐요!"

그 후 몇 시간은 정말 후딱 지나갔지. 너 배가 고팠잖아, 기억나? 그래서 내가 오믈렛을 만들었고, 함께 오믈렛을 먹으면서 이런저런 신상 정보를 주고받았어. 너는 아우터헤브리디스 제도 끄트머리에 있는 루이스 섬에서 평생을 살았고 열네 살에 엄마가 돌아가시기 전까진 그럭저럭 행복하게 살았다고 했지. 그 후, 사정이 안 좋아졌다고도 했고. 아버지가 알코올중독자가 된 이후에는 집 나갈 날만 손꼽아 기다렸댔어.

"크리스마스에는 집에 있었어요. 그다음에 짐을 싸서 나왔죠. 1월 1일엔 런던에 있어야겠다고 마음먹었어요." 너는 말을 잠시 멈췄고, 그때 식당 천장에 매달린 커다란 등에서 뿜어져 나오던 빛이 네 머리카락에 반사됐어. "새해, 새 인생. 아무튼 그게 내가 바라는 거예요."

"언니는요? 언니는 집에서 나오고 싶다고 안 해요?" 내가 물었어.

네 눈에 눈물이 그렁그렁해졌어. "나오고 싶어 하죠. 하지만 결국 언니는 못 나왔어요."

"왜요?"

대답하는 데 한참이 걸렸어. "아버지가 암에 걸렸어요. 당뇨도 있으니 누군가는 보살펴야 했거든요."

"안타깝네요."

갑자기 네가 웃음을 터뜨리는 바람에 나는 불안해졌어. "우리 다른 얘기 하면 안 될까요? 새해 전야에 처량해지고 싶지 않아서 그래요."

"사실 오늘 밤에 파티에 가려고 했어요." 내가 유리창 너머 반대편 건물을 가리키며 말했어. "상사가 저 건물 맨 꼭대기 층에 살거든요. 우리 거기 가요."

너는 선뜻 마음을 못 정하는 것 같았어. "파티에 입고 갈 만한 옷이 하나도 없어요."

"지금 그대로도 괜찮은데요." 내가 말했지.

파티에 대한 기억은 별로 없어. 내가 무슨 평행 우주에 들어간 것 같았던 느낌만 빼면. 한껏 차려입고 매니큐어에다 미용실에서 손봤을 것 같은 헤어스타일을 한 다른 여자들 틈에서 너는 완전히 다른 세상 사람 같았어. 불과 몇 시간 전까지만 해도 내가 몸담았던 세상이었다는 게 믿기지 않을 정도였지. 숨 막힐 듯 답답하고 지루했던 것 같아. 캐럴라인이 내 허리에 팔을 두르면서 공연 어땠느냐고 물었을 때, 그녀가 내 여자 친구라는 걸 떠올리느라 애를 먹었지. 너한테 캐럴라인을 소개해주면서 그날 있었던 일을 대충 설명해줬어. 아마 유스호스텔 얘기 때문이었을 거야. 그 얘기를 재미있어하긴 했는데 캐럴라인은 뒤돌아 나를 보며 눈썹을 추켜세우더라고. 난 알 수 있었어. 그녀가 너를 비웃고 있다는 걸. 두 주먹이 불끈 쥐어졌지, 그런 그녀가 너무 가증스러워서.

5
현재

그 러시아 인형 두 개가 어찌나 마음에 걸리는지 신기할 정도다. 내가 주운 인형을 내다 버렸거나, 원래 레일라 것이었던 인형과 함께 내 책상 서랍에 넣어놓기라도 했다면 마음이 더 편해질 텐데. 하지만 나는 그 인형을 내가까이, 주머니 속에 간직하고 있다. 마음을 놓아서는 안 된다는 사실을 늘 떠올리기 위해서다. 그렇기는 하지만 그 인형을 보면 어쩔 수 없이 레일라를 추억하게 된다. 엘런이 자기 러시아 인형 세트를 차례차례 포개놓은 다음 원래 있던 식당에 갖다놓는 대신 부엌 조리대 위에 나란히 세워놓는 바람에 더 힘이 든다. 그렇다고 인형을 옮기라고 하고 싶지는 않다. 엘런이 인형을 옮기지 않았다는 사실에 지나치게 의미를 부여하고 싶지도 않고, 내가 인형들 때문에 불편해한다고 생각하게 만들고 싶지도 않기 때문이다. 하지만 사실 불편하다. 아마도 엘런의 시선이 자꾸 그 인형에 꽂히는 게 보기 불편해서 그런 건지도 모르겠다. 가장 작은 인형이 아직 그 자리에 그대로 있다는 걸 확인하면서 레일라의 인형이 오래전에 그랬던 것처럼 자기 인형도 어느 날 갑자기 없어지지는 않겠지 안심하려고 자꾸 쳐다보는 것 같다.

방금 엘런을 런던행 10시 기차 시간에 맞춰 첼트넘역에 내려줬다. 에이전트와 신간 도서에 들어갈 일러스트를 상의하기 위한 점심 미팅이 있는데, 간 김에 오후에는 쇼핑도 할 예정이라 저녁 늦게야 집에 온다고 한다. 나도 엘런과 함께 나간 다음 런던 사무실에 들러볼 수도 있었지만 요즘엔 주로 집에서 일을 한다. 요즘엔 서재에 일렬로 쭉 설치해둔 모니터로 하지 못할 일이 거의 없기 때문이다.

주식시장을 살피고, 최신 뉴스를 따라잡고, 몇 군데 전화를 걸고, 투자할 신주를 찾는다. 신문은 보통 온라인에서 읽는다. 그게 훨씬 실용적이기 때문이다. 하지만 오늘은 아까 역에서 산 종이 신문이 몇 부 있다. 그래서 점심시간에 부엌으로 돌아가 커피도 끓이고 샌드위치도 만든다. 발치에 페기를 앉히고서 보통 때 그러듯 신문을 경제 면만 읽지 않고 몇 시간을 들여 처음부터 끝까지 다 읽는다. 《파이낸셜타임스》에 그랜트 제임스가 리치먼드 글로벌 주식에 투자한다는 단신이 실려 있다. 내가 성사시켰다고 생각하니 다시금 가슴이 벅차오른다. 40여 년을 살아오는 동안 해리 형이 내게 해준 일이 너무 많다 보니 나도 뭔가 보답을 할 수 있게 되어 얼마나 다행인지 모른다.

내 인생을 바로잡아준 사람이 있다면, 그건 바로 해리 형이다. 해리 형은 런던 정경대 시절 우리 형 리엄의 절친이었는데, 형이 졸업한 지 얼마 되지 않아 오토바이 사고로 죽었을 때 내 곁에 있어주었다. 그 이후, 해리 형은 내가 곤경에 처할 때마다 날 구해주고는 다시 올바른 길로 이끌어주었다. 그런 일이 몇 번이나 되는지 미처 다 기억도 못 할 정도다. 해리 형은 20년 전, 내가 아일랜드에서 하루라도 빨리 벗어나지 못해 안달이었을 때도 곁에 있어주었다. 런던에 있는 자신의 아파트에서 지내면서 마음을 추스르게 해주었던 것이다. 몇 달 뒤, 자기혐오에 빠져 집에서 빈둥거리기만 하던 나한테 질린 해리 형이 자신의 투자회사인 '빌리어스'에 취직을 시켜주었다. 그 회사에서 나는 시장이 돌아가는 방식에 매료되었고 초고속으로 무자비하다는 명성을 얻게 되었다. 해리 형은 레일라의 실종이라는 악몽을 꾸는 동안에도 내 곁에 있어주었다. 최고의 변호사들을 고용해서 프랑스 경찰이 출국 허가를 내주자마자 잽싸게 날 영국으로 데리고 와주기도 했다. 해리 형은 세인트메리스에 있는 오두막에도 와서 레일라를 찾는 걸 도와주었다. 자신의 인맥을 총동원하고 '실종' 전단을 인쇄한 다음 그 전단이 퐁슈 지역과 그 주변에 배포되도록 계획을 짠 것도 해리 형이었다. 그로부터 6개월 뒤, 텅 빈 오두막이 소리 없이 나를 비난하는 것 같아 더 이상 견딜 수 없는 지경에 이르렀을 때, 나를 다시 런던으로, 지금까지 공동 소유하고 있는 아파트로 데리고 가준 것도 해리 형이었다. 그 후 다시 9개월이 흐른 뒤, 내가 레일라를 자꾸 떠올리게 하는 런던의 거리를 더 이상 못 견뎌하자, 코츠월즈 언덕 깊숙이 자리 잡은 작은 마을, 사이먼스브리지에 자리를 잡게 해준 것도 해리 형이었다. 마침 그 마을에 형의 친구가 살고 있었는데 해외 이주를 앞두고 있어 집을 내놨던 것이다.

처음 사이먼스브리지에 왔을 때는 별 다를 게 없었다. 런던에서 그랬던 것처럼 은둔의 삶을 살면서 레일라만 생각하고 회사를 위해 주식을 사고팔았다. 해리 형이 찾아왔을 때만 외출을 감행했는데, 집 안 곳곳에 스며든 지독한 절망의 악취를 못 견딘 해리 형이 한잔할 겸 나를 잭도로 질질 끌고 나갔다. 절망에 빠져 제정신이 아닌 와중에도, 술집 주인 루비가 나한테 호감이 있다는 사실은 어렴풋이 알고 있었다. 하지만 난 관심이 없었다. 그때는.

몇 개월 후, 해리 형이 내게 다시 회사로 나오라고 했다. 내가 제안을 거절하면서 유리잔에 담긴 위스키를 급히 들이켜는 동시에 다른 한 손을 위스키 병에 뻗자 해리 형은 나한테 반려견이 있어야겠다고 했다. 그렇게 해서 형과 함께 동물보호소란 동물보호소는 다 돌아다니게 되었지만, 형이 괜찮다며 권한 반려견 후보에 내가 숱하게 퇴짜를 놓았다. 형한테 대체 내가 뭘 찾고 있는 건지 말해줄 수가 없었다. 나 자신도 몰랐으니까. 그러다 페기를 만났다. 형이 페기를 택한 이유를 물었을 때 나는 차마 말할 수가 없었다. 페기의 털 색깔이 레일라의 아름다운 머리 색과 똑같기 때문이었다고.

그러는 동안 내내 해리 형은 레일라가 실종되던 날 밤 무슨 일이 있었는지 단 한 번도 물어보지 않았다. 엘런 역시 내게 한 번도 물어본 적이 없다. 엘런으로서는 당시 언론에 실린 내 진술을 의심할 이유가 전혀 없었을 것이다. 그게 바로 내가 어쩌다 보니 그녀에게 청혼을 하게 된 이유다. 그리고 결국 나는 거짓말에 갇혔다.

레일라의 실종 이후 길었던 낮과 낮보다 더 길었던 밤이 이어지는 동안, 경찰의 심문을 받으면서 나는 므제브에서 휴가를 보내는 동안 레일라에게 청혼을 했고 그녀도 수락을 했다고 진술했다. 이 말은 전혀 사실이 아니었지만, 나는 경찰뿐만 아니라 주변 사람들 모두에게 최후의 그 며칠 동안 우리 사이가 완벽했다는 믿음을 심어줄 필요가 있었다. 한 해 한 해 세월이 흐르면서 나는 내 거짓말이 영영 묻혔다고 여기게 되었다. 그러다가 몇 달 전 엘런이 뜬금없이 내가 레일라한테 청혼했을 때, 레일라가 굉장히 기뻐했겠다는 말을 꺼냈다.

"그럼 기뻐했지." 기습적인 엘런의 발언에 깜짝 놀라며 내가 말했다.

"청혼까지 했다니 내 동생을 정말 사랑했나 봐." 엘런의 목소리는 차분했다. "그렇게 오래 사귄 것도 아니었는데 말이야." 엘런이 말을 멈추더니 눈으로 내 눈을 좇았다. "우리가 사귄 기간이랑 얼추 비슷했네."

엘런 말이 사실이었다. 실종되기 전까지 레일라와는 13개월을 사귀었고 엘런과 동거를 시작한 지는 1년이 조금 넘었으니까. 나도 엘런을 바라보았다. 하지만 엘런이 무슨 생각을 하고 있는지는 알 수 없었다. 내가 자기한테도 똑같이 굳은 약속을 하기를 바라고 있는 걸까? 단 한 번도 레일라를 더 많이 사랑한 건 아니냐고 물어본 적 없는 엘런이었다. 하지만 그날, 내가 엘런에게 청혼하지 않으면 그녀는 내가 자기를 덜 사랑한다고 여길 게 분명했다. 그래서 왠지 레일라를 배신하는 것 같다는 느낌을 무시한 채 엘런한테 청혼을 해버렸다.

엘런은 고개를 절레절레 흔들었다. "레일라한테도 청혼했었다는 이유만으로 자기가 나랑 결혼해야 할 것 같다는 의무감을 갖는 건 원치 않아."

나는 망설였다. 엘런이 나를 나쁜 사람이라고 생각하게 하고 싶지 않았다. 어쩌면 이제 사실대로 털어놓을 때가 온 걸지도 몰랐다. "사실 그런 일 없었어." 나는 실토하고 말았다.

"그게 무슨 말이야?"

"체포될 당시에 상황을 좀 유리하게 만들려고 경찰한테 뱉은 말이었어."

"그러니까 내 동생한테 청혼한 적이 없다는 말이야?"

"응."

"하지만 청혼할 생각은 있었잖아." 엘런이 단호하게 말했다. 나는 거짓말을 하기로 마음먹었다. 엘런이 내가 레일라보다 자기를 더 많이 사랑한다고 믿게 하려고. "아니야."

엘런이 깜짝 놀란 얼굴로 나를 바라보았다. "아니라고?"

"응, 아니야." 나는 다시 한 번 부정했다. 하지만 사실 레일라의 스무 번째 생일에 청혼을 할 작정이었다. 우리가 므제브에서 돌아온 다음 달에. 계획도 다 짜놓은 상태였다. 심지어 반지도 사놓았으니까.

그런데 레일라 때문에 모든 게 수포로 돌아가고 말았다.

6
과거

새해 전야 파티 다음 날, 나는 캐럴라인한테 헤어지자고 했어. 며칠 후, 네가 우리 아파트에서 나가려고 했을 때, 난 너를 계속 머물게 하려고 별짓을 다 했지. 해리 형한테는 물어보지도 않고 취직할 때까지는 서재를 쓰면 된다고 말했어. 해리 형도 괜찮다고 할 거라면서. 하지만 너는 유스호스텔로 나가겠다며 일언지하에 거절했지. 런던에서 홀로서기를 해야 한다면 또래 젊은이들을 만나봐야 할 것 같다면서. 순간 네가 나를 또래 젊은이로 여기지 않는다는 사실을 깨닫고 뒤통수를 맞은 듯 멍해지더라. 그래봐야 나도 겨우 스물일곱이었으니까. 하지만 네 눈에 나는 며칠 동안 잘 곳을 마련해준 나이 많은 남자에 지나지 않았던 거야.

결국 너는 일주일 정도 머물렀어. 현재를 사는 나이지만, 네가 나가던 날은 아직도 1분 1초를 생생하게 그려볼 수 있어. 네가 찾았다는 호스텔로 이사할 수 있게 돕기는 했지만 다섯 명과 방 하나를 같이 쓰는 게 얼마나 힘든지 어서 빨리 깨닫기만을 나는 바랐어. 네 생각은 한시라도 빨리 취직을 하자는 거였지. 그러면 아파트를 하나 얻어서 하우스메이트를 들일 수 있게 될 테니까.

작별의 순간이 왔을 때, 난 너한테 내 명함을 주면서 뭐든 도움이 필요하면 연락하라고 했지. 그러고 나서 내 아파트로 돌아가서는 위스키 반병을 비웠어. 내 인생에 영원히 남아 있지도 않을 너를 내게 인도해준 운명에 한

탄하면서.

해리 형은 어리둥절해하더니 내가 그렇게 심각하게 레일라 그레이란 사람, 너한테 빠지는 걸 보고 무척 재미있어했지. 해리 형이 말하길, 지금까지 내 여자 친구들은 모두 똑똑하고 젊은 도시 여자들이었는데 너는 그에 비해 세련미가 떨어진다나. 형은 내가 바로 그런 점에 가장 마음이 끌렸다는 걸 몰랐던 거야. 너를 만나기 전부터 난 천편일률적인 주변 여자들에 슬슬 환멸을 느끼고 있던 참이었어. 똑 떨어지는 비즈니스 정장, 걷기도 힘들어 보이는 하이힐, 섹스 도중 지겹도록 여러 번 내 등을 할퀴어놓는 뾰족한 손톱. 해리 형은 내가 느끼는 감정이 열병 같은 거라고 했고 나도 그의 말을 믿으려고 했어. 전보다 두 배로 일하고 두 배로 놀면서 너를 잊으려고도 했지. 네가 내 인생에서 떠나면서 생긴 텅 빈 공간을 메워보려고 말이야.

네가 나한테 전화하지 않을까, 전화해서 나한테 안부라도 전하지 않을까 하는 희망 속에 지냈어. 그런데 한 달 동안 전화 한 통 오지 않는 걸 보니까 앞으로도 너한테 연락받을 일은 없겠구나 하고 체념하게 되더라. 그러다 네가 내 인생에서 첫 번째로 사라진 지 두 달이 지났을 때, 너는 내 인생으로 다시 들어왔어.

7
현재

식탁 맞은편에 앉아 있는 엘런을 물끄러미 바라보는 중이다. 엘런은 뮤즐리, 그릭 요거트, 블루베리가 담긴 그릇 쪽으로 고개를 푹 수그리고 있다. 그런 엘런을 아침이면 토스트에 초콜릿 스프레드를 발라 먹던 레일라와 어느새 비교하고 있다. 그런 나 자신에 너무 짜증이 나 얼굴이 찌푸려진다. 최근 이런 일이 빈번히 일어나고 있기 때문이다. 그냥 레일라 생각으로 그치는 게 아니라 엘런을 레일라와 비교하고 있다.

내 시선을 느낀 엘런이 고개를 쳐든다. 뚫어져라 엘런을 보고 있는데도 내 눈에는 엘런이 안 보이고 레일라가 보인다. 참 이상하다. 엘런의 외모는 레일라와 닮은 구석이 전혀 없는데. 녹갈색 눈동자 때문인지도 모르겠다. 애초에 내가 엘런에게 끌렸던 이유가 레일라를 떠올리게 하는 그 눈동자 때문이었을까?

"그래서 오늘 무슨 계획이라도 있어?" 엘런이 묻는다.

억지로 과거에서 현재로 돌아온다. 하지만 과거는 물러나면서 불안한 기운을 남긴다. 우리가 주운 러시아 인형 두 개에서 부화한 불안감을. 엘런의 인형 세트를 미심쩍은 눈으로 살펴본다. 그녀가 아직도 인형 세트를 치우지 않았기 때문이다.

"좀 뛰다가 오려고. 그 전에 정원에 물부터 주고. 아주 바싹 말랐더라고." 엘런이 같은 생각이라는 듯 미소를 짓자 레일라의 웃는 모습을 떠올리지 않을 수가 없다. 언젠가 내가 마당 예쁜 시골집에서 텃밭을 가꿀 수 있으면 좋겠다고 했더니 레일라가 꼭 저렇게 웃었다.

"정원 가꾸는 건 노인들이나 할 일이지!" 레일라가 놀렸었다. 그 후로 정원 얘기는 입도 뻥긋하지 않았다.

"나 오늘 아침에 첼트넘에 있는 미용실 가기로 한 거 기억하지?" 엘런이 묻는다.

기억 못할 수가 없는 일이었다. 엘런은 3주마다 대대적인 미용 관리를 받기 때문이다. 제모니 눈썹 정리니 네일 아트를 받는데 또 어디에 무슨 관리를 받는지 누가 알까! 아무튼 그 후에는 늘 같은 미용사한테 가서 머리를 한다. 엘런은 레일라와 달리 외모를 부지런히 가꾼다. 레일라는 자기 외모에 전혀 신경을 쓰지 않았었다.

"이번에는 나도 가서 자기랑 점심이나 먹을까 봐." 내가 말한다.

"그거 좋겠네." 엘런이 미소를 짓는다.

자리에서 일어나 내 접시를 든 다음 엘런의 접시에도 손을 뻗는다.

"그냥 놔둬." 엘런이 내 팔에 손을 올리며 말한다. "내가 치울게. 가기 전에 시간이 좀 있으니까."

갑자기 엘런이 시내에 나가 있는 동안, 레일라를 떠올리게 하는 물건을 코앞에 두고 온전히 나 혼자 있게 된다고 생각하니 밀실공포증이 생긴다. 손으로 턱을 쓱 문지르며, 엘런이 머리를 하는 동안 턱수염을 다듬거나 술을 치면 어떨까 궁리해본다. 하지만 평소에 면도를 부지런히 한 탓에 그럴 필요가 전혀 없다.

"그냥 지금 자기랑 같이 나갈까 봐. 뭐 하러 차를 두 대 가져가. 노트북 가져가서 자기 머리하는 동안 커피나 마셔야겠어."

엘런은 왜 마음이 바뀌었는지 묻거나 한시라도 빨리 정원에 물을 줘야 한다더니 갑자기 그 일을 미루는 이유가 뭔지 궁금해하는 법이 없는 사람이다.

"시간이 꽤 걸릴 텐데." 엘런이 미리 언질을 준다.

"그럼 커피를 두 잔 마시지 뭐." 내가 씩 웃으며 말한다.

하이스트리트에 주차한 다음 엘런을 미용실에 데려다주면서 끝나면 전화하라고 일러둔다. 첼트넘에서 내가 제일 좋아하는 카페인 북숍 카페는 하이스트리트를 좀 더 따라가면 나온다. 카페에 가서는 임시 사무실을 차린다. 커피를 주문한 다음 엘런이 전화할 때까지 일에 집중한다.

엘런을 만나러 가서는 미용실에서 나오는 그녀를 본다. 아름답다. 윤곽선이 분명한 얼굴이 눈길을 사로잡는다.

"정말 예뻐." 내가 입 밖으로 꺼낸다. 뜬금없이 허리까지 내려오는 레일라의 붉은색 긴 머리가 떠오른다. "점심 먹으러 어디로 가고 싶어?" 레일라의 이미지를 쫓아버리며 묻는다.

"마르코 어때?" 엘런이 제안한다. 우리는 함께 길을 건너 작은 이탈리아 식당으로 간다.

한 시간 정도 후, 송로버섯 파스타로 배를 채운 우리는 다시 차로 돌아간다. 엘런의 손은 내 팔에 얹혀 있다. 차 가까이 다가가니 와이퍼 밑에 뭔가 끼여 있는 게 보인다. 주차위반 통지서라기엔 너무 두껍기도 하고 주차 요금을 낸 지 네 시간도 안 지났으므로, 누군가 자기 차에서 발견한 광고지를 돌돌 말아 내 차에 끼워놓은 것이려니 짐작한다. 하지만 가까워질수록 내 발걸음이 점차 느려지더니 급기야 아예 멈춰버린다. 잠시 후, 그 자리에 그대로 우두커니 선 채 그곳을 노려본다. 엘런부터 보호해야겠다는 생각이 들었지만 그녀의 목구멍에서 숨 가쁜 비명 소리가 터져 나오는 걸 보니 내가 너무 늦은 모양이다.

"괜찮아, 엘런." 엘런에게 손을 뻗으며 내가 달래본다. 하지만 엘런은 내 손을 홱 뿌리치더니 아이들을 동반한 어떤 가족을 밀치고 거리 쪽으로 내달리기 시작한다. 엘런의 뒤를 따라 달리면서 와이퍼 밑에서 작은 러시아 인형을 빼내 주머니 속 깊숙이 쑤셔 넣는다.

20미터 정도 달린 끝에 엘런을 따라잡는다. 달음질을 멈춘 그녀는 상점 쇼윈도에 창백해진 얼굴을 기댄 채 서 있다. 사람들이 걱정스러운 얼굴로 엘런을 쳐다보며 지나간다.

"괜찮아, 엘런." 내 마음은 온통 그 러시아 인형을 발견한 장소에 가 있지만 엘런을 달래려 이렇게 말한다. 그녀는 말도 못 하고 고개만 절레절레 젓는다. 뜀박질 때문에 숨이 차서가 아니라 울먹이느라. 나는 엘런을 품에 안고 그녀가 차 앞유리에 놓인 인형에 대해 물을 때까지 가만히 기다린다.

"바보 같다는 건 알지만 분명 레일라였어." 내 셔츠 때문에 뭉개진 목소리로 엘런이 말한다. "내가 상상한 걸지도 모르고, 그냥 머리 색이 빨간 다른 사람이었을지도 모르지만, 핀, 내가 본 건 분명 레일라였어!"

충격에 정신이 번쩍 든다. "그것 때문에 정신없이 달아난 거야?" 엘런이 그 러시아 인형을 봤는지 못 봤는지 알아야겠기에 묻는다. 그녀가 셔츠 밑에서 내 심장이 쿵쿵 두방망이질하는 걸 느끼는 건 아닌지 모르겠다.

"응. 자기도 레일라 봤지, 그렇지?" 레일라와 닮은 구석이 조금이라도 있는 사람이 우리 주변에 있는지 눈으로 좇으며 나는 고개를 가로젓는다. "자기가 갑자기 걸음을 멈추는 바람에 동생을 알아봤어."

"내가 갑자기 우뚝 멈춰 섰던 건, 오늘 밤 마실 와인을 안 산 게 기억이 나서 그랬던 거야. 아까 와인 가게를 지나쳤거든." 눈으로는 인파를 살피면서 그럭저럭 둘러댄다.

"그랬구나." 엘런이 겸연쩍게 웃는다. "내가 미친 줄 알았겠다. 그렇게 길거리로 뛰쳐나가버렸으니. 정말 너무나 레일라 같았어. 당연히 레일라였을 리 없겠지만." 엘런이 안심시켜주길 바라는 눈빛으로 나를 올려다본다.

"머리 색이 똑같은 사람이었겠지."

"집 밖에서 그 러시아 인형을 주운 이후로는 동생 생각을 떨칠 수가 없어서 그래."

"그럴 만도 하지." 엘런을 진정시키며 차를 주차해놓은 곳으로 다시 데리고 간다.

"자기가 사고 싶었다던 와인은 어쩌고?"

"나중에 사면 돼. 자, 집에나 가자."

"그 전에 조금만 걸으면 안 될까? 레일라일 리 없다는 건 나도 아는데……." 엘런이 잔뜩 주눅 든 목소리로 말한다.

"당연하지."

"자기는 아무렇지도 않아?"

"그럼."

나는 알고 있기 때문이다. 우리가 레일라를 찾을 리 없다는 걸.

8
과거

네가 돌아오던 날 밤, 난 마지못해 즐거운 척하면서 또 다른 파티에 있었어. 해리 형이 내가 같이 가길 바랐거든. 내가 너 때문에 아파트를, 형 말에 의하면, 멍하니 돌아다니는 데 질렸다나. 해리 형하고 사이가 안 좋아지는 건 나도 바라지 않았기 때문에 파티에 가겠다고 할 수밖에 없었어. 하지만 그날 밤 파티에서 주변을 둘러본 순간, 정말 총으로 자살이라도 하고 싶더라.

캐럴라인도 그 자리에 있었어. 다른 남자들하고 시시덕거리면서도 나한테 계속 눈길을 던지더군. 자기랑 헤어지기로 한 결정이 실수였다고 내가 시인하길 기다리는 눈치였어. 갑자기 고독감이 밀려오니까 정말 실수였나 하는 생각이 들면서 캐럴라인을 집으로 데려가라는 신호가 없는지 내 마음을 살피게 되더라. 하지만 아무리 노력해도 질투심이라고는 눈곱만큼도 생기지 않기에 파티장을 떠났어.

다시 세인트캐서린독스를 걸었던 게 새벽 3시쯤이었을 거야. 아파트에 다 와가는데 누군가 추위를 피해 건물 출입구에서 몸을 웅크리고 있는 게 보였지. 네가 고개를 들었을 때에야 그게 너인 줄 알았어.

너는 너무 추위에 떤 나머지 제대로 설 수조차 없었지. 너를 로비로 반쯤 데리고 갔을 때, 입술이 파랗게 질린 게 눈에 들어왔어. 엘리베이터가 도착하기까지 100만 년은 걸린 것 같았지. 같이 엘리베이터를 기다리면서 난 파티에 더 오래 남아 있지 않아서 천만다행이라 여겼어. 너는 기억 못하겠지만 네 체온을 정상으로 끌어올리기까지 한 시간이나 걸렸다니까. 너를 이불로 꽁꽁 감싼 다음 손발을 주물러줬더니 피가 돌더라고. 그리고 달콤한 차도 마시라고 줬잖아. 네가 울음을 터뜨린 건 그 차를 마시면서였어. 난 너한테 아무것도 묻지 않았고 너도 아무것도 설명하지 않았지만 난 호스텔에서 일이 크게 잘못됐나 보다 짐작만 했지. 나중에서야 네가 직장도 못 구했고, 며칠 전에는 자는 동안 전 재산도 도둑맞았다고 했어.

난 너를 서재에 있는 낡은 침대에 재우려고 했어. 예전에도 잤던 방이니까. 그런데 네가 소파를 포근하고 편안하게 여기는 것 같기에 그냥 소파에 재워야겠다고 마음먹었지. 내 양말을 발에 후딱 신겨준 다음 이불을 단단히 덮어줬어. 널 돌보면서 기분이 정말 좋았어. 몇 주 만에 처음으로 삶의 목적이 생긴 것 같았으니까. 뭐든 필요한 게 있으면 날 부르라고 했는데, 내가 자리를 뜨려고 하니까 네가 날 다시 불렀어. 너의 입에서 내 이름을 부르는 소리가 나니까 심장이 다시 뛰기 시작했지. 네 목소리에는 전에는 들어보지 못한 뭔가가 있었거든. 일종의 동경이랄까, 열망에 가까운? 네가 원하는 건 그저 물 한 잔뿐일 거라고 스스로 되뇌었지만 너는 목멘 소리로 자기 곁을 떠나지 말아달라고 부탁했지. 그래서 나도 소파에 앉아서 네가 자는 동안 너를 품에 꼭 안았어.

9
현재

우리 둘 다 레일라의 이름을 다시 언급하는 일은 없었지만 토요일 외출 이후 레일라가 우리 머릿속을 떠나지 않고 있다는 것을 나는 알고 있다. 우리는 상점과 카페를 들여다보며 한 시간 넘게 거리를 돌아다녔고 그동안 나는 엘런 못지않게 필사적으로 레일라를 찾는 척했다. 그 이후 엘런은 예의 그 멍한 눈빛이 되어 내가 괜찮은지 물으면 살짝 망설이다 그렇다고 대답만 할 뿐이다.

다른 때 같으면 그렇게 망설이는 이유를 알아야겠다고 우겼을 것이다. 왜냐하면 그건 엘런한테 고민거리가 있다는 뜻일 텐데 나는 그녀가 그 어떤 일로든 고민하는 게 너무너무 싫기 때문이다. 엘런은 지금 내가 누리고 있는 삶을 살 수 있게 해준 사람이고 그녀를 향한 내 사랑은 그런 고마운 마음으로 한없이 커질 것이다. 하지만 지금은 엘런이 망설이는 이유를 알기에 더 이상 캐묻지 않는다. 엘런은 내게 묻고 싶은 것이다. 레일라가 아직 살아 있을 거라 생각하느냐고. 내가 풀어야 할 의문은 도대체 누가 왜 나를 자꾸 자극하는가 하는 것이다. 세 번째 인형의 등장과 함께, 우리가 집 밖에서 주운 인형 두 개는 더 이상 기이한 우연일 수 없게 되었기 때문이다. 누군가 일부러 그곳에 놓아두었다고밖에는 볼 수 없는데, 나는 그게 누군지 알아내야겠다.

이웃집을 돌면서 우리 집 밖에 누군가 서성이는 모습을 본 적은 없는지 물어봐야겠다. 물론 구체적인 설명은 뺀 채. 하지만 우리 집은 길 한쪽에 홀로 우뚝 서 있는 데다, 우리 집 바로 맞은편에 살고 있는 노부인인 제프리스 부인은 거실에 죽치고 앉아 창밖을 염탐하는 부류가 아니다. 그보다는 뒷마당에 있는 온실에 나가 있거나 중병을 앓고 있는 옆집 여자를 살뜰하게 살피는 일이 더 많은 분이다.

제프리스 부인의 옆집에 사는 부부는 몇 달 전에 이사를 왔지만 우린 그 부부를 거의 본 적이 없다. 내 경우 부인은 한 번도 본 적이 없고, 둘이 같이 현관에 나왔을 때 남편 믹에게 짧은 인사말을 건넨 적은 있다. 그때를 제외하면 믹과 대화를 나눠본 적도 딱 한 번, 그가 동네를 돌며 자기소개를 했을 때밖에 없다. 우리한테 자기들 사연을 풀어놓기는 했는데 나중에라도 술 한잔하러 오라고 우리가 초대할까 봐 미리 쐐기를 박으려고 말해준 것 같았다. 부부는 4년 전 교통사고를 당했고 어린 아들 둘을 잃었다. 부인이 크게 다쳤는데 통증이 워낙 심하다 보니 우울증으로까지 이어졌다는 것이다. 사고 당시 운전자는 누구였는지, 어느 쪽 과실이었는지 등, 더는 자세히 알려주지 않았고, 새 출발을 하려고 사이먼스브리지로 이사 왔다고만 했다. 회계사인 믹이 주로 재택근무를 하기 때문에 부인 곁에 있어줄 수 있지만, 고객을 만나거나 외출을 할 경우에는 제프리스 부인이 대신 와준다고 한다.

담벼락 위에서 두 번째 러시아 인형을 발견한 지 2주나 지났으니 믹이나 제프리스 부인한테 뭐라도 본 게 없는지 묻기에는 다소 늦은 감이 있다. 그래도 앞으로 주의를 기울여달라는 의미에서라도 물어는 봐야 할 듯하다. 내 차에 인형을 두고 간 게 누군지는 몰라도 그놈들의 장난은 도를 넘었다. 자기들이 첼트넘까지 우리를 따라왔다는 사실을 나한테 버젓이 알리지 않았는가? 엘런이 레일라를 봤다고 생각하는 건 별로 걱정하지 않는다. 물론 하필 그때 그 거리에 빨강 머리 여자가 활보하다니 운이 없긴 했다. 아니, 오히려 다행이었던 걸까? 엘런이 그 여자를 쫓아 달려가지 않았다면 우리 차위에 놓고 간 인형을 보았을 테니까? 어쨌거나 무슨 일이 있어도 나는 엘런을 보호해야만 한다.

시계를 보니 12시가 다 되어가는데, 아까 9시에 집에서 서재로 나온 이후

일을 하나도 못했다. 러시아 인형 생각을 떨쳐보려 주식을 가지고 장난을 좀 쳐본다. 엘런은 내가 즐기는 이런 은밀한 즐거움을 모르고 있다. 수년간 주식을 사고팔며 쌓은 부에 대해서 내가 함구했기 때문이다. 모르긴 몰라도 내심 떳떳하지 못하니 말을 안 한 것 같다. 끊어보려고도 했지만 중독되어 버렸다. 오래전 레일라에 중독되었던 것처럼.

또다시 레일라를 떠올리다니 너무 짜증이 나서 책상에서 물러나기로 한다. 배도 고프기에 정원을 가로질러 집으로 향한다. 엘런이 자기 작업실에 있을 줄 알았는데 열려 있는 부엌문 틈으로 조리대에 서 있는 게 보인다. 지켜보고 있자니, 엘런이 러시아 인형 세트 중 가장 작은 인형의 머리 부분을 잡고 들어 올려 코앞에 대고는 이상한 표정으로 이리저리 돌리고 있다.

"별일 없지?" 엘런이 무슨 짓을 하고 있는지 모르겠지만 당장 그만두게 하고 싶어 내가 묻는다. 보다 보니 나까지 불안해지기 때문이다.

러시아 인형을 가지고 있는 모습을 내게 들킬 때마다 으레 그렇듯 죄라도 지은 것처럼 엘런이 놀라 펄쩍 뛸 줄 알았다. 그런데 고개만 보일 듯 말 듯 끄덕이더니 인형 관찰을 멈추지 않는다.

"엘런."

"이 인형, 내가 잃어버렸던 거야, 분명해." 목소리가 너무 작아서 마치 혼잣말을 하고 있는 것 같다. 인형이 건 주문을 깨기 위해 얼른 그녀에게 다가간다.

"그게 무슨 소리야?"

"동생이 살아 있는 것 같아." 엘런이 고개도 돌리지 않은 채 말한다.

"그건 또 무슨 소리야, 동생이 살아 있는 것 같다니?"

"봐봐." 엘런이 인형을 내민다. "거기 페인트 번진 거 보여? 내 인형도 이렇게 페인트가 번져 있었어."

"그래서 그게 뭐?" 검은색 페인트가 번져 있는 인형 맨 아래 부분을 뚫어져라 보며 내가 말한다. "페인트 번진 인형이 한둘이겠어? 흔한 일이야. 페인트는 번지기 쉬우니까."

엘런이 막무가내로 고개를 절레절레 흔든다. 전에는 한 번도 이렇게 나온 적이 없었다. "처음엔 나도 자기처럼 부인했어. 그런데 보면 볼수록 내가 예전에 잃어버렸던 인형인 것 같아. 그리고 그 인형은 동생이 가져갔지. 그 애는 아니라고 했지만. 이 인형은 내 거야, 분명해."

"자기가 그렇게 보고 싶어 하니까 그렇게 보이는 거야." 내가 부드럽게 달래본다. "토요일에 첼트넘에서 본 사람이 레일라였으면 하고 바라는 것처럼 말이야. 근데 아니었잖아. 레일라는 살아 있지 않아, 엘런, 이제 와서 살아 있을 리가 없다고."

엘런이 느릿느릿 고개를 끄덕인다. "어쩌면 다행인지도 몰라."

어리둥절한 표정으로 엘런을 바라본다. "왜 그런 말을 해?"

"동생이 살아 있기만 하다면 뭐든 줄 텐데. 뭔들 안 주겠어." 무슨 말을 해야 할지 몰라 말문이 막힌 엘런이 잠깐 말을 멈춘다. "그런데 자기가 이젠 그 애가 아니라 나와 함께 있는 걸 보면, 좋아해줄지 확신을 못 하겠어. 힘들어하겠지." 말꼬리가 흐려진다.

엘런을 내 품으로 끌어당긴다. "자기랑 사랑에 빠지지 않으려고 내가 얼마나 노력했는데." 입술을 그녀의 머리에 얹고 말한다.

"나도 알아." 엘런이 나지막하게 말한다. "지금도 기억나. 난 자기가 먼저 다가와주기만을 바랐어. 그런데 자기가 그러질 않더라고. 그때 깨달았어, 내가 먼저 다가가야 될 거란 걸."

엘런의 말이 과거를 소환하는 것 같아 그녀를 안고 있던 팔에서 별안간 힘이 풀린다.

"지금도 나랑 결혼하고 싶은 거 맞지, 그렇지?" 엘런이 불안한 듯 묻는다.

"그럼." 안간힘을 다해 환한 미소를 지으며 대답한다.

하지만 먼저 내 머릿속을 가지고 장난치기로 한 사람이 누구인지부터 밝혀야 한다.

10
과거

"다신 나를 떠나지 않겠다고 약속해줘." 네가 돌아온 지 한 달쯤 됐을 때 내가 속삭였지. 그때 약속하겠다고 큰 소리로 말하게 할걸 그랬어.

네가 내 쪽으로 고개를 돌리기에 내가 손을 뻗어 너의 머리카락을 귀 뒤로 넘겨줬잖아.

"사랑해." 너를 처음 본 이후 내내 큰 소리로 하고 싶었던 말, 그 말을 드디어 할 수 있어서 참 기뻤어. "진심으로 사랑해, 레일라 그레이."

"그 말 진심이길 바랄게. 자기는 방금 내 순결을 가져간 사람이니까." 네가 농담처럼 말했지.

너도 그날을 기억할 거야. 우리가 처음 같이 잔 날을. 함께 누워 한데 뒤엉킨 채 후두두 창문을 두드리는 빗소리를 들었지. 네가 한밤중에 내 침대로 슬며시 들어와 양팔로 슬그머니 나를 안고는 사랑한다고, 나를 원한다고 말했던 일이 아직도 생생히 기억나.

"더는 기다릴 수가 없었어. 자기가 나한테 와주길 내내 기다렸거든. 그러다 깨달았어. 자기는 안 올 거란 걸. 내가 먼저 와주길 기다리고 있을 거란 걸 말이야." 네가 내게 속삭였지.

네가 돌아오고 난 후부터, 너는 내 인생에서 가장 중요한 존재가 되어버렸어. 그 무엇도, 그 누구도 눈에 들어오지 않을 정도로. 그러다 보니까 해리 형과는 진지한 대화도 나누지 못했고, 그 바람에 상황이 곤란해졌어. 일단 해리 형은 내 바람과 달리 너를 별로 마음에 들어 하지 않았어. 아파트를 함께 쓰는 동안 내 인생에 간간이 등장했던 다른 여자들은 해리 형이 모두 마음에 들어 했는데 말이야. 네가 눈치를 챈 것 같지는 않았어. 어떻게 너를 싫어할 사람이 있을 거란 생각을 할 수 있겠어? 하지만 형은 네가 내 인연이 아니라고 확신하고 있었어. 그 때문에 내가 형이랑 점점 거리를 두기 시작하면서 너랑 형 사이도 더 벌어지게 된 거고.

해리 형이 너를 못마땅해했기 때문에 주말이면 우리는 아파트에서 쫓겨 나듯 나와야 했지. 그럴 때면 너를 박물관이나 미술관으로 데려가곤 했어. 너는 아닌 척했지만 재미없었다는 거 나도 알아. 너는 거짓말에는 젬병이었으니까. 문제는 런던이란 도시가 우리의 나이 차이를 증폭시키는 공간이란 거였어. 내 경우 직업적 특성 때문에 11시 이전에 퇴근하는 일이 거의 없었지. 그래서 너는 아파트에서 1분 거리에 있는 와인 바에 일자리를 얻었고 가끔 자정까지 일을 하곤 했지. 근무가 끝나고 시간 여유가 나면 너는 무조건 외출하고 싶어 했어. 7년 전 런던에 처음 도착했을 때 내가 그랬던 것처럼 말이야. 그때 깨달았지. 무슨 수를 써서라도 너와 함께 런던을 벗어나야 한다는 걸. 이젠 나도 인정할 수 있어. 내가 재미없는 인간이란 걸 들키기 전에 필사적으로 도시에서 이사 나가려고 했다는 걸. 그 전에는 한 번도 내가 재미없는 인간이라고 생각해본 적이 없었거든. 네가 나타나서 시험대에 오르기 전까지는 말이야.

곪아 있던 상처가 터지게 된 계기는 해리 형과의 말다툼이었어. 어느 날 저녁, 형이 한잔하자고 했지. 둘이서만. 그 말을 듣자마자 신경이 곤두서는 것 같았어. 형은 네가 나한테 부정적인 영향을 미치고 있다는 거야. 그래서 일도 대인관계도 나빠지고 있는 거고, 네가 나랑 사귀는 건 오로지 돈 때문일 거라나. 나는 두 주먹을 불끈 쥔 채 자리에서 벌떡 일어섰어. 내 어두운 과거도 알고 있고 내 성질도 직접 목격한 적이 있어서 형은 조금도 움찔하지 않았지. 오히려 형 말이 옳다는 게 입증된 것만 같았어. 자제하겠다고 굳게 다짐했던 내 일면을 네가 자극했다는 거지. 형은 내가 덤벼들어도 가만히 있었어. 오히려 부릅뜬 눈으로 나를 노려보면서 절대 시선을 아래로 떨

구지 않았지. 이미 내 눈을 가려버리기 시작한 새빨간 분노를 걷어내려고 애를 쓰면서. 그런데 그만 내가 선을 넘어버리고 말았어. 형을 쳐서 바닥에 쓰러뜨리기만 한 게 아니라 쓰러져 있는 형을 계속 때리기까지 한 거야. 얼굴과 온몸에 주먹을 날리면서 형이 아예 사라져버리길, 아예 없어져버리길 바랐지. 다른 사람들이 나서서 나를 형에게서 떼어놓지 않았다면 무슨 일이 벌어졌을지는 나도 모르겠어.

사람들이 경찰을 부르려고 하니까 형이 입에서 피를 툭 내뱉더니 못 부르게 말렸던 게 기억나. 분노는 온데간데없고 어느새 죄책감이 파고들더군. 멍이 들고 부어오른 해리 형의 얼굴을 차마 볼 수 없었던 나는 피 흘리는 형을 두고 술집을 나와버렸어. 아파트로는 못 돌아갈 게 뻔하니 당장 그날 밤에 잘 호텔을 잡은 다음 너한테는 거기로 오라고 했지. 그 일을 들려주니까 너는 새파랗게 질리더니 이내 화를 냈어. 나한테 그런 면이 있다는 걸 그날 밤 처음 알았을 테니까.

그날 밤 그게 처음이자 마지막이었다면 좋았을텐데!

11
현재

이메일을 다시 읽어본 다음 의자에 기대앉아 세인트메리스를 떠올린다. 5년 전 레일라를 위한 추모식을 연 이후 데번에는 다시 가지 않았다. 추모식을 제안한 것은 토니였다. 뜬금없는 제안 같았지만 시기적으로 내게 해가 될 것은 없었다. 레일라가 실종된 지도 7년이 지난 시점이었기 때문이다. 레일라가 영국에서 실종되었다면 사망선고가 내려졌을 시기이니, 그동안 조금이라도 진전이 생기면 엘런과 내게 소식을 전해주었던 토니로서는 우리한테 일종의 심리적 종결을 안겨주려고 그랬던 게 아닐까 싶다. 사망이 선고된다고 정말 죽은 사람이 되는 건 아니지만 말이다.

내 기억에 나는 별로 내키지 않았지만 토니 말이 엘런은 의향이 있다고 했다. 엘런은 레일라의 친자매이므로 나보다는 엘런에게 결정권이 있다는 게 내 생각이었다. 두 사람의 아버지는 6개월 전에 돌아가셨으니 엘런으로서는 과거를 툭툭 털어버리고 새 출발을 하고 싶은가 보다고 짐작했다. 당연히 엘런이 루이스 섬을 추모식 장소로 고를 거라 여겼고 레일라가 자란 그 섬에 드디어 가보는구나 싶어 그날만 기다리고 있었다. 그런데 결과적으로 루이스 섬에는 가지 못했다. 엘런은 토니에게 레일라가 가장 행복했던 시간은 나와 함께한 시간이었다고 하면서 우리 두 사람에게 특별한 의미가 있는 장소에 긴 의자를 하나 가져다 놓자고 했다.

그 말을 듣자마자 떠오른 게 파로스힐이었다. 레일라가 가장 좋아했던 장소이기 때문이다. 세인트메리스에서 30분만 걸으면 나오는 곳으로 한때는 언덕 정상에 등대가 있었다고 전해지지만 지금은 잔해만 있을 뿐 빈터만 휑하니 남아 있다. 망망대해가 끝없이 펼쳐지는 아름다운 전망이 좋아 가끔 그 언덕에 함께 올라서, 레일라의 말에 따르면 러시아 인형처럼 생겼다는, 나무 그루터기에 기대앉아 있곤 했다. 그래서 내가 소박한 조립식 벤치를 하나 사서 페기를 데리고 데번까지 차로 가져갔고, 토니가 엑서터역에서 엘런을 데리고 와주었다.

그날 엘런을 만날 생각에 몹시 두려웠다. 직접 연락을 주고받은 건 레일라가 실종되고 두어 달 지났을 무렵 그녀에게 받은 편지 한 통이 다였다. 편지에는 내가 자기 동생을 해칠 만한 짓을 할 리 없다는 걸 알고 있노라고 쓰여 있었다. 하지만 그 편지는 죄책감을 가중시키는 역효과만 낳았고, 7년이 흐른 뒤에도 그런 죄책감이 내 얼굴에 고스란히 드러나지 않기만을 바랄 뿐이었다. 두 눈을 제외하면, 엘런은 레일라와 닮은 구석이 전혀 없었다. 레일라처럼 머리도 빨갛고, 피부도 주근깨투성이였다면 힘들었을 것이다. 엘런은 레일라보다 날씬했고, 옷차림이 훨씬 수수했으며, 말수는 더 적었다. 간단히 말하자면, 엘런은 전형적인 언니의 모습이었고 처음 만나던 그날은 도통 웃음을 모르는 사람 같았다. 아직 어색하기도 했고, 레일라 생각에 정신이 팔린 탓에 대화는 토니에게 맡겨버렸다.

토니와 내가 함께 벤치가 든 상자를 파로스힐 위로 날랐다. 엘런은 공구가 든 작은 가방을 들고 우리 뒤를 따랐고, 그 뒤를 페기가 따랐다. 우리는 거의 아무 말 없이 벤치를 조립했고, 조립이 다 된 후에는 나란히 앉아 각자 혼자만의 생각에 잠겼다. 그동안 페기는 벤치가 담겨 있던 빈 상자를 가지고 놀았다. 늦은 오후 햇살을 받으며 레일라를 나보다 더 잘 알았던 누군가와 함께 앉아 있자니 마음이 차분해진 것 같았다.

그때 다짐했다. 레일라가 실종된 날이나 레일라의 생일, 아니면 우리가 벤치를 놓은 날을 기념해서 매년 데번에 가야겠다고. 하지만 한 번도 가지 않았다. 데번에 대해서는 아예 잊고 싶었고, 생각조차 하지 말라고 스스로에게 타일렀다. 이 모든 기억을 불러일으킨 게 바로 방금 받은 이메일이다.

이메일은 내 회사 계정으로 왔고 데번에서 살 만한 집을 찾고 있다고 주장하는 사람이었다. 하지만 이메일을 읽는 순간 바로 수상하다는 생각이 들었다. 레일라와 함께 살았던 오두막을 팔지 않았으니 나한테 매물이 있기는 했다. 하지만 내가 집을 팔지 않았다는 걸 어떻게 알았을까? 그 집이 아직 내 소유라는 걸 아는 사람은 얼마 없다. 심지어 엘런조차 모른다. 엘런은 지금 사는 집에 레일라 사진이 하나도 없는 이유를 묻지 않는 것처럼 그 오두막에 대해서도 물어본 적이 없다. 이 집에 이사를 들어오면서 엘런은 사진을 걸어도 되는지 묻지 않았는데, 그런 제스처는 내게 크나큰 의미였다. 그만큼 나를 배려해준다는 뜻이었기 때문이다. 나나 엘런 모두 우리 둘을 연결해준 사람이 레일라라는 사실을 떠올릴 필요는 없다.

이메일을 다시 살펴보고 주소록에 있는 주소로 보낸 무작위 메일이겠거니 짐작해본다. 보낸 사람 이름은 없지만 이메일 주소 rudolph.hill@outlook.com에 나와 있다. 그렇다면 루돌프 힐은 누구고 그는 얼마나 알고 있는가? 일단 실제로 문의하려고 보낸 이메일일 가능성이 아주 없는 것도 아니므로, 그렇게 간주하고 짧은 답장을 보낸다. 죄송하지만 도와드릴 수 없습니다.

놀랍게도 곧바로 답장이 온다.

세인트메리스에 있는 오두막은 어쩌게요? 언니랑 결혼을 앞두고 있으면서 설마 계속 가지고 있을 건가요?

가슴이 철렁 내려앉는다. 혹시 내가 잘못 읽었나 하는 마음에 이메일을 다시 읽어본다. 하지만 조금 전보다 더 심란해지기만 한다. 이번에도 잘못 읽었을 리 없기 때문이다.

최대한 객관적으로 상황을 바라보자. 루돌프 힐, 또는 그 배후의 인물은 내 과거를 아는 자임이 분명하다. 엘런이 우리의 약혼 소식을 신문에 공고했으니 그 소식이 어딘가 온라인에도 올라갔을 것이다. 기자들은 눈에 불을 켜고 새로운 기삿거리(또는 예전 기사에 대한 새로운 관점)를 찾으려 혈안이 되어 있기 마련이니, 내 이름이 나오면 구글 알림에 뜨도록 설정해놓은 사람도 있을 것이다. 따라서 「실종 여성의 애인, 그녀의 언니와 결혼을 앞두고도 함께 살던 오두막 끝까지 안 팔아」 또는 이에 못지않게 유치한 헤드라인으로 기사를 만들고 싶어 하는 기자일 뿐일 수도 있다. 그 기자는 약간의 뒷조사 끝에 내가 아직 세인트메리스에 있는 오두막을 가지고 있다는 정보를 얻었을 것이다. 혹은 기존 정보를 활용했을 수도 있다. 이 사람이 러시아 인형을 두고 간 사람일까? 메일과 인형 모두 날 괴롭히기 위한 악질적인 계획의 일부인 걸까? 하지만 대체 누가 그런 짓을 하고 싶어 하는 걸까? 러시아 인형을 그렇게 손쉽게 두고 갔다는 건, 이 동네 사람이어야 한다는 의미가 된다.

내 머릿속에서 루비의 이름이 낮게 울려 퍼진다. 「실종 여성의 애인, 그녀의 언니와 동거」라는 기사가 루비의 소행인지 여부는 밝히지 못했다. 엘런을 향한 적대감을 불러일으킨 것을 빼면 사실 별 볼 일 없는 기사였다. 기자라는 루비의 사촌 이름이 뭐였는지 기억은 안 나지만 루돌프 힐일 가능성도 있다.

루비가 그런 짓을 하다니 믿기 어렵긴 하다. 엘런 때문에 나한테 화가 난 것도 이해하고, 나한테 차였다고 느끼는 것도 이해한다. 사실 그렇게 하기도 했으니까. 하지만 이런 장난을 치는 이유가 뭘까? 엘런이 나와 동거를 시작한 작년이 아니고 왜 지금 와서 이러는 걸까? 단순히 나에게 복수하려는 이유 이상의 무언가가 있어야 말이 된다. 이메일을 다시 보면서, 특히 엘런과의 결혼이 언급된 부분을 살핀다. 결혼식. 결혼은 모든 것을 바꿔놓는다. 적어도 루비 입장에서는. 결혼으로 엘런과 나는 영구적인 관계를 맺게 되는 셈이니까.

가서 엘런을 찾아본다. 엘런은 부엌에 서서 냉장고 문을 열어놓고 안에 뭐가 있는지 살피는 중이다. 페기는 그런 엘런 옆에서 들뜬 표정으로 앉아 있다. 내가 부엌에 들어서자 엘런이 돌아본다. 환하게 밝아진 엘런의 얼굴을 보며 저런 여자가 내 부인이 된다니 나는 얼마나 행운아인가 하고 생각한다.

"점심으로 뭘 만들까 궁리 중이었어." 엘런이 말한다.

엘런 곁으로 가서 양팔을 슬며시 그녀의 허리에 두른다.

"궁리하지 마. 나가서 사 먹을 거니까." 내가 말한다.

잭도에 엘런을 대동하고 나타나는 것, 그것이 루비를 시험해볼 방법을 궁리하다 생각해낸 최선의 방법이다. 방금 이메일을 보냈는데 내가 나타나면 루비가 어떤 반응을 보일지 지켜보는 것이다. 따로 만나는 것보다 훨씬 안전한 방법이기도 하다. 단둘이 만났다가는 그런 바보 같은 장난으로 인해 내가 느낀 분노를 자제하기가 너무 힘들 것 같기 때문이다.

엘런을 내 쪽으로 힘껏 당기자 우리의 몸이 포개진다. 내가 고개를 숙여 그녀에게 키스를 하고 그녀가 뜨거운 반응을 보여 하마터면 섹스로 이어질 뻔한다. 바로 거기, 냉장고 앞에서.

"점심 나가서 먹고 싶은 거 맞아?" 내가 몸을 떼자 엘런이 속삭이듯 묻는다. 하지만 루비와의 이번 일을 해결해야 한다.

"그럼. 잭도나 가자." 엘런이 의아한 표정으로 나를 쳐다본다. "이만하면 루비한테 충분히 시간을 준 셈이니까 우리 결혼 소식을 어느 정도 받아들였을 거야." 내가 의문에 답한다. "게다가 페기도 버스터가 보고 싶을 거고 나도 스테이크 앤드 에일 파이[4]를 다 먹어치울 수 있을 거 같아."

내가 위층으로 올라가 지갑을 챙긴 후, 우리는 손깍지를 낀 채 마을로 함께 걸어간다. 한시라도 빨리 도착해 엘런이 처음 러시아 인형을 발견했던 3주 전부터 시작된 미스터리에 종지부를 찍고 싶은 마음에 걸음이 빨라진다. 내가 원하는 건, 아니 내게 필요한 건, 우리가 예전으로 돌아가는 거다. 레일라에 대한 기억 때문에 방해를 받지 않았던 예전으로. 그런데 페기가 마주치는 생울타리마다 냄새를 맡느라 자꾸 멈추는 바람에 속도를 낼 수가 없다. 그래서 그동안 내가 엘런과 함께 잭도에 들어설 때 루비의 얼굴에 떠오를 표정을 열심히 상상해본다.

잭도는 금요일 점심시간이면 수많은 관광객들로 가득 찬다. 그래서 이 동

---

4) 비프스튜에 파이 반죽을 얹어 바삭해질 때까지 굽는 요리.

네 사람들은 혼잡한 시간대를 피해 늦은 오후에야 잭도를 찾는다. 야외에 빈 테이블이 없어 하는 수 없이 실내로 들어간다. 버스터는 바 옆 바구니에 앉아 있다가 눈이 휘둥그레지더니 우리를 알아보고는 제일 먼저 페기에게 다가간다. 그러고는 무릎을 꿇은 엘런에게 다가가 얼굴을 핥는다. 무서워서 개를 만지지도 못했던 레일라와는 달라도 너무 다른 모습이다.

페기가 살며시 빠져나가 버스터의 밥그릇에 담긴 물 탄 맥주를 마시는데 우리 쪽으로 다가오는 루비가 흘낏 보인다. 검은색 곱슬머리를 빨간색 반다나로 뒤로 넘기고 한쪽 팔에는 은팔찌를 여러 개 차고 있다. 집시의 후예인 척 꾸미는 걸 좋아하지만 사실 그녀의 가무잡잡한 피부와 검은 머리는 이탈리아 출신 조부모에게 물려받은 것이다.

"오랜만이네!" 루비가 키스로 우리를 맞이하며 인사를 건넨다. "설마 그동안 일부러 날 피한 건 아니겠지." 이렇게 말할 때 유독 루비의 목소리가 재미있어하는 것처럼 들린다. 결혼 발표가 나간 이후 우리가 자기를 피해왔다는 걸 알고 있다는 투다. 연기력 하나는 인정해주어야 할 듯하다. 그러다 루비가 샴페인을 한 병 들고 와서는 다가오는 우리의 결혼을 축하해야 한다고 우기니까 슬슬 의문이 든다. 내가 루비를 잘 아는데, 루비는 겉과 속이 같은 사람이기 때문이다.

페기를 버스터에게 맡기고 오니 루비가 자리를 마련해두었다. 루비가 잔 세 개를 가져와 샴페인을 따른다.

"아주 좋은 짝을 만났어요." 루비가 잔을 들어 올리며 엘런에게 말한다. "핀, 너도 마찬가지고." 루비가 곧이어 덧붙인다. 그녀로서는 굉장히 아량을 베푼 발언이다. 왜냐하면 루비는 엘런이 내 짝이 아니라고 여기기 때문이다. 엘런이 레일라의 언니이기 때문만은 아니다. "두 사람 행복하게 잘 살길 바라요."

지극히 일상적인 잡담이 5분 정도 이어졌는데, 내내 결혼식 얘기뿐이다. 결혼식은 9월 말 옆 마을로 가는 길에 있는 작은 석조 교회에서 열린다. 우리에게 음식 주문을 받고 자리를 떠나려는 순간, 루비가 역시나 곧바로 내게 얼굴을 찌푸려 보인다. 엘런이 전채요리도 없이 작은 샐러드만 시킨 것이다. 무슨 악의가 있어서 그런 게 아니라 그냥 털털한 사람다운 반응이다. '진짜로? 그것만 먹겠다고?'라는 의미의. 루비가 왜 그런 반응을 보이는지도 나는 안다. 루비와는 달리 엘런은 늘 체중에 신경 쓰기 때문이다. 엘런은 지방이 단 1그램도 없을 정도로 말랐지만, 열량이 조금이라도 나가는 음식을 그녀에게 먹일 방법은 이 세상에 없다. 레일라한테는 너무 많이 먹는다며 놀렸고, 데번으로 이사한 이후에는 체중이 꾸준히 늘어서 체중을 가지고도 놀렸다. 사람을 잃는다는 건 바로 그런 거다. 그저 웃자고 무심코 던졌던 말도 잊지 않고 기억하게 된다는 것.

루비가 식사를 가져다주길 기다리면서 우리는 함께 샴페인을 비운다. 샴페인을 마시는 동안 혼자 속으로 이상하다는 생각을 한다. 어쩌면 이렇게 앞뒤가 안 맞을 수 있을까? 오늘의 루비는 인형과 이메일의 배후에 숨은 루비와 어쩌면 이렇게 안 어울릴까? 그렇다면, 범인은 루비가 아닌 다른 사람일지 모른다.

실종 사건 이후 내가 감당하기 가장 힘들었던 건 레일라가 프랑스에 있는 주차장에서 납치를 당했을 수 있다는 점이었다. 처음에는 그날 밤 있었던 일 때문에 레일라가 도망갔나 보다 생각했다. 그러니까 조만간 멀쩡하게 나타날 줄 알았다. 그런데 며칠이 지나고, 몇 주가 몇 달이 되자, 나도 경찰의 추정, 다시 말해 레일라가 누군가에게 끌려갔을 거라는 의견을 재고해봐야만 했다. 내가 보았던 화장실 건물 밖 주차 차량의 운전자나 고속도로 나들목에 들어서는 걸 목격한 화물차 운전자가 용의자였다. 프랑스 경찰의 대대적인 노력에도 불구하고 두 운전자 중 그 어느 쪽의 흔적도 나오지는 않았지만 말이다. 내가 목격한 남자에 대해 프랑스 경찰 쪽에 꽤 자세한 증언을 했음에도 성과는 없었다. 몽타주 사진도 돌렸지만 이름 하나 건지지 못했다. 레일라처럼 그 남자도 감쪽같이 사라진 셈이었다. 따라서 그놈이 피크닉 구역에서 레일라를 납치했다고 추정하는 게 논리적이었다.

루비가 일명 루돌프 힐의 배후 인물이 아니라면 누구일까? 아니 그보다도, 그자는 레일라의 실종에 관해서 무엇을 알고 있을까?

12
과거

여름이 끝나갈 무렵, 해리 형과 싸운 이후 우리는 살고 있던 아파트에서
이사를 나왔지. 그 후 난 두 번 다시 해리 형을 보지 않았어. 너는 나더러 제
발 형한테 사과하라고 애원했지만 사과를 해도 형이 용서를 해줄지 확신이
서지 않았거든. 대신 나는 해리 형한테 알리지도 않고 사직서를 제출했고,
형이 출근한 동안 아파트에서 내 짐을 챙겨 나왔어. 지금은 내가 생각해도
그 당시의 내 행동이 너무 부끄러워. 하지만 난 너에 대한 사랑으로 제정신
이 아니었기에 제정신이 아닌 짓들을 했던 것 같아.

참, 고백할 게 하나 있어. 그해 초에 너를 일주일 동안 데번으로 데려갔던
거 기억해? 사실은, 네가 거길 마음에 들어 하는지 보려고 간 거였어. 결과
적으로 너는 그곳을 마음에 들어했지. B & B에 머물면서 데번을 여행했잖
아. 아름다운 해변도 구석구석 둘러보고 그 주변의 시골 지역도 다녔지. 실
은 다 내가 계획한 거였어. 내가 부동산을 기웃거리기 시작하니까 너도 거
기서 집을 사는 데 열의를 보이더라고. 그러다 세인트메리스에서 해변과는
도보로 몇 분 거리에 있는 그 오두막을 발견했지. 집은 내가 샀고 가구는 너
에게 고르게 했어. 그래야 너도 그 오두막을 네 집으로 여기게 될 테니까.
기억나, 네가 주문한 더블베드가 터무니없이 커서 침실을 거의 다 차지하는
바람에 웃음보가 터졌던 일? 그런데도 내 발은 침대 밖으로 비어져 나갔지.

처음에 내가 그 집으로 아예 이사해버리자고 했을 때 너는 망설였어. 그

릴 줄 알았기 때문에 거기서 사는 게 마음에 안 들면 다시 런던으로 이사 가겠다고 약속했던 거고. 세인트메리스에서 보낸 처음 몇 달은 정말 행복했지. 늘 함께 있어도 서로에게 질리는 법이 없었고 늘 길게 뻗은 해변을 산책했어. 그 시절 내게 가장 크나큰 기쁨을 주었던 건 현관에 놓인 우리 신발을 보는 거였어. 315밀리미터에 달하는 거대한 내 신발 옆에 245밀리미터짜리 아담한 네 신발이 놓여 있었지. 네가 자기 신발을 내 신발 속에 쏙 집어넣을 때가 너무 좋았어. 힘들이지 않고 금방 넣을 수 있었잖아. 나한테는 그게 물리적인 증거 같은 거였어. 내가 너를 품고 힘든 시간을 이겨내고 있는 것 같았달까. 그런데 정작 인생이 꼬였을 때, 난 너를 전혀 품어주지 못했네.

데번에서의 그 겨울, 너에게 정말 힘든 시기였다는 거 나도 알아. 루이스섬에서 보낸 겨울이 떠올라서 힘들었을 거야. 그곳의 겨울은 난데없이 찾아와서는 사납게 굴었으니까. 해변을 산책할 때면 하늘은 음울한 잿빛이었고 바람은 우리 얼굴을 인정사정없이 후려쳤어. 엘런한테 엽서라도 오는 날이면, 매번 다른 모습의 루이스 섬이 담긴 엽서를 보고 네가 너무 슬퍼해서 처음엔 네가 너무 오래 집을 떠나 있다고 엘런이 원망했나 보다 생각했어. 그러다 네가 나한테 엽서를 읽어주면서 알게 됐어. 엘런은 네가 새 인생을 살게 돼서 잘됐다며 시종일관 축하만 해주었고 너는 그런 엘런을 고향에 두고 와서 죄책감을 느꼈던 거라는 걸. 슬픈 게 아니었어.

크리스마스가 지나고부터는 네가 안절부절못했지. 내가 했던 약속을 내세우면서 런던으로 돌아가자고 할까 봐 슬슬 걱정이 되기 시작했어. 그래서 기분 전환을 위해 므제브로 떠나는 스키 여행을 예약했던 거야. 몇 년 전에 해리 형이랑 거기서 산장을 하나 빌린 적이 있었거든. 데번을 떠나 있다 보면 너한테도 다시 데번을 사랑할 마음의 여유가 생기겠거니 하고 기대했어. 자나 깨나 네가 행복하기만을 바랐기 때문에 엘런도 부르고 싶은지 물어봤던 거고.

엘런이 일주일 와 있는 동안 아버지는 현지 간호사한테 비용을 지불하고 간호하게 하자고 했지. 그런데 너는 엘런은 오지 않을 거라면서 화를 냈어. 결국 말도 꺼내지 말걸 하는 생각만 들더라고. 그래도 너를 이해해보려는 마음에 자기는 벗어났는데 엘런은 루이스 섬에 꼼짝없이 발목이 묶여 있어서 죄책감이 드는 거냐고 물었어. 네가 뭐라고 대답했는지 기억나? "벗어났다고? 그러게, 루이스 섬에서 겨우 벗어났더니 이젠 여기 데번 촌구석에 꼼짝없이 갇혔네." 너는 방금 내뱉은 말이 너무하다 싶었는지 씩 웃어 보였지만, 난 그 말 뒤에 숨은 진실을 들었어. 그래서 므제브에서 돌아오면 어디든 네가 원하는 곳으로 데려가주겠다고 약속했지.

그런데 그럴 기회가 아예 없어졌네.

13
현재

문제의 이메일 분석을 그만둘 수가 없다. 양발은 울퉁불퉁한 강변길을 힘차게 박차며 나아가고 있지만, 아무리 빨리 달려도 압박감을 떨칠 수가 없다. 아까 구글에서 루돌프 힐을 검색해보았다. 검색 결과 루돌프 힐이 수백 명 나왔지만 모두 미국에 거주하는 듯하다. 영국에 사는 루돌프 힐은 한 명도 없다.

오던 길로 되돌아가 숲을 통과한 후 집에 도착할 즈음, 다리 근육이 너무 무리한 거 아니냐며 아우성이다. 찬물로 샤워를 한 후, 서재로 향한다. 빌리어스의 투자기금 추세를 살핀 다음 루돌프 힐이 보낸 이메일을 다시 읽어본다. 갑자기 초조해진 나는 키보드를 바짝 당긴다.

당신 누구야? 메시지를 입력한다.

몇 초 후, 수신함에 메일이 한 통 도착한다. 메일 주소는 루돌프 힐.

내가 누구 같은데?

답장이 이렇게 금방 온 데 깜짝 놀라, 메시지만 뚫어져라 바라본다. 누군지 모르겠지만 보낸 사람이 내가 다시 연락해 오기를 기다리며 어제부터 컴퓨터 앞에 붙어 있기라도 한 듯하다.

당신 누구냐고? 내가 다시 묻는다.

내 이메일 주소 알잖아

몸을 뒤로 젖히고 열심히 머리를 굴려본다. 어째서 '내 이름 알잖아.'가 아니라 '내 이메일 주소 알잖아.'인 걸까? 의심했던 대로 루돌프 힐이 가명인 것이다. 이름의 철자를 뚫어져라 노려보며 무슨 의미가 있을지 골똘히 생각하고 철자의 순서를 바꿔보던 중 너무 놀라 그만 숨이 턱 막히고 만다. 루비가 이 이메일의 배후라는 증거가 필요하다면, 증거는 지금 내 코앞 모니터에 있는 셈이다. 루비의 이름 'Ru'와 'dolph'다. 루비는 돌고래(dolphin) 목걸이, 돌고래 팔찌를 차고 다니며 심지어 가슴에 돌고래 문신까지 새긴 사람이다. 자기 정체를 감추려는 루비의 이런 어설픈 시도가 역겨워 몸서리를 친다. 나를 이 정도로 우습게 보았다니 정말 유감이다.

장난 그만 쳐, 루비!

곧바로 답장이 온다.

루비가 누군데?

헛웃음이 나온다. 젠장, 내가 그녀라도 저렇게 나올 것이다. 왜 안 그러겠는가? 손가락으로 책상만 계속 두드린다. 이제 어쩐다? 가만히 있어, 이성은 내게 아무것도 하지 말라고 한다. 보아하니 루비는 어제 내가 보낸 메시지를 제대로 못 알아들은 모양이다. 그러니 알아들을 때까지 엘런을 계속 잭도에 데려가야겠다.

"또?" 내가 잭도에서 점심을 먹자고 하니 엘런이 미심쩍은지 되묻는다. "어제 만났을 때 보니까 루비가 진심으로 축하하는 마음인 건 알겠더라. 그래도 너무 자주 얼굴을 들이미는 건 좀 아닌 것 같아."

"괜찮을 거야." 엘런을 안심시킨다. 그렇게 해서 우리는 1시에 페기를 데리고 펍까지 걸어간 다음 어제의 일정을 반복한다. 단, 이번에는 루비가 샴페인을 따지 않고 나도 파이 대신 매운 양고기 카레를 먹는다. 혹시 허점을 보일까 해서 루비를 지켜본다. 하지만 루비의 행동에는 우리를 봐서 불쾌한 기색이 전혀, 조금도 보이지 않는다. 지금으로선 루비가 정말 천부적인 배우라는 생각밖에 들지 않는다.

"결혼식에서 해리가 아버지처럼 나와 함께 입장해준다고 해서 너무 기뻐." 엘런이 샐러드를 깨지락거리며 말한다. "거절할까 봐 걱정했거든."

엘런이 우리 결혼식 얘길 하고 있다는 걸 한참 만에야 깨닫는다. "형이 왜 거절하겠어?"

"레일라를 굉장히 싫어했잖아."

엘런의 논리가 이해가 안 가 그녀를 빤히 바라본다. "아냐, 안 싫어했어, 사실. 게다가 형이 자기는 많이 좋아하잖아."

엘런이 고개를 들어 녹색 눈으로 내 눈을 마주 본다. "그렇게 생각해? 아니 난, 그렇게까지 확신이 든 적이 없어서." 말꼬리가 점점 흐려진다. "해리한테 우리가 결혼한다고 알렸을 때, 조금 충격을 받은 것 같았거든. 그래서 내가 누군지 아니까 인정을 안 하나 보다 생각했어."

"해리 형이 충격을 받은 건, 말하자면 기분 좋은 충격이랄까, 아무튼 중요한 역할을 제안받아서 그런 거야." 나 또한 해리 형이 받은 순간적 충격을 알아차렸으면서 둘러대본다. 레일라하고 결혼은 안 했지만 동거를 했으니 결혼했던 거나 마찬가지라고 여기는 사람도 있을 것이다. 그렇기에 레일라의 언니와 결혼을 해서는 안 된다고 보는 것이다. 하지만 해리 형이 그 점에 신경을 쓰리라고는 예상하지 못했다. "해리 형이 자기를 얼마나 좋아하는데. 사실 너무 좋아해서 탈이다." 테이블 너머로 엘런의 손을 잡으며 말을 잇는다. "내가 질투심이 별로 없는 사람이라 다행이지 뭐야."

"일요일에 해리가 점심 먹으러 오는 거 맞지?"

"응." 매달 첫 번째 일요일엔 해리 형이 늘 그랬기에 그렇다고 대답을 한다.

"잘됐다. 해리한테 러시아 인형 세트를 보여줄 수 있잖아. 마침내 세트를 온전히 다 갖췄으니 해리도 기뻐하겠다."

"형도 인형에 얽힌 일을 알아?" 궁금한 마음에 내가 묻는다. "어렸을 때 어쩌다 인형을 잃어버렸는지?"

"응. 내가 기억하기로는 해리한테 얘기해줬어. 해리 생각이 어떨지 궁금하네."

엘런의 말투에 미묘한 뭔가가 있다. 해리 형이 자기편이 되면 좋겠다는 바람이 내비쳤던 것이다. 해리 형이라면 아군이 되어줄 것을 아는 듯한 어조다. 어떤 이유에서인지 약이 오른다. 해리 형이 레일라보다 엘런을 더 많이 좋아해주길 바란 건 맞지만 가끔은 엘런을 이렇게까지 좋아하지는 않았으면 싶기도 하다. 그때 불현듯 어떤 생각이 떠오른다. 만약 레일라가 실종되지 않았으면 우린 사총사가 되었을 거라는 생각…… 나하고 레일라, 해리형하고 엘런. 너무 당황스러워 그런 생각을 쫓아버린다.

"집에 가면 해리한테 전화해야겠어. 일요일에 올 건지 확인해봐야지." 엘런이 말한다.

점심을 다 먹고 루비에게 계산서를 부탁한다. 펍이 너무 붐벼서 한참 만에야 루비가 계산서를 가지고 온다. 평소처럼 접시 위에 놓여 건네진 계산서는 잭도를 정면에서 찍은 사진으로 만든 카드 안에 들어 있다. 엘런은 화장실에 가고 나는 루비가 다른 손님들과 넉살 좋게 대화를 나누는 모습을 지켜본다. 루비에게는 불안하거나 긴장한 기색이 전혀 보이지 않는다. 좌절한 나는 뒤적뒤적 지갑을 꺼낸 다음 음식 값을 확인하려고 계산서가 든 카드를 홱 열어젖힌다. 카드 안에 들어 있는 것은 작은 러시아 인형 하나.

이제 충격은 분노로 돌변한다. 그러나 지금 내가 느끼는 분노는 도를 넘은 누군가를 향한 일차원적인 분노가 아니다. 그것은 증오에 물든 분노다. 분노가 너무 거센 나머지, 검은색 페인트로 칠해진 눈으로 밑에서 나를 노려보던 작은 러시아 인형에게보다 더 큰 분노가 느껴진 나머지 충격을 받았을 정도다. 접시에서 인형을 낚아채듯 집어 들고는 인파를 뚫고 바 끝에 서 있는 루비에게로 간다. 내 표정을 본 루비의 얼굴에서 순식간에 미소가 사라진다.

"이만하면 됐잖아, 루비." 루비에게 바짝 다가붙으며 내가 씩씩거린다.

루비가 어리둥절한 얼굴로 나를 본다. "그게 무슨 말이야?"

손을 뻗어 루비의 손목을 움켜잡는다. "장난 그만하라고. 재미는 볼 만큼 봤을 거 아냐. 이제 그만 좀 해."

"무슨 소리야?"

"나하고 엘런을 못 찢어놔서 안달이잖아."

"잘 들어, 핀. 나는 진심으로 너하고 엘런이 행복하길 바라. 장난 같은 거 친 적 없어." 루비가 손목을 빼려고 하기에 그녀의 손목을 잡은 손에 더욱 힘을 준다. 러시아 인형을 꼭 쥐고 있는 반대쪽 손을 의식하면서. 어떤 여자가 대화를 하다가 멈추더니 우리 쪽을 힐끔 쳐다본다. 나는 심호흡을 하며 분노를 가라앉히려 애를 쓴다.

"젠장, 그런 얘기가 아니란 거 너도 잘 알잖아." 내가 낮은 목소리로 으르렁거린다. "나한테 이메일을 보내면서 다른 사람인 척하고, 보물찾기 하듯 러시아 인형을 심어놓는 거 말이야."

루비가 미소를 지어 우리를 흘끔거리던 여성을 안심시키더니 내 눈을 똑바로 쳐다보며 말한다. "핀, 네가 무슨 말을 하는 건지 나는 전혀 모르겠어. 날 좀 놔줄래? 손목이 아프거든, 좀 많이." 루비가 조곤조곤 말한다. 손목을 얼마나 세게 움켜쥐고 있었는지 깨닫고는 루비의 손목을 재빨리 놓는다. "너 대체 왜 이러는 거야?" 내가 남긴 멍 자국을 문지르며 루비가 묻는다.

"빈말 아냐, 루비. 장난 그만 쳐." 루비가 러시아 인형을 볼 수 있도록 내가 손바닥을 펼친다. "이제 끝내, 알았지?"

루비가 인형을 내려다보며 고개를 가로젓는다. "난 무슨 말인지 못 알아듣겠어."

"이거. 너잖아, 아냐? 네가 계산서 접시에 놓은 거잖아."

"아니, 내가 안 놨어! 내가 뭐 하려? 난 알지도 못하는데."

"아니, 넌 알아. 아주 잘 알아. 이 인형을 보면 내가 무슨 생각을 할지 아주 잘 알고 있잖아."

"있잖아, 핀. 난 네가 무슨 얘길 하는 건지 감도 못 잡겠어." 루비가 러시아 인형을 보며 고개를 끄덕거린다. "그 인형을 접시에 놓은 것도 내가 아니고 그 인형을 보면 네가 무슨 생각을 할지도 나는 몰라."

"네가 계산서 가져다줬잖아."

"그랬지."

"네가 준비해서 가져다줬잖아."

"내가 준비했지, 맞아. 다른 계산서도 내가 준비했고 계산대 끝에 놔뒀어. 다른 직원이 너한테 가져다줄 수 있도록. 계산서가 아직도 계산대에 있는 게 보이기에 내가 너한테 가지고 갔던 거야. 다른 손님들 계산서도 갖다줬고. 난 그냥 내 일을 했을 뿐이라고."

"그럼 이 접시가 계산대에 놓여 있었다는 거야?"

"그래." 루비가 이상하다는 듯 나를 바라본다. "무슨 일인데 그래, 핀?"

결국 다 내 오해인지 의아해하며 머리를 쓸어 넘긴다. "누가 나한테 장난을 치고 있어."

"아무튼 난 아니야."

아직도 확신이 서지 않는다. "기자라던 네 사촌 이름이 뭐지?"

"조, 조 월시. 그건 왜?"

절망스러운 나머지 바를 주먹으로 내려친다.

"핀?" 뒤를 돌자 엘런이 내 옆에 서 있다. 묻는 듯한 표정을 보아하니 엘런이 내가 주먹으로 내려치는 걸 본 모양이다. "괜찮아?"

순식간에 얼굴을 펴며 대답한다. "그럼, 아무 문제 없지. 루비랑 근황을 주고받던 중이야."

엘런이 내게서 루비 쪽으로 시선을 돌리자 루비가 엘런에게 환하게 웃어 보인다. 인형을 주머니에 되는대로 쑤셔 넣고 엘런의 손을 잡는다.

"이리 와, 가자." 버스터 곁에 있던 페기를 부른 다음 루비 쪽으로 돌아선다. "안녕, 루비, 고마웠어." 웃는 시늉조차 하지 않는다.

함께 펍을 나온 우리는 한동안 말없이 걷기만 한다. 엘런은 내가 무슨 말이라도 해주길 기다리고 있겠지만 지금 내 머릿속은 루비와 나눈 대화로 꽉 차 있기 때문에 엘런이 먼저 말을 꺼내기만 기다린다. 왜냐하면 아마도 엘런은 먼저 말을 꺼내지 않을 것이고 그러면 나도 아무것도 해명하지 않아도 될 것이기 때문이다.

"아까는 무슨 일이 있었던 거야?" 엘런이 묻는다.

"그냥 루비가 평소처럼 짜증나게 굴어서." 엘런을 위해 아무렇지 않은 듯 말한다.

"어떤 식으로?"

"우리 결혼 가지고 기분 나쁘게 말을 하더라고."

"어머." 엘런이 얼굴을 찡그린다. "난 루비가 진심으로 축하해주는 줄만 알았어."

"진심은 맞아. 근데 자기도 알잖아, 루비가 그렇지 뭐."

"루비한테 단단히 화가 난 것 같던데."

"그랬지. 근데 괜찮아, 지금은 다 풀렸어."

"다행이다. 자기 아까는 되게 무서웠어."

걸음을 멈추고 그녀를 품에 안는다. "다시는 자기가 나 때문에 무서워할 일이 없어야 할 텐데."

그날 밤 레일라처럼. 나는 소리 없이 덧붙인다.

14
과거

　레일라, 너는 돈에 무관심한 사람이었지만, 그런 너도 내가 7년 동안 시티에서 일하면서 평생 먹고살 만큼 돈을 모았다고 하니까 깜짝 놀랐지. 너무 자만하는 것처럼 들리겠지만, 우리가 런던을 떠나 데번으로 갔을 당시에 앞으로 다시는 일을 안 한다고 해도 전혀 상관이 없을 정도였어. 참 다행스러웠지. 일 생각만으로도 온몸에 힘이 쭉 빠지던 시절이었으니까. 아직 서른도 안 된 나였지만 완전한 번아웃 상태였어.

　머릿속으로는 앞으로 평생 일을 안 하는 건 안 될 말이라는 걸 알고 있었어. 내가 원했던 건 딱 1년만 쉬면서 너한테, 우리한테 집중하고 미래는 나중에 걱정하자는 거였지. 하지만 너는 점점 불안해했어. 난 알 수 있었어. 네가 마치 아름다운 야생 동물처럼 우리에 갇힌 기분을 느끼고 있다는 걸. 가끔 나한테 뜬금없이 딱딱거리곤 했잖아. 곧바로 사과하기는 했지만. 화를 냈다가 절망했다가 변덕이 아주 심했지.

　스키 여행을 일주일 앞뒀을 때, 와인 바에서 같이 일했던 직원들이 런던에서 여자들끼리 주말을 보내자며 너를 불렀어. 그 모임에 나갈 생각으로 넌 굉장히 들떠 있었지. 그날 하루 웃은 양이 한동안 웃은 양을 넘고도 남았을 정도니까. 그런 모습을 보니까 부아가 치밀더라고. 하지만 너한테 가지 말라고 하기엔 난 자존심이 너무 셌어. 오히려 역에 데려다주고 기차에 탄 너에게 잘 다녀오라고 손까지 흔들어줬잖아.

기나긴 이틀이었어. 해변 산책도 다녀오고 그 사이사이 완벽한 남자 친구가 되려고 욕실에 페인트칠도 했지. 네가 돌아왔을 때 깜짝 선물로 보여주려고 말이야. 일요일 저녁이 되니까 네가 빨리 집에 왔으면 좋겠는 거야. 그래서 오자마자 침대로 바로 끌고 가서는 다음 날 하루 종일 뒹굴뒹굴할 계획을 세워뒀지. 그런데 역에서 본 네가 너무 조용하더라고. 순간 내 심장이 멎는 줄 알았어. 난 네가 예전 런던 시절로 돌아가고 싶다고 말할 줄 알았거든. 대신에 너는 나를 와락 껴안더니 사랑한다고, 언제나 나와 함께 있고 싶다고, 우리의 오두막에서 언제까지나 함께 살자고 했지. 내가 굉장히 보고 싶었구나 깨닫고 나니까 조마조마하던 마음도 가라앉고 역시 보내주길 잘했다는 생각까지 들었어.

그다음 주 우린 므제브로 떠났지만 거기 가서도 네 기분은 나아지질 않았어. 네가 스키 타는 게 처음이라 내가 매일 아침 스키 강습을 받을 수 있게 예약해두었잖아. 네 성향에는 산이 잘 맞을 거라 믿어 의심치 않았거든. 그런데 웬걸, 네 반응이 시큰둥한 거야. 나로서는 실망감을 감출 길이 없었어. 아니 두려움이라고 해야 하나. 더 이상 내 말이나 행동에 확신이 들지 않는 거야. 그래서 혹시 집에 가고 싶은 건지, 엘런이 보고 싶은 건지 물었던 건데 네가 눈물을 터뜨리더라고. 어떻게 해도 달래지질 않았지. 네가 어딘가 불안해 보여서 내가 착각한 걸까 봐 걱정이 되기 시작했어. 혹시 너는 런던으로 돌아가고 싶은 건데 나한테 그 말을 꺼내려고 마음의 준비를 하고 있었던 건가?

집으로 돌아가는 길에, 우리는 파리에 들러 저녁을 먹었지. 센 강변을 산책한 다음 차를 주차해놓은 곳으로 갔어. 거기서 너를 내 품 안으로 끌어당기면서 얼마나 사랑하는지 모른다고 말했지. 마음 한편에서는 반지를 가져올걸 그랬다는 생각이 들었어. 네 생일에 주려고 산 반지였지만 말이야. 생일까지 기다릴 것 없이 차라리 그날 그 자리에서 너한테 청혼을 할 수도 있었을 텐데. 하지만 내 사랑 때문에 네가 힘들어하는 것 같아서 청혼을 해도 괜찮을지 확신할 수가 없었어.

차에 타자마자 내가 왜 그러느냐고 물었더니 너는 또 울기 시작했어. 이유는 말해주지도 않은 채. 결국 나도 더는 못 참겠더라고. 고속도로를 나와 피크닉 구역에 들어서서는 왜 그러는지 이유를 말해줄 때까지 출발하지 않겠다고, 말을 해줘야 해결해줄 수 있지 않겠느냐고 쏘아붙였지.

그다음에 네 입에서 나온 말은 나로서는 꿈에도 생각 못한 말이었어. 나를 떠나 런던으로 돌아가고 싶다는 말은 아니었지. 넌 런던에 머물렀던 그 주말에 다른 사람과 잤다고 했어.

15
현재

펍에서 돌아온 우리는 각자의 공간으로 간다. 엘런은 자기 작업실로, 나는 내 서재로. 책상에 앉아 서랍 깊숙이 숨겨놓았던 러시아 인형 두 개를 꺼내 책상 모서리에 세운다. 하나는 담장에서 발견한 것이고 나머지 하나는 차에서 발견한 것이다. 잭도 계산서 접시에서 발견한 인형도 주머니에서 꺼내 두 인형 옆에 놓는다. 세쌍둥이. '너희들 의도가 뭐야? 왜 여기 있는 거지? 대체 무슨 일이 벌어지고 있는 거냐고?' 인형에게 속으로 묻는다.

아직도 루비가 아니라는 확신이 서지 않는다. 이메일 주소만 보면 꽤 유력한 용의자가 맞기 때문이다. 아까 루비한테 내가 다 알아냈다고 말할걸 그랬다. 그 말을 안 했으니 루비는 그런 서툰 연극을 계속해도 되겠다며 안심할 것이다.

잭도에서 발견한 인형을 다시 주머니에 넣고 나머지 인형은 서랍에 밀어 넣는다. 그런 다음 이메일에 접속하니 루돌프 힐이 보낸 메일이 한 통 더 와 있다. 보낸 시간을 확인해보니 엘런과 내가 펍에 가려고 집을 나서던 즈음, **루비가 누군데?**라고 물어본 바로 전 메일을 보낸 지 6분 후다.

메일을 열어본다.

난 루비가 누군지 모르는데
아무튼 난 루비가 아냐

루비가 장난을 치고 싶은 모양이다. 나도 키보드에 손을 뻗는다.

그럼 넌 누군데?

곧바로 답장이 온다.

만일 레일라가 살아 있다고 하면 어쩔래?

가슴이 벌렁거리지만 곧 침착을 되찾는다. 어떤 역겨운 개자식이 분명하다. 루비가 이 정도로 악랄할 리는 없다.

그럼 뻥치지 말라고 하겠지. 씩씩거리며 입력한다.

내 말을 안 믿는다?

응, 안 믿어. 보내기 버튼을 눌렀지만 답장이 없자 긴장이 풀리기 시작한다. 그때 메시지가 도착한다.

믿어야 될걸

그만하고 싶지만 그럴 수가 없다.

그럼 지금 어디 있는데?

답장이 온다.

바로 여기

격한 감정이 거대한 파도처럼 온몸을 강타한다. 책상을 밀치고 벌떡 일어난다. 아직 숨을 쉴 수 있을 때 달리고 싶다, 나가서 신선한 바깥 공기를 마시고 싶다. 하지만 마음이 어지러워 그런지 책상에 다시 앉다가 그만 식은 커피가 든 컵을 엎고 만다. 컵이 돌바닥에 떨어지며 박살 나자 그 안에 있던 액체가 사방으로 튄다. 내가 만든 난장판 속으로, 엘런이 손에 휴대전화를 쥔 채 들어선다.

"핀. 해리가 자기랑 통화하고 싶대." 산산조각 난 커피 잔을 발견한 엘런의 눈이 내 얼굴을 향한다. "해리." 엘런이 전화기에 대고 부른다. "핀이 다시 건대요."

양손으로 머리를 감싸 쥐고 책상에 몸을 기댄 채 정신을 가다듬으려 노력한다. 엘런이 그런 내 어깨에 팔을 둘러준다.

"왜 그래?" 엘런이 내 옆에 쭈그리고 앉아 수그린 내 얼굴을 보려 애쓰며 다급하게 묻는다. "괜찮은 거야?"

불쾌한 장난일 뿐이라고 스스로를 타이른다. 불쾌한 장난일 뿐이라고. "괜찮아." 거칠게 대답한다.

엘런이 한 손으로 내 손을 잡으면서 나머지 손으로는 내 이마를 짚어보려 한다. 내가 아픈 줄 아는 것 같아 이 기회를 놓치지 않기로 한다.

"아까 뭘 잘못 먹은 것 같아." 살짝 끙끙거리며 말한다. "새우가 상했나 봐."

"좀 누워 있지 그래?"

"그래, 그게 좋겠다." 혼자 남겨질 생각에 다행이라 여기며 책상에서 일어선다. 하지만 마음이 너무 심란해서 누워 있진 못할 게 뻔하다. "그럴 게 아니라 강가에 가서 신선한 공기 좀 쐬어야 할 것 같아."

"같이 가줄까?"

"아냐, 괜찮아. 자긴 할 일이 있잖아."

"30분 정도는 뺄 수 있어." 엘런이 우기듯 말한다.

"정말 괜찮아." 엘런의 눈에서 곤혹스러운 기색이 비쳐 정수리에 키스를 한다. "금방 올게."

"알았어. 그건 그렇고 해리가 이번 주말에 못 온대. 무슨 고객 문제가 있다나. 설명해줘서 한참 열심히 듣기는 했는데 잘 이해를 못 하겠더라고. 그래서 자기 바꿔주려고 그랬던 건데."

"알았어." 말은 알았다고 하지만 머릿속은 해리 형이 아니라 레일라로 가득하다. "형한테는 다녀와서 전화할게."

함께 정원을 가로질러 간 다음 나만 집 앞까지 빙 돌아가는 길에 들어선다. 엘런의 시선을 느끼며. 나도 안다. 내가 바를 주먹으로 내려친 이유며 눈에 띄게 심란해하는 이유를 엘런이 궁금해하고 있으리란 걸. 그녀는 바보가 아니다. 아프다는 사람이 집에서 멀리 떨어진 곳까지 나가겠다고 할까? 바로 여기 있다. 강가로 나가겠다는 사람이. 하지만 사실 강가가 아닌 펍으로 다시 가는 중이다. 루비를 보기 위해서다.

루비는 출입구로 불쑥 들어오는 나를 보고도 놀라지 않는 모습이다. 이제는 바에 단골 두어 명, 그 근처 테이블 몇몇에 둘러앉은 사람들밖에 남지 않아 아까보다 한결 조용하다.

"얘기 좀 할 수 있을까?" 내가 묻는다.

루비가 고개로 식당 맨 구석 테이블을 가리킨다. 방해받지 않을 만한 자리다. 루비 뒤를 따라 테이블까지 가는 동안 사람들이 나를 보며 눈썹을 추켜세우고 자기들끼리 팔꿈치로 쿡쿡 찌르는 모습이 보인다. 동네 사람들 모두 루비와 내가 사귀었다는 걸 알고 있고 대부분은 우리가 오래갈 거라고 생각했다. 내가 엘런과 나타나기 전까지는.

"아까 돈 안 내고 갔더라." 엘런이 자리에 앉으며 말한다. 내가 지갑 쪽으로 손을 뻗자 루비가 내 팔에 손을 얹으며 말한다. "농담이야. 안 내도 돼. 좀 이르지만 결혼 선물로 치지 뭐." 루비가 나를 올려다보며 묻는다. "아까는 왜 그런 거야?"

"미안." 루비의 손목에 붉은 자국이 남은 게 보여 사과한다. "내 생각엔……."

"생각엔 뭐?"

루비 맞은편으로 가서 앉는다. "루비, 부탁인데 사실대로 말해줘. 혹시 나한테 다른 사람인 척 메일 보내지 않았어?"

루비가 고개를 젓는다. "아니." 단호히 부인한다. "그럴 리 없잖아. 내가 뭐 하러 그런 짓을 하겠어?"

"내가 받은 이메일 주소가…… 너더라고." 그녀의 반문은 무시한 채 내가 말을 꺼낸다.

루비가 얼굴을 찡그린다. "그러니까 지금 누군가 내 이메일 계정을 해킹했다는 거야?"

"아니, 그런 게 아니고. 내 말은 그 주소가 너와 관련이 있는 것 같다는 거야." 저녁 손님을 위해 이미 테이블 세팅을 다시 해놓은 상태라서 나이프와 포크 밑에 깔린 냅킨을 잡아당겨 빼내서, 펜을 꺼내 'rudolph.hill@outlook.com'이라고 쓴 다음 'rudolph'의 'u'와 'd' 사이에 세로선을 하나 긋는다. "루비하고 돌핀이잖아. 너한테 돌고래 문신이 있고."

루비가 내 말을 곱씹어보는 동안 그녀의 얼굴을 유심히 관찰한다. 혹시 얼굴에 정체를 까발릴 만한 변화라도 나타나지 않을까 하는 심정으로.

"음…… 왜 그 이메일을 내가 보냈을 거라 생각했는지 알 것도 같다. 그래도 그렇지 너무 비약하는 거 아니야? 아니, 진짜 루돌프 힐이란 사람이 보낸 메일일 수도 있는 거 아니냐고?"

"아니라니까. 루돌프 힐은 가명이야. 네가 보낸 이메일로 착각하게 하려고 만든 이름일 거야."

"아니 왜? 뭐라고 쓰여 있길래?"

루비를 얼마나 믿어도 될지 확신이 서지 않아 망설인다. 하지만 레일라를 전혀 모르는 사람, 나를 다시 논리의 영역으로 이끌어줄 사람하고 얘기해볼 필요는 있다.

"처음엔 세인트메리스에 있는 오두막을 문의하더라고."

"세인트메리스?"

"전에 레일라랑 살았던 곳이야."

"그게 나랑 무슨 상관인데?"

"메일을 보내는 사람 말인데…… 그 사람, 내가 레일라가 살아 있다고 생각하게 만들고 있어."

"세상에." 루비의 눈이 휘둥그레진다. "정말 너무하다, 핀!" 루비의 이맛
살이 찌푸려진다. "그런데 내가 뭐 때문에 레일라가 살아 있다는 생각을 네
가 하게 만들겠어?"

루비를 지긋이 바라보며 말한다. "내가 엘런이랑 결혼 못 하게 하려고?"

루비의 입이 떡 벌어진다. "진심이야?" 그녀가 고개를 절레절레 흔들며
말한다. "웃어야 되는 건지 화를 내야 되는 건지 모르겠다. 네 결혼을 말리
고 싶어 할 거라 생각한 건 웃기고, 레일라가 살아 있다고 생각하게 만들 정
도로 나를 잔인하게 본 건 화가 나네." 루비의 갈색 눈이 내 눈을 빤히 응시
한다. "설마 나를 그 정도로 몰랐던 거야?"

"이메일 주소 때문만은 아니야." 주머니에서 러시아 인형을 꺼내 테이블
한가운데 세워놓는다. "이게 계산서랑 같이 들어 있었어."

"그래, 그랬다며." 루비가 인형을 집어 들더니 자세히 살펴본다. "귀엽
네. 그런데 인형이 대체 무슨 상관이 있길래?"

그제야 떠오른다. 루비가 러시아 인형의 사연을 알 길이 없었다는 사실
이. 내가 말해준 적이 없으므로. "아까 혹시 수상한 사람이 어슬렁거리는 거
못 봤어?"

루비가 고개를 젓는다. "못 봤어. 펍에 사람이 워낙 많았으니까 보려야 볼
수도 없었지." 루비가 인형을 내게 다시 건네준다. "누가 바닥에서 주운 걸
계산대에 놓았는데 어떻게 하다 보니까 네 계산서 접시에 떨어진 거겠지."

"그럴지도 모르지." 멍하니 대꾸한다. 방금 퍼뜩 떠오른 게 있기 때문이
다. 러시아 인형의 사연을 아는 건 엘런과 레일라, 그리고 나밖에 없다.

그리고 해리 형, 엘런이 얘기해준 해리 형이 있다.

16
과거

너는 내가 아일랜드를 떠나 영국에 온 이유를 묻지 않았지. 내가 한때 아일랜드에서 살았다는 생각이나 해보았을까 싶어. 사실 그곳에서의 삶은 차라리 잊고 싶었어. 그때의 나는 떳떳한 사람이 아니었거든. 사람들은 나를 착한 거인이라 불렀고 십 대 중반까지는 틀린 말이 아니었어. 아버지가 어느 날 밤 외출을 못 하게 막기 전까진 욱하고 화를 낸 기억이 한 번도 없으니까. 그때 아버지가 잠긴 현관문 앞에 떡 버티고 서 있었는데, 내가 주먹으로 현관문을 쳐서 구멍을 냈지. 최악이었던 건, 실은 내가 아버지의 얼굴을 겨냥했고 그가 피하지 않았으면 중상을 입혔을지 모른다는 거야. 아버지에 대한 사랑이 효험을 발휘해서 내가 그 첫 번째 펀치만 날리고 멈췄던 거라면 참 좋았겠지. 문짝한테는 지켜줄 사랑 같은 건 없으니 한 방 제대로 얻어맞고 쪼개진 나무 쪼가리 신세가 됐던 것이고 말이야.

그 사건 이후 부모님도 나도 겁을 먹었어. 그 전까지는 내 안 깊숙한 곳에 활활 타오르기만 기다리는 불씨가 숨어 있다는 걸 우리 모두 까맣게 모르고 있었거든. 부모님은 경고 신호를 알아차려야 할 필요성을 강조하면서 갈등 상황은 무조건 피하라고 했지. 나는 몸집이 크니까 남들보다 더 위험하다고 하면서. 두어 번 코만 부러뜨리고 끝난 사건을 제외하면 나는 그럭저럭 말썽을 잘 피하고 있었어. 쇼반을 만나기 전까지는.

쇼반은 진정한 내 첫사랑이었어. 이젠 알 것 같아. 내가 쇼반한테 느꼈던 감정은 너한테 느낀 감정에 비하면 아무것도 아니었다는 걸. 하지만 우린 반드시 함께할 운명이라는 느낌, 그 강도는 똑같았어. 아직 대학생이었기 때문에 결혼 얘기 같은 건 하지 않았지. 하지만 쇼반을 만나기 시작한 후로 다른 여자애들은 눈에 들어오지 않았어. 너한테 그랬던 것처럼 나한텐 오직 쇼반밖에 없었거든. 그러던 어느 날, 사귄 지 1년쯤 됐을 때였어. 졸업한 지 일주일 정도 지났는데, 쇼반이 나한테 할 말이 있다는 거야. 굉장히 걱정스러운 표정이었고 겁에 질린 것 같기도 했어. 처음엔 쇼반이나 쇼반의 가족 중 누군가 병이 났나 보다 생각했어. 그런데 그게 아니었어. 쇼반이 내 가장 친한 친구 패트와 사랑에 빠졌고 몇 달 동안 나 몰래 그 자식을 만났다는 거야.

처음엔 웃었어. 나를 골탕 먹이려는 장난인 줄 알고. 왜냐하면 내가 그 전날 패트와 맥주 몇 잔 마시면서 요즘 쇼반 때문에 너무 행복하다고 했거든. 막상 털어놓긴 했는데 털어놓자마자 너무 쪽팔리는 거야. 그 자식 얼굴이 어두워지기에 나처럼 쪽팔리나 보다 생각하면서 술김에 괜한 얘기를 했구나 자책까지 했어.

오랜 세월이 흐른 지금까지도, 그때 내가 한 짓을 차마 떠올릴 수가 없어. 쇼반은 더없이 진지하다는 걸 내가 언제 어떻게 깨달았는지도, 쇼반한테 죽여버리겠다고 고래고래 소리를 질렀던 일도 차마 떠올릴 수가 없는 거야. 내가 두 주먹을 불끈 쥐고 한쪽 팔을 뒤로 빼니까, 쇼반이 내 앞에서 몸을 웅크리면서 그만하라고 비명을 질렀던 일도 차마 떠올릴 수 없고. 뿌연 머릿속을 날카롭게 뚫고 들어온 것은 갈등 상황에선 물러나라던 아버지의 조언이었지. 이내 양팔을 내리고 쇼반을 옆으로 밀친 다음 문 쪽으로 갔어. 그런데 쇼반이 쓰러지면서 머리를 낮은 테이블 모서리에 찧은 거야. 창백한 얼굴로 꼼짝 않고 바닥에 누운 쇼반을 보면서 조금 전 위협만 했다고 생각했던 짓을 내가 실제로 저질렀구나 생각했어. 쇼반을 죽인 줄 알았던 거야.

죽진 않았지만 쇼반은 머리가 찢어져 스무 바늘이나 꿰매야 했어. 다행히 날 고소하지는 않았지. 대신 쇼반의 오빠 넷이 우르르 몰려왔어. 얼마 후 난 아일랜드를 떠났는데 쇼반의 오빠들이 내게 한 일 때문도 아니었고, 두 번 다시 자기들 눈에 띄는 날에는 무릎을 아작내겠다는 협박을 실행에 옮길까 봐 무서워서도 아니었어. 다음번에 내가 이성을 잃게 되면 무슨 짓을 저지를지 걱정이 돼서 떠난 거야. 그때가 내가 해리 형하고 같이 살기 시작한 때였지.

그 후 욱하는 성질 때문에 두 번 더 곤경에 처했는데, 한 번은 나더러 아일랜드 촌놈이라며 계속 깐족거린 동료를 두들겨 패서 결국 중상해죄로 기소를 당했어. 그 후로는 그럭저럭 사고 치지 않고 지냈지. 해리 형을 폭행했던 날 밤까지는.

그리고 너 때문에 이성을 잃었던 그날 밤까지는.

17
현재

부엌에 가보니 엘런이 조리대 앞에 서 있다. 내가 들어오는 소리를 듣고 황급히 움직인다. 죄라도 지은 듯 오른손을 등 뒤에 숨긴 채. 일렬로 세워 놓은 러시아 인형을 굳이 보지 않아도 작은 인형 하나가 빠졌다는 걸 알 수 있다.

"미안." 엘런이 나쁜 짓을 하다 걸리기라도 한 듯 우물쭈물 말한다. 엘런에 대한 연민을 금할 길이 없다. 자신의 과거 한 조각을 손에 쥐는 것만으로 죄책감을 느끼게 하다니 내가 너무 싫어진다.

"레일라는 어렸을 때 어땠어?" 엘런에게 숨 쉴 틈을 주고자 내가 묻는다. 물어본 나도 놀랐지만 엘런도 나 못지않게 놀란 모양이다. 돌아선 그녀의 얼굴이 잔뜩 찌푸려져 있기 때문이다.

"생전 안 묻던 걸 다 묻네." 엘런은 잠시 아무 말도 하지 않는다. "자유로운 영혼이었어. 밖에 있는 걸 좋아했고 학교에 가는 건 끔찍이 싫어했지. 학교에 가면 꼼짝없이 안에 갇혀 있어야 했으니까. 그림 그리는 것도 좋아했어. 아, 그림 그리는 건 둘 다 좋아했구나."

"어머니가 돌아가셨을 때는 자매가 둘 다 힘들었겠네." 진작 나눴어야 할 대화를 이제야 나누고 있다는 생각이 든다.

"힘들었지. 특히 레일라가. 엄마가 얼마나 아프신지 나는 알고 있었지만 레일라를 보호하려고 레일라한테는 숨겼거든. 그래서 엄마가 돌아가신 게 레일라한테 안 좋은 쪽으로 영향을 끼쳤던 것 같아."

"안 좋은 쪽이라니?"

엘런이 희미하게 웃는다. "걔가 엄마가 되었다고 할까."

"레일라가 엄마 역할을 맡았다는 뜻이야?"

"아니, 그 이상이었어. 마치 엄마처럼 굴었거든. 말도 엄마처럼 하고 행동도 하나부터 열까지 다 엄마를 따라 했어."

"자기도 그렇고 아버님도 그렇고 거북했겠네?"

"응, 특히 걔가 자기 본래의 모습하고 엄마 모습을 동시에 써먹을 때 심했지. 그 왜 있잖아, 자기가 물어봐놓고 엄마 목소리로 대답하는 거. 때로는 혼자 1인 2역을 맡아서 처음부터 끝까지 대화하기도 했다니까."

"걱정되진 않았어?"

엘런이 어깨를 으쓱한다. "걱정할 게 한두 가지였어야지. 그래도 아버지가 레일라 버릇을 고쳐주려고 노력한 끝에 결국 레일라도 그만뒀지. 아버지 앞에서만이지만."

"아버지가 폭력을 썼단 얘기야?" 충격에 휩싸인 채 내가 묻는다.

엘런이 마지못해 고개를 끄덕인다. "그랬을 거야. 그때 그 마지막 크리스마스는 정말 끔찍했지. 그것 때문에 레일라가 떠난 거야. 무슨 일이 일어날지 무서워서." 엘런의 얼굴이 갑자기 어두워진다. "레일라가 너무 보고 싶어."

나도 보고 싶다고 말하고 싶다. 하지만 그럴 수 없으니 대신 화제를 바꿔본다.

"오늘 아침에 정원 봤어? 백합 피었더라."

엘런이 고개를 끄덕인다. "정말 예쁘던데. 사실 정원에서 피로연을 열까 생각 중이야."

엘런을 바라보다가 알아차린다. 아, 지금 우리 결혼식 얘기를 하는 거구나!

"9월엔 정원이 지금보단 못할 거야. 하지만 자기가 원하면 그러자."

"생각해볼게." 엘런이 미소 지으며 말한다. "이제 출발해야 하는 거 아냐? 그랜트하고 11시에 미팅 있다고 하지 않았어?"

"이제 가려고." 엘런에게 키스를 하고는 말을 덧붙인다. "러시아워 끝나길 기다리고 있었지."

"운전 조심하고. 런던에서 출발할 때 문자 남겨줘. 그래야 언제쯤 올지 알 수 있으니까."

집을 나와 차에 오른다. 잠시 운전석에 앉아 내비게이션에 세인트메리스를 입력한다. 유감스럽게도 엘런에게 거짓말을 하고 말았다. 엘런은 내가 그랜트 제임스를 만나 투자 건을 마무리 지을 거라고 믿고 있지만 아니다. 오늘 나는 내 과거로, 레일라와 함께 살았던 곳으로 돌아가볼 것이다. 그러면 토머스 윈터 영감한테 우리 오두막 밖에 서 있는 사람을 보고 왜 레일라라고 생각했는지 물어볼 수 있기 때문이다.

며칠간 잠을 잘 수가 없었다. 루돌프 힐이 보낸 마지막 메일을 읽고 나니 도저히 잠이 오지 않았다. **바로 여기**라는 대단할 것 없는 두 단어 때문에 지옥을 오갔다. 만약, 정말 만에 하나, 레일라가 살아 있다면, 그 이메일은 잔인한 장난질이 아닐 것이고, 루돌프 힐은 레일라의 납치범이란 말이 된다. 너무 앞서가지 말자, 레일라가 지난 12년간 갇혀 있었다는 상상도 하지 말자. 장난일 뿐이라고, 장난이어야 한다고 스스로에게 되뇌어본다.

한때 그토록 익숙했던 길을 운전하자니 마음이 영 편치 않다. 세인트메리스에 다 와갈수록 레일라 생각이 더 많아진다. 지난 12년 동안 가장 힘들었던 것은 시신이 발견되지 않았다는 사실이었다. 시신이 나타나길 바란다니 끔찍하게 들릴 줄은 나도 알지만 그렇게 되면 최소한 심리적 매듭을 지을 수 있을 것 같기 때문이다. 한밤중에 자다가 깨서 어떤 미친놈의 손아귀에 붙잡혀 상상조차 할 수 없는 모진 일을 당하면서 어딘가에 갇혀 있는 레일라의 모습을 떠올리며 자학하지 않을 수 있기 때문이다. 가장 견디기 힘든 게 바로 모른다는 점이다. 그게 바로 내가 레일라의 죽음을 받아들이는 쪽을 택한 이유다.

아담한 역 앞에 주차를 한다. 오두막까지 조금 걸으면서 마음을 가라앉히기 위해서다. 차에서 내리는데, 기차역 입구를 지나 플랫폼으로 가서는 런던에서 주말을 보내고 돌아올 레일라를 실어다 줄 기차를 기다리는 내 환영이 보인다. 도저히 억누를 수 없어 그 환영을 따라 나도 플랫폼으로 가서는 레일라가 기차에서 내리는 모습을 지켜본다. 치맛자락이 풍성하게 휘날리는 빨간색 원피스를 입은 아름다운 레일라가 플랫폼을 달려와 그 환영의 품에 안기자 붉은색 머리카락이 뒤에서 물결친다. 갑자기 눈물이 그렁그렁해진 레일라가 환영을 붙잡고 매달리더니 보고 싶었다고 속삭인다. 그러고는 몇 번이고 미안하다는 말을 하자 환영은 순진무구하게도 레일라가 자기를 혼자 두고 런던에 간 것을 사과한다고 생각한다.

배신의 아픔이 나를 순식간에 현재로 데려다 놓는다. 역을 떠나 오두막으로 가는 길을 따라 걷는다. 따스한 공기 속에서 갯내가 풍기고 입술에서는 짠맛이 느껴진다. 오두막이 가까워지자 갑자기 가슴이 무거워지더니 입안이 바짝 마른다. 오두막의 돌담, 그 너머 위층 창문, 아담한 앞마당이 시야에 들어온다. 보면서도 믿을 수 없어 갑자기 멈춰 선다. 너저분하고 황폐하리라 예상했다. 그런데 화단에는 꽃이 가득하고 창가 화분에는 빨간 제라늄까지 심겨 있다.

"레일라." 목이 멘다. 미친 것 같지만 순간 문이 열리고 레일라가 문간에 나타날 것만 같다. 예전처럼 한달음에 달려와 내가 돌아와서 기쁘다며 반겨 줄 것만 같다. 굳게 닫혀 있는 문을 보고도 레일라가 없다는 사실이 받아들여지지 않는다. 내 마음속에서 꽃은 곧 레일라가 존재한다는 증거이기에 달리기 시작한다. 심장이 두근거린다. 대문에 도착하여 걸쇠를 더듬더듬 푼 다음 부리나케 파란색 나무문으로 가서 쿵쿵 두드려본다. 레일라가 문을 열어주지 않아 몇 번이고 쿵쿵 두드린다. 레일라가 거기 있어야 하기에, 레일라를 향한 내 마음을 닫아보려 아무리 노력해도, 엘런을 사랑하고 있음에도, 한순간도 레일라를 사랑하지 않은 적이 없기에.

뒤에서 어떤 남자의 목소리가 들려온다. "아무도 안 나올 거요, 빈집이 된 지 오래라."

뜨겁고 격렬한 분노가 온몸을 훑고 지나간다. 그 자리에 그대로 남아 자제력을 되찾기 위해, 얼굴에서 들끓는 분노의 흔적을 감쪽같이 지우기 위해

안간힘을 쓴다. 그래야 레일라가 살아 있다는 상상에 몰두했던 그 몇 초를 망쳐놓은 인간을 점잖게 대해줄 수 있기 때문이다. 정원 쪽을 가리키며 내가 대답한다. "빈집처럼 안 보여서요." 목소리는 되찾았지만 평정은 되찾지 못해 말투가 퉁명스럽다.

"토머스 영감일 거요."

심호흡을 한 다음 천천히 돌아선다. 나를 본 후 내가 누군지 알아차리고 나면 분명히 얼굴에 나타나게 되어 있는 당혹감과, 자동으로 그의 입에서 튀어나올 '당신 혹시……?'라는 말을 들을 마음의 준비를 하면서. 십중팔구 질문은 끝맺지도 못한 채 목소리가 점점 작아지다가 어색한 침묵으로 이어지겠지. 하지만 나보다 열 살 정도 많아 보이는 사내는 다행스럽게 아무것도 모르는 눈치다.

"토머스 영감요?" 당황한 척하며 되묻는다.

"옆집에 사는 노인인데 벌써 몇 년째 정원을 가꾸고 있지요." 사내가 고갯짓으로 내 오두막을 가리킨다. "매수에 관심을 보인 게 댁이 처음도 아니라오. 하지만 저 집은 매물로 나온 게 아니고, 토머스 영감 말로는 앞으로도 매물로 나올 일이 없다고 합디다."

정원을 걸어 내려와 밖으로 나온 다음 대문을 닫는다. "그 영감님이 옆집에 사신다고요?" 내가 토머스 영감의 오두막을 가리키며 묻는다.

"그래요. 그런데 그 영감 거기 안 계실 거요. 병원에 계신다는데, 한 이삼 주 됐지 아마."

나는 깜짝 놀란 표정으로 사내를 본다. "병원요?"

"맞아요, 엑서터에 있는 병원이지. 놀랄 것 없어요, 아흔도 넘은 분이라."

나는 천천히 고개를 끄덕인다. 무슨 일이 있었던 건지, 토머스 영감이 심장마비라도 일으킨 건지, 입원한 병실은 혹시 알고 있는지 사내에게 묻고 싶지만, 토머스 영감을 모르는 척해놓고 이제 와 물으면 이상하게 여길지 모른다.

"흠, 저 오두막이 매물이 아니라니……." 나는 사내가 사라져주길 바라며 말한다.

"꿈도 꾸지 마쇼. 저 집은 사당 같은 집이니까."

"사당요?"

사내가 고개를 주억거린다. "젊은 커플이 여기 살았는데 프랑스로 휴가를 갔다가 그만 여자가 실종됐지 뭐야. 남자가 잠깐 돌아왔는데, 보나마나 여자가 혹시 나타날까 봐 기다리려고 그랬겠지. 아무튼 여자가 영 안 올 걸 알았는지 남자가 갑자기 동네를 떠났어. 죄다 그대로 놔두고. 창 너머로 들여다보면 내 말이 무슨 말인지 알 거요."

사내는 그런대로 서글서글한 얼굴이지만 그럼에도 주먹으로 한 대 치고 싶은 마음이 굴뚝같다.

"세인트메리스 주민이신가요?" 사내가, 아마 다른 사람들도 더 있겠지만, 병적인 호기심에 창 너머로 들여다보는 모습이 떠올라 괴로워하며 묻는다.

"6개월 전에 이사 왔지. 살 집을 구하는 중이라면 시드머스에 있는 부동산에 가봐요."

내가 슬슬 자리를 뜨기 시작한다. "그렇군요, 감사합니다."

차로 돌아가는 동안에도 사내의 시선이 느껴진다. 헛걸음을 했다고 생각하니 참담하다. 열쇠를 가져왔더라면 사내가 갈 길을 가고 난 뒤 오두막으로 돌아가 집 안을 둘러볼 수 있었을 텐데. 그러면 헛수고가 되지 않았을 것이다. 하지만 토머스 영감만 보고 올 생각이었기 때문에 열쇠를 찾아오지 않았다. 열쇠는 12년 전, 세인트메리스를 떠나던 날, 엑서터에 있는 은행 개인금고에 레일라의 다른 보석들과 함께 보관해놓았다. 그냥 열쇠를 가지고 있을 수도 있었지만 오두막에 다시 가고 싶은 날이 오리라고는 상상도 하지 못했다. 그러면서도 오두막을 팔 생각은 못 했던 것이다.

가서 토머스 영감을 만나보면 좋겠지만 무작정 병원에 찾아가 레일라 목격담에 대해 이것저것 물어볼 수는 없는 노릇이다. 하지만 토니라면 가능한 일이다.

휴대전화를 꺼내 토니의 번호를 누른다. 두 번째 벨소리에 토니가 전화를 받는다.

"핀? 괜찮아요?" 걱정스러운지 목소리가 날카롭다. 그래서 처음엔 토니가 지금 내게 벌어지고 있는 일을 아는 줄 알았다.

"그럼요, 괜찮죠." 일단 토니를 안심시킨다. "지금 통화 가능해요?"

"가능하니까, 말해봐요."

"실은 부탁을 할까 해서 전화한 겁니다. 무리한 부탁인 줄은 알지만 토머스 영감님을 좀 만나봐주겠어요? 그분이 왜 오두막 밖에서 본 사람이 레일라였다고 생각하는지 너무 궁금해서요."

"왜요, 무슨 일 있었어요?"

그에게 어디까지 말할지 곰곰이 생각해본다. "그냥 몇 주 전에 엘런도 첼트넘에서 레일라를 본 것 같다고 해서요. 십중팔구 그냥 머리 색이 똑같이 빨간색인 사람이었겠지만 토머스 영감님이 봤다고 한 마당에 그런 일이 생기니 이상하잖아요."

"흠……." 토니가 잠시 생각에 잠긴다. "좋아요, 그건 나한테 맡겨요. 오늘 오후에 내가 가서 만나보도록 하죠."

"고마워요, 토니, 정말 감사해요." 토머스 영감이 입원 중이라는 사실을 알면서도 토니를 세인트메리스까지 오게 할 생각을 하니 마음이 안 좋다. 하지만 내가 오두막에 다녀온 사실을 토니가 몰라야 한다. 게다가 조금밖에 우회하지 않는다. 세인트메리스에서 병원까지 그리 먼 거리가 아니기 때문이다.

집에 갈 기분이 아니므로 차를 몰고 해안을 따라 달려 시드머스까지 간다. 주차를 한 다음 해변을 산책하려니 페기를 데려왔으면 좋겠다는 생각이 든다. 슬슬 산책에 지쳐갈 때쯤 펍을 하나 발견하고는 들어가 앉아 맥주 한 잔을 홀짝이며 이것저것 꼼꼼히 따져본다.

마침내 오후 5시, 토니의 전화가 걸려 온다.

"토니, 어떻게, 토머스 영감님은 만났어요?"

"유감스럽게도 나쁜 소식이 있어요. 세인트메리스에 갔더니 토머스 영감님이 지난주에 병원에 실려 가셨더군요. 낙상이 아주 심한 모양입니다."

"이런, 헛걸음을 했네요."

"영감님 집 문을 두드려도 안 나오셔서 마을 상점까지 가서야 알았습니다. 로열 데번 앤드 엑서터 병원으로 실려 가셨다기에 곧장 그리로 갔지요."

"그래서 만났어요?"

"아뇨." 토니가 뜸을 들인다. "영감님이 오늘 새벽에 돌아가신 모양이에요."

갑자기 죄책감이 몰려온다. "그것참 안타깝네요. 찾아뵀었어야 했는데, 그러겠다고 약속했거든요."

"영감님이 핀 씨네 정원까지 관리하셨잖아요. 꽃이 아주 만발했더군요. 그래서 순간 당신이 오두막을 판 줄 알았는데 상점에서 만난 사람들이 토머스 영감님 작품이라고 알려주었어요."

"듣고 나니 죄송한 마음이 배가되는군요."

"후회해봐야 이젠 너무 늦었지요 뭐." 토니가 말한다. 내 죄책감을 가중시키고 싶어서가 아니라 사실이 그렇기 때문에 그리 말한 것이다.

"어쨌거나, 고마워요, 토니. 성가시게 해서 정말 미안합니다."

전화를 끊는다. 이제 내가 할 수 있는 일이라고는 루돌프 힐을 찾아 그 자식의 입을 열게 하는 것밖에 없다. 그놈은 생각하겠지. 레일라는 살아 있고, 자기에게 붙잡혀 있는 걸로 내가 믿고 있다고. 그렇게 생각하라지.

그놈은 미끼를 던진 게 자긴 줄 알겠지만, 미끼를 던지는 건 나일 것이다.

18
과거

"누구야, 그 자식?" 퐁슈 피크닉 구역에 주차한 차 안에서 내가 소리를 질렀어. 런던에 있는 동안 다른 사람이랑 잤다고 고백한 뒤였어. "누군지 말해!"

너는 멍하니 고개만 가로저었어. 내가 너무 화를 내니까 겁이 난 거지. 나도 겁이 났지만 꾹 참았지. 어쨌거나 내가 화가 난 건 너 때문이 아니었어. 너를 억지로 범한 개자식한테 화가 난 거지. 그 자식의 뼈란 뼈는 모조리 부러뜨리고 불알도 잘라버리고 싶을 정도로.

"너한테 화난 거 아냐, 레일라." 내가 심호흡을 하고 말했어. "그놈이 누군지만 알고 싶은 거야."

너는 내 눈을 마주치지 않으려 했어. "나도 몰라."

믿지 않았지만 그냥 그런가 보다 했어. "어쩌다 그런 일이 일어났는지는 말해줄 수 있어? 그놈이 너를 범한 거야? 너를 때렸어?" 그때 내 마음은 그 정도로 암담했지. 네가 자발적으로 섹스를 한 게 아니라 강간을 당했다고 믿고 싶을 정도로.

이번에도 너는 고개를 가로저었고 나는 다시 한 번 심호흡을 했어. 그놈이 강제로 너를 범한 게 아니었다면, 네가 취한 틈을 노렸다는 거잖아. 생각만으로도 역겨웠어.

"좋아." 내 말에 긍정해주길 바라는 표정으로 너를 바라보며 말을 계속했어. "술을 너무 많이 마셨던 거야, 그렇지?"

네 눈은 눈물을 가득 머금고 있었어. "아니야."

"하지만……." 나는 도무지 이해가 안 됐어. "취한 것도 아니었고, 그놈이 너를 범한 것도 아니라면, 대체 어떻게 그런 일이 있을 수 있어?"

네 눈은 내게 애원하고 있었어. 제발 더 이상 캐묻지 말아달라고. 너의 눈에서 눈물이 쉴 새 없이 흐르는 걸 보는데 두려움이 내 가슴속을 야금야금 파고들었어. 그래도 멈출 수가 없었지. 난 알아야 했어. 눈물 줄기로 얼룩진 네 얼굴에서 진실이 나를 뚫어져라 바라보고 있는데도 외면했어.

"말해봐, 레일라. 어쩌다 그렇게 된 건지."

"난 못 해."

"왜 못 해?"

"자긴 이해하지 못할 테니까."

"한번 이해시켜봐."

너는 고개를 떨궜어. "어떤 기분인지 알고 싶었어."

여전히 이해할 수가 없었던 나는 얼굴을 찌푸리며 물었지. "어땠는데?" 내 목소리가 차 안에서 공허하게 울려 퍼졌어.

그때였어, 네가 말하기 시작한 건. "날 범한 사람 같은 건 없었어. 다른 사람하고 섹스를 하면 어떨지 알고 싶었을 뿐이야, 그게 다야."

내 머리는 천천히 퍼즐을 하나하나 맞춰가고 있었어. 어떤 기분인지 알고 싶었다니. 다른 사람과. 그것. 섹스를 하면 어떤지. 네가 생판 모르는 사람과 섹스를 하고 싶어 했다니. 다른 사람과의 섹스가 어떤지 알고 싶다는 이유로. 처음엔 쇼반이 그러더니 이젠 너까지.

그다음에 무슨 일이 있었는지는 별로 기억이 안 나. 차에서 뛰쳐나가 길길이 날뛰며 네 쪽으로 가서는 조수석 문을 홱 열고 너를 끌어 내린 건 알아. 그만하라고 소리 지르던 네 목소리도 기억나고, 내가 팔을 들어 올리니까 네 눈에 비치던 두려움도 기억나. 그러고 나서 화장실에 들어가서 나를 집어삼킨 무시무시한 분노를 자제하려고 안간힘을 썼던 것도 기억나. 또 그후에 차를 세워둔 곳으로 갔더니 네가 사라졌던 것도 기억나. 시간이 얼마나 지났는지는 나도 모르겠어.

처음엔 네가 어디 숨은 줄 알았어. 내가 너를 차에서 질질 끌어 내린 다음 마구 흔들어댔으니까. 그런데 내가 팔을 번쩍 들어 올린 순간하고 화장실에 들어간 사이 무슨 일이 벌어졌는지 기억이 나지 않아. 내가 미안하다면서 너를 부르기 시작했는데 네가 안 나타나는 거야. 그래서 트렁크에서 손전등을 꺼내서 너를 찾으러 다녔지. 네 시체를 발견하게 될까 봐, 내가 너를 죽여서 피크닉 구역을 빙 둘러싼 나무 사이에 시체를 숨기고는 그 일을 내 기억에서 통째로 지워버린 걸까 봐 벌벌 떨면서 말이야. 하지만 너를 찾을 수 없었고, 생사도 알 수 없었지.

뭘 어떻게 해야 할지 알 수가 없었어. 실종 신고를 해야 한다는 건 알았지만 우선 그럴싸한 얘기가 있어야겠더라고. 안 그랬다간 내 전력을 알아내고는 네가 안 나타나면 날 살인 용의자로 체포할 게 뻔했으니까. 그래서 난 이렇게 했어. 피크닉 구역에서는 휴대전화 신호가 안 잡혀서 가장 가까운 휴게소로 차를 몰고 간 다음 이야기를 꾸며냈지.

19
현재

"우리 오늘 오후는 좀 쉴까?" 머리를 좀 식혀야겠기에 엘런에게 점심을 같이 먹자고 한다. 오전 내내 토니한테 전화를 다시 걸지 말지 고민을 한 터였다. 하지만 얼마나 터무니없게 들리겠는가. 차라리 이메일만 있다면 좀 더 그럴듯해 보일 것이다. 그런데 누군가 내 주변에 작은 목각 인형을 찾아가란 듯 남기고 있다는 건 그냥 역겨운 장난으로밖에 보이지 않을 테니 차라리 내가 직접 범인을 찾는 게 나을 것 같다.

엘런이 머리 위로 양팔을 쭉 뻗어 스트레칭을 한다. "좋은 생각이야, 나도 좀 쉬어줘야 할 것 같아."

"언덕으로 산책 나가자고 할 생각이었어."

"그럼 페기는 데리고 가지 말자. 페기한텐 너무 머니까."

"페기는 다녀와서 내가 데리고 나갈게."

식탁 밑에서 잠들어 있는 페기를 두고 배낭에 생수 두어 병을 넣고는 마을 끝까지 걸어가 그 너머에 있는 언덕에 오른다.

"그래서 일러스트는 잘되고 있어?" 손을 잡고 걸으며 내가 묻는다.

"응. 스탠 마음에 들기만 바라고 있어."

"그 사람 몇 살이라고 했더라?"

"여든셋."

"글쓰기에 나이 제한 같은 건 없다는 걸 보여주는 분이네." 내가 혼잣말처럼 중얼거린다.

해도 너무 뜨겁지 않은 데다 언덕에는 잔잔한 바람까지 불고 있어 산책하기에 더없이 좋은 날이다. 한 시간 정도 후, 평평한 돌 위에 함께 앉아 물을 마신다. 아까부터 나는 내내 루돌프 힐한테 이메일이 왔을지만 생각 중이다.

도저히 가만히 앉아 있을 수가 없어진 나는 벌떡 일어나 엘런을 끌어당겨 일으켜 세운다. "자, 이제 가자."

내려갈 때는 걸음이 점점 빨라진다. 집 근처에 거의 다 왔을 무렵, 앞마당에 나와 있는 믹이 보인다.

"안녕하세요, 믹." 내가 다가가 인사를 건넨다. "부인은 좀 어떠세요?"

"별로 안 좋아요." 믹이 지친 얼굴로 고개를 가로젓는다. "우울증이란 게 참 힘든 병이거든요."

"제가 가서 부인을 좀 뵈어도 될까요. 수다도 떨 겸." 엘런이 제안한다.

"집사람이 수다 떠는 건 그다지 좋아하지 않아서요."

"그럼 책을 읽어드리는 건 어떨까요? 그건 좋아하실까요?"

"마음은 고맙지만 누가 곁에 있으면 집사람이 불편해해서요. 가족이 찾아와도 싫어할 정도랍니다. 그래도 제프리스 부인은 허락을 하네요."

"혹시 쉬고 싶다거나 맥주 한잔하고 싶으면 찾아오세요." 내가 믹에게 권한다.

"고마워요." 어색한 침묵이 흐른다. "집사람이 찾을지도 모르니 난 이제 가봐야겠네요." 믹이 돌아서서 현관으로 향한다.

우리는 길을 건너 집으로 향한다.

"난 그냥 그 부인이 제프리스 부인보단 좀 젊은 사람이랑 함께 있는 걸 좋아할지도 모른다고 생각했을 뿐인데." 엘런이 말한다.

"유감스럽게도, 우울하면 결국 온 세상과 담을 쌓게 되지." 내가 대꾸한다. 레일라의 실종 이후 내가 어떤 일을 겪었는지 엘런은 속속들이 알고 있기에 내 손을 잡고 있던 손에 연민을 실어 더 꼭 쥐어준다. 두 아들과 건강까지 잃은 믹의 부인에 비하면 레일라의 실종에 그렇게 크게 망가진 내가 조금은 한심하게 느껴진다. 이제 생각해보니 우리는 부인의 이름조차 모르고 있다.

페기가 안 자고 있기에 데리고 나간다. 산책 후 집에 돌아와서 페기는 자기 밥그릇으로, 나는 내 서재로 향한다. 제일 먼저 하는 일은 역시 이메일 확인. 새로 온 메일이 여러 통 있어 재빨리 눈으로 훑어 내린다. 하지만 루돌프 힐한테 온 새 메일은 없다. 놈의 침묵에 짜증이 난 나는 정면 돌파를 하기로 마음먹는다.

한번 만나보고 싶군. 이렇게 쓰기는 했지만 놈이 그러자고 할 리 없다는 걸 안다. 그런데 놀랍게도 답장이 곧바로 온다.

나도 마찬가지야

모니터를 뚫어져라 응시하다. 얼굴 없는 이 사람이 지난 4일간 컴퓨터 앞에 진득하게 앉아 내가 다시 연락하길 기다렸을 모습을 상상하니 소름이 끼친다. 정신 바짝 차리자. 이제 놈을 낚아야 할 때다.

어디서?

주소 있잖아

심장이 쿵쿵 둔탁하게 뛴다. 오두막. 어제 누군가 거기서 나를 몰래 지켜보고 있었단 말인가? 어제 그 사내가 안 나타났으면 모습을 보였을까? 낚였다가 허탕 치고 돌아가는 내 모습을 보며 고소해했을까?

언제?

내일

몇 시?

오후 4시

레일라를 언급할까? 놈의 말이 진짜라고 믿는 것처럼 레일라도 데려오라고 물어본 다음 놈이 뭐라고 하는지 지켜봐야 할까? 결국 그냥 그리 가겠다고만 말한다.

저녁 식사 후, 엘런에게는 방금 그랜트 전화를 받았는데 한 번 더 만나야 할 일이 생겼다고 말해둔다.

"내일이야. 괜찮지?" 내가 묻는다.

"당연하지. 자기 고객이잖아, 고객을 행복하게 해줘야지."

"자기도 행복하게 해줘야 하는데 말이야." 다가가 엘런을 품에 안으며 말한다.

"그럼 침대로 올라가는 게 어때?" 엘런이 속삭인다.

엘런의 목을 코로 비비며 그 제안에 따르려는 찰나, 그녀 뒤편으로 나란히 서 있는 러시아 인형 일가에 눈이 간다.

"나도 그러고 싶어." 팔을 풀고 엘런에게서 물러나며 아쉬운 듯 말한다. "그런데 서재에서 미팅 준비를 좀 해야겠어." 엘런의 얼굴에 실망의 빛이 완연해진다. "빨리 끝내도록 노력해볼게." 달래는 말을 잊지 않는다. 러시아 인형을 못마땅한 눈으로 보며 저 인형은 어떻게 존재만으로 내 성욕을 싹 가시게 할 수 있는지 모르겠다는 생각을 한다. 그리고는 속으로 되뇐다. 내일, 내일이면 레일라가 살아 있다고 믿게 만들려는 사람이 누군지 알게 될 것이다.

20
과거

경찰한테 거짓말을 너무 많이 하고 말았어. 화장실에 가고 싶은 생각도 없었고, 우리는 차 안에서 아무것도 먹지 않았기 때문에 내다 버릴 쓰레기도 없었는데. 내가 차에서 내리고 나면 차문을 잠그라는 말도 너한테 하지 않았고, 빨리 돌아온다는 약속도 하지 않았고, 네가 깜깜한 길을 걸어 돌아오지 않아도 되도록 차를 후진으로 화장실 건물로 몰고 가지도 않았고 말이야.

몇 가지 마음에 걸리는 게 떠오르긴 했어. 내가 화장실 건물로 들어갈 때 거기서 나오던 어떤 남자를 지나친 게 기억났는데, 그건 절대 거짓말이 아니었어. 바깥에 주차되어 있던 차가 떠나는 소리를 들었던 것도, 화물차가 고속도로 진입로에 들어서는 걸 본 것도 기억이 났는데, 이것 역시 거짓말이 아니었고. 하지만 화장실에 들어가기 몇 분 전, 그 결정적인 순간은 떠올릴 수가 없었어.

심문 중, 경찰에게는 므제브에서 내내 행복에 겨운 시간을 보냈다고 말했고, 내가 청혼을 했는데 네가 수락했다고도 말했어. 왜냐하면 날 용의자로 보는 경찰들의 시선에서 벗어나야 했거든. 인간은 가끔 어쩔 수 없이 거짓말을 하기도 하잖아, 안 그래? 너도 그래줬으면 얼마나 좋았을까, 나한테 다른 사람하고 잤다는 고백을 하지 않았다면 얼마나 좋았을까! 네가 그런 말을 하지 않았으면 우린 지금도 함께일 테니까, 너는 바로 지금도 내 곁에 있을 테니까. 하지만 전부 다 거짓말은 아니었어. 4월에 있을 자기 생일에 청혼하려고 하긴 했으니까. 그건 알아줘야 해.

전화를 한 통 할 수 있다고 해서 해리 형한테 걸었어. 7개월 전 두들겨 팼던 밤 이후 본 적도, 안부를 물은 적도 없었는데 말이야. "무슨 일이야, 인마?"라는 해리 형의 말에 눈물이 쏟아지더라. 내가 한밤중에 형한테 전화를 걸었다면 그건 시궁창에서 한 번 더 건져달라고 부탁하기 위해서란 걸 형이 바로 알아차렸기 때문이지. 한 시간도 안 돼서 나한테는 변호사가 생겼고, 다섯 시간도 안 돼서 해리 형이 나한테 달려와줬어.

형한테는 신세 진 게 너무 많아.

21
현재

세인트메리스에 가는 길에 엑서터에 있는 은행에 들러 대여 금고를 열고 오두막 열쇠를 꺼낸다. 나무로 제작된 그 금고를 열기가 쉽지는 않다. 레일라의 보석들도 같이 들어 있어서, 그녀가 손목에 은팔찌를 채우던 모습, 내가 금시계를 선물했을 때 팔로 내 목을 부둥켜안던 모습, 웃느라 고개를 뒤로 젖히는 바람에 귀고리가 내 눈에 얼핏 비쳤던 일 등, 수많은 장면이 주마등처럼 떠오르기 때문이다. 추억의 금고를 닫은 후, 주머니에 열쇠를 고이 넣은 채, 은행을 떠나 시드머스로 차를 몬다. 시드머스에 도착해서는 해안에 있는 어느 카페에 앉아 맥주 한 잔과 샌드위치를 먹으며 마음을 가라앉히려 애를 쓴다. 새로 온 메일이 있는지 휴대전화를 확인했지만 루돌프 힐한테 온 메일이 없어 주식시장을 살펴본다. 어제 산 주식이 급락한 것을 보니 조짐이 좋지 않다.

앞으로 다가올 몇 시간이 어떻게 전개될지 감도 오지 않는다. 루돌프 힐이 집 밖에서 기다릴지 혹은 집 안에서 기다릴지에 많은 것이 달려 있다. 밖에서 기다린다는 건 놈이 레일라를 만나본 적도 없는 역겨운 자식이라는 의미일 것이다. 안에서 기다린다는 건 열쇠를 가지고 있다는 말이 된다. 왜냐하면 열쇠는 내 것하고 레일라 것, 딱 두 벌밖에 없으므로, 십중팔구 루돌프 힐이 그날 밤 주차장에서 레일라를 데려간 놈이라는 의미가 되기 때문이다. 아니면 적어도 레일라를 데려간 놈을 알고 있거나.

처음으로, 이번 일이 돈 때문에 벌어진 일일지도 모른다는 생각이 퍼뜩 떠오른다. 루돌프 힐이 레일라의 납치범이라면 그놈은 내가 부자라는 사실을 알고 있을지 모른다. 납치 당시, 자기를 풀어주면 내가 몸값을 지불할 거라고 레일라가 말했을 수도 있기 때문이다. 하지만 뭐 하러 12년이나 기다렸다가? 왜 진작 몸값을 요구하지 않고? 전혀 말이 되지 않는다. 놈이 레일라를 여태껏 살려두었고, 레일라가 정말 놈과 함께 있는 게 아닌 한. 희망이 밀려오기 전에 그런 생각은 얼른 쫓아버린다. 하지만 물러가지 않고 이내 다시 돌아온다. 만약 놈이 레일라를 오두막에 데리고 온다면?

눈을 감고 오후 4시에 대문을 지나 집 안으로 들어가 12년 전과 마찬가지로 아름다운 모습으로 서 있는 레일라를 발견하는 내 모습을 그려본다. 그러고는 눈을 뜨기 무섭게 현실을 직시한다. 그럴 리가 없지 않은가? 12년이면 레일라도 변했을 것이다. 특히 내내 감금 생활을 했다면 더더욱. 내가 기대한 모습과는 전혀 달라 보일 것이다. 레일라는 나를 보면 무슨 생각이 들까? 나는 41년 인생이 고스란히 드러나는 외모다. 아직 머리도 빠지지 않았고 턱수염도 있지만 레일라의 실종과 그에 따른 우울증의 흔적으로 양쪽 관자놀이 부근이 희끗희끗해졌다. 꾸준히 달리기를 하는데도 전보다는 몸도 조금 무거워졌다. 다 부질없단 생각에 고개를 절레절레 젓는다. 레일라는 나타나지 않을 것이다. 누군지 몰라도 루돌프 힐은 레일라를 미끼로 이용하고 있는 것뿐일 테니까.

시간을 확인한 뒤, 샌드위치를 다 먹고 세인트메리스로 출발한다. 도착해서는 오두막 밖에 주차를 한다. 길에서 나를 기다리고 있는 사람은 없다. 차에서 내릴 때도 집에서 나오는 사람은 보이지 않는다. 대문을 열고 집으로 향해 걸어가는 발걸음이 무겁다. 심장이 너무 쿵쾅거려서 집 안에 있는 사람한테도 다 들릴 것만 같다. 집 안. 그렇다면 놈한테 레일라의 열쇠가 있다는 뜻이로군. 놈을 한 대 치고 싶어 주먹이 근질거리는 바람에 놈의 얼굴에 날릴 듯한 기세로 주먹에 온 힘을 실어 현관문을 쾅쾅 두드린다. 놈이 나타나지 않아 주머니에서 열쇠 꾸러미를 꺼내 현관 열쇠를 찾는다. 열쇠가 자물쇠에 걸리는 듯싶더니 결국 돌아간다. 문을 밀어 열고 무심결에 몸을 낮춘 후 안으로 들어선다.

곧바로 곰팡내와 삭막함이 엄습한다. 수많은 추억이 무차별 공격을 가하는 바람에 털썩 주저앉을 뻔한다. 바로 이 현관에 서 있던 레일라, 계단에 앉아 부츠를 벗던 레일라, 계단에서 내려와 내 품에 안기던 레일라. 그런 모습이 사라지길 기다리며 누가 있지는 않은지, 방에서 움직이는 사람은 없는지, 위층 마룻바닥이 삐걱거리지는 않는지 귀를 기울인다. 하지만 침묵과 결코 실현되지 않을 희망의 유해만이 남아 나를 통렬히 비웃는다.

현관문이 아직 열려 있어 닫으려고 돌아섰더니 곰팡이가 슨 편지, 전단, 무가지 더미가 문짝에 밀려 뒷벽까지 물러나 있다. 또 다른 전단 두어 장은 현관 깔개 위에 따로 놓여 있는데 최근 것이고 따라서 더 깨끗하다. 그게 무슨 의미인지 깨닫자 식은땀이 흘러 등골이 오싹해진다. 우편물이 벽으로 밀쳐지려면 누군가 현관문을 완전히 여는 것밖에 방법이 없다. 깔개 위 전단은 그 후 들어왔을 테니 오늘 새벽 일일 것이다. 다시 말해, 누군가 여기 왔고 아직 있을지 모른단 얘기다.

손을 뻗어 부엌으로 들어가는 왼쪽 문을 밀어 연다. 낯익은 물건이 너무 많이 보인다. 접시를 보관하던 선반 아래 고리에 걸려 있는 도자기 머그잔들, 창턱에 나란히 놓인 삶은 달걀용 컵, 레일라가 장작 스토브 앞에서 웅크려 앉곤 했던 낮은 안락의자. 모두 그 자리에 그대로 있지만 거의 형체를 알아볼 수 없을 지경이다. 12년 동안 쌓인 먼지가 그 공간에서 색채를 모조리 지워낸 모양이다. 방치되고 버려진 공간이 풍기는 인상은 뼛속까지 충격을 안겨준다. 레일라가 돌아올지 몰라 모든 걸 그 상태 그대로 얼마나 유지하고 싶었는지 모른다. 하지만 레일라가 정말로 돌아왔다면 애정과 보살핌을 받지 못한 오두막을 보고 얼마나 마음이 착잡했을까?

살금살금 다시 현관으로 가서 오른쪽 문을 밀어 연다. 거실도 역시 텅 비어 있다. 누구 없냐고 소리쳐볼까 하다가 만약 누군가 집 안에 있고 내가 봐주길 원했다면, 지금쯤 벌써 모습을 보이고도 남았을 거란 생각을 한다. 하지만 뭐 하러 숨어 있겠는가? 그쪽에서 나를 여기로 유인했으니 분명 이유가 있을 것이다.

토니에게 전화해서 같이 오자고 할걸 그랬다. 이젠 너무 늦었지만. 이 모든 게 정성 들인 장난에 불과하다고 확신해버린 탓이다. 만약 장난이 아니면? **바로 여기**라는 메일 내용이 떠올라 위층으로 올라가는 층계참을 올려다본다. 저 위에 몸이 묶이고 재갈이 물린 레일라가 있고 루돌프 힐이 그 옆에 서서 내가 나타나 레일라를 찾아주길 기다리고 있을까? 성큼성큼 계단을 뛰어 올라가고 싶은 충동이 일어 미칠 것 같다. 하지만 신중할 필요가 있다. 레일라를 위험에 빠뜨려선 안 된다. 자제하자. 레일라가 저 위에 있을 리 없잖아, 안 그래?

첫 번째 계단에 발을 올려 아무 이상이 없는지 확인해본다. 삐걱거리지 않기에 낮은 천장에 머리를 부딪치지 않도록 고개를 숙인 채 최대한 소리 내지 않고 계단을 오르기 시작한다. 왼쪽에 있는 화장실 문이 살짝 열려 있다. 아, 그래서 시큼한 냄새가 나는구나. 변기통 안 고인 물 때문에. 오른쪽에는 레인라와 함께 썼던 침실이 있다. 들어가보니 거기도 비어 있다. 잿빛 먼지에 뒤덮여 거의 알아볼 수 없는 레일라의 잠옷 가운이 우리가 므제브로 떠나던 날 아침에 걸쳐놓은 의자에 그대로 걸쳐져 있다. 욕실에서 나와 복도를 따라가면 보이는 작은 침실도 그 어떤 비밀도 폭로해주지 않는다. 침대 기둥에 묶인 채 구조를 기다리는 레일라도 없고, 나를 협박하려고 기다리는 루돌프 힐도 없다. 정신적으로 지칠 대로 지친 나는 맨 위 계단에 앉아 아래쪽 현관을 내려다보며 오늘도 헛걸음을 했다는 사실을 받아들이려 애를 쓴다. 집을 나설 때는 오늘 저녁이면 러시아 인형과 이메일의 실체를 알아내리라 생각했다. 그런데 오히려 미궁 속을 헤매게 되었다.

휴대전화를 꺼내 시간을 확인한다. 4시 반. 루돌프 힐에게 메시지를 보내 대체 무슨 수작인지 알아봐야 할 때다.

난 도착했어. 넌 어디지?

곧바로 답장이 도착한다.

내가 있겠다고 한 곳에

나를 계속 가지고 놀려고 한다는 사실에 분노가 솟구친다.

거짓말하지 마. 내가 지금 오두막인데 넌 없어.

잊어버렸다니 믿을 수가 없군

잊어버렸다니 뭘? 내가 씩씩거리며 입력한다.

당신이라면 알 거라 생각했어

메시지의 어조가 바뀐 게 갑자기 느껴져서 멈칫한다. 뭔가가 툭 끊어진 것 같다.

그게 무슨 말이지? 내가 묻는다.

그 주소

잠시 가만히 앉아 이쯤에서 다 그만둬야 하나 곰곰이 생각한다. 하지만 여기까지 왔으니 계속 가보는 편이 낫다.

무슨 주소?

이메일 주소

휴대전화를 계단 아래로 내던지고 싶은 충동이 마구 인다. 그 대신 작은 키를 더듬더듬 눌러 메시지 하나를 툭 던진다.

너 누구야, 왜 이런 짓을 하는 거지?

내가 누군지 알잖아

그래, 빌어먹을 루돌프 힐이지!

아직도 모르다니 믿을 수가 없네

모르긴 뭘 몰라? 네가 레일라를 데리고 있는 척 행세하며 헛짓거리나 하
는 역겨운 사이코라는 거?

내가 보냈다는 걸 당신이 알아볼 수 있게 특별히 고른 거였어
아직도 날 사랑한다면 모를 리가 없는데
안녕 핀

사랑이라는 말이 나오고 내 이름을 부른 데 당황하여 메시지를 노려본다.
메시지를 한 번 더, 이번에는 좀 더 천천히 읽는다. 무서워서 등골이 오싹해
진다. 이 개자식은 메시지가 레일라한테 오는 거라고 내가 착각하길 바라는
거다. 하긴…… 아니, 속임수다. 한 단계 나아간 놈의 수법이다. 하지만 내
손가락은 이미 그녀의 이름을 입력하고 있다.

레일라?

기다리면서도 심장이 벌렁거린다. 하지만 답장이 없어 이내 심한 좌절감
에 빠진다. 놈의 함정에 또 한 번 빠지다니 내가 너무 싫다. 놈은 애초에 오
늘 여기 올 의도가 전혀 없었고 날 이 오두막으로 꾀어낼 생각밖에 없었던
거다. 그렇다면 왜? 칼자루를 쥔 사람이 자기라는 걸 보여주려고?
이 모든 심리전에 넌더리를 치며 아래층으로 내려가 부엌으로 가는 문을

밀어 연다. 의자에서 먼지를 털어내고 잠깐 앉아야겠다. 식탁에서 의자 하나를 잡아끌다가 등받이에 손을 그대로 얹은 채 멈춘다. 마지막으로 이 의자에 앉았던 때가 떠올랐기 때문이다. 그날 이 의자에 앉아서 레일라에게 편지를 썼는데, 혹시 레일라가 돌아오면 읽으라고 두고 간 편지였다. 갑자기 내 환영이 나타난다. 환영은 주머니에서 반지를, 레일라의 스무 번째 생일에 주려고 계획했던 반지를 꺼내 편지와 함께 봉투에 담는다. 내 환영이 봉투를 봉한 다음 레일라가 쉽게 발견할 수 있게 테이블 한가운데 놓는 모습을 지켜본다. 그러다 내 환영도 나타났을 때처럼 별안간 사라져버린다. 편지는 온데간데없고 남은 거라곤 한때 봉투가 놓였던 갈색 직사각형 흔적밖에 없다. 하지만 떡갈나무 테이블의 나머지 부분에는 표면이 보이지 않을 정도로 먼지가 두껍게 쌓여 있다. 손을 뻗어 봉투가 놓였던 직사각형 부분을 훑어보니 먼지가 거의 없다. 꽤 최근에 누군가 편지를 가져갔다는 말이다.

의자에서 먼지를 털어낸 후 털썩 주저앉는다. 아마 그 편지는 이틀 전 토머스 영감을 보러 내가 이곳에 왔을 때도 이미 사라지고 없었을 것이다. 루돌프 힐이 나에 대해 그렇게 많이 알고 있는 건, 그 편지 때문일까? 놈의 마지막 메시지가 어딘가 너무 진짜 같아서 한순간 정신이 나가 정말 레일라가 보낸 메시지라고 착각한 것도 그 때문일까? 놈의 덫에 순순히 빠지다니 비참하다. 절박하게 보낸 레일라?라는 메시지를 보고 놈이 얼마나 비웃었을까? 하지만 메시지를 보낸 게 누군지 내가 알아볼 수 있도록 이메일 주소를 골랐다는 말, 그 말은 무슨 뜻이었을까? 루비가 보낸 거라고 생각해선 안 된다는 말이었을까? 보낸 사람의 의도가 그게 아니라면, 이메일 주소는 내가 알아낸 의미 말고 다른 것, 내가 당연히 알고 있어야 하는 어떤 것을 의미한다는 말이 된다. 사람이 아니라면 또 어떤 의미가 있을 수 있을까? 장소? 언덕은 많이 알고 있지만 그중 루돌프라는 데는 없다. 그렇다면 어디 다른 언덕?

아주 서서히 이해가 되기 시작한다. 루비와 돌고래가 아니고 러시아 인형이다. 러시아 인형과 파로스힐. 파로스힐 위의 러시아 인형.[5] 기적이라도 목격한 것처럼 순간적으로 망연자실해진다. 나 말고 레일라가 파로스힐 위 나무 그루터기를 러시아 인형에 비유했다는 걸 알고 있는 유일한 사람, 그건 바로 레일라다. 하염없이 눈물이 흘러 얼른 닦아낸다. 사실이 아니다, 사실일 리가 없다. 이메일이 레일라한테 온 것일 리 없다. 그런데 결론은 그렇다고 말하고 있다.

오두막을 떠난 기억도 없는데 어느새 차 안에 앉아 있다. 파로스힐은 도보로 30분, 자동차로는 겨우 10분 거리에 있다. 제발 레일라가 아직 그곳에 있기를 빌면서 기어를 넣고 차를 출발시킨다. 제발 레일라가 아직 있기를!

8분 만에 목적지에 도착한다. 언덕 기슭에 차를 세우고 전속력으로 언덕을 오르기 시작한다. 정상에 도달할 때쯤에는 숨이 너무 차서 폐가 터질 것만 같다. 미친 듯 주변을 두리번거린다. 아무도 보이지 않는다. 하지만 그 지점에서는 러시아 인형과 비슷한 모양을 한 그루터기도 보이지 않는다. 오래전에 가져다 놓은 벤치, 등받이에 친구들과 연인들의 이름이 새겨진 그 의자를 지나쳐 달려가 언덕배기에 오르니 다리 근육에 무리가 갔는지 부들부들 떨린다. 그 나무 그루터기가 시야에 들어오자 그곳을 향해 질주한다. 아무도 보이지 않고 숨어 있을 데도 없다는 걸 알면서도. 이 모든 게 추악한 장난이었던 건지, 레일라가 여기 온 적도 없는 건지 의아하게 여기던 중, 그루터기 위에 정성스레 놓인 작은 러시아 인형 하나가 보인다.

"레일라!" 그녀의 이름이 내 눈물샘을 더 자극해 흐느낌은 이내 울부짖음이 된다. "레일라!" 인형을 낚아채듯 집어 올린 다음 그녀의 이름을 부르짖으며 그 자리를 맴돈다. "레일라! 레일라! 레일라!" 바람이 내 외침을 어디든 그녀가 있는 곳으로 실어다 주었으면. 목이 터져라 그녀의 이름을 외쳐보지만 그녀는 오지 않는다.

---

5) Russian Dolls + Pharos Hill = Rudolph Hill.

22
과거

이제 이 편지를 마무리해야 할 것 같아, 레일라. 해리 형이 와서 날 런던에 있는 아파트로 데려갈 거거든. 봤겠지만 이 오두막을 떠나려고 해. 네가 사라진 지도 벌써 6개월째야. 지금 여길 떠난다고 너를 포기하겠다는 건 아니야, 제발 그렇게 생각하진 말아줘. 그냥 너도 없는데 여기 있는 게 너무 힘이 들어서 그래.

내 편지를 읽었으니까 이제 그날 밤 일을 내가 얼마나 미안해하는지 알아주기를, 날 용서해주기를 바라. 가까운 곳에서 너를 기다릴게. 런던에서 새 출발을 한다고 해도 해리 형은 내 소재를 늘 알고 있을 거야. 그러니까 레일라, 꼭 나를 찾아와. 그땐 결혼하자.

반지 두고 갈게, 네 스무 번째 생일에 청혼하면서 주려고 했던 반지야. 사랑해. 언제나 사랑했고 앞으로도 늘 사랑할 거야. 네가 사라지고 세월이 얼마가 흘러도 너를 향한 내 마음은 절대 변하지 않을 거야.

핀

2부

23
레일라

세인트메리스로 돌아가는 게 아니었다. 거기만 가지 않았다면 이 지경에 이르지는 않았을 거다. 다 핀 탓이다. 핀이 엘런과 결혼하기로 마음먹지 않았다면 나도 접근하지 않았을 거다.

사실, 그동안 마음만 있으면 몇 번이고 그 오두막으로 돌아갈 수 있었다. 내겐 열쇠가 있으니까. 하지만 돌아가지 않았다. 핀이 그 오두막을 팔지 않았다는 사실을 아는 것만으로 충분했기 때문이다. 그건 핀이 우리가 함께한 삶의 흔적을 계속 붙잡아두고 싶어 한다는 의미였다. 물론 내가 생각해도 내 마음이 확실히 예전 같지는 않지만. 그런데 엘런과 새 출발을 앞둔 시점에서, 나는 한 번 볼 기회도 갖지 못한 채, 핀이 그 오두막을 팔지도 모른다고 생각하니 견딜 수가 없었다.

토머스 영감한테 발각될 뻔했던 아슬아슬한 순간을 넘기고 플랫폼에 앉아 있는데, 비교적 짧은 기간밖에 살지 않았던 곳을 아주 잠깐 보겠다고 방금 전 모든 걸 걸었다는 게 도무지 믿기지 않았다. 하지만 난 그 집에서 행복했다. 그렇다고 지금이 행복하지 않다는 건 아니지만. 사실 분에 넘치도록 행복하다. 내가 원했던 건 오래전 흘려보낸 과거를 슬쩍 엿보는 것, 그게 전부였다. 그런데 운명의 여신이 토머스 영감의 모습으로 나를 기다리고 있을 줄이야. 토머스 영감이 눈곱이 잔뜩 낀 눈을 휘둥그레 뜨고는 "아니, 레일라 아니야?"라고 하면서 내가 있는 쪽으로 절뚝거리며 다가왔을 때에야 실수였다는 걸 깨달았다. 저 영감이 아직 근처에 살아 있을 줄 어떻게 알았겠는가? 저 영감은 그 옛날에도 이미 파파 할아버지처럼 보였는데.

그때라도 상황을 무마할 수는 있었다. 그냥 아니라고 거짓말하고, 토머스 영감한테 사람 잘못 봤다고 말하고 빠져나오면 그만이었다. 하지만 과거에 젖어 내 외모가 더 이상 예전 같지 않다는 사실을 깜빡했다. 뭐 때문에 나라는 게 드러났던 걸까? 넋을 잃은 듯 오두막을 응시하는 동안, 예전 버릇이 튀어나와 왼손으로 오른쪽 팔꿈치를 쥐고 서 있었기 때문일까? 아니면 예전 인생을 떠올리는 동안 내 얼굴에 무심코 떠오른 표정 때문에 나라는 게 드러난 걸까? 어느 쪽이었든, 토머스 영감은 그게 나라는 걸 알아본 것 같았다.

바보처럼 뒤돌아 도망가는 바람에 긴가민가하던 영감의 의심만 확인해주고 말았다. 어느 결에 역에 도착했는지 모르겠지만, 핀이 내가 살아 있다는 걸 알아낼지 모른다는 두려움으로 가슴이 벌렁거렸다. 불안한 마음을 가라앉히려 애를 썼다. 설령 토머스 영감이 경찰한테 나를 봤다고 말한들, 경찰은 믿어주지 않을 것이다. 설령 그럭저럭 핀한테 연락이 닿는다고 해도 핀은 노인네가 횡설수설한다고 여길 공산이 컸다. 핀이 앞으로도 절대 모를 거라 생각하니 마음이 놓였다. 한편 핀의 기분이 어떨지 상상해보았다. 엘런과의 새 출발로 마음이 들떠 있는 마당에 그건 틀림없이 최악의 소식일 것이다.

그 오두막이 어떤 모습이었는지 떠오른다. 버려지고 방치되어 있을 거란 예상과 달리 정원에는 꽃이 만발해 있었고 창가에는 제라늄도 피어 있었다. 핀이 이날 이때까지 그 오두막을 가꾸고 있었던 거라면, 그건 아마도 언젠가 내가 돌아올 거란 희망을 품고 있기 때문일 것이다. 그가 엘런을 사랑한다는 건 나도 알고 있다. 그렇게 완벽한 여자를 어떻게 사랑하지 않을 수 있겠는가? 하지만 내가 별안간 다시 나타나면 어떻게 될까? 세월이 이렇게 오래 흘렀는데도 핀이 아직도 날 사랑하는 게 가능한 일일까? 요컨대 핀이 엘런을 버리고 나를 선택할 수도 있을까? 설마 그럴 리는 없다. 그래도 만약 나를 선택한다면?

그 순간 모든 게 변했다. 갑자기 세상에서 가장 두려운 일은 핀이 내가 살아 있다는 사실을 알아내는 것이 아니라 그걸 영영 모르는 것이 되어버렸다. 핀이 오랜 세월 오직 내가 돌아오기만 바랐다면, 그에게 내가 살아 있다는 걸 알리는 게 도리가 아닐까? 그가 엘런과 결혼하기 전에? 너무 늦기 전에? 헛된 희망을 품었다가 실망할 위험이 존재하는 만큼, 다시 돌아가기로 결정할 경우 내가 이룬 모든 것과 내가 위험에 빠뜨리게 될 모든 것을 떠올렸다. 그래도 내가 살아 있다는 것을 핀이 알아야 한다는 생각에는 변함이 없었다.

대신 조심해야 했다. 그가 나를 원하는지 확신할 수도 없는 상황에서 무작정 그의 인생으로 걸어 들어갈 수는 없었다. 돌아가더라도 아주 천천히 가야 했고, 잘될 가능성도 너무 기대하지 말아야 했다. 핀이 원해야만 현실이 될 것이다.

그런데 대체 어떻게 다른 사람 모르게 핀한테만 내가 살아 있다는 걸 알릴 수 있지? 초조해진 나는 엄지손가락으로 내 작은 러시아 인형, 원래 엘런 것이었던 그 인형의 매끄러운 윤곽을 앞뒤로 문지르며 마음의 안정을 찾으려 했다. 난생처음 인형으로도 마음이 편안해지지 않았다. 대신 아이디어가 하나 떠올랐다.

첼트넘행 열차가 들어오기에 한 치의 망설임도 없이 그 열차에 올랐다.

24
핀

시간이 어느 정도 흐른 뒤에야 파로스힐에서 차를 세워놓은 곳까지 돌아갈 수 있었다. 내가 알던 인생에서 끌려 나와 낯선 평행세계로 팽개쳐진 듯, 갈피를 잡을 수가 없다. 다른 사람일 리 없다. 레일라가 왔다 갔고, 간발의 차로 그녀를 놓쳤을지 모른다는 사실을 마침내 받아들이고는, 그 나무 벤치로 다시 돌아가보았다. 마지막으로 그곳에 왔을 때 얼마나 간절히 레일라에게 애원했던가! '봐, 레일라, 자기를 기억하려고 우리가 같이 벤치를 가져다놓았어. 그러니까 레일라, 죽지 않았으면 살아 있다는 신호 같은 거라도 보내줘.' 하지만 그녀는 보내주지 않았다. 지금까지.

엘런이 있는 사이먼스브리지까지 이 상태로 돌아갈 수는 없다. 그래서 작은 호텔을 찾아 체크인 한다. 그리고 나서 방에서 엘런에게 전화를 걸어 오늘 밤에는 집에 못 들어갈 거라고 알린다.

"괜찮은 거야? 목소리가 안 좋은데." 엘런이 묻는다.

"편두통이 시작된 것 같아. 이 상태로는 운전을 안 하는 게 나을 거 같아."

"어머 어떡해." 엘런이 다정하게 달래준다. "그랜트 건은 어떻게 됐어?"

"잘됐어. 문제도 해결됐고."

"잘됐다. 진통제는 먹었어?"

"응."

"좀 자야겠다. 잠이 안 오면 누워 있기라도 해."

"그러려고. 아침에 갈게."

전화를 끊는 순간, 그녀에게 레일라가 살아 있다는 말을 하지 않을 것임을 이미 직감한다. 아직은 안 된다. '확신이 들 때까지는 안 된다.'는 조건을 붙일 필요는 없다. 이미 100퍼센트 확신하고 있기 때문이다. 파로스힐 위 나무 그루터기가 러시아 인형처럼 생겼다는 말을 레일라가 했을 만한 사람이 나 말고 또 있을 리 없다. 레일라는 분명 살아 있다. 두려운 일이다. 레일라에게도, 엘런에게도, 그리고 내게도.

루돌프 힐 주소로 레일라한테 메일이 와 있기를 바라며 계정을 확인해본다. 오지 않았다. 그건 공이 내게 넘어왔다는 의미가 된다. 게임은 여전히 진행 중이고, 달라진 점이 딱 하나 있다면 게임을 벌이고 있는 사람이 레일라라는 점이다. 왜? 도대체 왜 그녀는 숨어 있는 걸까? 그 오랜 세월 동안 어디에 있었던 걸까?

가만히 앉아 있을 수가 없어 호텔 방 안을 이리저리 서성인다. 토니에게 전화를 걸어 모든 걸 털어놓으면 어떨까 생각해본다. 아마 토니도 처음엔 나처럼 생각할 것이다. 누군가 나를 가지고 놀고 있다고. 하지만 토니도 하나하나 따져보면, 토머스 영감의 레일라 목격을 비롯하여 모든 걸 따져보면 나와 같은 결론, 즉 레일라가 살아 있다는 결론에 도달할 것이다. 그다음엔? 아마 토니가 수사망을 좁히면 레일라는 결국 발견될 것이다. 하지만 어떤 결과가 초래될지도 모르면서 그런 일이 일어나도록 내버려둘 수는 없다. 토니가 레일라를 당분간만이라도 보호해줄 수 있을까? 레일라가 돌아왔다는 소식이 알려지면 언론이 그녀에게 달려들 것이다. 그간 어떻게 지냈는지 알고 싶어 따라다니며 괴롭힐 게 뻔하다. 공무집행 방해 혐의 같은 걸로 기소를 당하게 될까? 지금까지 강제로 감금당했던 게 아니라면, 연락해달라고, 누구에게든 무사한지 알려달라고 호소한 것을 들었을 것이다. 레일라가 감옥에 가야 하면 어쩌지? 어쩌면 그게 무서워서 숨어 있는 걸지 모른다. 감옥에서 돌아온 다음엔 또 어떤 일이 벌어질 것인가?

결국 이메일을 한 통 보내기로 한다. 토니가 아니라 레일라에게. 마침내 내가 그녀의 의도를 알아차렸다는 사실을 알리기 위해.

알아냈어, 레일라. 파로스힐에 가서 러시아 인형 찾았어.

기다리지 그랬어.

하지만 답장이 오지 않기에 결국 지쳐 쓰러져 잠이 든다.

다음 날이 왔지만 호텔을 나서기가 망설여진다. 이곳 데번에서는 레일라가 더욱 가깝게 느껴지기 때문이다. 하지만 이성은 레일라의 은거지는 여기가 아니라 말하고 있다. 러시아 인형을 여러 차례, 그토록 수월하게 두고 갈수 있었다는 건 사이먼스브리지 근처 어딘가에 있을 공산이 더 크다는 의미다. 어쩌면 첼트넘 근처일지도 모른다. 엘런이 첼트넘에서 레일라를 봤다는 사실이 신빙성을 더해준다. 집에 가는 길에 첼트넘에 들러 시내를 두어 시간 돌아다녀보면 어떨까. 하지만 거리에서든 쇼윈도를 통해서든 카페에 앉아서든 레일라를 볼 수는 없을 것 같다.

집까지 어떻게 운전해서 갔는지 잘 모르겠다. 어느새 집 방향 도로를 운전하고 있는 것을 보니 엑서터까지 간 다음 M5 고속도로를 탄 모양이다. 순간 급브레이크를 밟는다. 너무 이르다. 아직은 엘런 앞에서 평상시처럼 굴 준비가 되어 있지 않다. 그렇다고 여기 이렇게 죽치고 있을 수는 없다. 집에 들어가지 않으면 이상해 보일 것이다.

기어를 넣고 대문으로 진입한다. 아직 준비가 안 된 관계로 휴대전화를 꺼내 통화 중인 체한다. 페기가 멍멍 짖는 소리가 들리고 엘런이 창가에 있는 모습이 흘깃 보인다. 고개를 돌려 엘런에게 휴대전화를 들어 보이자 엘런이 알겠다는 의미로 살짝 손을 흔들더니 사라진다.

휴대전화를 한쪽 귀에 바짝 붙인 채 더 이상 지체할 수 없을 때까지 앉아 있는다. 천천히 차에서 내려 현관으로 향한다. 현관문을 열자 페기가 내 다리에 감긴다. 웅크려 앉아 페기의 목덜미에 얼굴을 묻고는 예쁘다고 말해준다.

"내가 자기 못지않게 사랑하기에 망정이지, 질투 나겠어." 엘런이 장난으로 투덜거린다. 순간 누굴 말하는 건가 곰곰 생각한다. 불현듯 죄책감이 든다. 이게 내 인생이야, 스스로에게 엄하게 타이른다. 이제는 엘런이 내 인생이야, 레일라가 아니라.

"자기는 내 인생이야." 엘런을 품에 안으며 내가 말한다. 내 목소리에 깃든 절박함에 깜짝 놀란 엘런이 나지막하게 웃으며 외박을 좀 더 자주 해야겠다고 말한다. 페기가 뒷다리로 기어올라 우리 사이에 끼어들려고 한다. "페기 산책 좀 시킬게. 운전을 많이 했더니 스트레칭 좀 해야겠어."

"편두통은 좀 어때?"

"지나갔어."

"다행이다. 혹시 오는 길에 우유 좀 사다 주면 안 될까? 그리고 오늘 저녁 거리도?"

길을 나서는 내 뒤를 페기가 바짝 따라온다. 걸으면서 레일라가 언제 어떻게 사이먼스브리지까지 나를 추적해 찾아냈을지 생각해본다. 아마도 오랫동안 나를 찾다가 마침내 엘런이 나와 동거하게 됐다는 신문기사를 보았을 것이다. 내가 엘런과 사귄다는 사실을 알고 레일라는 어떤 심정이었을까?

마을 상점에서 우유를 산 다음 정육점에 가서 스테이크거리와 점심으로 먹을 수제 파테[6]도 산다. 갑자기 배가 고파져 롭에게 독일식 소시지 몇 조각을 잘라달라고 한다. 생각해보니 어제 점심 이후로 아무것도 먹지 못했다. 100만 년 전 같다. 마을에 누구 어슬렁거리는 사람 없었냐고 롭에게 물을 뻔했다. 하지만 작년에 난 신문기사에는 위험신호처럼 반짝이는 특유의 빨간 머리를 휘날리는 레일라의 사진이 함께 실렸다. 내가 설명하면 롭은 내가 레일라 얘기를 하고 있단 걸 짐작으로 알아차릴 것이다. 그런 위험을 감수할 수는 없다.

강변에서 페기와 소시지를 나눠 먹은 후 상념에 잠긴다. 레일라가 나타나면 어떤 일이 벌어질까? 엘런이 레일라의 가족인 만큼, 나나 엘런이나 레일라한테 등을 돌릴 수는 없을 것이다. 그러고 싶지도 않다. 그렇다면 나와 엘

---

6) 페이스트리 반죽에 고기, 생선살 등을 갈아 만든 소를 채워 오븐에 구운 정통 프랑스 요리.

런은 어떤 상황에 처하게 될까?

관목 아래를 파헤치고 있는 페기를 불러 집으로 향한다. 잭도를 지나치려는데 루비가 나온다.

"커피 한잔해야 할 거 같은 몰골인데." 루비 말에 가게 안으로 들어가 바에 앉으니 루비가 계산대에 놓인 유리 주전자에서 머그잔으로 커피를 따른다.

"고마워." 인사를 건넨다. 머그잔을 감싸 쥐자 따뜻한 기운이 느껴진다.

"잠이라도 설쳤나 봐?"

"어떻게 알았어?" 누구에게라도 털어놓지 않으면 못 배길 것 같은 데다, 어쨌거나 루비는 상황을 얼추 알고 있는 사람이기도 하다. "그 이메일 주소 말인데 내가 오해했어……."

"괜찮아." 루비가 덤덤하게 말한다.

"레일라가 살아 있어, 루비." 말하는 내 귀에도 이상하게 들린다.

"뭐라고?" 루비가 나를 바라보며 망연자실한다.

"혹시 지난주 금요일에 바에서 붉은색 머리카락을 가진 사람 못 봤어?"

방금 내가 한 말 때문에 받은 충격에서 아직 벗어나지 못한 루비가 고개를 젓는다. "내가 알기론 없었어. 핀, 확실한 거야?"

"응. 세인트메리스에 만나러 갔다 왔어."

루비의 눈이 휘둥그레진다. "그래서 봤어?"

"아니. 거기 없었거든." 내가 고개를 가로저으며 말한다.

"그럼 살아 있는지 어떻게 안다는 거야?"

주머니에서 작은 러시아 인형을 꺼낸다. "파로스힐 위 그루터기에서 이걸 발견했어."

"파로스힐?"

"전에 데번에서 우리가 살던 곳 근처야. 세인트메리스에서 별로 안 멀어. 이건 5번 인형이고." 인형을 우리 사이에 세워놓는다. "이 인형하고 이메일 주소를 결부시키면 레일라가 살아 있다는 결론밖에 안 나와. 루돌프 힐. 러시아 인형. 파로스힐."

루비가 이해가 가지 않는다는 듯 얼굴을 찌푸린다.

"이 인형은 파로스힐 위, 레일라가 러시아 인형을 닮았다고 했던 나무 그루터기 위에 놓여 있던 거야. 그 의미를 아는 사람은 아무도 없어." 내가 설명한다.

"레일라인 척하는 다른 사람일 수도 있잖아." 루비가 조심스럽게 지적한다.

"아니, 레일라였어, 루비, 내가 알아, 레일라였어." 내 얼굴이 심상치 않은 모양이다. 너무 늦게 도착해 레일라를 보지 못한 좌절감이 드러났는지, 루비가 내 팔에 손을 얹는다.

"내 생각엔 처음부터 다시 시작하는 게 좋을 거 같아." 일단 루비는 내 말을 믿어주는 것 같다.

그래서 루비에게 모조리 털어놓는다. 심지어 전에는 말한 적 없던 내용부터, 프랑스에서 보낸 휴가 이면에 숨은 진실, 즉 모든 게 잘못돼도 크게 잘못되었다는 비밀은 물론 레일라한테 결혼하자고 썼던 편지, 이제는 사라진 그 편지까지 빼놓지 않고 전부.

"네 말이 맞는다면." 내가 이야기를 마치자 루비가 느릿느릿 말한다. "소름 끼칠 정도로 무서운데."

내가 예상했던 반응이 아니기에 레일라를 옹호하려고 입을 여는 순간, 루비가 옳다는 걸 깨닫는다. 레일라가 러시아 인형 보물찾기의 배후에 있다고 해서 흉계가 없다고 단정할 수는 없다.

"내 생각에 러시아 인형은 내 관심을 끌려는 수단이었던 것 같아." 내가 레일라 대신 구실을 댄다. "이제 내 관심을 끄는 데는 성공했으니까 러시아 인형을 발견하는 일은 더 이상 없겠지. 이제부턴 모든 조각을 맞추는 데 주력할 거야. 레일라는 뭐 때문에 지금 이 시점에 돌아온 걸까? 그 첫 번째 러시아 인형을 남겨놓은 이유는 뭐지? 이메일을 보내서 날 세인트메리스로 유인한 이유는 또 뭐고?"

루비는 잠시 생각에 잠긴다. "레일라가 맞는다면 말이지, 시기를 볼 때 그 여자는 네가 엘런과 결혼하는 게 못마땅한 거야. 어쩌면 결혼 발표를 봤을지 몰라." 루비는 잠시 멈추더니 과거로 거슬러 올라가며 추리하기 시작한다. "신문에 결혼 공고가 나간 지 얼마 안 돼서 러시아 인형을 남기기 시작했잖아, 그렇지? 그 여자가 어딘가에 숨어서 계속 널 주시해왔다면 네가 엘런과 사귄다는 사실을 알고 꽤 충격을 받았을 거야. 아마 처음엔 네가 엘런과 사귀는 유일한 이유가 엘런이 자기 언니고, 네가 엘런한테서 자기(그러니까 레일라) 모습을 찾으려 하기 때문일 뿐이라고 생각했겠지. 그랬는데 결혼까지 한다는 건 전혀 다른 의미잖아. 그건 네가 엘런을 있는 그대로 사랑한다는 의미지, 엘런이 레일라를 닮아서 사랑한다는 의미가 아니잖아. 난 알 거 같아. 나도 그렇게 생각했거든." 루비가 서글픈 얼굴로 나를 바라본다. "나도 네가 엘런과 사귀는 이유가 레일라를 잊기 위해서라고 생각했고, 일단 잊고 나면 나한테 돌아올 줄 알았어. 그런데 엘런과 결혼할 거란 얘길 듣고 얼마나 충격을 받았는지 몰라. 그래서 레일라가 어떤 심정인지 나도 알 것 같아."

"하지만 난 오랫동안 혼자였다고! 레일라는 어느 때고 돌아올 수 있었어. 그럼 그땐 왜 안 돌아온 건데?"

"네가 무서웠나 보지. 그날 밤 일 이후로."

"그렇다고 12년을 피해?"

"전엔 돌아오고 싶어도 돌아올 수 없었을지 모르지."

"아니 왜? 붙잡혀서 어디 갇혀 있었던 건 아닌 것 같아. 전엔 그런 식으로 생각했거든. 레일라가 어딘가에 강제로 붙잡혀 있다고 생각하면서 자학하곤 했어. 하지만 지금은 그게 아닌 것 같아."

루비가 어깨를 으쓱한다. "어디가 아팠을 수도 있지."

"12년 동안이나? 그럼 앞으로 어떤 일이 펼쳐질 거라 생각하는 걸까? 뭘 기대하는 걸까?"

"아무것도 기대 안 할지도 모르지." 루비가 말을 잠시 멈춘다. "아니면……."

"아니면 뭐?"

"그 편지가 오두막에서 사라진 게 최근이라고 했잖아."

"맞아."

"그 편지에는 널 찾아오라고, 언제까지나 사랑할 거라고 쓰여 있고. 그렇게 썼다고 했지?"

"그랬지."

"그러니까 그 여자 정신세계에서는 네가 쓴 말이 아직 유효하다고 보는 걸지도 몰라."

"제기랄…… 자기가 돌아오면 내가 또다시 자기랑 사랑에 빠질 거라고?"

"아마도."

"엘런을 버리고?" 루비 말에서 퍼뜩 뭔가 떠오른다. "그게 무슨 뜻이야, 그 여자 정신세계라는 말?"

"그 여자, 정신이 나갔다고, 핀."

"정신이 나갔다고?"

"유리 멘탈이라고. 살짝 미쳤을지도 모르고." 나는 이렇게 말하는 루비를 빤히 바라본다. "정상적인 사람들은 작은 러시아 인형을 여기저기 남겨놓고 남에게 찾으라고 하지 않아."

루비 말이 옳다는 것을 알기에 한숨이 나온다. "내가 뭘 어떻게 해야 할까?"

"내 생각엔 네가 모질게 대하는 게 결국 레일라를 위하는 일 같아. 이메일을 보내, 원하면 그 편지도 언급하고. 대신 12년은 굉장히 긴 세월이고 넌 다 잊고 새 출발했다고 써."

"언니하고 말이지."

"레일라도 그건 이미 알고 있을 거 같은데. 그나저나 엘런한테 말할 거야?"

"나도 모르겠어."

"말해야지. 이런 일을 계속 숨기면 안 돼. 내가 엘런이라면 알고 싶을 것 같아."

"나라면 알고 싶은 게 뭔데?" 돌아보니 엘런이 내 뒤 출입구에 서 있다. 웃고 있지만 눈에는 불안한 기색이 비친다.

"신혼여행에 어디로 데려갈지요." 루비가 서슴없이 말하는 동안 나는 최대한 태연하게 계산대에 세워놓았던 작은 러시아 인형을 손으로 쓸어 주머니에 담는다.

"핀은 당신을 놀래줄 계획이라는데 내가 당신 입장이라면 알고 싶을 것 같다고 말하던 참이었어요. 아니, 어딘지도 모르는데 어떤 옷을 싸 갈지 어떻게 알겠어요?" 이 말을 듣자 엘런이 웃음을 터뜨린다. "들어와서 커피 한 잔할래요?" 루비가 권한다.

내가 옆자리 스툴을 빼며 말한다. "어서 와, 어서 와서 루비한테서 구해 줘. 루비는 내가 하는 건 다 틀렸대. 자기는 내가 어디로 데려갈지 진짜 알고 싶어?"

"글쎄, 더운 데인지 추운 데인지 정도는 알고 싶을 거 같은데." 엘런이 자리에 앉으며 말한다. "해변에서 휴양하는 신혼여행인지 돌아다니면서 관광하는 신혼여행인지도 알고 싶고."

루비가 커피를 따라 엘런 앞에 놓는다. "내 생각도 그래요, 핀이 나한테 조언을 구하고 있으니까 잘 생각해서 나한테 힌트 한두 개 줘요."

"세이셸제도. 멕시코." 엘런이 내게 몸을 기울이며 키스를 한다. "자기가 깜짝 신혼여행을 준비하는 남자일 줄은 생각도 못 했어."

"내가 얼마나 속이 깊은 남자인데." 내가 말한다.

루비와 엘런이 신혼여행 후보지를 두고 잡담을 나누는 동안 나는 루비가 레일라에 관해 지적한 것들을 생각하느라 커피를 마시는 둥 마는 둥 한다.

"자기를 감시하려던 게 아니야." 엘런이 집으로 돌아가는 길에 항변하듯 말한다.

"알아." 내가 그녀의 정수리에 키스하며 말한다.

"너무 안 와서 걱정됐던 것뿐이야. 롭이 자기가 다녀갔다기에 잭도에 있나 한번 가보자 했던 거였어."

"미안." 나는 한 번 더 키스를 하며 사과한다. "루비가 커피 한잔하고 가라고 해서."

엘런이 턱을 들어 내 가방을 가리키며 묻는다. "그래서 뭐 샀는데?"

"저녁에 먹을 스테이크하고 점심에 먹을 파테."

"잘 샀네." 엘런이 미소를 짓는다.

25
레일라

첫 번째 러시아 인형은 엘런이 발견하게 했다. 결국 그 인형은 엘런 거였으니까. 우리 둘이 어렸을 때 엘런의 인형 세트에서 사라진 바로 그 인형. 엘런 생각처럼 내가 훔쳤던 건 아니고 몇 년 뒤 장난감을 보관하던 오래된 서랍장 밑에서 발견해 가지고 있었던 것뿐이다. 어째서 그냥 돌려주지 않았는지는 나도 잘 모르겠다. 엘런이 결국 내가 훔친 게 맞지 않느냐고 따질까 봐 걱정이 돼서 그랬을지도 모르고, 엘런한테 더 이상 중요하지 않은 물건이라고 생각해서 그랬을지도 모르겠다. 하지만 막상 그 인형이 엘런의 수중에 돌아가고 나니 허전했다. 내가 그 인형에 얼마나 많이 의지했는지, 스트레스를 받을 때마다 내 오른손이 나도 모르는 사이 얼마나 자주 그 인형에 갔는지 예전엔 미처 몰랐다. 그 인형이 없으니 무방비 상태의 연약한 존재가 된 느낌이었다. 나한테는 더 이상 러시아 인형이 없었다. 퐁슈에 있는 피크닉 구역에서 잃어버렸기 때문이다. 그래서 잃어버린 인형을 대신하려고 인터넷에서 러시아 인형을 뒤졌다.

러시아 인형의 종류가 그렇게나 다양한지, 세트의 인형 개수가 그렇게나 광범위한지 처음 알았다. 엘런과 내가 가지고 있던 것과 똑같은 인형을 못 찾을까 봐 겁에 질려 미친 듯이 이미지를 검색했다. 정확히 똑같은 노란색과 똑같은 빨간색으로 채색되어 있고 얼굴도 똑같은 인형이어야 했기 때문이다. 수백 장 사진 속에서 자기 아이를 알아보는 엄마처럼, 나도 그렇게 찾았다. 모니터 속에서 나를 물끄러미 바라보던 그 작은 눈을. 풀세트로 구매해야 했지만 상관없었다.

엘런이 자기가 발견한 인형을 핀에게 보여주었을 때 핀이 어떤 느낌을 받았을지 머리를 열심히 굴려 생각해보았다. 아무 느낌도 받지 않았을 수도 있고, 내가 해준 인형 이야기를 잊어버렸을 수도 있다. 핀이 잊어버렸다면, 러시아 인형은 그에게 아무 의미 없는 물건에 지나지 않았을 것이다. 설사 잊어버리지 않았다고 해도 인형의 출현을 우연의 일치로 치부하고 말았을 것이다. 토머스 영감이 날 봤다는 사실을 모르는 한. 혹시 알고 있을까? 나로서는 알 길이 없었다. 어쩌면 토머스 영감이 굳이 경찰에 알리지 않았을지도 모르고, 알렸는데 경찰에서 핀한테까지 알리지 않았을 수도 있다.

소중한 내 러시아 인형을 집 밖에 놔뒀는데도 핀이 내가 돌아왔다는 걸 여전히 모른다고 생각하니 슬슬 근질거리기 시작했다. 근질거림을 무시하지 않고 상처가 날 때까지 박박 긁었다. 상처에 딱지가 앉을 때까지 내버려두지 않고 더 심해질 때까지 자꾸만 만졌다. 도저히 그냥 내버려둘 수가 없었다. 내가 오두막에 다녀갔다는 걸 핀이 모르면, 아무도 알려주지 않으면, 그 인형은 무의미해질 것이었다.

허겁지겁 인터넷에 들어가 러시아 인형을 열 세트 주문했다. 인형이 도착하자 반쯤 미치광이가 되어 세트 중 가장 작은 인형을 꺼내려고 시체 같은 나무 인형들을 미친 듯이 돌려 열고 분리한 인형들은 바닥에 아무렇게나 팽개쳤다. 가장 작은 러시아 인형 열 개를 손안에 쥐자 다시 막강해진 느낌이 들었다.

인형을 다시 핀의 눈에 띄는 곳에 두면 핀도 내가 돌아왔다는 사실을 의심하지 않겠지.

26
핀

루비가 말한 대로 레일라한테 단호한 이메일을 보내야 한다는 건 나도 잘 안다. 난 다 잊고 새 출발을 했고, 9월에 엘런과 결혼할 거라고. 하지만 그건 내가 원하는 게 아니다.

주머니에서 러시아 인형, 파로스힐 위 나무 그루터기에서 가져온 인형을 꺼내 책상 위에 세워놓는다. 내가 레일라 곁에 그토록 가까이 다가갔다는 걸 알고 나니 너무 힘이 든다. 조금만 더 빨리 알아차렸더라면. 이제 레일라가 다시 연락을 해 오지 않으면 영영 그녀를 못 찾게 된다. 레일라는 분명 새로운 신분으로 생활하고 있을 것이다. 신분증 없이 무슨 수로 은행계좌, 직업을 얻을 수 있었겠는가? 분명 직업도 있을 것이다. 직업이 없으면 어떻게 돈을 구하겠는가? 혼자가 아닌 게 아닌 한.

불안하고 초조해진 나는 휴대전화를 꺼내 이메일을 열어본다. 재빨리 훑어보니 루돌프 힐한테 온 이메일 한 통이 눈에 들어온다.

심호흡을 한 후 열어본다.

이젠 나라는 걸 믿겠지?

그럼. 즉시 답장을 보낸다.

나 오두막에 갔었어

자기 편지 찾았어, 핀

나한테 자길 찾아오라고 했잖아

도무지 뭐라고 답을 해야 할지 모르겠다. 지금 어디 있냐고, 괜찮은 거냐고, 도움이 필요한 건 아니냐고 물어야 할 것이다. 하지만 레일라가 그 편지 얘기를 꺼내니까 대화가 어디로 이어질지 걱정이 돼서 조심스러워진다. 그래서 레일라가 이메일을 또 보내기만 기다린다. 하지만 그녀는 보내지 않는다.

조마조마한 마음으로 서랍에서 러시아 인형 세 개를 꺼내 나무 그루터기에서 발견한 인형과 나란히 세워놓는다. 네쌍둥이. 인형을 주워 담아 다시 서랍에 넣으며 루비 말이 옳다는 생각을 한다. 이건 제정신인 사람이 할 짓이 못 된다. 토니한테 전화를 걸어 조언을 구해야 한다. 하지만 레일라가 원하는 게 뭔지 알아낼 때까지는 안 된다.

일이 손에 잘 안 잡히지만 들어오는 이메일을 지켜보는 와중에도 새로운 제안 요청서들을 훑어본다. 엘런이 점심을 먹으라며 나를 데리러 왔고, 페기를 발치에 앉히고는 내가 아까 산 파테를 먹으며 재즈를 듣는다. 이래서 내가 엘런과 사랑에 빠진 걸까? 엘런이 내가 사랑하는 것들, 반려견, 재즈, 요리를 좋아하기 때문에? 레일라보다 더 잘 맞는 짝이라서?

"우리 수도 요금이 이렇게 많이 나오다니 믿기지 않을 지경이야." 엘런이 말한다.

"아름다운 정원을 누리는 대가잖아." 말하는 동안 휴대전화 진동이 울린다. 새 이메일이 도착했다는 표시다. 하지만 여기서, 엘런 앞에서 확인하지는 않을 것이다. 레일라한테 온 이메일일지 모르기 때문이다.

"디저트 먹을래?" 엘런이 묻는다. "정원에서 딴 살구를 익혔어."

"맛있겠다."

살구를 후딱 먹어치우고는 엘런에게 짧게 키스하고 내 서재로 향한다.

레일라에게서 온 이메일이다. 재빨리 열어본다.

그래서 이렇게 찾아왔어

27
레일라

문제는 내가 핀의 머릿속을 들여다볼 수가 없었다는 것이다. 핀이 찾을 수 있게 러시아 인형을 두 개 남겼는데도(하나는 집 밖 담장 위에, 나머지 하나는 자동차에) 첼트넘에서 일부러 엘런 눈에 띄었는데도(개인적으로 가히 천재적인 솜씨였다고 생각했다.) 핀은 내가 돌아왔다는 걸 여전히 믿으려 하지 않았다. 믿고 싶지 않았던 걸지도 모른다. 엘런과 결혼을 앞두고 있으니 러시아 인형을 트럭으로 실어 날라도 그건 바뀌지 않을 터였다. 어쨌거나 그 모든 희생을 감수했으니 엘런은 핀을 누릴 자격이 있지 않을까?

그래서 다 접으려고 했다. 그 오두막에 가지 않았더라면, 그곳에서 우리가 함께 보낸 시간을 추억하려고 안으로 들어가지만 않았더라면 어떻게든 접을 수 있었을 것이다. 오두막 열쇠는 내가 사라지던 날 밤 가지고 있던 유일한 물건이었다. 우리가 세인트메리스를 떠날 때 입고 있던 청바지 주머니에 열쇠가 들어 있었던 것이다.

토머스 영감에게 들킬 가능성이 그나마 낮은 점심시간에 가기로 했다. 지난번처럼 그 누구의 눈에도 띄지 않고 역을 빠져나왔다. 오두막을 향하는 발걸음이 점점 빨라졌다. 근처에 다다르니 과거가 발톱을 더욱 날카롭게 세워 나를 예전으로 질질 끌고 갔다. 그 바람에 대문에 도착했을 때는, 마을로 산책 나갔던 사람이 왜 이렇게 한참 만에야 돌아왔냐며 핀이 걱정스러운 얼굴로 파란색 현관문을 열어젖힐 줄 알았다. 핀이 나타나지 않자 정원에 있나 보다 생각하고는 대문을 열고 안으로 들어갔다. 과거에 흠뻑 빠져 있었기에 자물쇠에 넣은 열쇠가 잘 돌아가지 않고 문이 안 열려서 깜짝 놀랐다. 문을 안쪽에서 무언가로 단단히 붙들어놓기라도 한 것 같았다. 핀이 나중에 들고 나가려고 쓰레기봉투를 문 앞에 놔뒀을지 모른다.

문 뒤에 뭐가 있었는지 몰라도 문을 힘껏 밀쳐 그것을 치우고 현관에 들어섰다. 이제 재미는 볼 만큼 다 보았는지 과거는 나를 다시 현재로 툭 던져놓았다. 시간 감각을 잃은 나는 현관문 뒤에 쌓여 있는 우편물을 멍하니 응시했다. 세월과 함께 노랗게 바랜 우편물을 보면서 영문을 알 수 없었다. 정원의 꽃들과는 너무 대조적인 모습이었기 때문이다. 핀이 오두막을 관리하기 위해 한 달에 한 번밖에 오지 않는다고 쳐도, 우편물이 이 정도로 쌓이는 건 말이 안 되지 않을까?

사방에서 악취가 풍겼다. 내 눈과 코가 알려주는 사실을 겨우 받아들이고, 손을 뻗어 부엌문을 밀어 열었다. 그러자 먼지가 우수수 떨어져 내렸다. 문지방에 서서 들여다본 광경은 이해하기가 힘들었다. 켜켜이 쌓인 먼지는 사물이란 사물의 표면을 모조리 덮고 있었고 거미줄은 들보를 댄 천장에 장막처럼 드리워져 있었다. 마침내 모든 게 이해가 됐다. 나를 기다린다던 핀은 오두막을 전혀 돌보지 않았던 것이다. 나는 어째서 그가 오두막을 돌볼 거라고만 생각했던 걸까? 그는 내가 돌아오리라는 희망을 오래전에 버렸다. 작은 러시아 인형을 뿌리고 다니는 짓은 그만두면 되었다. 과거를 돌려받지도 못할 것이고, 음지에서 양지로 나올 수도 없을 터였다. 내 정체를 세상에 숨긴 채 남은 평생 거짓 속에서 살아야 할 판이었다.

좌절한 채 부엌 여기저기를 눈으로 훑었다. 그때 뭔가가 내 눈길을 끌었다. 테이블 위에 주변보다 아주 살짝 높은 직사각형의 뭔가가 먼지에 파묻혀 있었다. 최면에라도 걸린 듯 다가가 그것을 집어 들었더니 테이블의 갈색 표면이 드러났다. 편지였다. 천 년 묵은 먼지를 뒤집어쓴 봉투였다. 왜 이 편지는 나머지 우편물과 함께 현관에 놓여 있지 않았던 건지 의아해하며 자세히 살펴보았다. 봉투 앞을 손가락으로 쓸어 얇은 먼지 막을 걷어내자 타이핑을 한 게 아니라 손으로 쓴 글씨가 보였는데 잉크가 너무 바랜 나머지 뭐라고 쓰여 있는지는 알아볼 수 없었다. 그래서 봉투를 들어 올려 창문을 통해 들어오는 빛에 비춰보았다. 딱 한 단어만 쓰여 있었다. 레일라.

핀이 나한테 남긴 편지를 빤히 쳐다보며 그렇게 얼마 동안 서 있었는지 모른다. 그건 분명 핀의 필체였다. 내 이름을 본 순간 온몸이 걷잡을 수 없이 덜덜 떨리는 바람에 하는 수 없이 봉투를 가방에 쏙 집어넣고 말았다. 봉투가 너무 너덜너덜해져서 내가 미처 읽어볼 기회도 없이 내 손안에서 가루처럼 부스러질까 봐 두려웠기 때문이다. 핀이 그 옛날 나한테 남겨둔 이 편지, 뭐라고 썼을까? 혹시라도 내가 진짜 나타날 경우 두 번 다시 근처에 얼씬도 말라는, 찾을 생각도 하지 말라는 경고장일까? 아니면……?

시간이 다 된 것 같아 문을 닫고 잠근 다음 재빨리 오두막을 떠났다. 토머스 영감이 나타나지 않아 다행이었다. 서둘러 역으로 향하면서 주머니 속에 손을 쏙 넣어 이번에 새로 산 작은 러시아 인형을 꼭 감싸 쥐었다. 두근거리는 가슴을 진정시키기 위해. 역에 도착해서는 플랫폼 끝으로 갔다. 그곳에서는 말을 거는 사람을 마주칠 확률이 낮았기 때문이다. 말을 할 수도 없는 상태였거니와 세인트메리스에 무슨 일로 왔는지 묻는 상냥한 동네 사람도, 다음 행선지가 어디인지 묻는 관광객도 마주치고 싶지 않았다. 하지만 남자가 여자 어깨에 팔을 두른 채 유일한 벤치에 앉아 있는 젊은 연인들과 마찬가지로 방금 지나친 네 가족도 자기들끼리 너무 신이 난 나머지 내가 지나가는 줄도 몰랐다. 그들을 보니 핀과 나의 예전 모습이 떠올라 마음이 아려왔다.

마침내 열차가 들어왔다. 다행히 맨 끝 칸이 비어 있어 제일 후미진 곳에 있는 좌석을 고를 수 있었다. 거기 앉으면 앞으로 역에 정차할 때마다 다른 승객에게 방해받을 가능성이 낮기 때문이다. 그런 다음 떨리는 손가락으로 최대한 조심스럽게 봉투를 열고 편지지를 살살 꺼냈다. 가슴을 졸이며 접힌 편지지를 펼치자마자 뭔가가 미끄러져 내 무릎으로 떨어졌다. 반지였다.

반지를 집어 들었다. 다이아몬드가 딱 하나 박힌 금반지로 약혼반지 같았다. 숨이 멎는 것 같았다. 현기증이 나면서 속이 울렁거렸다. 눈앞까지 흐려지자 기절할까 걱정이 된 나는 공기를 힘껏 들이마셨다. 날숨이 폭발하듯 터져 나왔다. 그 바람에 온몸이 격렬히 흔들려 편지가 바닥으로 미끄러졌다. 반지도 바닥으로 미끄러져 영영 못 찾게 될까 봐 두려운 마음에 반지를 얼른 손가락에 껴보았다. 약지에는 너무 커서 중지에 밀어 넣었다. 맞춘 듯 딱 맞았다. 허리를 숙여 바닥에 떨어진 편지를 무사히 주운 다음 펼쳤다.

단어들이 눈앞에서 춤을 추듯 아른거렸다. 시간이 조금 흐른 뒤에야 눈에 초점이 맞춰졌고, 편지를 읽는 동안, 내 세상 전체가, 내가 만든 나만의 세상이 와르르 무너져 내렸다.

28
핀

어제 레일라한테 메일을 받은 이후로 도무지 마음을 놓을 수가 없어 이렇게 달리기를 하러 나와 있다. 마음에 걸린 것은 글자 크기가 커진 마지막 메시지였다. 섬뜩했다. 바보 같다는 건 나도 알지만 위협을 느꼈다. 그리고 이젠 레일라가 불시에 문간에 나타나면 어떤 일이 벌어질지 궁금하다.

레일라가 나타난다면 그렇게 나쁘지만은 않을 것 같기도 하다. 가끔은 이런 상상까지 한다. 초인종이 울리는 소리를 듣고 현관에 나가 문을 열어보니 레일라가 서 있는 것이다. 단, 레일라를 안아주고는 현관으로, 그러고는 엘런이 기다리고 있는 부엌으로 데리고 들어가는 모습은 상상이 되지 않는다. 내가 상상할 수 있는 건 레일라를 품에 안고 다시는 놓아주지 않는 것까지다. 혹은 레일라의 손을 잡고 모두에게서, 모든 것에서 멀리, 멀리 떨어진 곳으로 데려가는 것이다. 그런 상상을 하면 두려워진다.

뒷마당에 둘러쳐진 울타리를 뛰어넘어 잔디밭에 착지한다. 잠시 그대로 선 채 숨을 헐떡거리며 종아리 근육을 펴고는 휴대전화를 꺼내 이메일을 확인한다. 레일라한테서 온 건 아무것도 없다. 날 찾아오겠다고 쓴 마지막 메시지에 내가 답장을 하지 않았기 때문일 것이다. 나한테, 우리한테, 엘런과 나한테 접근하지 말라는 내용일 테지만 그래도 답장을 보내긴 해야 할 듯하다. 그래도 가족인데 너무 가혹한 것 같아 이렇게 쓴다. **찾아줘서 기뻐.**

엘런과 마주치고 싶지 않아 샤워는 나중에 하기로 하고 곧장 내 서재로 향한다. 컴퓨터에 접속해놓고 앉아서 기다린다. 몇 분 후, 이메일이 도착한다.

엘런한테 내가 살아 있다는 얘기는 했어?

사실대로 말할까, 거짓말을 할까? 상황을 잘 모르는 만큼 사실대로 말하기로 한다.

아니, 아직 안 했어.

왜?

그동안 내내 어디 있었는지부터 알고 싶어서.

돌아오지 말걸 그랬어

그게 무슨 말이야?

자긴 엘런이랑 결혼할 거잖아

손가락이 저절로 철자를 골라 메시지를 작성한다. 보내기를 누르기 직전에야 정신을 차리고 내가 쓴 내용을 본다. 양손을 얼른 물리고는 의자를 뒤로 홱 밀어 키보드와 거리를 둔다. 잠시 시간을 가졌다가 한 손가락을 뻗어 '아니, 안 할 거야' 부분이 지워질 때까지 삭제 버튼을 누른다. 답장을 보내긴 해야 할 텐데, 뭐라고 쓰지? 뭔가 좋은 말을 쓰자.

어떻게 지내? 괜찮은 거야?

우리 만나야 할 것 같아

위험을 감지했기 때문인지 소름이 돋는다. 아니면 흥분 때문일까?

언제?

내가 알려줄게

참담한 심정으로 모니터를 응시한다. 우리가 만나야 할 것 같다는 레일라의 말은 사실이지만, 불현듯 그녀가, 내가 알던 12년 전의 그녀가 그리워진다. 우리가 함께했던 시절이 그리워진다. 엘런과 함께하는 지금과는 전혀 다른 시절. 레일라와 함께 있으면 천국과 지옥을 오가지만 엘런과 함께 있으면 늘 한결같다. 엘런한테 변덕 같은 건 전혀 없다. 엘런과는 다투는 일도 없지만 레일라와 있을 때처럼 함께 웃는 일도 없다. 전보다 나이를 먹었기 때문이라고 스스로에게 타일러보지만 그게 아니라는 걸 나도 안다. 엘런은 뭐랄까…… 어떤 단어가 적당할지 생각하다가 재미없다는 말이 나올 뻔했다는 사실을 깨닫고는 재빨리 진지하다는 말로 대신한다. 이런 나 자신이 부끄럽다. 레일라를 만나면 지금은 엘런과 함께이고, 내가 사랑하는 사람도 엘런이라고 말해야겠다. 그럼 모든 게 괜찮아질 것이다.

이메일이 한 통 더 도착한다. 언제 만날지 알리는 내용일 거라 짐작하고 아무 생각 없이 열어본다.

나 지금 자기가 준 반지 끼고 있어, 핀

29
레일라

머릿속을 계속 맴돌던 말을 기차가 이어받는가 싶더니 바퀴가 돌아갈 때마다 나를 조롱하는 것만 같았다. '그날 밤 도망갈 것까지는 없었잖아, 굳이 도망칠 필요는 없었다고.' 내가 사라지지만 않았어도 이런 일은 없었을 텐데. 하지만 그땐 핀이 나를 죽일 것만 같았다.

핀한테 다른 사람하고 잤다는 얘기를 하는 게 아니었다. 하지만 핀이 뭔가 이상하다는 걸 알아차리고는 런던에서 돌아온 이후 말수가 없어진 이유를 자꾸만 물었다. 처음에 핀은 내가 향수병에 걸렸거나 엘런이 보고 싶어서 그리된 걸로 생각했다. 그러다 엘런이라는 이름이 나오자 내가 울음을 터뜨렸다. 물론 나야 엘런이 보고 싶기는 했다. 하지만 엘런의 이름을 판 것만 같아 죄책감이 더욱 커졌다. 내가 한 짓을 알면 엘런은 기겁했을 것이기 때문이다. 핀 같은 사람을 만났다면 엘런은 그 사람을 절대로 배신하지 않았을 것이다. 오히려 사랑해주고 아껴주었을 것이고, 모든 면에서 우리 아버지와는 전혀 다른 훌륭한 남자를 만나게 해주셔서 감사하다며 눈만 뜨면 신께 기도를 드렸을 것이다. 내가 몰랐던 핀의 일면을 목격하기 전까진 나도 그렇게 생각했다.

핀이 해리와 싸웠고, 그 과정에서 해리를 꽤 심하게 때렸다는 것까지는 나도 들어서 알고 있었지만 핀의 욱하는 성질이 어느 정도로 심한지는 그날 밤까지도 전혀 몰랐다. 모든 게 순식간에 벌어졌다. 조금 전, 퐁슈에서는 핀 옆자리에 앉아 이제 막 털어놓은 비밀 때문에 조금 무섭기는 해도 그에게 정직했다는 사실에 자부심을 느끼고 있었는데, 어느 순간 죽음을 두려워하고 있었다. 나를 차 안에서 끌어내 이가 딱딱거릴 정도로 흔들어댄 남자는 내가 알던 남자가 아니었다. 절대 용서하지 않겠다며 고래고래 소리를 지르던 그의 눈빛과 그를 설득하여 광기를 가라앉히지 못하는 나의 무력감, 모두 죽을 만큼 무서웠다. 내 눈에 보이는 건 핀이 아니라 아버지였다. 핀이 팔을 번쩍 들어 올렸을 때 나는 보았다. 불끈 쥔 주먹을. 나는 어딘가 어둡고 불길한 장소로 질질 끌려가고 있었다. 극심한 공포로 정신을 잃었던 모양인지 깨어보니 내가 우리 차 옆 땅바닥에 누워 있었다. 핀의 흔적은 어디에도 없었는데, 그가 날 죽일 거라 확신했기 때문에 나를 없애버릴 무기를, 나뭇가지나 버려진 쇠막대기 같은 걸 구하러 간 줄로만 알았다. 그래서 도망쳤던 것이다.

이제는 그가 그토록 화를 낸 이유를 안다. 아일랜드에서 사귀었다던 여자친구 쇼반하고 어떤 일이 있었는지도 안다. 편지에서 설명해주었기 때문이다. 내가 저지른 행동을 용서했을 거란 사실도 안다. 그렇기에 너무 참담했다. 내가 도망치지만 않았다면 우리는 지금 함께일 것이다. 아무리 애를 써봐도 지난 12년이 허무하게 흘러갔다는 사실을 지울 수가 없었다. 허무한 세월! 지금의 이 절망감 때문에 과거로 다시 돌아갈까 두려워진 나는 자제하려 애를 썼다. 심호흡을 하고는 다 잘될 거라며 스스로를 달랬다. 하지만 핀이 엘런과 함께인 지금 어떻게 그럴 수 있겠는가?

핀이 엘런과 결혼하리라고는 꿈에도 생각해보지 않았다. 핀이 엘런을 사랑하고 있다는 점은 의심하지 않았지만 나만큼 사랑한다고는 믿지 않았다. 배신당한 기분이었다. 먼저 배신한 건 나였다고 나 자신에게 상기시켰다. 핀은 다 잊고 새 출발을 했으니 나도 그걸 받아들여야 했다. 하지만 그럴 수 없었다. 예전 삶에 대한 추억이 나를 가만 내버려두지 않았다. 나는 지금 내 인생이 아니라 그때 그 인생을 원했다. 원칙적으로 핀은 내 남자였다. 내 남자! 레일라의 남자지 엘런의 남자가 아니었다. 엘런의 남자가 아니라 레일라의 남자였다. 몸이 뜨거워지면서 구역질이 났다. 내가 돌아왔다는 걸 그 어느 때보다도 더 핀이 알아주어야 했다.

그래서 핀에게 이메일을 보내기 시작했다. 내 이름을 쓰지는 않았다. 내 이름을 쓰면 나를 사칭한 누군가가 보내는 메일로 여겼을 것이기 때문이다. 그런데도 핀은 그렇게 생각했다. 핀이 내가 만든 이메일 주소의 의미를 파악하지 못해서 얼마나 충격을 받았는지 모른다. 핀이 내 진짜 정체를 알아차릴 수 있도록 세심히 고른 주소였다. 어마어마한 위험을 감수해가며 러시아 인형을 잭도 계산서 접시에 가까스로 놓았건만, 누군가 나를 사칭하고 있다는 핀의 믿음만 굳건해졌다. 그때 깨달았다. 핀에게 내가 돌아왔다는 확신을 주려면 그를 오두막으로 유인한 다음 편지가 사라진 걸 직접 확인하게 하는 수밖에 없다는 걸.

편지를 발견했다고 말해주면 핀이 오두막까지 직접 갈 필요는 없었다. 하지만 편지를 가져간 사람이 나라는 걸 핀은 여전히 모를 거라는 생각이 들었다. 지난 12년간 어느 때고 누구든 열쇠를 구해서 그 편지를 가져갔을 수도 있기 때문이다. 핀이 이메일 주소의 의미를 스스로 알아내는 것이, 진상을 스스로 파악하는 것이 필수였다. 그래서 조건을 내걸었다. 핀이 루돌프 힐이 가리키는 것을 알아내지 못한다면, 나는 또다시 사라져 핀이 엘런과 잘 먹고 잘살도록 내버려두겠다는 것이었다. 하지만 알아낸다면? 그러면 그때는 새로운 국면에 접어들 것이다.

30
핀

침대 가장자리에 걸터앉아 열린 옷장 문 틈으로 엘런의 옷들을 바라본다. 처음으로 그녀의 옷이 거의 다 회색이라는 사실을 알아차린다. 물론 조금씩 다 다른 회색이지만 아무튼 회색이다. 파스텔톤의 옷도 있긴 하지만 레일라가 입던 화려한 색깔의 옷과는 전혀 다르다. 내 눈은 이제 옷장 바닥에 두 줄로 가지런히 놓인 구두에 미친다. 모두 동일한 사이즈의 높은 구두다. 모든 게 획일적인 이 광경에 갑자기 숨이 턱 막힌다.

마침 엘런이 아래층에 있어서 휴대전화를 꺼내 레일라한테서 가장 최근에 받은 이메일을 열어본다. 아직 답장을 하지 않은 메일. 민감한 메일이다. 자신이 내가 준 반지를 끼고 있어서 행복한지 물어보기라도 하면 대체 뭐라고 답해야 할까?

사실 레일라가 그 반지를 끼고 있을 거라 생각하니 조금은 아련해진다. 그렇다고 레일라한테 그대로 말할 수는 없다.

그 반지 자기 거야, 자기 주려고 산 거니까. 답장을 보낸다.

엘런한테 줄 반지도 샀어?

청혼하고 나서 엘런한테 준 작은 은매듭 반지가 떠오른다. 전형적인 약혼반지로 사지 않았던 건 레일라와 달리 엘런은 반짝이는 거라면 뭐든 좋아하는 사람이 아니기 때문이었다. 그럼에도 레일라의 질문을 피해 가기로 한다.

아직도 만나고 싶어?

엘런도 자기 반지 끼고 있어?

응. 아직도 만나고 싶어?

돌아오지 말걸 그랬어

무슨 뜻이야?

너무 늦어버렸어

아냐, 그렇지 않아. 너무 늦은 게 어디 있다고 그래.

있어 지금 자기는 엘런과 함께잖아

우리 얘기 좀 해, 레일라.

하지만 레일라는 사라진다. 전처럼 그녀가 돌아올지 말지도 모르는 채, 돌아오길 바라는 나를 버려두고서.
부엌으로 내려간다.
"오트밀 만들어놨어." 엘런이 냄비를 젓다가 올려다보며 말한다.
"고맙지만 괜찮아." 얼른 대답하고는 덧붙인다. "내가 베이컨 만들어 먹을게."

"내가 할게."

"괜찮아." 오븐으로 다가가 그릴팬을 꺼낸 다음 달그락거리며 옆 화구에 올린다.

"아무 일 없는 거지?" 엘런이 묻는다.

"아무 일 없어."

"난 그냥……."

"그냥 뭐?" 내가 쏘아붙인다.

"자기가 과민해 보여서."

"그냥 자기가 만든 그 빌어먹을 오트밀이 먹기 싫어서 그런 거라고."

엘런이 상처받은 표정으로 나를 바라본다. "미안." 내가 사과한다. 엘런에게 화풀이를 하는 나도 싫고, 우리 사이에 끼어들려는 레일라도 싫어진다.

"그랜트 때문이야?" 엘런이 묻는다.

"다른 고객이야. 스트레스가 좀 심해서 그래."

"내일 해리가 점심 먹으러 오면 같이 얘기해봐."

함께 아침을 먹으면서 거의 한마디도 주고받지 않는다. 레일라 생각을 멈출 수가 없다. 지금 어디 있는지, 혹시 이 근처에 있는 건지 생각을 하지 않을 수가 없다. 생각에 생각을 거듭하다 보니 그 옛날 그랬던 것처럼 레일라는 지금도 내 진을 쪽 빼놓고 있다는 걸 깨닫는다.

"돼지고기 요리를 할까 해." 엘런이 말을 꺼낸다. "자기가 사과를 좀 사다 주면 돼지고기에 곁들일 소스는 내가 만들게."

한참 만에야 엘런이 내일 해리와 먹을 점심 식사 얘기 중이라는 걸 깨닫는다. "지금 사다 줄게." 자리에서 일어서며 내가 말한다.

"급할 거 없는데." 엘런의 불안한 목소리가 뒷문까지 나를 따라 나온다. "돼지고기 괜찮지?"

"괜찮아." 내가 큰 소리로 대답한다. 하지만 돌아서서 미소까지 지어 보이는 건 못 하겠다.

다음 날 도착한 해리 형을 보니 흐뭇한 얼굴이다. 형이 엘런에게 깜짝 선물이 있다고 해서, 지금 들고 있는 커다란 꽃다발 말고 또 뭘 샀을지 궁금해진다.

"나도 해리한테 보여줄 게 있어요." 엘런이 잔뜩 흥분해서는 해리의 손을 잡고 부엌으로 끌고 가며 말한다. 엘런이 팔을 내밀어 조리대를 가리키자 러시아 인형 세트가 세워져 있다. "이것 봐요!"

해리 형의 표정이 너무 어리둥절해서 엘런이 불쌍하게 느껴질 정도다. 하지만 나도 엘런이 저렇게 호들갑을 떠는 이유를 모르겠다. 형의 얼굴을 보니 자신이 왜 깜짝 놀라야 하는지 영문을 모르는 듯하다.

"인형 세트가 빠짐없이 있잖아, 해리 형." 내가 눈치를 준다.

"그러네. 이제 보니. 잘됐네."

엘런이 제일 작은 인형을 집어 든다. "이 인형이 대문 밖에 놓여 있었다니까요. 이렇게 한참 만에 다시 나타나서 나도 못 믿겠더라고요." 엘런이 설명한다.

"설마 똑같은 인형은 아니겠죠."

"핀도 그렇게 생각하지만 난 아니에요." 엘런이 인형을 해리 형에게 내민다. "여기 페인트 번진 거 보이죠? 내 것도 똑같이 번져 있었어요."

"그렇게 페인트 번진 인형이 한두 개일 리 없다고 내가 그랬다니까." 내가 해리 형한테 말한다. 하지만 내 서랍 깊숙한 곳에 놓여 있는 인형 네 개 중엔 페인트 번진 게 하나도 없다는 사실은 말하지 않는다.

"그런데 이렇게 오랜 세월이 흐른 후에 난데없이 인형이 나타난 이유가 뭘까? 대체 어떻게?" 해리 형이 묻는다.

엘런이 주저하기에, 그녀가 몇 주 전 첼트넘에서 레일라를 본 것 같다는 말을 꺼내기 전에 얼른 끼어든다. "자, 다들 한잔합시다." 12년 전 그녀를 찾으려고 별짓을 다 한 마당에 레일라가 살아 있을지도 모른다는 걸 형이 알게 되면 가만있을 리 없기 때문이다.

점심 식사 후, 다 함께 커피를 마시러 정원으로 나간다. 엘런이 해리 형에게 최근 일러스트를 보여주는 동안 식탁을 치워달라고 한다. 식기세척기에 그릇을 차곡차곡 쌓는데 해리 형과 단둘이 있게 된 틈을 이용해서 엘런이 형한테 레일라를 봤단 말을 할 수 있겠다는 생각이 퍼뜩 든다. 엘런도 그 말을 하지 않고는 못 배길 것이다. 그래서 30분 뒤 해리가 부엌으로 나를 찾아오자, 질문 공세에 시달릴 것을 예상하고 페기를 데리고 산책을 가자고 권한다.

"별일 없니, 핀?"

"그럼."

"그냥 좀 불안해 보여서."

"엘런이 뭐라고 했는데?"

"몇 주 전에 첼트넘에서 레일라를 본 것 같다던데."

"그런데 그냥 머리 색이 같은 다른 사람이었어."

"그럼 넌 그 사람이 레일라가 아니었다고 생각하는구나?"

"응. 엘런도 그렇게 생각하고 있고. 아마도 엘런이 잘못 본 걸 거라고 의견 일치를 봤는데."

내 어휘 선택에 해리 형이 눈썹을 치켜올린다. 마음 한편에서는 형한테 털어놓을 수 있으면 좋겠다는 생각이 든다. 하지만 형이라면 토니한테 말하라고 할 텐데 레일라가 원하는 게 뭔지, 왜 지금에서야 돌아오기로 했는지도 모르면서 그러고 싶진 않다.

"그 러시아 인형은 뭘까? 세월이 이렇게나 흘렀는데 나타나다니 참 이상하지 않니?"

"그 인형, 엘런이 잃어버린 인형이 아니야."

"엘런은 자기가 잃어버렸던 인형이라고 생각하던데."

"그야 희망사항이겠지. 엘런은 레일라가 돌아오길 바라고 있으니까. 그래서 첼트넘에서 레일라를 봤다고 믿어버린 거고."

"넌 어때? 너도 레일라가 돌아왔으면 좋겠니?"

최대한 차분하게 말하려고 하지만 슬슬 짜증이 밀려온다. "레일라가 실종된 지가 언제인데. 레일라는 안 돌아올 거야, 이제는."

"흠." 해리 형이 걸음을 늦추더니 주머니에 손을 넣어 뭔가 꺼낸다. 내려다보니 작은 러시아 인형 하나가 형의 손바닥에 놓여 있다. "아까 도착했을 때, 담장 위에 이 인형이 세워져 있는 걸 발견하고는 한시라도 빨리 엘런한테 주려고 했어. 오래전에 잃어버렸다고 얘기했던 게 기억이 나서." 형이 잠시 말을 멈춘다. "그런데 이미 가지고 있는 거야."

형이 그토록 이상하게 군 이유가 그것 때문이었다. 바보 같은 인형을 확 잡아채서 물속으로 힘껏 집어던지고 싶은 심정이다. 다행히 형은 그 러시아 인형(형이 두 번째라고 잘못 알고 있는)의 출현이 의미하는 바 때문에 내가 충격 비슷한 상태에 빠진 줄 아는 것 같다.

"우연치고는 너무 자주 일어나는 것 같지 않니?" 형이 말을 잇는다.

"무슨 말을 하고 싶은 건데?" 형한테 묻는 내 목소리는 레일라에 대한 분노 때문에 둔탁해져 있다. 어제 레일라는 나와의 만남은 거부했으면서 우리 집에 와서 목격될지도 모를 위험은 기꺼이 감수했기 때문이다. 한밤중에 다녀갔다면 모를까 들킬 수도 있지 않은가!

"엘런이 첼트넘에서 봤다는 사람이 레일라였을지도 모른다는 거지."

나는 풀로 덮인 강기슭에 앉는다. 해리 형이 나뭇가지를 하나 주워 들더니 페기를 위해 강으로 던진다. 페기가 강가에서 나뭇가지를 물어다 형에게 가져다주고, 형은 나뭇가지를 두어 번 더 강가로 던진다. 나는 침묵을 지킨다. 형은 내가 무슨 생각을 하고 있을지 온갖 추측을 하겠지만 정작 내가 레일라에 대해 무엇을 알고 있는지는 전혀 모른다고 생각하니 묘하게도 나한테 어떤 힘이 생긴 것 같은 기분이 든다.

"그 인형, 엘런한테 보여줬어?" 해리 형이 마침내 내 옆에 앉자 내가 묻는다.

"아니, 아직."

"형이 안 보여줬으면 좋겠어. 엘런이 괜히 기대할까 봐 그래." 게다가 엘런이 레일라를 찾는 데 관여하는 일은 절대 없어야 한다. 지금은 자신이 발견한 러시아 인형에 대해서만 알고 있고, 앞으로도 그러길 바라고 있다.

"넌 어때?"

"뭐가?"

"넌 뭘 기대하냐고?"

"나야 레일라가 살아 있길 원하지, 당연히."

"글쎄, 지금으로선 분명히 살아 있는 걸로 보이는데."

내가 짤막하게 웃는다. "러시아 인형 두 개하고 목격담을 근거로? 너무 빈약한 거 아냐?"

"그럴지도 모르지. 하지만 난 레일라가 언젠가 나타날지 모른다고 늘 생각했어."

나도 모르게 얼굴이 찌푸려진다. "진짜?"

"진짜. 난 레일라가 죽었을 리 없다고 생각했어. 납치됐을 리도 없고."

해리 형이 이런 말을 한 건 이번이 처음이다. "그렇다면 그 긴 세월 어디에 있었던 거야? 형 말이 맞는다면, 왜 이제야 나타난 걸까? 왜 작년, 아니 5년 전, 아니 실종 후 다섯 달 만에 나타나지 않고?"

"나도 모르지." 해리 형이 어깨를 으쓱한다. "어쩌면 순전히 시기 문제일지 몰라."

"그게 무슨 말이야?"

"글쎄, 넌 지금 엘런과 결혼을 앞두고 있잖아. 어쩌면 레일라가 어딘진 모르겠지만 아무튼 자기가 살고 있는 곳에서 널 쭉 지켜보고 있었는데 네가 자기 언니하고 결혼한다니까 싫은 걸지도 모르지." 해리가 눈을 돌려 나를 보며 묻는다. "지금도 엘런이랑 결혼하고 싶긴 한 거니?"

나는 다리를 쭉 펴고 일어설 채비를 하며 말한다. "그럼, 당연하지."

"레일라가 돌아와도?"

이번에도 '그럼, 당연하지.'라고 말하고 싶지만 이상하게도 상실감이 느껴진다. 해리 형도 이런 내 마음을 눈치챈 모양인지 애초에 그런 질문을 해서 미안하다는 듯 내 팔에 손을 얹는다.

"자, 그만 집으로 돌아가자. 엘런이 스콘을 만든다고 하지 않았니?"

지난주에 문제가 생겨 우리 집에 못 온다고 했는데 그 문제는 잘 해결됐는지 묻자 까다롭기로 악명 높은 투자자 얘기를 꺼낸다.

"어떨 땐 다 그만두고 싶어진다니까. 이런 일 하기에는 내가 너무 늙은 것 같다."

"형, 이제 마흔다섯이야."

"벌써 25년째다. 내 인생 자체잖아. 그런데 가끔은 결혼해서 가정을 꾸렸으면 좋았을걸 하는 생각을 안 할 수가 없어."

내가 웃으며 말한다. "형은 한 여자한테 얽매이는 거 못 견딜걸."

해리 형이 쓴웃음을 짓는다. "아마도."

"어쨌거나, 형이 원하는 게 결혼, 가정, 뭐 그런 거라면 지금도 안 늦었어. 지금 만난다는 여자는 어때? 그 여자랑 결혼할 생각은 없어?"

"전혀 없어."

"그럼 시간 낭비 하지 마. 그 여자 시간도 마찬가지고." 내가 조언한다.

우리 집에 도착하자 내가 대문에 한 손을 얹은 채 잠시 멈춘다.

"형이 찾았다는 러시아 인형 나한테 주면 안 될까?" 역시 해리 형은 해리 형이다. 레일라를 떠올릴 만한 물건이니 내가 가져야 한다며 흔쾌히 건네준다.

해리 형이 돌아가고 난 후, 내 서재로 건너가 책상 서랍을 연다. 작은 인형 네 개를 하나씩 꺼내 한 줄로 세워놓은 다음 해리 형이 준 인형을 맨 끝에 더한다. 맹랑한 눈 다섯 쌍이 정면을 응시하는 동안 페인트로 그린 입 다섯 개는 상냥한 미소를 짓는다. 아니, 비웃음? 다시 한 번 나 자신에게 묻는다. '레일라는 어떤 속셈일까?'

이메일을 확인해보니 루돌프 힐한테 메일이 하나 와 있다. 이제 실마리가 잡힌다.

난 아직도 자기를 사랑해

31
레일라

핀은 정확히 내가 예상한 대로 행동해주었다. 무의식적으로 내가 오두막 얘기를 하고 있는 거라고 짐작하고는 바로 오두막으로 가주었는데, 정말 다행이었다. 내가 그의 편지를 찾았다는 걸 핀이 꼭 알아야 했기 때문이다. 한편 핀은 파로스힐에도 가줘야 했다. 옛날에 그에게 러시아 인형같이 생겼다고 말했던 바로 그 나무 그루터기 위에 러시아 인형을 하나 올려놓을 셈이었는데, 그러면 핀이 내가 돌아왔다는 걸 추호도 의심하지 않게 될 터였다. 그래서 마침내 핀이 내가 고른 이메일 주소의 의미를 알아냈을 때 너무 기뻤다. 나를 추모한다며 파로스힐에 벤치를 올려놓은 이후 과연 한 번이라도 그곳에 다녀가기는 했을까 의심스러웠다. 내가 자기보다 먼저 그곳에 다녀갔다는 걸 깨달았을 때 핀은 어떤 기분이었을까? 내가 자기 인생에서 사라지던 날 밤을 떠올렸을까?

사실 핀이 남긴 반지를 끼고 있지는 않다. 하지만 가끔 그 반지를 고이 모셔둔 곳에서 꺼내 딱 맞는 척하면서 약지에 스르르 끼워보곤 한다. 그러면 12년을 헛되이 보냈다는 생각에 속이 쓰라려온다. 너무 기분이 가라앉아서 예전의나, 존재감 없고 재미도 없는 보잘것없던 존재로 돌아갈까 봐 두려워진다. 어둠 속에서 빛으로 나오기 위해 오랜 세월 용기를 그러모아야 했다. 아직까지 나는 사라지기 전 과거의 나보다 초라한 존재다. 하지만 적어도 존재는 하고 있다.

핀을 탓하는 건 부당한 일일 것이다. 하지만 내 입장에서 볼 때, 그날 밤 핀이 나를 죽일 것 같다는 생각만 안 들었어도 내가 사라지는 일은 없었을 것이다. 그런 이유로 공격적인 이메일을 보내 그를 찾아왔다고 쓴 것이다. 내가 한때 그랬듯, 핀도 나를 무서워하길 바랐다. 왜 그런 건지는 나도 잘 모르겠다. 하지만 내 감정은 늘 오락가락했다. 아무튼 핀은 답장에서 내가 자기를 찾아내서 기쁘다고 했다. 진심으로 엘런을 사랑한다면서 그런 말은 왜 한 걸까?

그 때문에 최초의 의문, 토머스 영감이 나를 보았던 날, 세인트메리스역 플랫폼에 앉아 스스로에게 물었던 질문이 다시 떠올랐다. 요컨대 핀은 나를 제치고 엘런을 선택할 것인가? 아니면 나를 선택해서 예전 인생을 되찾을 가능성도 있는 걸까?

이제 답을 알아볼 때다.

32
핀

의자를 뒤로 밀어 맨발을 책상 위에 올린다. 10분 전 잔디밭을 가로질러 오느라 이슬이 묻어 축축해진 발을. 6시 반밖에 되지 않았지만 더 잘 수가 없었다. 레일라를 두고 선택을 해야 하는 갈림길에라도 도달한 느낌이다. 아직도 사랑한다는 그녀의 선언이 나를 이 지경에 이르게 했다.

서재를 둘러보다 벽에 걸린 그림들에 시선이 머문다. 그림은 형태만 다를 뿐 모두 바다 그림이다. 문 뒤 벽에 걸린 그림은 레일라가 고른 것이다. 걸린 위치 때문에 나 말고 그 그림을 보는 사람은 없다. 책상에서 발을 내리고 그쪽으로 다가간다. 전에는 전혀 눈치채지 못했는데 그림 속 바다에는 노기가 있다. 러시아 인형을 두고 가는 짓은 정신이 온전치 못한 사람이 벌일 만한 짓이라던 루비의 말이 떠오른다. 일종의 신경쇠약 같은 게 있어서 레일라가 그토록 오랫동안 사라졌던 걸까? 어머니는 어렸을 때 돌아가셨고, 아버지는 난폭했다. 내가 보인 폭력 성향이 레일라를 광기로 내몰았을지도 모른다.

언제나 그렇듯, 모르는 것은 아는 것보다 불안하다.

더 이상 견딜 수가 없다. 책상으로 돌아가 레일라에게 이메일을 보낸다.

꼭 좀 만나야 할 것 같아, 레일라.

1분 1분 시간은 더디 흐르고 답장은 오지 않기에 한 시간 후 이메일을 한 통 더 보낸다.

제발 또다시 내 인생에서 사라지지 말아줘.

두 시간 후, 혹시 또 연락이 올지도 모른다는 희망을 모두 버린 순간, 받은 편지함에 메일이 한 통 도착한다. 신이시여, 감사합니다, 정말 감사합니다. 루돌프 힐이라는 이름이 보이자 안도의 한숨을 내쉬고는 메일을 얼른 열어본다.

아직도 날 사랑해?

모니터를 빤히 바라본다. 하고 많은 질문 중에 하필 저 질문이라니. 대답할 수도 없는 질문을. 아니라고 하면 다시는 그녀의 소식을 듣지 못할 것이다. 어쨌거나 거짓말도 하게 되는 셈이다. 한시도 레일라를 사랑하지 않은 적이 없다. 하지만 그렇다고 말해버리면, 그다음엔 어떻게 하지? 답장을 빨리 보내야 할 것 같은 부담감이 이루 말할 수 없이 크다. 도박하는 셈치고 메시지를 보낸다.

그럼, 물론 사랑하지. 자기가 내 인생에서 차지했던 자리가 얼마나 컸는데.

엘런보다 더 사랑해?

빌어먹을. 엘런에 대한 사랑은 좀 달라, 하고 답장한다.

엘런한테 내가 돌아왔다고 얘기해야 할 거 같은데

먼저 만나고 싶어.

답장이 금방 안 오기에 레일라도 곰곰이 생각 중인가 보다 어림짐작해본다. 어서, 나한테 시간과 장소만 알려달라고, 다른 건 바라지 않을게, 시간과 장소만. 그때 이메일이 도착한다.

엘런한테 내가 돌아왔다는 말부터 해

안 돼, 내가 자길 보기 전까진. 단호하게 나간다.

말이 잘못 나갔다. 내 소원을 들어주겠다는 답장이 없는 걸 보니 양보하지 않을 모양이다. 침묵만이 흐른다.

서재에서 나와 정원을 가로질러 집으로 가면서 아침 공기를 들이마신다. 부엌에는 엘런이 없지만 그녀의 작업실 문은 열려 있기에 그쪽으로 가본다. 레일라가 요구한 대로 그녀가 돌아왔다는 말을 엘런에게 하지는 않을 것이다. 그저 때가 오면 레일라가 아닌 엘런을 선택하자는 다짐을 굳히고 싶을 뿐이다. 일에 몰두하느라 엘런은 내가 들어온 줄도 모른다. 그런 그녀를 잠깐 지켜보는 동안 오직 그녀에게만 집중하면서 저런 여자가 내 곁에 있어 참 다행이라고 스스로에게 다짐시킨다. 내 인기척을 느낀 엘런이 고개를 들어 나를 보며 미소를 짓는다.

"어쩐 일로 여기까지 오셨나요?" 엘런이 놀리듯 말한다. 그러고 보니 대개 엘런이 나한테 왔지, 나는 별로 온 적이 없다.

"아침 생각 없나 물어보러 왔지."

"지금 몇 신데?"

"한 10시쯤."

엘런이 연필을 내려놓는다. "일찍 일어났네. 아직 서재에 있을 것 같아서 자기 올 때까지 일이나 좀 더 해야겠다 생각하고 있었어."

"잠이 안 와서." 엘런에게 다가가며 묻는다. "일은 잘돼가?"

"그럭저럭. 와서 이 아름다운 골짜기 좀 봐." 엘런이 그림판에서 물러나며 내게 자리를 내준다.

"엘런, 정말 아름답다." 디테일까지 놓치지 않는 엘런의 재능에 진심으로 감탄하며 내가 말한다. "자기가 창조한 이 작은 골짜기가 대체 몇 개나 있는 거야?"

"마지막으로 세어봤을 때 서른일곱 개였는데 몇 개 더 그려야 해."

"이따가." 내가 단호히 말한다. "아침부터 먹고."

"내가 달걀 요리 좀 할게."

"아니면 잭도에 가서 프라이업[7] 먹으면 되겠다." 밤새 깨어 있었더니 갑자기 허기가 몰려온다. "루비가 휴가 시즌엔 그 메뉴를 꼭 하거든."

"좋은 생각이야. 오랜만에 다른 메뉴 좀 먹어보겠네."

잭도에 가는 동안 우리 둘 다 말이 없지만 편안한 침묵이다. 손깍지를 낀 엘런에게 고개를 돌려 미소를 짓는 순간, 갑자기 사랑으로 가슴이 벅차오른다. 그건 사랑이 아니고 그냥 고마운 마음이야, 목소리가 내게 말한다. 넌 레일라한테 느꼈던 진정한 사랑을 엘런한테는 느껴본 적이 없어. 인정해, 핀, 넌 엘런과 사랑에 빠진 게 아니라고. 고마운 마음이 커지면서 사랑처럼 된 것뿐이야.

"아, 진짜." 불쑥 내뱉고는 엘런을 잡아당겨 걸음을 재촉한다. "너무 배고프네."

잭도는 텅 비어 있어 쾌적하다.

"이제 러시아 인형은 더 이상 안 나타나고?" 내가 바에서 아침을 주문하는 동안 루비가 묻는다.

귀여워 죽겠다는 듯 버스터를 쓰다듬고 있는 엘런을 흘끔 본다. "헤리 형도 요전 날 점심때 왔다가 우리 집 바깥 담장 위에 하나 놓인 걸 주웠대. 엘런은 몰라." 내가 주의를 당부하듯 말한다.

---

7) 베이컨, 계란, 소시지, 빵 등이 포함된 전통 영국식 아침 혹은 이른 점심.

"해리도 같이 와서 한잔하지 그랬어." 루비가 내게 커피를 따라주며 나무라듯 말한다. "해리는 잘 지내?"

"그럼. 결혼이 하고 싶대."

루비가 웃는다. "해리가? 결혼을? 평생 동시에 들을 일 없다고 생각했던 두 단어네."

"걱정 마, 그냥 한때지 뭐." 내가 씩 웃는다.

루비가 계산대 아래서 머그를 하나 더 꺼내 엘런이 마실 커피도 따른다. "해리도 레일라가 돌아온 거 알아?"

"아는 정도가 아냐, 해리 형은 레일라가 죽었다고 생각해본 적이 없대. 해리 형도 내가 엘런과 결혼한다니까 다시 나타났을 거라던데, 너처럼. 내가 레일라한테 편지에 남겨놓았던 반지 때문에 굉장히 골치 아파졌어."

"왜?"

"레일라가 그 반지를 끼고 있으니까."

"어머, 핀." 루비가 목소리를 낮춘다. "너 진짜 엘런한테 말해야 하는 거 알지. 그래야 엘런이 안 억울하지."

엘런이 우리 자리에 가서 내가 오길 기다리고 있다는 걸 깨닫고는 커피가 든 머그를 집어 든다.

"고마워, 루비, 이따가 보자."

"언제든지."

푸짐한 아침 식사를 보니 좌절감이 눈 녹듯 사라지고, 엘런이 테이블 너머로 내게 손을 뻗자 곧 내 세계에 다시 안정이 찾아온다. 아침을 먹으며, 우리는 집 얘기도 하고 일 얘기도 나눈다. 오후에는 잠재 투자자들에게 소개 전화를 돌리느라 꽤 오래 전화기를 붙들고 있어야 했는데, 경쟁자들의 펀드 수익률까지 확인해야 해서 전화기를 붙들고 있는 시간은 더 길어졌다. 나중에 저녁을 만드느라 엘런과 부엌을 여기저기 오가며 오늘 하루는 어땠는지 도란도란 이야기를 나누다 보니 갑자기 내 인생이 마냥 행복하게 느껴진다. 레일라가 이런 내 인생을 망가뜨리도록 내버려둬서는 안 되겠다.

엘런이 잠자리에 들 준비를 하는 동안 휴대전화를 꺼내 잽싸게 이메일을 확인해본다. 오늘 처음으로 루돌프 힐한테 온 메일이 없었으면 하고 바라는 나 자신을 발견한다. 하지만 메일은 와 있다. 메일을 열고는 경악한다.

엘런한테 알리지 않으면 내가 알리겠어

33
레일라

이 짓을 당장 그만둬야 한다는 건 나도 안다. 핀은 지금 엘런과 함께라는 사실을 받아들여야 한다는 것도 안다. 하지만 어쩐 일인지 그렇게 되질 않는다.

엄마가 죽고 난 후에도, 머릿속에서 엄마 목소리를 듣곤 했다. 엄마가 죽으면서 엄마의 일부분을 나한테 남겨놓고 가기라도 한 것 같았다. 아니 엄마가 더는 곁에 없다는 사실을 견딜 수 없었다고 해야 할까. 그래서 엄마의 몸짓을 따라 하고 엄마가 할 법한 말을 하기 시작했다. 그 때문에 아버지가 노발대발했고 엘런이 나서서 아버지의 분노로부터 나를 보호해주어야 할 때도 있었다. 엄마는 폐렴으로 돌아가셨는데, 루이스 섬에서도 가장 황량하기 짝이 없는 곳에 위치한 냉동고 같은 돌집에 살다 폐렴에 걸리고도 의사 한 번 못 본 탓이었다. 하지만 가끔 꾸는 꿈이 있는데, 그 꿈속에서 아버지는 엄마를 죽인 다음 아무도 찾지 못할 토탄 수렁에 묻었다. 사실이 아니라는 건 안다. 내 마음이 뒤죽박죽 엉망이라 그런 거라는 것도 안다.

자발적 실종 이후 내 마음은 더 엉망이 되었다. 하지만 일단 도피처에 도착한 후에는 곧바로 적응을 했다. 살아남으려면 어쩔 수 없었다. 난 내가 해야 할 일을 했다. 진짜 신분을 감추고 머릿속에서 내 원래 목소리를 쫓아낸 다음 다른 사람이 되었다. 결국 그 덕분에 전에는 꿈도 못 꾸던 행복을 찾았다. 그건 이전 인생에서 알고 있던 행복과는 다른 행복이었다. 다른 사람이 되어 비밀 속에 살아야 했는데 어떻게 다르지 않을 수 있었겠는가? 그건 확고하고 기분 좋은 행복, 남은 평생 누릴 수 있었던 행복이었다. 그러다 핀이 엘런과 결혼하기로 결심하자 모든 게 변했다. 내 본래 목소리가 튀어나오기 시작했다. '넌 절대 예전 인생을 되찾지 못할 거야.' 그 목소리가 빈정거렸다. '핀은 이제 엘런을 사랑해.'

며칠 전 핀에게 나를 사랑하느냐고 물었더니 그렇다고 대답했다. '그럴지도 몰라. 하지만 엘런이 곁에 있는 한, 넌 절대 핀을 되찾지 못해.' 그 목소리가 속삭였다. 생각해보니 목소리가 옳았다.

어떻게 하면 좋을까 곰곰 생각을 해보았다. 엘런이 제 발로 핀을 떠나주면 일이 잘 풀릴 것이다. 내가 돌아왔다는 걸 알면 엘런도 핀이 당연히 내 남자라는 사실을 이해하고 내가 오래전에 그랬던 것처럼 핀의 인생에서 사라져주지 않을까? 그럴 가능성은 희박했다. 핀이 자신을 사랑하게 만들려고 엘런이 얼마나 노력했는지 나는 알고 있다. 하지만 핀을 두고 엘런과 싸움이라도 벌여야 한다면, 그러지 뭐.

34
핀

레일라의 마지막 메시지를 보고 예전에 자제력을 잃었을 때처럼 너무 불안해졌다. 레일라의 어투는 마치 날 시험하겠다는 것처럼 들렸다. 대체 무슨 생각이었을까? 동생이 돌아왔다는 사실을 알리면 언니인 엘런이 어서 들어오세요 하고 떠나줄 거라고 생각한 걸까? 아니면 내 사랑을 확신하고 있는 엘런이 나한테 동생하고 자신 둘 중 하나를 선택하게 할 거라고?

옷을 입고 있는 엘런을 물끄러미 보고 있으려니 자괴감이 든다. 레일라 얘기를 했어야 했다. 지금은 소용없지만. 마지막 이메일을 받은 지 일주일이 지났고 지금까지 아무 소식도 없다. 이게 최선이라고 스스로에게 되뇐다. 하지만 이미 벌어진 일을 어떻게 모조리 잊고 그 전의 나로 돌아갈 수 있을까? 그럼 또다시 모르는 상태로 돌아가게 될 것이다. 레일라가 어디 있는지도 모르고, 레일라가 어디 있었는지도 모르고, 레일라가 왜 돌아왔는지도 모르는 채, 결국 레일라는 다시 자취를 감출 것이다.

"괜찮아?" 엘런이 묻기에 정신을 차려보니 내가 엘런을 뚫어져라 바라보고 있었다. 단, 엘런을 바라보고 있었던 게 아니라 레일라를 바라보고 있었던 것이지만.

"응, 미안. 딴생각 좀 하느라고."

"자, 이제 자기 정신이 돌아왔으니까 그 김에 얘기 좀 해도 될까?" 엘런이 회색 민소매 티셔츠를 입은 다음 연회색 면바지를 집어 든다. 아무래도 우리 결혼식 계획에 대해 물어보려는 모양이다. 결혼식이 석 달도 안 남았으니 하객으로 누구를 초대할지, 피로연은 어디서 열지 등등 아무래도 세부적인 사항까지 꼼꼼히 챙겨야 하기 때문이다. 피로연은 잭도에서 열까 생각했지만, 왠지 엘런은 스테이크와 감자튀김 이상을 기대하고 있을 것 같고 결혼식도 내가 바란 대로 소박한 행사에 그치지 않을 것만 같다.

"얘기해봐." 엘런의 얘기에 온전히 집중하자 마음먹으며 내가 말한다.

엘런이 바지를 다 입고 나서 주머니에서 뭔가를 꺼내더니 손을 내민다. "이게 어제 문틈으로 들어와 있었어." 내려다보니 엘런의 손바닥 위에 작은 러시아 인형이 하나 놓여 있다. 애써 태연을 가장한 채 그 인형을 집어 들고는 자세히 들여다보는 척을 한다. 시간을 벌기 위해서다. 나한테 다섯 개가 있고 엘런한테 이제 두 개가 생겼으니 7번 인형이다. "어제 곧바로 말했어야 한다는 건 나도 아는데……." 엘런이 말꼬리를 흐린다.

왜 어제 말하지 않았냐고 엘런한테 묻고 싶지만 내가 엘런한테 숨긴 그 모든 일이 떠오른다.

"문틈으로 들어왔다고 했는데, 그럼 누가 그 인형을 우리 문에 있는 우편물 투입구로 밀어 넣었단 얘기야?" 내가 인형을 엘런에게 돌려주며 묻는다.

"아니, 봉투에 들어 있었어."

"누구 앞으로 온 거였는데?"

이 말에 엘런이 얼굴을 찌푸린다. "당연히 내 앞이었지. 아니었으면 봉투를 안 열어봤게."

이런 짓까지 하다니, 한발 나아가 협박을 실행에 옮기다니 레일라한테 화가 난다. "주소는 인쇄되어 있었어, 손글씨였어?"

"인쇄되어 있었어. 그런데……." 엘런이 머뭇거린다.

"그런데 뭐?"

"봉투를 열기도 전에 뭔지 알 것 같았어. 모양 때문만이 아니라 이런 게 올 걸 예상하고 있었던 것 같아." 엘런이 단호한 얼굴로 나를 바라본다. "자기는 그날 내가 첼트넘에서 본 사람이 레일라가 아니라고 말하지만 레일라였어. 내가 레일라를 못 알아볼 리가 없잖아."

"12년이나 지났는데도?"

"14년이겠지." 엘런이 바로잡아준다. 레일라가 루이스 섬을 떠나 런던으로 온 이후로는 보지 못했기에 엘런에게는 14년이다. "레일라는 내 동생이야." 엘런의 목소리는 매서웠다. "그래, 내가 그 여자 얼굴을 못 보기는 했어. 하지만 인파를 뚫고 나아가는 모습을 보고 동생이라는 걸 알 수 있었어. 게다가 머리카락도 있지. 그런 머리는 못 숨겨. 짧게 잘라서 염색이라도 한 게 아니라면 말이야. 하지만 동생이 그럴 리 없어. 자기 머리카락에 얼마나 자부심이 대단했는데. 그리고 여기 이 두 번째 러시아 인형도 있지."

"거기에 너무 의미를 부여해선 안 돼." 다정하게 타일러본다. "누가 장난을 치고 있는 걸지도 모르잖아. 역겹기는 하지만 장난은 장난이지."

엘런이 고개를 절레절레 흔든다. "세상에 그렇게 잔인한 사람이 어디 있어. 어쨌거나 나하고 자기, 그리고 레일라 말고 러시아 인형을 아는 사람은 없단 말이야."

"그리고 해리 형도 있지." 내가 상기시킨다. "해리 형한테도 인형 얘기했다고 했잖아."

"그래, 해리도 있지. 하지만 그렇게 말고는 없잖아." 엘런이 답답하다는 듯 말한다. 그리고 녹색 눈을 내게 향한다. "루비한테 말한 건 아니지?"

"아냐." 내가 단호하게 대답한다.

"자기가 그랜트를 만나고 돌아오던 날, 잭도에 자기를 찾으러 갔을 때, 카운터 위에서 작은 러시아 인형을 하나 봤는데 자기가 주머니에 넣더라고. 그땐 내가 집 밖에서 발견한 인형을 루비한테 보여주나 보다 생각했거든. 그런데 집에 와서 보니까 그 인형이 나머지 세트 옆에 그대로 세워져 있는 거야. 그 말은 자기가 루비한테 보여준 인형은 어딘가 다른 데서 가져온 인형이란 말이 되지."

"미안해." 엘런이 진작 물어보지 않았다는 사실에 짜증이 나면서도 왜 지금까지 입 밖에 내지 않았는지 궁금하다. "자기 생각이 맞아, 그 인형은 다른 거야."

"그건 어디서 났어?"

머릿속으로 무슨 말을 해야 할지 열심히 궁리한다. 사실대로 말할 수가 없기 때문에, 파로스힐에서 찾았다는 말을 할 수 없기 때문이다. "우리 점심 먹으러 잭도에 갔던 날 기억나지? 그날 계산서 접시에 계산서랑 같이 놓여 있기에 난 루비가 그런 줄 알았어. 그 당시에 루비는 부인했지만 난 확인하고 싶었어. 그래서 그날 루비랑 살벌했던 거야."

"접시 위에 있었다고?" 엘런이 잔뜩 흥분한 목소리로 말한다. "그 말은 레일라가 그때 그 펍에 있었단 얘기잖아, 우리도 있을 때." 흥분은 점차 어리둥절함으로 바뀐다. "하지만 레일라가 거기 있었을 리가 없잖아, 있었으면 우리가 봤을 거 아냐?"

"그래서 루비가 인형을 놓았다고 생각했던 거야. 내가 루비한테 러시아 인형 얘기를 해줬고, 그 얘기에 착안해서 루비가 인형 두어 개를 몰래 놓음으로써 나한테 레일라가 돌아왔다는 착각을 심어주려는 줄 알았어. 자기랑 결혼 못 하게 하려고 말이야." 엘런이 얼굴을 찡그린다. "그런데 내가 무슨 얘길 하는지 알아듣지도 못하더라고. 그때 기억이 났지. 내가 루비한테 인형 얘기를 해준 적이 없었다는 게."

"그러면 계산서 접시에서 인형을 발견했다는 얘기를 왜 나한테는 안 해준 거야?"

"자기를 걱정시키고 싶지 않았거든."

"날 걱정시킨다고?" 엘런은 어리둥절한 표정이 되더니, 생전 보이지 않던 노기까지 띤다. "내가 왜 걱정을 하는데?"

"미안, 말이 잘못 나왔나 봐. 그러니까 실망할까 봐 그랬다고. 그냥 장난에 불과하면 자기가 실망할까 봐 말 안 했어."

"그런데 장난이 아니잖아, 안 그래? 장난이 아니라고, 핀. 레일라는 살아 있어, 난 확신해!" 엘런도 레일라가 돌아왔다는 걸 처음 발견했을 때 내가 느꼈던 감정을 느끼는 듯하다. 흥분 반, 두려움 반.

"내 생각은 달라."

"아니, 레일라는 분명 살아 있어! 내가 이해가 안 가는 건 레일라가 이 인형을 왜 유독 나한테만 보냈냐는 거야." 엘런이 잠시 골똘히 생각에 잠긴다.

"레일라는 집 밖 인형도, 잭도 계산서 접시 위 인형도 내가 찾길 바랐을지 몰라. 자신이 돌아왔다는 걸 자기한테는 알리고 싶지 않은 걸지도 모르고."

엘런의 말이 틀렸다고, 레일라는 자기가 돌아온 걸 내가 꼭 알아주길 바란다고 말해주고 싶지만 나머지 다른 인형들이며 이메일, 몰래 데번까지 다녀온 얘기를 차마 할 수가 없다.

"레일라는 진짜로 그렇게 중요한 얘기를 내가 자기한테 안 할 거라고 생각하는 걸까?"

너무 미안해서 차마 엘런의 얼굴을 볼 수가 없다. 엘런한테 자기 동생이 살아 있다는 말을 하기가 어째서 이토록 꺼려지는 걸까? 엘런한테는 굉장히 중대한 사안일 텐데 이렇게 계속 숨기다니! 진실 때문에, 나만 레일라를 간직하려 했던 욕심 때문에 죄책감이 짓눌러온다. 레일라의 의도가 무엇인지 알아낼 때까지 당분간만 비밀로 하자고 스스로에게 다짐한다. 일단 의도를 알아내면 그때는 엘런에게 얘기할 것이다.

"핀, 대체 왜 이래?" 내가 대답을 안 하자 엘런이 내 앞으로 와서는 내 얼굴을 자기 쪽으로 돌려놓는다. "레일라가 돌아왔을지도 모른다고 생각하니까 나한테 청혼한 게 후회돼서 그래?" 엘런이 머뭇거리며 묻는다.

"절대 아냐." 엘런을 껴안으며 대답한다. "어떻게 그런 걸 후회하겠어?"

"그럼 만약에 나한테 인형을 보낸 사람이 레일라고, 레일라가 살아 있다면, 레일라랑 함께하고 싶지 않겠어?"

"그런 식으로는 싫어. 물론 레일라를 보면 반가운 마음이 들겠지. 하지만 12년이나 흘렀어. 우린 그때 그 사람들이 아니고, 그때 그 입장도 아니잖아."

"고마워." 엘런이 나지막하게 말한다. "그렇게 말해줘서. 어제 인형이 도착했을 땐 굉장히 기뻤어. 그러다 갑자기 걱정이 되더라고. 레일라가 돌아왔으니 상황이 달라지겠구나 싶어서. 그래서 인형 얘기를 선뜻 못 했던 거야. 왜냐하면 레일라가 돌아왔단 얘긴데, 그럼 당연히 자기도 알아야 하지 않겠어, 핀? 우리 사이에서 밝혀진 러시아 인형은 세 개야."

"하지만 애초에 레일라가 인형을 남겨놓는 이유가 대체 뭘까?" 엘런에게 혹시 다른 의견이 있을까 하는 마음에 묻는다. "그냥 우리 집에 와서 돌아왔다고 말하면 안 되는 건가? 우리가 어디 사는지도 알고 있는 것 같은데 말이야."

"나도 모르겠어. 오전 내내 생각 중이야. 어쩌면 무서워서 그런 걸지 모르지." 엘런이 고개를 들어 나를 올려다본다. "토니한테 전화해보자. 토니라면 어떻게 해야 할지 알 테니까."

"아직은 안 돼." 시간이 더 필요하기에 단호히 말한다. "인형의 배후 인물이 레일라인지도 아직 확실하게 모르잖아." 입을 열어 반박하려는 엘런을 막고 계속 말을 잇는다. "며칠만 기다리면서 무슨 일이 일어날지 두고 보자. 혹시 알아, 레일라가 우리 집 문 앞에 나타날지." 하지만 레일라가 그렇게 나타나는 일이 없기를 바란다. 두 사람이 자기들 둘 중에 고르라고 하면 누굴 골라야 한단 말인가? "어쩌면 그 러시아 인형은 자기가 도착하기에 앞서 우리한테 마음의 준비를 시키려는 수단일지 몰라."

"그런 생각은 못 해봤어." 엘런이 잠시 생각에 잠기더니 말을 꺼낸다. "그런데 좀 이상하지 않아?"

"레일라가 돌아오더라도 그동안 어디에 있었는지, 무슨 일을 겪었는지 우린 모르잖아. 정신 상태가 전처럼 온전하지 않을 수도 있어."

엘런이 내 말에 얼굴을 잔뜩 찌푸린다. 내가 그녀의 손을 잡으며 말한다. "인형이 들어 있던 봉투 가지고 있어?"

"응, 부엌에."

"나도 좀 보고 싶어."

봉투는 갈색이고 우리 주소가 인쇄되어 있는 스티커는 흰색이다. 엘런은 배달됐다고 했지만 내가 보기엔 누군가 문틈으로 밀어 넣고 간 것 같다. 나머지 러시아 인형들도 모두 직접 놓고 갔으니까. 하지만 우표도 있고, 소인도 있다. 봉투를 눈앞으로 들어 올린다.

"첼트넘이야." 엘런이 말한다. "안에 뭐가 들어 있는지 보자마자 그것부터 확인했거든." 그녀의 목소리에는 아까처럼 다시 흥분과 두려움이 뒤섞여 있다. "레일라가 여기 있는 거야, 핀, 가까이에. 세월이 그렇게 흘렀는데. 정말 믿을 수가 없어." 엘런이 머뭇머뭇 말을 잇는다. "근데 조금 무섭기도 하네. 레일라가 살아 있다니 정말 놀랍기는 해. 하지만 쉽지 않겠지, 그렇지?"

"유감스럽게도 그럴 것 같아." 내가 대답한다. 아주 완곡하게 돌려 말하고 있다는 뉘앙스를 풍기며.

세 시간 후 내 서재에 갔을 즈음에는 지난 12년간 레일라가 어디 있었을지, 레일라가 돌아오면 앞으로 무슨 일이 벌어질지를 두고 이런저런 추측을 하던 엘런을 맞춰주느라 녹초가 되어 있었다. 토니에게 전화를 걸어 조언을 구하거나 해리 형한테 전화를 걸어 희소식을 들려줘선 안 되는 이유를 둘러대느라 진땀을 뺐다. 레일라가 자리를 잡을 때까지 우리와 함께 살아야 한다면 레일라를 기꺼이 받아들이겠냐고 엘런이 물었을 때, 곧 닥쳐올 악몽이 현실로 느껴지면서 엘런한테 인형을 보낸 레일라가 죽도록 미워졌다. 토니한테 전화해야 한다며 엘런이 강경하게 나오기 전까지 내가 얼마나 더 시간을 끌 수 있을까? 레일라는 자신이 무슨 짓을 벌였는지 제대로 알고나 있는걸까? 레일라한테 낱낱이 따지기로 마음을 먹고 휴대폰을 꺼낸다. 하지만 레일라가 선수를 치고 말았다.

엘런이 내가 보낸 러시아 인형 받았어?

응

우리가 연락 주고받는 거 엘런도 알아?

아니. 지금 만날 수 있어?

조만간

원하는 게 뭐야, 레일라?

한참 지나도 답이 오지 않는 걸 보니 레일라는 이번에도 내 애를 태우려는 모양이다. 그때 메시지가 하나 도착한다. 본문은 없이 첨부파일만 있다. 첫 번째 첨부파일을 여니 레일라와 함께 찍은 사진이 뜬다. 와인 바에서 만난 레일라의 친구 누군가가 타워브리지에서 찍어준 사진이다. 나머지 사진은 레일라가 셀프타이머를 맞춰놓은 다음 카메라 앞으로 후다닥 달려와 우리 둘을 찍은 사진이다. 사진 속에서 레일라는 내 목을 껴안고 내 볼에 키스를 하고 있다. 우리가 서로 얼마나 사랑했었는지를 떠올리니 괴롭기 짝이 없다. 우리가 얼마나 행복했는지를 보여주는 사진들을 스크롤을 내려 하나하나 보다 보니 괴로움이 배가된다. 마지막에 내 질문에 대한 딱 한 단어짜리 답이 나온다.

당신

35
레일라

일종의 시험으로 엘런한테 내가 돌아왔다는 말을 했는지 핀한테 물어봤다. 핀은 나를 만나고 싶다고 했지만 나는 만나고 싶지 않았다. 아직은.

핀이 내 요구를 따르지 않자 목소리는 날아갈 듯 기뻐했다. '그것 봐.' 목소리가 말했다. '핀은 네가 그렇게까지 보고 싶지 않은 거야. 그랬으면 엘런한테 말을 했겠지.' 난 신경 쓰지 않았다. 내가 보기에, 핀이 엘런한테 말을 하지 않았다는 건 나를 자기만 알고 있고 싶다는 의미였다. 더욱 중요한 것은 핀이 엘런한테 비밀을 지니게 되었다는 것이다.

그에게 일주일의 기한을 준 다음 엘런에게 인형을 하나 보냈다. 그래야 핀이 엘런과 그 대화, 내가 돌아왔다는 걸 두 사람 다 인정한다는 대화를 나눌 수 있게 되니까. 내 패를 너무 일찍 내보인 건 아닐까 걱정됐지만 핀도 나도 막다른 골목에 다다른 상태에서 일을 진행시키고 싶은 마음이 간절했다. 이제 엘런한테 달렸다. 엘런을 사랑했고 엘런한테 상처를 주긴 싫었지만 이제 눈치껏 핀과 내가 여생을 함께 보내게 해줘야 했다. 내가 다시 들어갈 수 있게 엘런이 제 발로 나가줄 거라 기대하다니 너무 순진했다는 건 나도 알지만, 생각해보면 예전에 벌어졌던 일이 뒤바뀌는 것뿐이다. 그때는 내가 나가고 엘런이 들어왔다. 당시엔 엘런이 핀을 만나서 나도 기뻤다. 하지만 이젠 내가 핀을 돌려받아야겠다.

내가 엘런한테 인형을 보내면 핀이 짜증을 낼 줄 알고 있었다. 핀으로서는 이 복잡한 게임을 전혀 예측할 수 없었을 것이다. 게임이란 결국 칼자루를 누가 쥐느냐에 달렸다. 그런데 나는 늘 예상을 빗나갔다. 핀은 내 다음 행보를 알지 못했다. 그것이 엘런한테 달려 있다는 것도 알지 못했다.

엘런에게도 비밀은 있었기 때문이다.

36
핀

새벽 3시에 첼트넘을 차로 도는 중이다. 레일라를 찾지 못하리란 건 알지만 일단 집에서 나와야만 했다. 레일라가 보낸 사진을 보고 나니 도저히 잠을 잘 수가 없었다. 누워서 지금 내 인생을 생각하기도 싫었고, 지금 인생이 가짜 인생이자 차선 인생이며, 레일라를 더 가까이 느낄 수 있다는 이유로 엘런과 함께하는 삶을 택했다는 진실에 직면하기도 싫었다. 전에도 몇 번이나 그랬듯 내 옆에 누워 있는 엘런을 보며 그게 레일라였으면 하고 바라는 것도 싫었다. 그런 대접을 받기에 엘런은 아까운 사람이다. 나 같은 놈한테 아까운 사람이다. 엘런을 진심으로 사랑했기 때문에 그녀와 함께했던 게 아니다. 엘런이 레일라의 언니가 아니었다면 애초에 그녀와 사랑에 빠지지도 않았을 것이다. 엘런에게서 레일라의 모습을 찾으려 한다던 루비의 말이 옳았다.

이런 생각을 하다니 도저히 믿기지 않지만 그게 진실이다. 엘런과 같이 지내기 시작하면서 내가 가장 두려워했던 부분은 엘런이 쉴 새 없이 레일라 얘기를 하거나 나와 레일라 사이를 물어볼지도 모른다는 것이었다. 나는 그 누구와도 레일라 얘기를 하고 싶지 않았기 때문에 그때마다 입을 다물었고, 내가 그러는 이유를 알아차린 엘런은 아무것도 물어보지 않았다. 레일라를 언급할 때면, 가령 어린 시절 일을 얘기할 때도 엘런은 극도로 눈치를 보면서 굉장히 주저했다. 지금도 그건 마찬가지다. 우편으로 배달 온 러시아 인형을 시작으로 세 시간 동안 쏟아낸 이후, 엘런은 레일라를 거의 언급하지 않고 있다. 이따금 엘런이 의아한 눈으로 나를 바라보는 순간을 포착하기도 했지만 내가 레일라 얘기를 왜 안 꺼내나 궁금해서 그런 건지, 말 안 한 게 더 있나 궁금해서 그런 건지는 모르겠다. 나도 러시아 인형을 발견했으면서 왜 얘기를 안 했는지에 대해서 해명을 한다고 했지만, 엘런이 그 얘길 믿었는지는 잘 모르겠다. 레일라가 다음에 어떻게 나올지 두고 보자고 합의를 한 상태기 때문에 우리는 지금 이도 저도 아닌 모호한 상황에 놓인 셈이다.

"어젯밤에 어디 갔었어?" 엘런이 아침을 먹으며 묻는다. 새벽 4시 반쯤 침대 위에 기어 올라가 엘런의 옆자리에 누웠을 때, 그녀가 꿈쩍도 하지 않기에 내가 나갔다 온 걸 알아차리지 못한 줄 알았다.

"드라이브하러. 잠이 안 와서. 새 고객이 있는데 그랜트보다 더 심한 일중독자지 뭐야." 엘런이 딱한 눈길로 나를 바라봐주자 또 거짓말을 한 것에 죄책감이 들어 자리에서 일어선다. "나가서 달리기나 하고 올까 봐."

강변 오솔길을 힘차게 달린 후 집으로 돌아갈 때 깨달았다. 나를 미치게 하는 건 바로 기다림이란 걸. 레일라한테 연락해서 어떤 식으로든 행동을 개시하라고 다그치고 싶어 미칠 지경이다. 잭도가 시야에 들어오자 속도를 늦춘다. 아직 문은 열지 않았지만 문을 두드리자 루비가 나타나 열어준다.

"아침은 10분 후에나 먹을 수 있어." 루비가 머그잔에 커피를 따르며 툴툴거린다.

"엘런도 알아." 내가 다짜고짜 말을 꺼낸다. "레일라가 돌아왔다는 거."

"음, 이제 적어도 쉬쉬하진 않아도 되겠네. 잘된 거잖아, 안 그래?"

"너라면 그렇게 생각했겠지." 내가 땅이 꺼져라 한숨을 쉬며 말한다. "그런데 지금 나랑 엘런 사이가 서먹서먹해졌어. 특히 내가 러시아 인형을 발견하고서 너랑 상의했다는 걸 알고 나서 더 심해졌지. 엘런은 내가 자기한테 왜 얘기를 안 해줬는지 알고 싶어 했어. 그동안 벌어진 다른 일들까지 알게 되면 엘런이 뭐라고 할지는 생각하기도 싫다."

"레일라가 너한테 계속 이메일 보내고 있는 거 엘런도 알아?"

거북한 얼굴로 바 의자에서 몸을 이쪽저쪽으로 움직이며 내가 대답한다.

"아니. 내가 오두막에 다녀왔다는 사실도, 레일라한테 결혼하자고 쓴 편지를 남겨놓았었다는 사실도, 그 편지를 지금 레일라가 가지고 있다는 사실도 엘런은 몰라."

루비가 언짢은 듯 이맛살을 찌푸린다. "비밀이 너무 많은데, 핀."

"나도 알아."

"그래서 레일라가 돌아와서 엘런은 기분이 어떤 것 같아?"

"흥분하지. 두려워하기도 하고. 이제 레일라가 돌아왔다는 걸 알게 됐으니까, 자기한테 청혼한 거 후회하느냐고 묻더라. 물론 난 후회하지 않는다고 했고."

"아휴."

"레일라가 다음에 어떻게 나올지 같이 두고 보기로 했어." 그건 아니라는 듯 바라보는 루비를 무시한 채 계속 말을 잇는다. "어느 날 갑자기 레일라가 문 앞에 나타나 우리 모두의 속을 편하게 해줄지 모르잖아. 내가 답답해 미치겠는 건 레일라가 벌이고 있는 게임이야."

"레일라가 뭘 원하는 것 같은데?"

"레일라가 뭘 원하는지 나는 알아." 내가 침울하게 말한다. "물어봤더니 날 원한대."

"그래서 네 생각은 어떤데?"

"내 생각 같은 건 상관없지. 어차피 불가능하니까. 지금 난 엘런과 함께잖아. 엘런한테 레일라가 돌아오기로 했으니까 무작정 나가라고 할 수는 없지. 그러고 싶지도 않고. 난 엘런을 사랑해." 내 귀에도 내가 뱉은 말이 공허하게 들린다.

"그럼 레일라한테 그 점을 분명하게 밝혀야지."

"나도 노력해봤어."

"더 열심히 노력해야지. 그래도 레일라가 못 받아들이면 경찰서에 가." 루비가 진지한 표정으로 나를 바라본다. "아직 경찰서에 안 갔다는 게 놀랍다."

"지난 12년 동안 어디에 있었는지 그것부터 알아야겠어."

"레일라가 말 안 해줬어?"

"아직. 그래서 경찰을 끌어들이기 전에 레일라부터 만나보려고 하는 거야."

"조심해, 핀." 루비가 나지막하게 말한다.

집으로 돌아가는 동안에도 계속 루비의 말이 귓속에서 울린다. 조심하라 니, 누구를? 루비한테 묻고 싶다. 레일라를? 아니면 나 자신을?

레일라한테 아무 소식이 없는 채로 또 하루가 지나자 정말 내키지 않지만 내가 이메일을 보낸다.

우리 얘기 좀 해, 레일라, 얼굴 보고

나도 얼마나 그러고 싶은지 자기는 모를 거야
하지만 안 돼, 자기가 엘런과 함께 있는 한

왜 안 돼?

내가 너무 힘들 테니까
사랑해, 핀

아니, 자기가 사랑하는 건 12년 전의 나야
난 더 이상 그때 그 사람이 아니야
지금 나와 함께하는 사람은 엘런이고

바로 그거야. 자기가 엘런과 함께하는 한, 나와는 함께할 수 없어

그럼 내가 어떻게 했으면 좋겠는데?

엘런을 진심으로 사랑해?

그럼 조용히 떠나줄게

그건 내가 바라는 게 아냐!

그럼 자기가 바라는 건 뭔데?

말했잖아, 자기를 보고 싶다고

말했잖아, 그건 불가능하다고, 자기가 엘런과 함께하는 한

날더러 어쩌라는 건지 이해가 안 돼

물론 답장은 없다. 내가 이러지도 저러지도 못한다는 걸 레일라는 알고 있기 때문이다. 엘런한테 떠나라고 할 수도 없고, 결혼 생각이 바뀌었다고 말할 수도 없다. 레일라가 돌아왔다는 사실을 엘런도 아는 지금은 더더욱. 엘런에게 진작 말했어야 한다는 생각이 들자 쓸쓸해진다. 레일라가 내 편지를 발견했다는 사실을 알게 된 순간, 마음이 바뀌었다고 엘런한테 말했어야 했다. 내게는 완벽한 기회가 있었다. 편두통이 있는 척하면서 외박했던 밤, 그 밤이 절호의 기회였다. 다음 날 돌아왔을 때, 내가 전날 집에 들어오지 않은 건 우리에 대해, 임박한 결혼에 대해 곰곰이 생각해본 결과 내가 실수를 저질렀다는 걸 깨달았기 때문이라고 엘런한테 말했어야 했다. 엘런은 충격을 받았을 테고, 아마도 내 마음을 바꿔보려고 했을 것이다. 그래도 내가 꿈쩍도 하지 않는다면, 짐을 싸서 나가는 것 말고 엘런이 달리 뭘 할 수 있겠는가?

이메일이 한 통 도착한다. 레일라한테서. 레일라의 마음이 좀 풀렸길 바라며 행운을 빌어본다.

엘런을 없애버려

37
레일라

내가 돌아왔다고 해서 엘런이 핀을 포기하지 않을 거란 건 내심 알고 있었다. 지금 가진 것에 만족하고 있는데 엘런이 뭐 하러 그러겠는가? 핀이 나를 사랑했던 만큼 자신을 사랑하지는 않는다는 건 알고 있겠지만 엘런한테는 꿩을 대신한 닭 처지도 충분했을 것이다. 닭이라도 예전보다는 나은 처지이기 때문이다. 하지만 내가 돌아오자 엘런은 걱정했다. 나한테 핀을 빼앗기지 않을 작정으로 이를 악무는 게 느껴질 정도였다. 내가 알던 엘런은 한 번도 이렇게 오기를 부린 적이 없었기 때문에 깜짝 놀랐다. 지금의 엘런이 되기 위해 수년간 담금질하듯 굳혀온 결의가 발휘되고 있는 것이리라.

핀한테 메시지를 보내 날 보고 싶으면 어떻게 해야 하는지 똑똑히 통보했을 때, 핀이 불쌍하게 느껴졌다. 정말 그랬다. 하지만 엘런과 나 두 사람이 함께 있을 수는 없다. 먼 옛날 우리 자매는 모든 걸 함께했다. 엄마가 돌아가신 후, 우린 아버지한테 함께 맞서며 떼려야 뗄 수 없는 사이가 되었다. 우리를 마음대로 휘어잡을 수 없게 되자 아버지는 우리 둘을 이간질했다. 그게 바로 내가 아버지한테 유일하게 배운 점이었다. 이간질해서 이기는 것.

그리고 그게 바로 내가 엘런과 핀한테 실행하려고 계획한 것이다. 두 사람을 이간질하라. 일단 어떻게든 두 사람 사이에 분열을 만들면, 핀은 내가 원하는 자리로 오게 되어 있다.

이번에 사라질 사람은 엘런이 될 것이다.

38
핀

언젠가부터 엘런이 가스레인지 옆에 서서 냄비를 휘휘 젓거나 테이블에
앉아 고개를 푹 숙인 채 잡지를 읽는 모습을 지켜보는 게 좋아졌다. 내가 그
말, 엘런을 없애버리라는 말, 레일라를 마음대로 볼 자유의 대가가 될 그 말
을 소리 내어 말하면 어떤 일이 벌어질지 머릿속에 그려본다. 가끔은 '엘런
미안한데, 당신이랑 결혼할 수 없어.'라는 말까지 상상하면서 그 말의 크기
를 가늠해보고, 그 말을 뱉을 때 내 입술이 느낄 무게감을 확인해보곤 한다.
그러고 나면 엘런의 반응이 상상된다. 처음에는 충격을 받을 테고 그다음에
는 당황하다가 내가 자기를 진심으로 사랑한 적이 없다는 사실을 서서히 깨
달을 것이다. 마지막으로 레일라가 돌아온 이상 내가 더 이상 자기 것이 아
니라는 사실을 조용히 받아들일 것이다.

물론 상상은 상상일 뿐이다. 눈물도 있을 것이고 저항도 따를 것이다. 나
로서는 눈물도 참을 수 없고 저항도 견딜 수 없다. 따라서 그 말은 내 안에
계속 갇혀 맴돌고 결국 도저히 견디지 못할 것만 같은 지경에 이른다. 엘런
을 보다 보면 어쩌다 이 지경이 되었는지, 내가 어떻게 그녀 없는 삶을 생각
할 수 있는지 놀라기도 한다. 그러다 레일라를 떠올리면 엘런은 지워진다.
아주 오래전, 해리 형이 내가 레일라한테 완전히 홀렸다고 한 적이 있다. 지
금, 레일라는 또다시 나를 홀리고 있다.

날짜가 하루하루 지날수록 더더욱 절박해진다. 레일라에게 이메일을 보

내 우리가 만날 수 있는지 다시 한 번 물어본다. 먼저 대화를 하자고, 얼굴을 봐야겠다는 내용과 함께. 하지만 내가 레일라가 요구한 일을 완수했다는 말이 없자, 역시 답장이 오지 않는다.

"레일라한테 시간을 얼마나 더 줄 셈이야?" 엘런이 어느 날 저녁 묻는다. 음악을 들으며 이른바 독서라는 걸 하면서 함께 거실에 있었는데, 나처럼 엘런도 책장을 넘기기는 했는지 잘 모르겠다.

책에서 고개를 들어 소파에 웅크리고 앉아 있는 엘런을 건너다보다가 생각해보니 전에는 엘런과 이렇게 멀리 떨어져 앉은 적이 없었다. 레일라가 나타나기 전이었다면 내 어깨에 머리를 올린 엘런에게 내가 팔을 두른 채 꼭 붙어 앉아 있었을 것이다.

"그게 무슨 말이야?" 무슨 말인지는 너무 잘 알지만 시간을 벌어보려고 묻는다. 레일라가 마지막으로 메시지를 보낸 지 6일이 지났고, 러시아 인형이 배달된 지는 7일이 지났다.

"토니한테든 다른 사람한테든 레일라가 살아 있다는 말을 할 때까지 얼마나 더 기다릴 거냐고." 엘런의 목소리에 초조한 기색이 역력하다. "그런 걸 숨겨선 안 돼. 경찰도 알아야지."

"아직은 안 돼." 이로써 안 된다는 말이 세 번째다. "기다리기로 얘기 다 된 거잖아."

"며칠만이라고 했지. 벌써 일주일이나 지났어." 엘런이 지지 않고 대꾸한다. "자발적으로 나타날 거였으면 지금쯤 나타나고도 남지 않았을까?"

"12년 동안 실종됐던 사람이야. 그러니 시간을 좀 더 줘야지."

"그러면 배달 온 러시아 인형 얘기 정도는 해리한테 해도 되지 않아?"

"뭐 하러?" 내가 이해할 수 없다는 듯 묻는다. "그래서 좋을 게 뭐가 있다고?"

"레일라가 돌아왔다는 내 말이 옳았다는 걸 해리도 알았으면 좋겠어. 내가 발견한 러시아 인형을 보고 해리도 어떻게 생각해야 할지 몸 둘 바를 모르더라." 갑자기 뭔가 떠오른 모양이다. "해리한테 잭도 계산서 접시에서 발견한 인형, 자기가 루비한테 보여줬다는 인형 얘기는 했어?" 엘런이 묻는다.

"안 했어." 내가 시인한다.

이제 엘런은 어리둥절한 얼굴이다. "하지만 그 얘길 했으면 내 추리가 설득력을 얻었을 텐데."

"말했다시피, 내가 확신할 때까지 누구도 괜한 기대를 품게 하고 싶지 않았어."

"하지만 지금은 확신하고 있잖아." 엘런이 확인 사살 하듯 말하자 이제 더는 시간을 끌 수 없게 되었다.

"알았어, 토니한테 전화 걸게."

엘런은 마음을 놓은 얼굴이다. "어쨌든 둘보단 셋이 낫잖아. 토니라면 어떻게 해야 할지 알 거야. 루비는 어때? 루비는 얼마나 알고 있어?"

엘런의 기습 질문에 재빨리 머리를 굴려본다. 루비가 엘런보다 열 배는 더 많이 알고 있고, 나만큼은 알고 있다고 엘런한테 말할 수는 없다. 그렇다면 루비가 어느 정도 알고 있어야 그럴듯하게 들릴까?

"계산서 접시에서 러시아 인형을 발견했을 때 내가 왜 화가 났는지는 알고 있지." 앞으로 어떻게 말을 해야 할지 궁리하느라 일부러 느릿느릿 말한다. "내가 그 인형을 놓고 간 게 레일라라고 생각한다는 것도 알고. 루비한테 추궁하면서 자기 어린 시절 얘기도 꺼냈으니까 지금은 루비도 알고 있는 거네."

"내가 첼트넘에서 레일라를 본 것 같다고 했던 것도 루비가 알아?"

"아니, 그 얘긴 루비한테 안 한 것 같은데." 일부러 모호하게 답한다.

엘런이 잠시 조용하다. 당장은 이대로 내버려두겠다는 신호였으면 좋으련만. "그런데 만약에……?" 엘런이 말을 하다 갑자기 멈춘다.

"만약에 뭐?" 내가 재촉한다.

"역겨운 장난 같은 건 아닌지 확신할 때까지 내가 괜한 기대를 품게 하고 싶지 않다고 했잖아." 엘런이 느릿느릿 말한다. "그런데 만약에 그게 역겨운 장난이라면 어떻게 할 거야? 누군가 우리한테 레일라가 돌아왔다는 착각을 심어주려는 거면 어떻게 할 거야?"

"하지만, 자기도 말했다시피, 누가 그런 짓을 하겠어? 게다가 우리 말고 러시아 인형 얘기를 아는 사람도 없잖아."

"해리도 알지."

내가 얼굴을 찡그리며 말한다. "설마 해리 형이 어떤 식으로든 가담했다고 생각하는 건 아니지?"

엘런이 웃음을 터뜨린다. "당연히 아니지, 해리가 그럴 리가! 난 루비 쪽을 생각하고 있었어."

"루비가? 하지만……."

"그래, 나도 알아. 루비는 자기가 잭도에서 얘기해주기 전까진 러시아 인형 얘기 몰랐다는 거." 엘런이 갑자기 몸을 앞으로 내민다. "하지만 만약 자기가 그 전에 루비한테 얘기했다면? 전에는 루비한테 그 얘길 해준 줄 알았고, 그래서 그녀를 인형 장난의 배후로 생각했던 거잖아. 어쩌면 자기는 그 얘길 해줬는데 루비가 못 들은 척 연기했을 수도 있다는 거지."

엘런 얘기를 따라잡으려니 머리가 터지기 일보 직전이다. "그럼 자기가 첼트넘에서 레일라를 봤다는 건 어떻게 되고?"

엘런이 어깨를 으쓱한다. "그동안 자기 말이 옳았을지도 모르지. 레일라하고 머리 색이 비슷한 다른 사람이었을지도 몰라." 잠시 말을 멈춘다. "루비도 머리 모양이 비슷하잖아, 긴 곱슬머리니까."

"하지만 색깔이 다르잖아." 내가 말한다.

"가발을 썼을지 누가 알아."

"가발은 누구라도 쓸 수 있는 거지. 어쨌거나 루비는 내가 그날 첼트넘에 갈지도 몰랐어."

"우리가 출발하는 걸 보고 따라왔을 수도 있잖아."

"그러니까 지금 자기는 레일라가 돌아온 게 아니라 사실은 루비가 배후라는 말을 하려는 거야?" 짜증이 나서 묻는다.

"자기도 처음엔 그렇게 생각하지 않았어? 루비가 집 밖이랑 계산서 접시에 러시아 인형을 놓아서 레일라가 돌아왔다고 생각하게 만든 다음 나랑 결혼하려는 자기 마음을 돌려놓으려 했다고 말이야."

"그래, 하지만 지금은 아니야."

"그러면 뭐 때문에 루비에 대한 생각이 바뀐 거야? 그다음에 일어난 일은 러시아 인형이 배달된 일밖에 없었는데. 그래서 레일라가 돌아왔다고 확신하게 된 거야? 만약 그런 거라면 이번 것도 루비가 보냈을 수 있잖아."

지금 나는 루비가 아니라 엘런이 했던 어떤 말을 생각 중이다. 뭔가 너무 충격적이어서 마치 그동안 내내 의심해왔지만 꾹꾹 눌러왔던 어떤 것을 어쩔 수 없이 받아들여야 할 때처럼 이상하게도 온몸에 힘이 쭉 빠지는 그런 말이었다. 갑자기 주변 공기가 답답해진다. 가슴이 짓눌려 갑갑해지더니 어느 순간 숨을 쉴 수가 없다. 벌떡 일어나 내 쪽으로 부리나케 다가오는 엘런의 얼굴에 떠오른 공포를 보니 내가 심장마비라도 일으킨 건가 의아해진다. 맑은 공기가 절실해진 나는 엘런을 밀쳐내고 복도를 지나 현관문을 비틀어 열고 나가 차가운 밤공기를 벌컥벌컥 들이마신다.

"괜찮아?" 내 뒤 복도에서 엘런의 목소리가 들려온다.

"괜찮아. 찬바람을 좀 쐬고 싶었을 뿐이야. 실내가 너무 더워서."

내 곁을 서성이던 엘런은 내가 더 이상 아무 말도 하지 않자 부엌으로 사라진다.

계단에 앉은 채 정상이 될 때까지 기다려본다. 참으로 오랜만이다. 무엇 때문에 그렇게 됐는지, 왜 갑자기 고통을 느꼈는지 나는 안다. 떨쳐버리려 해도 곧바로 돌아와 직시하고 살펴보고 심사숙고할 수밖에 없는 생각. 레일라를 둘러싼 이 모든 일이 결국 악질적인 장난일 가능성도 있는 걸까? 내 평생 신뢰해도 좋을 사람, 내가 형처럼 사랑하는 사람, 해리 형한테 내가 혹시 배신을 당한 걸까?

엘런이 했던 어떤 말 때문이었다. 아니, 내가 엘런에게 해리 형을 의심하는 거냐고 물었을 때 그녀가 웃음을 터뜨리던 모습 때문이었다. 그래놓고 실은 루비를 지목하고 있었던 것이다. 엘런은 "당연히 아니지! 해리가 그럴리가!"라고 했는데, 그건 해리 형이 그런 짓을 한다는 건 상상조차 할 수 없는 일이기 때문이다. 하지만 사랑은 자기 자신답지 않은 행동을 하게 만든다는 걸, 전에는 상상조차 하지 못했던 일도 하게 만든다는 걸 나는 그 누구

보다 잘 안다. 며칠 전에 해리 형이 결혼해서 가정을 꾸렸으면 좋았겠다는 말을 하지 않았던가?

이런 생각을 하는 나 자신이 싫지만 어쩔 수가 없다. 어쩌면 해리 형이 엘런을 사랑하고 있을지도 모른다. 처음 본 순간부터 내내 그녀를 사랑하고 있었을지 누가 알까. 엘런이 런던에 올 때마다 그 아파트에 묵으라고 했던 것도 그래서가 아니었을까? 처음 사귈 당시 엘런한테 혹시 해리 형하고 무슨 일 있었냐고 물었을 때, 아무 일도 없었다고 단언했다. 하지만 만약 해리 형 생각은 달랐다면? 해리 형도 첫 번째 러시아 인형이 출현한 시기에 주목해야 한다고 했다. 내가 엘런과 결혼을 발표한 시기와 맞아떨어졌기 때문에. 러시아 인형을 두고 간 사람이 해리 형이었다면? 엘런도 나도 인형 얘기를 안 하니까 우리가 인형을 발견했다는 사실을 시인하게 하려고 점심을 먹으러 오는 김에 자신이 직접 가져와놓고는 집 바깥 담장에서 발견한 척한 거였다면? 엘런이 이제 세트를 완전히 갖추게 되었다고 말했을 때 해리 형의 표정이 기억난다. 자신이 뿌린 씨앗이, 레일라가 돌아왔다는 생각이 이미 뿌리를 내려서 안도하는 표정이었을까? 내가 레일라가 돌아왔을 리 없다고 하자 해리 형한테는 주머니에 있던 러시아 인형을 꺼내 엘런과 내게 보여주어야 할 필요성이 생긴 것이다. 해리 형이 기대했던 것과 달리 내가 나머지 인형에 대해서 자신에게 털어놓지 않으니까 이른바 자신이 담장에서 주웠다는 러시아 인형을 보여주었을 것이다. 그것이 계기가 되어 내가 나머지 인형 얘기도 털어놓기를 바라는 속셈에서. 그런데 내가 그렇게 하지 않았다. 잭도 계산서 접시에서 발견한 인형은 어떤가? 루비나 엘런, 혹은 나한테 들키지 않고 해리 형은 어떻게 그 접시에 인형을 놓을 수 있었을까? 누군가에게 대신 부탁하지 않는 한 불가능했다. 펍 직원한테? 루비한테? 해리 형과 루비가 한 패였을까? 이러다 정신을 다잡지 못하고 미쳐버릴 것만 같다.

이젠 그만하고 싶은 마음에 몸뚱이를 문간에서 일으킨다. 엘런이 미간을 찡그린 채 걱정스러운 표정으로 부엌에서 나온다.

"괜찮은 거야?" 엘런이 묻는다.

"괜찮아." 계단을 향하며 말한다. "샤워하고 한숨 자고 나면 말짱해질 거야."

"뭐든 필요한 게 있으면 불러."

하지만 내게 필요한 건 오로지 해답인데, 그건 엘런이 줄 수 없는 것이다.

머릿속이 너무 복잡해서 잠을 잘 수 있을지 걱정이다. 하지만 금세 잠이 들었고 다음 날 아침 일어나 전날 밤의 혼란이 어디서 비롯된 건지 곰곰 생각해본다. 어떻게 해리 형이 이메일의 배후 인물일 수 있을까? 그 이메일은 사진과 마찬가지로 누가 봐도 레일라가 보낸 것이다. 해리 형이 그 사진을 손에 넣었을 리도 없고, 레일라와 내가 파로스힐 위 나무 그루터기를 러시아 인형 같다고 했다는 사실도 알 리가 없다.

하지만 레일라가 죽거나 납치당했다는 생각은 해본 적이 없기에 언젠간 나타날 줄 알았다는 해리 형의 말은 묘하다. 내가 헛된 희망을 품을까 봐 그랬는지 몰라도, 전에는 그런 뜻을 내비친 적이 단 한 번도 없었기 때문이다. 지난밤 나를 지독히 괴롭혔던 생각들보다 훨씬 끔찍한 생각들이 슬슬 머릿속에 밀려와 관심을 가져달라고 아우성치는 게 너무 싫어 분노의 도리질을 한다. 만약 레일라가 풍슈의 피크닉 구역에서 사라진 이후 해리 형한테 갔다면? 그래서 레일라가 죽었다고 생각한 적이 없었던 걸까? 레일라가 죽지 않았다는 걸 이미 알고 있었기 때문에? 혹시 해리 형이 레일라에게 은거지를 마련해주고 은닉을 도운 거라면? 하지만 그가 뭐 때문에 그런 짓을 하겠는가? 레일라를 좋아하지도 않았는데. 그녀에 대한 반감이 연막이었다면 얘기가 달라지겠지만 말이다. 어쩌면 해리 형은 내내 레일라를 사랑해왔을지 모른다. 레일라가 그 주말 런던에서 잤던 남자가 해리 형이었을지도 모른다. 이런 생각을 하는 나 자신에게 너무 짜증이 나서 고개를 절레절레 젓는다. 처음에는 해리 형이 엘런을 사랑한다고 생각하더니 이젠 레일라까지.

고개를 돌려 한쪽 팔로는 베개 위에서 머리를 받치고 나머지 팔은 가슴 위에 가로놓은 채 내 옆에 잠들어 있는 엘런을 바라본다. 불과 얼마 전이었다면, 그런 엘런의 팔을 치우고 내 쪽으로 끌어당긴 다음 비몽사몽인 그녀에게 키스를 퍼부었을 것이다. 하지만 그건 레일라 사건 전이었다. 죄책감에 떠밀리듯 침대에서 나와 아래층 부엌으로 간다. 우편물이 현관매트 위에 놓여 있기에 상체를 숙여 집어 들어보니 똑같은 흰색 스티커가 붙은 갈색 봉투다. 이번에는 받는 사람이 엘런이 아니라 나로 되어 있다. 열어보지 않아도 러시아 인형이 들어 있다는 걸 알고 있다. 봉투를 부엌까지 가지고 가서 칼로 베어 연 다음 내용물을 손바닥으로 흔든다. 생각한 대로 러시아 인형이다. 이번에는 인형 머리가 뭉개져 있다.

39
레일라

핀이 엘런을 없애버리라는 메시지를 온전히 이해하지 못할 줄 알았다. 그 메시지를 받고 나서 핀은 엘런한테 이별을 통보할 방법을 궁리하면서 애초에 엘런한테 청혼을 하지 않았더라면 얼마나 좋았을까 후회했을 것이다. 나를 돌아오게 할 주문을 알기에 핀은 백 번이라도 입을 열어 그 주문을 외웠을 것이다. 하지만 핀이 그 말을 정말로 입 밖에 낼 일은 절대 없을 것이다. 용기가 없어서가 아니라 너무 착한 나머지 엘런의 마음을 아프게 할 수 없기 때문이다. 나로서는 그 점이 짜증스럽다. 그 옛날 내 마음은 거리낌 없이 아프게 했으면서 지금은 이러니 말이다. 지금 내 짜증이 중요한 게 아니기 때문에 그런 마음은 잠시 무시하기로 한다. 중요한 건 핀이 내 의도를 이해하는 것이다.

그토록 핀을 사랑하면서도 그를 난처하게 만들고 싶다는 게 아직도 놀랍다. 하지만 내 안에 있는 무언가가 핀이 망가지길 바란다. 그래야 그를 내가 원하는 대로 다시 조립할 수 있기 때문이다. 오래전 내 실종도 그를 그다지 망가뜨리지는 못했다. 나락으로의 추락은 핀의 자아도취 탓이었다. 경제기반이 탄탄하고 딸린 식구도 없으니 절망에 흠뻑 빠질 수 있었던 것이다. 생계 때문에 일을 해야 했다거나 자녀가 한 명이라도 있었다면, 흔히들 말하듯 핀도 자기 뺨을 쳐서라도 정신을 차렸을 것이다. 살아남기 위해 내가 그래야 했듯, 핀도 그럴 수밖에 없었을 것이다.

그게 바로 내가 핀을 쉽사리 용서하지 않으려는 이유다. 지금쯤이면 자신이 진실이라고 생각했던 것들, 신뢰할 수 있다고 믿었던 이들을 모조리 의심하게 되었을 것이다. 딱 내가 원하는 대로 되어가고 있다.

40
핀

머리가 뭉개진 인형 때문에 오만 가지 생각으로 마음이 심란하다. 곧바로 쓰레기통에 버렸어야 했지만 혹여 엘런이 발견할까 두려워 서재로 가지고 가서 나머지 인형과 함께 서랍 깊숙한 곳에 넣어두었다. 하지만 그 이미지는 머릿속 깊이 새겨져 나를 계속 비웃고 있다. 인형이 묻는 것 같다. '난 무슨 용도지? 날 너한테 보낸 이유는 뭐고? 내 뭉개진 얼굴이 의미하는 건 뭘까? 난 누굴 나타내는 거야?' 내가 생각해낸 유일한 대답은 사악하고 무시무시하기만 하다. 인형은 엘런을 나타내고, 누가 보냈는지는 몰라도(레일라가 보낸 게 아닐지도 모른다는 생각이 다시 들기 시작했으므로) 엘런이 다치길 바라는 것이다. 거기서 그치는 게 아니라 그걸 내가 해주길 바라고 있다. **엘런을 없애버려**라는 메시지는 이제 새로운 의미를 띠게 되었다. 해리 형도 루비도 내가 폭력을 휘두른 전력이 있다는 걸 알고 있다. 그렇다, 엘런이 루비를 언급하자 루비는 내 용의자 명단에 다시 올라왔다. 두 사람은 그 점을 나한테 불리하게 이용하려는 걸까? 내가 폭력을 쓰게 하려고 부추기고 있는 걸까?

가끔 엘런이 다가와 날 껴안거나, 내 어깨에 머리를 얹을 때면, 나도 모르게 목에 닿을 때까지 손을 천천히 위로 올려 엘런에게서 생명을 짜내면 어떤 기분이 들까 궁금해하고 있다. 또 때로는, 내 옆에서 잠들어 있는 엘런을 보며 얼굴 위에 베개를 놓고 살포시 눌러 생명을 앗으면 어떤 기분이 들까 궁금해하고 있다. 또 가끔은 급경사진 산책로를 따라 함께 걷다가 어느새 저 밑으로 엘런을 밀쳐 으스러뜨려 죽이면 어떤 기분일까 그런 생각을 하고 있다. 더 이상 티 없이 맑은 마음으로 편히 잘 수가 없다. 예전에는 레일라를 죽이는 악몽을 꿨지만, 이제는 엘런을 죽이는 악몽을 꾼다.

엘런은 토니한테 전화 거는 문제를 다시 거론하지 않았다. 지난밤 이후 내게 혼자만의 시간을 주고 있다. 이런 유예의 시간이 한없이 좋지만 역시나 그리 오래가지 않는다.

"피곤해 보여." 악몽 같은 밤을 하루 더 보내고 난 어느 날 아침 엘런이 말한다. 내게 다가오더니 내 얼굴을 양손으로 감싼다. "며칠만 어디 가서 쉬다 오면 어떨까?"

"나도 같은 생각이었어." 별안간 어디론가 떠나는 것이 세상에서 가장 기발한 생각처럼 느껴진다.

엘런이 내 표정을 살핀다. "하지만 먼저 레일라 문제를 어떻게 할지부터 정해야지. 토니한테 전화하겠다고 했잖아."

"해야지." 엘런에게 말한다.

"자기가 안 하면 내가 할 거야." 전에 없이 날카롭고 신경질적인 목소리다. "그 문제 때문에 자기가 병이 나고 있잖아, 핀."

"그냥 좀 피곤한 것뿐이야." 짜증스러운 투로 대꾸한다. "어쨌든 난 자기가 그 인형을 레일라가 보냈을 거라 의심하고 있는 줄 알았어."

"그래, 내가 레일라일 거라고 했지. 그럴 가능성이 있다는 걸 자기가 좀 알아줬으면 해서 그렇게 말했을 뿐이야. 루비는 루비지만 그렇게 나쁜 사람은 아니지." 엘런이 피식 웃는다. "난 그냥 레일라가 원하는 게 뭔지만 알았으면 좋겠어."

순간 머리가 뭉개진 인형의 이미지가 불쑥 떠올라 엘런에게 두르고 있던 팔에 힘이 들어간다. 식은 죽 먹기일 거야, 목소리가 속삭인다. 한쪽 손을 엘런의 머리 뒤로 움직여서 엘런의 코와 입이 막히도록 네 가슴에 대고 누른 다음 반대쪽 팔로 그녀를 안고 서서히 힘만 주면 돼. 어느 순간, 숨 쉬기가 어렵다는 걸 깨닫고 발버둥 치겠지. 하지만 네 키와 몸무게 덕분에 오래지 않아 끝날 거야. 그러고 나서 경찰이 물어보면 전에 했던 대로 거짓말을 하는 거야. 엘런이 갑자기 쓰러졌다고, 심장마비를 일으킨 것 같다고.

"핀, 나 숨을 못 쉬겠어." 엘런이 내 손아귀에서 벗어나려 고개를 옆으로 비튼다. 숨을 크게 들이마시더니 웃음기 가득한 목소리로 말한다. "날 사랑한다는 건 잘 알겠으니까 그렇게 세게 안지 않아도 된다고!"

충격에 휩싸인 나는 양팔을 뚝 떨어뜨리고 한 걸음 물러난다. "미안." 손으로 머리를 쥐어뜯으며 간신히 말한다.

"며칠 동안 어디 갈지 생각 좀 해봐줄래?" 엘런이 묻는다.

엘런을 빤히 쳐다보며 생각한다. 지금 내가 정말로 엘런을 질식시켜 죽이려고 했던 걸까?

"그러지 뭐. 지금 찾아볼게."

두근거리는 가슴을 안고 서재로 향한다. 정신 차리자. 그러고는 스스로에게 주지시킨다. 엘런은 전혀 위험하지 않았고, 네가 무슨 짓을 하려고 했던 건 아니었어.

하지만 내 마음속에는 사라지지 않는 암흑의 세계가 존재한다.

얼굴이 뭉개진 인형을 받은 날로부터 5일이 지나고 다시 다음 날, 서재 문이 열린다. 엘런인 줄 알고 억지웃음을 짓는다. 하지만 해리 형인 것을 확인하자 미소는 금세 사라진다.

"그런 눈으로 보지 마라." 해리 형이 나무라듯 말하자 내 눈에 나타난 불신을 읽은 것 같아 아차 싶다. "엘런이 와달라고 해서 온 것뿐이니까."

평소대로 벌떡 일어나 포옹을 할 수가 없다. "왜?"

"네가 걱정된대." 해리 형이 어디 앉을 데 없나 주변을 둘러보더니 내가 책상 밑에 넣어둔 스툴을 하나 꺼낸다. "무슨 일이야, 자식아?"

인형과 이메일의 배후가 해리 형인지 밝혀내야 한다. 아니, 알아야만 하겠다. 누구를 믿을지 알 수 없는 상태로는 못 살 것 같기 때문이다.

"형, 엘런 좋아해?" 비난조로 들리지 않도록 자제하며 내가 묻는다.

해리 형의 눈이 깜짝 놀라 휘둥그레지더니 무슨 말을 하려는지 입이 벌어진다. 그 순간 그가 그렇다고 말해주길 바라는 나 자신을 발견한다. 그런 경우 엘런도 해리 형을 사랑하기만 한다면 난 자유의 몸으로 레일라한테 갈 수 있을 테니 말이다. 하지만 그는 입을 닫고 마른침을 삼킨다. 해리 형을 너무 잘 아는 나로서는 형이 방금 분노의 반격을 꾹 참았다는 것을 안다.

"아니, 핀." 해리 형이 흔들림 없는 눈빛으로 나를 되쏘아보며 말한다. 자신의 대답이 얼마나 중요한지 깨달은 눈치다. "귀엽기는 하지만 나는 엘런을 사랑하지도 않고 사랑한 적도 없다." 그는 어이없다는 듯 피식 웃는다. "지금쯤이면 우리 둘의 여성 취향이 다르다는 것쯤은 너도 알고 있을 텐데? 네가 런던에서 사귀었던 그 모든 여자 친구들, 전부 네 타입은 아니었어. 잘 생각해봐, 핀. 그 여자들 모두 다 내가 사귄 여자들 판박이였어. 넌 그 여자들이 딱 네가 데리고 다닐 만한 여자들이라고 생각한 거지. 하지만 사실 넌 그 여자들한테 관심이 전혀 없었잖아. 그러다 그들과는 하나부터 열까지 다 다른 레일라를 만났지. 너도 일찍부터 눈치챘겠지만, 난 네가 대체 그 여자 뭘 보고 좋아하는지 도무지 알 수가 없었어." 해리 형이 말을 멈춘다. 불과 며칠 전까지만 해도 레일라가 런던에서 잤다던 남자가 해리 형이 아닐까 의심했다고 말하면 그가 뭐라고 할지 궁금해진다. "하지만 그게 말이야, 난 진정한 사랑을 해본 적이 한 번도 없고, 그런 게 존재하는지도 잘 모르는 사람이지. 하지만 만약 존재한다면, 너랑 레일라가 했던 게 진정한 사랑이었을 거야."

해리 형이 '너랑 엘런이 하고 있는 것도 마찬가지고.'라는 말을 덧붙이길 기다려보지만 그런 말은 하지 않는다. 그와 나 사이에서 침묵이 발을 질질 끌며 늑장을 부린다. 해리 형은 내가 무슨 말을 할 줄 알고 기다리지만 내가 아무 말도 하지 않자 딱하다는 투로 묻는다.

"내가 엘런을 사랑한다고 생각한 이유가 뭐야?"

광기에 이성을 빼앗긴 지금, 해리 형이 엘런과 나의 결혼을 막기 위해 레일라인 척 연기하면서 나한테 이메일을 보내고 러시아 인형을 여기저기 심어놓았을지 모른다고 의심했다는 말을 해서는 안 된다.

"누가 내 머릿속을 뒤집어놓고 있어." 진심 대신 이렇게 말한다.

"레일라가?"

"어쩌면."

"엘런 말로는, 러시아 인형이 우편으로 배달됐고 그걸로 봐서 레일라가 돌아왔다는 게 거의 확실한데도 넌 경찰에 가길 꺼린다던데."

"레일라한테 며칠 시간을 주기로 엘런이랑 얘기 다 됐어." 해리 형한테 솔직하게 털어놓기로 결심한다. "인형을 두어 개 더 발견했는데 엘런한테는 얘기 안 했어."

"그렇구나. 근데 어디서 발견했니?" 해리 형이 생각에 잠긴 표정으로 묻는다.

"하나는 집 밖에서, 하나는 첼트넘에 갔을 때 차에서 발견했어." 나머지 인형은 묻어두기로 한다. 일일이 열거하다 보면 너무 길어질 테니까. "가장 최근에 받은 게 우편으로 배달 온 거야. 첼트넘 소인이 찍혀 있고 머리가 뭉개져 있었어."

"우체국에서 조심조심 다루지 않은 거야. 소인기에 짓눌렸겠지."

고의적이었을 거란 생각만 했지 그런 생각은 해보지 않았다. 내가 스스로에게 지옥의 맛을 보여주고 있었던 걸까?

"난 고의로 뭉그러뜨린 게 아닐까 생각했는데."

해리 형이 얼굴을 찡그린다. "뭐? 무슨 숨은 메시지가 있다고 생각한다는 거야? 협박 같은?"

"나도 모르겠어."

"세상에, 네가 엘런이랑 함께 있어서 레일라가 진짜 화가 단단히 난 모양이구나."

"그럼 형도 인형을 레일라가 보낸 거라고 생각한다는 거야?"

"레일라 말고 누가 있겠어? 레일라의 정신 상태가 정말 심각한 건 분명해. 막말로 너한테 진짜 해를 끼칠 생각까지 하다니, 그건 좀 걱정스럽다."

순간, 놀랍게도 기분이 나아진다. 얼굴이 뭉개진 인형은 엘런이 아닌 나를 나타내는 것이라니. 하지만 곧바로 엘런을 없애버리라는 메시지가 떠오른다.

"경찰에 알려야지. 너 안 좋아 보여, 엘런도 마찬가지고. 엘런이 네 걱정 많이 하더라." 해리 형이 잠시 멈췄다가 말을 잇는다. "레일라가 나타나면 무슨 일이 벌어질지 그것도 걱정하던데."

"엘런한테는 그런다고 달라지는 거 없다고 말해뒀어." 날 못 믿는 데서 그치지 않고 해리 형한테 그런 심정까지 털어놓았다는 데 짜증이 나서 퉁명스럽게 내뱉는다.

"뭐, 지금 네 상태가 엘런한테 믿음을 못 주나 보지."

자리에서 초조하게 자세를 고쳐 앉는다. 어떻게 그랬는지는 몰라도 내가 자기를 죽이는 사악한 생각을 한 적이 있다는 걸 엘런이 눈치챈 걸까? 요즘 꾸고 있는 악몽이 머릿속을 떠나지 않아 손으로 머리를 쓸어내린다. 해리 형이 내 등을 탁 치며 말한다. "자, 루비나 보러 가자."

엘런은 일종의 배려로 잭도에 우리끼리 가라고 하지만 해리 형이 그녀를 설득해서 함께 나선다. 루비는 해리 형을 보자 반색하며 맞이하고, 우리 세 사람은 늦은 점심을 먹기로 한다. 혼잡 시간이 지나야 루비가 합류할 수 있기 때문이다. 그렇게 해서 우리 네 사람이 와인을 앞에 놓고 앉아 웃고 떠들다 보니 오랜만에 기분이 좋아진다. 어느 순간 엘런이 나를 불안한 얼굴로 쳐다보기에 왜일까 생각해보니 해리 형을 내 서재로 보내 얘기를 전한 것 때문에 내가 화가 났을까 봐 그런 듯하다. 괜찮다는 의미로 테이블 위로 엘런에게 손을 뻗는다. 해리 형이 이를 알아차리고 잭도에서 나갈 때가 되자 좀 더 남아 루비와 이야기를 나누고 싶다고 한다. 엘런과 단둘이 있을 기회를 만들어주려는 것이다.

"해리 부른 거 괜찮은 거지?" 집으로 슬슬 걸어 돌아가는 도중에 엘런이 묻는다.

"그럼, 해리 형하고 얘기해서 좋았어. 형 덕분에 시야가 더 선명해졌는걸." 속으로는 '적어도 용의선상에서 해리 형을 제외할 수는 있으니까.' 하고 생각한다. 그러면 루비하고 레일라만 남게 되는데 나는 루비가 무관하다고 거의 확신한다. 레일라가 틀림없다고 생각하자 안도감이 느껴지면서 지난 며칠간 내가 느낀 암울한 기분이 누구를 믿을 수 있을지 몰라서였기 때문만이 아니라 결국 레일라가 돌아온 게 아닐지도 모른다는 두려움 때문이 기도 했다는 사실을 깨닫는다.

"그래서 토니한테 전화할 거야?"

"응." 해리 형을 내려오게 한 목적이 전화였다는 걸 깨달으며 대답한다. "월요일에 토니한테 전화 걸게."

집에 돌아온 후에도 해리 형은 런던에서 저녁 식사 약속이 있다며 오래 머무르지 않는다. 그가 돌아간 후, 나는 내 서재에서 얼마간 더 있기로 한 다. 레일라한테서는 아직 이메일을 받지 못했다. 설마 진짜 내가 엘런에게 위해를 가하기를, 엘런을 죽이기를 기다리고 있는 걸까? 스르륵 서랍을 열 고 손으로 안을 더듬어 러시아 인형을 찾는다. 손으로 인형을 쓸다 보니 묘 하게도 그 감촉에서 위안이 느껴진다. 인형들이 내게 믿음을 지키라고, 결 국 모든 일이 잘 풀릴 거라고 말하는 것만 같다. 그러다 얼굴이 뭉개진 인형 에 손이 닿자 재빨리 손을 거둔다. 엘런이 잭도에서 내가 가지고 있는 걸 봤 다던 인형에 대해 묻지 않는 것도, 그 인형을 배달돼온 인형과 마찬가지로 자신의 러시아 인형 세트에 추가할 수 있게 달라고 하지 않는 것도 이상하 다. 배달 인형은 엘런이 담장 위에서 발견했다는 인형 옆에 쌍둥이 자매처 럼 나란히 선 채 조리대에서 멍한 눈으로 나를 응시하고 있다.

밤이 되자 더 이상 침묵을 견딜 수가 없어진다. 엘런을 침실로 올려 보낸 다음 휴대전화를 꺼낸다.

우리 언제 만날 수 있는 거야? 내가 묻는다. 레일라가 정말 답장을 할 거라 기대하지는 않는다. 지난번 똑같은 질문을 보냈을 때도 답이 없었기 때문이 다. 하지만 이번에는 답장이 곧바로 도착한다.

인형은 받았어?

우리 언제 만날 수 있는 거야? 질문은 무시한 채 내가 다시 묻는다.

인형은 받았어?

응. 제자리를 맴돌아봐야 소용이 없을 것을 알기에 짧게 대답한다. 우리 언제 만날 수 있는 거야?

자기가 해야 할 일을 완수하면

그게 무슨 말이야? 인형이 우체국에서 손상되었을 거라던 해리 형의 짐작을 떠올리며 묻는다.

인형 봤잖아

분노가 물밀듯 밀려와 나를 사로잡는다.

그럴 일은 없어, 절대로! 안녕 레일라.

휴대전화가 독이라도 되는 양 소파로 내동댕이친다. 어느 시점엔가 레일라는 이성을 잃었다. 레일라가 암시하는 것, 레일라가 내가 해주길 바라는 일은 미친 짓이기 때문이다.

잠시 기다렸다 엘런이 잠들어 있기를 바라며 슬금슬금 위층으로 올라간다. 평소 자던 대로 한쪽 팔을 베개 위에 올리고 그 위에 머리를 얹은 엘런의 모습이 아름답고 섹시하다. 자자, 어서, 목소리가 조롱한다. 엘런 옆자리로 가서 네가 레일라보다 엘런을 더 많이 사랑한다는 걸 보여주라고. 결국 넌 레일라를 버리고 엘런을 택했잖아. 엘런이 게슴츠레한 눈으로 내게 팔을 내민 채 잠에 취한 미소를 지어 보인다.

"샤워 좀 할게." 어서 다시 자라는 뜻에서 아주 작게 속삭인다. 얼굴에 실망감이 드리워진 엘런이 팔을 툭 떨어뜨린다.

샤워를 하면서 수치심도 씻어내려 애를 써본다. 하지만 샤워를 마치고도 수치심의 얼룩이 여전히 남아 있는 것 같아 도저히 엘런 옆에 누울 수가 없다.

안절부절못하며 집 안을 서성인다. 지난 3일간 제대로 잠을 자지 못해 몸이곳저곳이 쑤신다. 거실로 가서는 잠이 들길 바라는 마음으로 소파에 드러눕는다. 그때 뭔가 등을 짓누르는 느낌이 나서 보니 아까 내가 내동댕이친 내 휴대전화. 이메일을 확인하고 싶지도 않고, 레일라가 보낸 메일을 발견하고 싶지도 않다. 레일라가 또다시 최후통첩을 해 올 경우 그것을 받아들일 준비가 되어 있지 않기 때문이다. 하지만 그게 바로 네가 오매불망 기다리던 메시지일지도 모르잖아, 너한테 시간과 장소를 알려줄 메시지, 얼굴이 뭉개진 러시아 인형은 장난이었다고 말해줄 메시지 말이야, 목소리가 속삭인다. 그래서 이메일을 확인해보니 레일라한테 메일이 와 있다.

열흘 줄게

41
레일라

그 작은 인형의 머리를 뭉개버리니 뭔가 만족스러웠다. 내 머리까지 개운해졌기 때문이다. 그러자 내 머리도 뭉개버리면 어떨까, 그래서 나를 자꾸만 과거로 잡아당기는 목소리, 다를 수도 있었던 과거의 환영을 보여주며 나를 조롱하는 목소리를 날려 보내면 어떨까 궁금해졌다. 하지만 나는 그 목소리를 잠재우는 데 그치고 말았다. 비교적 잠잠했던 며칠이 지난 후 목소리가 돌아와 나를 나 자신도 아직 모르는 결말로 자꾸 내몰며 재촉했기 때문이다.

러시아 인형에 대한 핀의 반응은 예상대로였다. 불신, 분노, 때늦은 부인. 핀의 마지막 메시지를 봤을 때는 웃겨 죽을 뻔했다. 마치 자기한테 어떤 선택권이라도 있다는 듯, 안녕 레일라라는 말이 정말 의미 있는 말이라서 자기가 다시는 나한테 연락할 일도 없고 내가 보낸 이메일을 더 이상 읽을 일도 없을 거라는 듯한 분위기를 풍겨서 얼마나 우습던지. 자신이 내 장난에 놀아나고 있고 아직도 한 수 배워야 할 입장이란 사실을 아직도 깨닫지 못했나?

하지만 핀이 계속 내 장단에 놀아나게 할 수만은 없었다. 냉정을 유지해야 한다는 중압감이 슬슬 내게 영향을 미치려 하고 있었다. 목소리가 치고 들어오는 횟수가 점차 빈번해졌고 그 목소리를 차단하느라 안간힘을 쓰다 보니 머리가 지끈거렸다. 데드라인을 줘야 했다. 핀이 무한정 얼렁뚱땅 넘어가도록 내버려둘 수는 없었다. 그건 핀한테도 좋을 게 없었다.

당연히 나한테도 좋을 게 없었다.

42
핀

레일라의 메시지를 읽은 후, 열흘 동안 이어질 침묵에 정신적 대비를 한다. 듣고 싶어 하는 말을 해주지 않는 한 레일라는 나한테 이메일을 보내지 않을 텐데, 나는 그 말을 해줄 수 없을 것이므로 나 또한 레일라한테 이메일을 보내지 않을 것이다. 처음에는 상실감이 느껴졌다. 소식 없는 하루도 이렇게 힘든데 어떤 식으로든 연락도 하지 못한 채 열흘을 어떻게 버틴단 말인가? 하지만 그 열흘이 끝나면 어떤 일이 벌어질지에 생각이 미치자 불안해지기 시작한다. 엘런이 레일라 때문에 위험해질 일은 물론 없겠지? 하지만 만에 하나 엘런이 위험해진다면 어쩌지? 레일라에 대한 욕망과 엘런에 대한 보호욕구 사이에서 마음이 괴롭다. 이제 그 어느 때보다 토니한테 알려야 할 필요성이 커졌다. 하지만 막다른 골목에 다다른 느낌이라 이러지도 저러지도 못하겠다. 어쩌면 열흘 동안의 무소식이 잘된 일일지 모른다. 머리도 식히고 엘런한테 전념도 하고 전략을 짤 시간도 가질 수 있기 때문이다. 바람 쐬러 며칠 다녀오고 나면 레일라 일을 잊을 수 있을지도 모른다.

잠자리에 들었다가 다음 날 아침 일찍 잠에서 깨자 오랜만에 더없이 평온한 기분이 든다. 앞으로 열흘 동안은 점점 종잡을 수 없어지던 레일라의 요구에서 한숨 돌릴 수 있다고 생각하니 앞으로 다 잘될 것만 같은 기분이 든다. 옆에서 자고 있는 엘런을 보자 어젯밤 내민 팔을 뿌리친 것이 못내 미안하다. 엘런을 품에 안고 내가 얼마나 사랑하는지 보여줌으로써 어젯밤을 만회할 수 있다면 좋을 텐데. 지금은 그래선 안 된다. 엘런이 나 때문에 잠에서 깨어 침대에서 나올지 모르기 때문이다.

조용히 옷을 입고 아래층으로 내려간다.

"우리 산책 갈까?" 페기를 안아주며 묻는다.

아름다운 날이다. 모두들 침대에 누워 있고 들리는 소리라고는 나뭇가지에서 새들이 지저귀는 소리와 이웃집 정원에서 닭들이 꼬꼬댁 꼬꼬댁 우는 소리밖에 없는, 고요한 일요일 아침이다. 믹의 집을 흘깃 건너다보니 그가 창가에 서 있는 모습이 보인다. 손을 들어 올려 알은체를 하자 믹도 손을 흔든다. 그와 친해지려고 좀 더 애쓰지 않은 게 미안해진다.

페기와 강변을 걸으며 엘런과 어디로 떠날지 생각해본다. 루이스 섬을 가보고 싶은 마음은 늘 있었기에 작년에 얘기했더니 엘런은 거기만은 절대 가고 싶지 않다고 했다. 왜인지 알 것 같다. 어머니를 여읜 곳, 아버지를 떠나보낸 곳이 아니던가. 아버지를 잃을 때는 상실감이 그다지 크지 않았겠지만 말이다. 그뿐인가, 엘런이 레일라를 마지막으로 본 곳이기도 하다. 어쨌거나 너무 멀기도 하다. 어쩌면 어디 가지 말고 그냥 여기 있자고 할지도 모르겠다. 사이먼스브리지는 이맘때 가장 아름답지 않은가! 몇 시간을 운전해서 기껏 여기보다 나을 것 없는 곳에 갈 필요가 있을까?

내 마음이 왜 갑자기 떠나기를 주저하느냐고 닦달하면서 장거리 자동차 여행이 번거롭다는 핑계 뒤에 숨지 말고 자신에게 솔직하라고 다그친다. 진실은 부끄럽기 짝이 없다. 호텔에 가면 엘런이 잠들 때까지 못 기다리고 옆에 가서 누울 것 같기 때문이다. 기분이 바닥으로 곤두박질친다. 내가 이런 사람이 되었다는 것이, 레일라 때문에 이런 사람이 되었다는 것이 너무 싫어져 강가에 있던 페기를 부른다.

마을 상점은 일요일에는 8시에 열기 때문에 신문과 함께 베이컨과 달걀을 산 후 집으로 향한다. 집에 다 와가는데 무시무시한 기시감이 덮쳐온다. 담장 위, 바로 그곳에, 작은 러시아 인형이 하나 세워져 있기 때문이다.

순식간에 집까지 마지막 남은 몇 미터를 뛰어가 인형을 홱 낚아챈 다음 재빨리 주머니에 넣는다. 길 위아래를 둘러보지만 주변에는 아무도 없다.

믹이 창가에 서 있던 기억이 떠올라 그 집에 가서 무작정 현관문을 두드리고 보니 이제 겨우 아침 8시 15분이다.

잠시 후 믹이 문을 열어준다.

"미안합니다." 그의 손에는 오트밀 그릇이 들려 있다. "집사람한테 아침을 차려주던 중이라서요."

"아뇨, 제가 죄송하죠." 믹의 부스스한 모습을 보며 내가 말한다. "이따가 다시 오겠습니다. 뭐 좀 여쭤보고 싶은 게 있었을 뿐이에요."

내가 알고 싶은 게 뭔지 믹이 묻길 기다리지만 그는 이미 문을 닫으려는 중이다.

"미안합니다. 내가 지금 가봐야 해서요." 믹이 오트밀 그릇을 들어 보여 자신이 하던 일이 무엇인지 내게 상기시킨다. "한 시간쯤 있다 다시 와요, 그즈음이면 할 일 다 마쳤을 테니까."

다시 길을 건너며 길 위아래를 또 한 번 살펴보지만 레일라를 보지는 못할 것이다. 지금쯤이면 벌써 사라지고 없을 테니까. 어디로 사라진 걸까? 첼트넘으로 돌아갔을까? 차에 시동이 걸리더니 어디론가 떠나는 소리가 귀에 들어온다. 운전자가 급히 서두르는 것 같은 소리다. 레일라였을까? 내가 알던 시절의 레일라는 운전면허가 없었지만 12년이란 세월은 면허를 따고도 남을 시간이다.

현관에 들어서니 샤워 물줄기 소리가 들린다. 엘런이 내려오기까지 나한테 몇 분 정도 시간이 있다는 얘기다. 아침을 만들 요량으로 쇼핑한 물건을 부엌으로 가져간다. 하지만 마음이 너무 심란해서 정원으로 나가고 만다. 정원의 고요함이 내게 마법을 발휘해주기를 바라며. 위층 창문이 열려 올려다보니 엘런이 웃는 얼굴로 나를 내려다보고 있다.

"빵집에 다녀온 거야, 아니면 서재에 있다 나온 거야?" 엘런의 질문에 날좀 내버려두라고 소리치고 싶은 마음이다.

"빵집." 짧게 대답한다. "베이컨하고 달걀도 좀 사 왔어." 겨우겨우 말을 잇는다.

"내가 먹을 건 아니지만 고마워. 난 뮤즐리 먹을 거거든." '왜 당신은 좀 더 레일라를 닮지 못한 거야!'라는 말이 튀어나올 뻔하지만 잽싸게 입술을 깨물고 참는다.

아침 식사를 하는 동안 엘런의 시선이 베이컨과 달걀 샌드위치를 꾸역꾸역 먹고 있는 내게 고정된 게 느껴진다.

"핀." 잠시 후 엘런이 입을 연다.

"왜?"

"제발 토니한테 전화해."

"오늘 일요일이잖아."

"토니는 싫어하지 않을 거야."

엘런 말이 옳다는 건 나도 안다. 게다가 머리가 뭉개진 인형까지 보냈으니 레일라가 도를 넘은 것도 사실이다. 적어도 내가 방금 담장 위에서 발견한 건 온전했지만.

"알았어. 아침 먹고 전화할게."

다른 사람도 아닌 엘런 앞에서 토니한테 전화를 걸고 싶은 마음은 없지만 내가 전화를 걸러 내 서재로 사라진다면 엘런이 이상하게 생각할 텐데, 엘런이 내가 뭔가 숨기고 있다고 생각하는 건 싫다. 비록 숨기는 게 있기는 하지만 말이다. 엘런이 바라는 대로 스피커폰으로 통화해야 하는 것도 그게 싫기 때문이다. 하지만 토머스 영감이 오두막 밖에 서 있는 레일라를 봤다는 말을 토니가 꺼낼 위험이 너무 크다.

"죄송하지만 이번엔 좀 심각한 문제로 전화를 드렸습니다." 토니와 안부를 주고받은 후 내가 말한다.

"말해봐요." 토니 말을 듣는 순간 갑자기 생각이 난다. 첼트넘에서 레일라를 본 것 같다는 얘기를 이미 토니한테 했다는 걸 엘런은 모르고 있다.

"레일라 문제예요." 내가 말문을 연다. "몇 가지 일이 좀 있었는데 그 일을 계기로 엘런하고 전 레일라가 아직 살아 있을지 모른다는 생각을 하게 됐습니다."

"뭐 또 다른 일이 있었나요?" 토니가 묻는다.

"몇 주 전에, 엘런이 집 밖 담장 위에서 작은 러시아 인형을 하나 발견했어요. 그리고 며칠 뒤에는 첼트넘에서 레일라를 본 것 같다고 했고요." 엘런이 들으라는 듯 덧붙인다.

"알아요, 그 얘긴 예전에 했잖아요. 그런데 러시아 인형이 그 일과 무슨 상관이란 거죠?"

"어렸을 때, 엘런과 레일라는 러시아 인형을 각자 한 세트씩 가지고 있었는데 그중 하나가 없어졌대요. 그런데 엘런이 인형을 발견한 이후로 인형이 또 하나, 아니 두 개 나타났고요." 엘런이 잭도에서 내가 가지고 있는 걸 봤다던 인형이 떠올라 재빨리 고쳐 말한다. "하나는 엘런이 우편배달로 받았고 나머지 하나는 동네 음식점에서 계산서와 같이 있는 걸 발견했습니다. 문제는요, 그것들이, 그러니까 그 러시아 인형들이 엘런과 레일라 모두에게 의미 있는 물건이란 점입니다. 두 사람 말고는 아무도 모르는 의미가." 그러고는 두 사람의 어린 시절 이야기를 토니한테 설명한다.

"그 얘긴 두 사람 말고는 아무도 모른다고요?" 내가 설명을 마치자 토니가 묻는다.

"해리 형 빼고요. 엘런이 얘기해줬대요."

"그 밖에 다른 사람한테 그 얘길 꺼내지 않은 게 확실한 겁니까? 누군가 원한을 품고 있을 만한 사람한테 했다던지? 이를테면 전 여자 친구 같은?"

"아녜요. 전 누구에게도 말한 적이 없어요." 내가 단호하게 대답한다.

"흠. 우편배달로 왔다던 인형 말인데요, 그건 어디서 보낸 건지 알아요?"

"첼트넘요. 엘런이 레일라를 봤다고 생각하는 곳이죠."

"그렇다면 오두막 밖에서 레일라를 봤다는 토머스 영감님의 주장에 무게가 실리는군요." 토니가 생각에 잠긴 듯 침묵이 흐른다. "그 문제는 나한테 맡겨요, 핀. 생각 좀 해보고 몇 사람한테 이야기해본 다음에 다시 연락하죠."

"고마워요, 토니, 정말 고마워요." 전화를 끊고 엘런을 돌아본다. "토니가 우리한테 다시 연락할 거야."

"하지만 토니도 레일라가 돌아왔다고, 레일라가 살아 있다고 생각하는 거야?"

"조사해볼 만하다고 생각하는 것 같아."

엘런이 희미하게 미소를 짓는다. "관공서에 있는 사람한테 알리고 나니까 훨씬 현실로 다가오는 것 같아. 레일라가 돌아왔다고 생각하다니 우리가 미친 건 아닐까 하는 생각이 들기 시작했거든. 내가 이해가 안 되는 건 레일라가 왜 숨느냐는 거야. 걔가 정말 원하는 게 뭘까, 그게 계속 궁금해."

"두고 봐야지 뭐." 내가 일어서며 말한다. "난 일할 게 좀 있어. 점심때 볼까?"

서재에서 토니한테 다시 전화를 걸어 머리가 뭉개진 인형을 비롯해서 내가 발견한 나머지 인형 얘기도 할까 고민을 해본다. 하지만 얘기를 거기까지 진행하려면, 이메일 얘기도 해야 할 것이다. 상황을 반만 알아서는 아무 소용이 없을 것이기 때문이다. 결국 토니가 다시 연락해 올 때까지 기다리기로 한다. 만약 경찰이 수사를 진행할 만큼 단서가 충분하지 않아서 레일라를 찾는 데 시간을 투입할 수 없다고 하면, 그때 토니한테 나머지 얘기를 해주면 된다.

기나긴 아침이다. 주식시장을 살펴보지만 거래를 하려면 시기가 좋아야 하는데 오늘은 그런 시기가 아니다. 기분 전환할 거 뭐 없나 찾다가 믹을 보러 가기로 되어 있었다는 사실이 떠오른다.

"가서 믹이나 좀 보고 올게." 엘런한테 말한다. "혹시 한잔하러 와주길 바라는지 알아보려고."

"정말 좋은 생각이네." 엘런이 흐뭇해한다.

이번에는 믹이 문을 열어주기까지 그리 오래 걸리지 않는다. 다행히 손에 아무것도 들려 있지 않다.

"오늘 아침에는 실례가 많았습니다. 꽤 이른 시간이라는 걸 제가 미처 깨닫지 못했어요. 혹시 오늘 아침 저희 집 밖에서 서성거리는 사람 못 보셨나 궁금했거든요. 아침에 창가에 서 계셨잖아요."

믹이 고개를 가로젓는다. "봤는지 안 봤는지 말을 못 하겠는데요. 그렇게 오래 서 있질 않았거든요. 당신을 봤을 때 커튼을 막 연 참이었고 조금 있다 피오나가 부르는 바람에 자리를 떠야 했지요. 한 커플이 걸어서 지나갔지만 멈추진 않았어요."

"이 집요, 아니면 저희 집요?" 내가 묻는다.

"그쪽 집이었어요."

"그 사람들이 저희 집 담장에 뭔가 놓고 가는 걸 보신 건 아니겠죠?"

"내가 알기론 아니에요. 내가 사라진 다음에 다시 온 게 아니라면. 제프리스 부인한테 물어보지 그래요, 늘 뒷마당 온실에 앉아 있는 분이긴 하지만."

고개를 끄덕이며 말한다. "감사합니다. 부인은 좀 어떠신가요?"

믹이 어깨를 으쓱한다. "여전하죠 뭐."

"저, 언제라도 한잔하고 싶으면 건너오세요. 저희는 대개 집에 있으니까요."

"고마워요." 믹이 서글픈 미소를 짓는다. "혹시 알아요, 언젠가는 한잔하자는 그 제안을 받아들일 날이 올지?"

길을 건너 집으로 돌아가면서 우리 집을 지나쳐 걸어갔다는 그 커플을 생각한다. 나는 왜 그 커플을 두 번 생각해보지도 않고 넘겨버렸을까? 믹한테 아가씨 머리가 빨갰는지라도 물어볼걸 그랬다. 물론 레일라한테 다른 사람이 생겼다고 믿고 싶지는 않다. 만약 다른 사람이 있다면 뭐 하러 이런 수작을 부리겠는가?

하루가 놀랍도록 느리게 지나간다. 잠자리에 들기 직전 이메일을 확인해보니 레일라한테 온 메일이 한 통 있다. 열어보지 말아야겠다고 생각하다가도 언제나처럼 호기심을 이기지 못한다. 딱 한 단어뿐이다.

10

43
레일라

핀한테 열흘이라고 최후통첩을 한 날, 첼트넘에 있는 우체국에서 다음 러시아 인형 택배를 찾아왔다. 인형 열 개의 포장을 하나씩 조심스럽게 벗기는 동안 기분 좋은 이미지가 떠올랐다. 작은 러시아 인형 열 개가 담장 위에 줄지어 선 모습. 우리 둘이 어렸을 때 엘런과 함께 부르던 동요가 생각났다. 담장에 아슬아슬하게 놓인 녹색 병 열 개에 관한 노래였다. 만약에 그중 한 병이 갑자기 떨어지면, 담장에는 녹색 병 아홉 개가 있네. 갑자기 짜릿한 흥분이 몰려왔다. 카운트다운을 하면 어떨까? 생각하면 할수록 그 아이디어가 점점 더 마음에 들었다.

목소리는 나보다 더 마음에 들어 했다.

44
핀

8월이 다가오면서 거래가 부진해졌다. 해리 형과 전화로 투자 얘기도 하고 경쟁자들 동태도 살피고 어떤 펀드가 수익률이 좋고 어떤 펀드가 수익률이 나쁜지도 살피다 보니 오전 시간이 다 갔다. 그 후에는 배가 고파져서 집으로 어슬렁어슬렁 들어간다. 부엌에 들어가보니 테이블 위에 메모가 놓여있다.

난 쇼핑 좀 하러 가. 점심 같이 먹고 싶으면 전화해. 키스를 보내.

오븐에 달린 시계를 보니 이미 2시 반이다. 즉, 엘런은 오전 중에 집을 나섰다는 말이 된다. 서재에서 나와 엘런과 점심을 같이 먹은 지가 언제인지도 모르겠다. 1시 정각에 부엌에서 만나던 시절은 오래전에 끝났다. 전에는 엘런이 나를 데리러 왔는데 이제는 그러지 않는다. 그게 마음에 걸려야 하는데 그렇지가 않다.

처음에는 레일라가 지난 일요일에 **10**이라고 적어 보낸 이메일과 담장에 놓고 간 러시아 인형이 내게 요구한 일을 처리할 시간이 열흘 남았다는 사실을 일깨우려는 건 줄 알았다. 내게 뭘 기대하는지는 모르겠지만 난 레일라한테 절대 그 일이 일어날 리 없다고 못 박아두기는 했다. 하지만 다음 날 아침, 페기한테 아침을 주려고 아래층에 내려와보니, 갈색 봉투 또 하나가 다른 우편물 틈에 놓여 있었다. 그 봉투가 뭐였는지 깨닫고는 허리를 숙여 집어 들었다. 마지막 인형과 마찬가지로, 이번 인형도 내 앞으로 보낸 것이었다.

위층에서 엘런이 돌아다니는 소리가 들리자 봉투를 셔츠 아래 쑤셔 넣고 부엌으로 갔다. 봉투에 담긴 것이 러시아 인형이라는 건 알았지만 지난번에 받은 인형처럼 머리가 뭉개졌는지는 알 수 없었기 때문이다. 엘런이 보는 앞에서 봉투를 여는 위험을 감수하고 싶지는 않았으므로 내 서재로 가서 봉투를 순식간에 찢은 후 책상 위에 내용물을 흔들어 쏟았다. 역시 러시아 인형이 들어 있었고 천만다행으로 머리 형태는 온전했다. 안도의 한숨을 내쉬고는 그 인형도 내 서랍 안쪽에 밀어 넣었다. 그날 저녁 9라고 적힌 이메일을 받고서야 내가 섬뜩한 카운트다운에 말려들었다는 사실을 깨달았다.

다음 날인 화요일에도 우편물 틈에 또 다른 봉투가 있었고 그 봉투에도 역시 러시아 인형이 들어 있었다. 그날 저녁에는 역시 8이라고 적힌 이메일이 한 통 도착했다. 그 이후 레일라가 연달아 보낸 이메일은(수요일 저녁에는 7, 목요일에는 6, 그리고 어젯밤에는 5라고 적힌) 운명의 수레바퀴가 돌아가는 것을 멈출 수 없어 그렇잖아도 무기력하다고 느끼던 나를 더더욱 무기력하게 만들었다. 이상하게도 가장 먼저 드는 느낌은 수치심이다. 마흔한 살에 키가 2미터에 육박하는 내가 쪼그만 인형 때문에 이렇게 안절부절못할 수가 있다니!

카운트다운의 압박으로 인한 증상이 몸에도 나타나기 시작하고 있다. 만성피로. 피곤해서 쓰러질 지경일 때만 잠자리에 드는데, 침대에 누워서도 엘런이 내 옆에서 죽은 듯이 자는 동안 내 마음은 이번 일이 어디서, 어떻게 끝날지 궁리하며 제자리걸음을 한다. 아침이 되면 매번 엘런이 일어나기 훨씬 전에 일어나 가장 최근에 도착한 러시아 인형을 내 서재에 있는 서랍에 숨긴다.

내가 전화를 건 바로 다음 날(카운트다운이 9였을 때) 토니가 연락을 해왔다. 토니와 형사들이 최초 수색 당시 썼던 레일라의 사진뿐만 아니라 컴퓨터로 세월의 경과를 반영하여 만들어낸 가상 몽타주까지 가지고 다니며 첼트넘 내 호텔이며 B & B, 호스텔을 조심스럽게 탐문할 예정이라고 했다. 이 소식을 이용해서 여행은 미루는 게 좋겠다고 엘런을 설득했다. 물론 한편으로는 어디 머나먼 곳으로 휙 날아가 이 애간장 타는 카운트다운에서 벗어난 채 열흘을 보내고 돌아오고 싶은 마음도 굴뚝같았다.

"경찰에서 레일라를 찾았는데 우리는 나라 반대편에 있다고 상상해봐." 내 말에 엘런은 사이먼스브리지에 머무르는 편이 낫겠다는 데 동의했다.

때로는 내가 아직도 엘런한테 이런저런 일들을 숨기고 있다는 게 믿기지 않는다. 하지만 엘런한테 최근 연달아 배달 온 러시아 인형 얘기를 하면, 토니한테 그 얘기를 하라고 성화를 부릴 테고, 그는 한층 강화된 레일라의 생환 증거를 가지고 추적에 박차를 가할 것이다. 그건 내가 원치 않는다. 나는 레일라가 일반 범죄자들처럼 체포되는 게 싫다. 내가 원하는 건 내가 먼저 그녀를 만나 단둘이 이야기를 나누는 것이다. 수요일에 레일라한테 현재 수색 대상이라는 내용의 메일을 보내 귀띔해준 이유가 바로 그거다.

그러지 말았어야 했다는 건 나도 안다. 딱 한 줄만 보냈다. **경찰이 첼트넘에서 당신을 찾고 있어.** 솔직히 내가 먼저 만나기 전에 레일라가 발견되는 걸 원치 않아서 그런 것만은 아니다. 바보같이 들리겠지만, 내가 이렇게 귀띔을 해주면 고마운 마음이 들어 레일라가 카운트다운을 무시하고 나를 만나겠다고 해줄지도 모른다는 생각도 있었다. 하지만 그녀는 결코 답장을 하지 않았다.

엘런의 메모를 다시 보며 어찌해야 할지 고민한다. 지금쯤이면 점심을 먹었을 테니 첼트넘으로 차를 몰고 가봐야 허탕만 칠 것이다. 카페에서 혼자 점심을 먹었을 엘런을 생각하니 다시 한 번 죄책감이 엄습한다. 언제부터 그녀의 감정에 이렇게 무심해진 걸까? 언제부터 노력을 안 하게 된 걸까? 5주 전, 담장 위에서 인형을 발견했을 때, 그때 엘런한테 솔직했더라면 얼마나 좋았을까. 인형과 이메일을 공유했더라면 얼마나 좋았을까. 엘런을 진심으로 사랑한다면 그렇게 했을 것이다. 진심으로 사랑한다면 우리 사이에 비밀은 없었을 것이다. 이제 우리 사이의 거리는 무시하지 못할 만큼 벌어졌다. 엘런의 메모가 그 증거다. 보통 때 같았으면 나한테 와서 쇼핑 갈 거라는 말을 직접 했을 것이다. 전화해서 커피라도 마시자고 해야 할 것 같다.

진입로에 들어서는 자동차 소리가 나 대신 결정을 내려준다. 복도로 나가 현관문을 연다.

"미안." 차에서 쇼핑백 두어 개를 꺼내는 엘런을 보며 말한다. "메모를 이제 봤지 뭐야."

"괜찮아." 말은 이렇게 하지만 평소처럼 짐을 받아줄 사이도 없이 쌩하니 나를 지나쳐버리는 걸 보니 괜찮지 않은 것이다.

엘런을 따라 부엌으로 간다.

"미안해." 다시 말한다.

"걱정 마, 이젠 익숙하니까." 엘런이 쇼핑백을 한옆에 툭 내려놓으며 말한다.

목소리가 어딘가 씁쓸한 것 같아 엘런을 찬찬히 바라본다. 얼굴이 핼쑥한 것이 불행한 표정인데 생각해보니 이렇게 핼쑥하고 불행해 보인 지 한참 된 것 같다. 마지막으로 엘런이 웃었던 때가 언제인지 기억조차 나지 않는다. 마지막으로 내가 웃었던 때가 언제인지도 기억나지 않는다.

"그게 무슨 소리야?" 내가 묻는다.

"나 혼자 점심 먹는 거 말이야. 화요일에도 똑같은 메모를 남겼는데 내가 집에 왔을 때도 테이블 위에 그대로 있더라." 엘런이 쇼핑백에서 물건을 꺼낸 후 손에 바나나 송이를 든 채 나를 바라본다. "내가 나간 줄도 몰랐단 거 잖아."

"뭐 하러 메모는 남겼어?" 잔뜩 화가 난 내가 따진다. "그냥 나간다고 말 했으면 됐잖아?"

"왜 항상 나만 자기한테 가야 돼? 자기는 이제 서재에서 나오지도 않잖 아. 내가 데리러 가지 않으면 귀찮아서 점심도 먹으러 오지 않고."

"그렇지 않아." 항변해본다.

"지난 3일 동안 난 여기 부엌에서 혼자 점심을 먹었어. 그러니까 아까 말한 대로 이젠 익숙해."

상처받은 목소리의 원인이 나라는 사실이 너무 싫어 엘런에게서 바나나를 빼낸 다음 두 팔로 그녀를 감싼다.

"미안하단 말 한 번 더 하면 용서해주겠어?" 내가 묻는다. "다시는 그런 일 없게 할게, 약속해. 휴가철이라 이제 별로 안 바쁠 거야." 이렇게 말하면 엘런은 내가 일이 많아서 서재에만 있었던 거라고 여길 것이다.

"난 자기가 날 피하는 줄 알았어."

"아냐." 내가 부드럽게 달랜다. 엘런이 내게 쓰러지듯 안기자 우리 사이를 갈라놓고 안정적인 우리 관계를 망쳐놓은 레일라가 정말 미워진다.

깊은 밤이 되자 요 며칠 늘 그랬듯이 4라고 적힌 이메일, 엘런을 없애버리기까지 내게 4일이 남았다는 사실을 알리는 메일이 도착한다. 그대로 하지 않으면 어떻게 하겠다는 거지? 레일라가 발 벗고 나서겠다는 건가? 뭘 어쩌려는 거지? 우리 집에 나타나 우리와 대적하겠다는 건가? 아니면 직접 엘런을 없앤다는 건가? 생각해볼 필요도 없는 짓이란 생각에 고개를 절레절레 흔든다. 레일라가 엘런에게 위해를 가할 리는 없다. 하지만 마음이 자꾸만 머리가 뭉개진 인형과 '자기가 해야 할 일을 완수하면.'이라고 쓴 이메일에 미친다. 12년의 세월을 고려할 때 내가 알던 레일라가 아닐지도 모른다.

이 와중에도 몇 주 만에 처음으로 겨우 단잠을 이룰 수 있었다. 엘런과 틀어진 일을 잘 해결해서 그런 것 같다. 자고 일어나니 개운하고 힘이 불끈 솟는다. 기지개를 켜면서 보니 옆에 엘런이 없다. 이미 일어난 모양이다. 엘런이 나보다 먼저 우편물을 보지 않았기를 바라며 침대에서 벌떡 일어난다. 옷을 걸치다 생각해보니 오늘은 일요일이다. 즉 오늘은 우편물이 오지 않을 거란 얘기다. 안도감도 잠깐. 레일라가 최후의 그날에서 날 해방시켜줄 리가 없다. 지난 일요일, 담장 위에 러시아 인형을 놓고 가지 않았던가.

부엌으로 내려가보니 엘런이 앞에 커피 한 잔을 놓고 테이블에 앉아 있다.

"나가서 아침에 먹을 빵 좀 사 올게." 엘런의 정수리에 키스를 하며 말한다.

"나도 갈게." 엘런이 제안한다.

"그럴 것 없어, 혼자 가도 돼. 커피 마저 마셔."

"내가 나가고 싶어서 그래. 산책도 할 겸." 엘런이 테이블 밑으로 손을 뻗는다. "이리 온, 페기."

엘런이 보기 전에 담장에서 러시아 인형을(놓여 있다면) 와락 잡아채는 수밖에 없다. 하지만 마당을 걸어 내려가도 인형이 보이지 않자 고마워해야 할지 걱정해야 할지 종잡을 수가 없다. 어쩌면 레일라가 인형을 어딘가 다른 곳에 두고 갔을지도 모른다. 그런 경우에는 나갔다 돌아올 때 눈치채지 못하게 찾아보면 될 것이다.

빵을 산 후 손을 잡고 집으로 돌아오는 길이다. 집 근처에 왔는데 엘런이 갑자기 걸음을 멈추더니 나를 잡아당겨 우뚝 세운다. 내 오감은 그 즉시 경계 태세에 돌입한다.

"세상에." 집 쪽을 가리키며 놀라는 엘런의 말소리가 너무 못 믿겠다는 투라서 순간 레일라가 나타나기라도 한 줄 알았다. "저기 봐, 핀, 담장 위에!"

"세상에." 엘런 말을 그대로 따라 하지만 레일라가 아니라 인형만 있어서 안심한다. 아직은 그녀를 볼 준비가 되지 않았기 때문이다. 지금, 이런 식으로는 안 된다. 내가 미처 말도 하기 전에 엘런이 이미 달려가고 있다. 우리 집을 지나쳐, 길을 따라, 모퉁이까지. 엘런을 뒤쫓는데 그녀가 인형도 본체만체하고 달려간다. 대체 무엇을 본 걸까, 혹시 레일라라도 본 걸까.

다음 거리에서 엘런을 따라잡으며 묻는다. "뭐 본 거라도 있는 거야?"

숨이 턱까지 찬 엘런이 고개만 가로젓는다. "간발의 차로 레일라를 놓친 것 같아." 나를 올려다보는 엘런의 얼굴에는 숱하게 보아온 두려움과 흥분이 서려 있다. "레일라가 여기 왔었어, 핀, 레일라가 여기 왔었다고! 담장 위에 인형도 하나 두고 갔어!" 엘런의 눈에 갑자기 눈물이 그렁그렁해진다. "조금만 빨리 걸었더라면 레일라를 볼 수 있었을지 모르는데."

"레일라는 우리가 자길 보는 게 싫을 거야." 엘런에게 팔을 두르며 내가 말한다.

"토니는 레일라를 왜 못 찾는 거지?" 울먹거리던 목소리가 이제 화난 목소리가 된다. "대체 얼마나 더 기다려야 하는 거야?"

"나도 모르겠네." 내가 달래본다.

"토니한테 전화 좀 해줄 수 있어? 뭐 찾아낸 거 없는지 토니한테 물어봐줘. 레일라는 첼트넘에 있는 게 분명해. 첼트넘에 있을 거라고."

"새로운 소식이 있었으면 토니가 우리한테 알려줬을 거야. 게다가 일요일에 또다시 토니한테 전화하기는 싫어. 내일 전화해볼게, 괜찮지?"

엘런이 말없이 고개를 끄덕이자 나는 인형을 담장 위에 두고 간 레일라를 속으로 저주한다. 그녀는 대체 어디 있는 걸까? 이제는 첼트넘에 있는 건지도 잘 모르겠다. 엘런이 첼트넘에서 레일라를 봤고 봉투에 첼트넘 소인이 찍혀 있다고 해서 그녀가 첼트넘에 산다는 보장은 없다. 아무 외딴 마을에 있는 우체통에 넣었어도 분류를 위해 우편물은 첼트넘에 있는 중앙우체국으로 보내지기 때문이다.

"우리가 첼트넘에 가보면 안 될까?" 엘런이 묻는다. "우리가 나간 지 30분 정도밖에 안 됐잖아. 레일라도 그렇게 멀리는 못 갔을 거야."

"레일라가 첼트넘에 있는지도 우리는 모르잖아." 내가 말한다.

"레일라는 거기 있어." 엘런이 고집스럽게 말한다. "내가 알아."

"내 생각엔 아닐 것 같은데……."

"그럼 나 혼자 가도 그만이야. 차 열쇠 가지고 올게."

엘런이 담장을 지나치면서 그 위에 놓인 러시아 인형을 가지고 집 쪽으로 향한다.

그렇게 해서 우리는 첼트넘으로 향하는 중이지만 부질없는 짓이라는 걸 나는 안다. 지난번에 세인트메리스에서 돌아오는 길에 들렀을 때 허탕을 쳤듯 이번에도 카페에 앉아 있거나 길거리를 걷고 있는 레일라를 발견하는 일은 없을 것이다. 그래도 우리는 이 거리 저 거리를 터벅터벅 걷는다. 결국 엘런이 패배를 인정한 덕에 수색을 멈추고 점심을 먹기로 한다. 성공 근처에도 가지 못했다. 둘 다 수다를 떨고 싶은 기분이 아니었으므로 각자 자기만의 생각에 빠진 채 서로 말 한마디 없이 앉아만 있었다.

집에 오자마자 엘런은 오후 내내 자기 작업실에 들어가 나오지 않는다. 저녁때가 되어 함께 영화를 보지만 우리 둘 다 보는 둥 마는 둥 한다. 엘런이 잠자리에 든 후 나 홀로 부엌 테이블에 앉아 휴대폰을 확인해본다. 레일라한테 이메일이 한 통 와 있다. 뭐라고 쓰여 있을지는 보지 않아도 알 수 있다.

3

대개 곧바로 답장을 보내지는 않지만 오늘처럼 간발의 차로 놓친 아침은 예외다.

어디 있는 거야?

곧바로 답장이 온다. 레일라가 정말 나한테 알려주려고 하다니 믿을 수가 없다. 심호흡을 하고 이메일을 열어본다.

생각보다 가까운 데

45
레일라

카운트다운은 그만하고 싶었다. 지난주 담장 위에 인형 열 개 중 첫 번째 인형을 올려놓았을 때 발각된 게 틀림없다는 생각이 들었다. 하지만 목소리가 날 안심시켰다. 나머지는 우편으로 부치면 돼, 더 이상 위험을 감수할 필요는 없어. 하지만 어제는 담장 위에 인형을 놓고 와야만 했다. 왜냐하면 일요일이 돌아왔으니까.

지난주에는 러시아 인형을 추가로 주문했다. 목소리가 나한테 시킨 일이었다. 이번에는 스무 개를 주문했다. 인형은 바로 다음 날 배송되었고 상자를 열어 그 안에 다소곳이 누워 있는 인형을 보니 흥분이 되었다. 내가 제왕절개를 거듭해 꺼내주길 기다리고 있는 자그마한 아기들. 갓 도착한 이 인형 무리를 위해 목소리가 어떤 계획을 세워놓았는지는 나도 모르겠다. 목소리를 무시하기가, 목소리를 차단하기가 점점 힘들어진다. 아마도 목소리는 내가 카운트다운을 연장할 거라 생각하는 모양이다. 하지만 나는 핀을, 나에 대한 핀의 사랑을 믿는다. 핀은 엘런을 없애버릴 것이다.

이제 이틀밖에 남지 않았다. 할 수만 있다면 지금 당장 다 끝내버릴 텐데. 어디 있지 묻는 핀의 이메일에 바로 답장을 준 것도 바로 그 이유 때문이다. 목소리는 말했다, 그놈에게 알려주지 마, 그놈에게 네가 어디 있는지 알려주지 마. 목소리를 거부할 수는 없어서 핀에게 실마리만 하나 주었다. 제발 그가 실마리를 풀 수 있기를 바라면서.

나를 다시 데려가, 너무 늦기 전에.

46
핀

또다시 심장은 두근거리고 온몸이 땀에 흠뻑 젖은 채로 잠에서 깨어나기 시작한다. 혼란에 빠져 주위를 두리번거리니 내가 누워 있는 곳은 다름 아닌 우리 집 거실 소파 위다. 악몽이었다고, 꿈일 뿐이었다고 혼잣말을 한다. 위층에 올라가면 엘런은 아무 탈 없이 우리 침대에서 자고 있을 것이다. 피범벅에 여기저기 부러진 몸으로 절벽 아래 나동그라져 있는 것이 아니라. 꿈이었을 뿐이다.

하지만 꿈이라기엔 너무 생생했다. 엘런과 함께 벼랑 꼭대기 끝에 서 있는데 레일라가 엘런을 벼랑 아래 바위로 밀어버리라고 나를 다그쳤다. 레일라의 모습은 보이지 않고 목소리만 들렸지만 내가 어떤 선택을 해야 할지는 알 수 있었다. 레일라를 보고 싶으면 엘런을 죽여야만 했다. 그러지 않으면 레일라는 또다시, 이번에는 영영 사라질 판이었다. 내가 무슨 짓을 하려는지 알아차린 엘런이 나를 꼭 붙잡아서 나까지 벼랑으로 끌고 갔다. 우리가 함께 땅바닥으로 추락하는 동안 내 목소리는 외마디 비명을 길게 내질렀다. 레일라아아아아아아!

내가 레일라의 이름을 큰 소리로 불렀을까? 그래서 잠에서 깬 걸까? 귓속에서 나는 윙 소리가 멈추길 기다렸다 집 안이 고요한지, 내가 잠결에 큰 소리를 내서 엘런을 깨운 건 아닌지 확인해본다. 여명이 밤하늘을 뚫고 스며들고 있다. 잠들기 전보다 더욱 피곤하게 느껴지는 몸을 겨우겨우 일으킨다. 커피, 나한테 필요한 건 커피다.

생각보다 가까운 데라는 메시지가 무한 반복하는 영상처럼 머릿속에서 계속 맴돌고 있다. 경찰이 찾고 있다고 보낸 경고 메시지 때문에, 레일라가 첼트넘에 있는 걸로 내가 생각한다는 것을 그녀는 알고 있다. 결국 첼트넘보다 가까운 곳이라는 건데, 그렇다면 근처 마을 어디라도 가능하다. 아니, 어쩌면 사이먼스브리지에 있을지도 모른다. 그러면 인형을 그토록 손쉽게 갖다 놓을 수 있었던 것도 설명이 된다.

엘런한테는 부탁했던 대로 토니하고 통화를 해봤는데 경찰에서 아직 레일라를 못 찾았지만 수색을 계속한다더라고 말해주었다. 전부 거짓말이지만 엘런을 안심시킬 수 있다면야.

어쨌든 거의 끝나간다. 어제 우편으로 인형을 하나 더 받았고 그 후 도착한 이메일에는 **2**라고 적혀 있었다. 오늘 마지막 러시아 인형을 받게 될 테고, 글쎄 내일은 뭘 받게 될지 잘 모르겠다. 내게 주어진 시간이 다 됐다는 것만 알 뿐. 레일라가 요구한 대로 엘런을 없애버리지 않았으니 그녀는 아직 나와 함께 여기 있다. 그러면 다음엔 어떻게 되는 걸까? 자기가 벌이던 게임을 계속 이어나가기 위해 카운트다운을 연장하려나? 제발 안 그랬으면 좋겠다. 하지만 더 나쁜 일이 일어나면 어쩌지? 레일라가 허풍을 떤 게 아니었다면 어쩌지? 레일라가 어떤 짓까지 할 수 있는지 나로서는 전혀 알 수 없으니 불안하기만 하다.

계단을 내려오는 엘런의 발소리가 들리자 봉투가 도착했는지도 확인해보지 않았다는 게 생각났다. 벌떡 일어났다가 다시 주저앉는다. 마지막 봉투일 테니 엘런이 나보다 먼저 보든 말든 무슨 소용이랴.

우편물은 우리가 아침을 먹는 도중에야 도착한다. 현관으로 나가는 나를 엘런이 따라온다.

"나한테 온 거 없어?" 엘런이 묻는다.

"모르겠어, 아직 안 봐서." 셔츠 밑으로 봉투를 쑤셔 넣으려면 엘런이 앞장서서 부엌 쪽으로 걸어 돌아가야 하는데 빙 돌아 손을 뻗어 내 손에 있는 우편물을 가져간다.

"새 계약서를 기다리는 중이라 그래." 엘런이 우편물을 뒤적이며 설명한다. "캐시가 이틀 전에 우체통에 넣었대." 갈색 봉투를 집어 든다. "이건가 보다." 봉투를 뒤집는다. "어, 자기한테 온 거네." 갑자기 엘런의 미간이 찌푸려진다. "몇 주 전에 내가 받은 거랑 똑같은데. 혹시……." 말꼬리가 흐려진다.

"열어서 보자." 내가 말한다. 엘런이 무슨 얘길 하는 건지 모르는 체해 봐야 소용없다는 걸 알기 때문이다. "어쩌면 편지 같은 게 들어 있을지도 몰라."

"이번에도 인형일 거 같아." 엘런이 손가락으로 봉투를 더듬으며 말한다. 엘런이 봉투를 내게 건넨다. 지금으로서는 달리 방도가 없기 때문에 봉투를 부엌까지 가지고 간 다음 열어본다. 머리가 뭉개진 인형이 들어 있을 수도 있다는 생각은 미처 못한 채 봉투를 조리대 위로 흔든다. 나온 것은 역시 머리가 뭉개진 인형.

엘런이 인형을 보며 경악한다. "정말 너무하네!" 엘런이 인형을 집어 든다. "불쌍한 인형. 마음 같아서는 정말 우체국에 항의하고 싶다. 봉투 위로 상자나 뭐 다른 걸 떨어뜨린 게 분명해. 어디서 부친 거야?"

소인을 확인한다. "당신 거랑 마찬가지로 첼트넘이야."

"편지도 들어 있어?"

"아니, 아무것도 없어."

"정말 이상하다."

함께 아침 식사를 하면서도 엘런의 눈은 자꾸만 조리대 위에 놓인 찌그러진 러시아 인형으로 향한다. 엘런의 머리가 이런저런 추측과 가정으로 팽팽 돌아가는 게 눈에 선하다.

"자기 생각엔 설마……."

"설마 뭐?" 내가 다그친다.

"저 인형이 고의로 파손되었다고 생각하느냐는 거지."

"그게 무슨 말이야?"

"아니, 레일라가 일종의 메시지 삼아 일부러 찌그러뜨렸다고 생각하느냐는 말이야."

"메시지?"

"이 인형은 내가 아니라 자기한테 보낸 메시지 같아."

"레일라가 내가 잘못되길 바라기라도 한단 말이야?"

"그냥 추측한 거야." 엘런이 허둥지둥 둘러댄다. "이 인형이 나랑 결혼하려는 당신이라면 말이 된다는 거지."

"토니가 레일라를 하루빨리 찾아내길 빌자고." 미소를 지으려 애쓰며 내가 말한다.

"보낸 사람이 레일라라면 말이야." 엘런이 말한다.

"또 마음이 바뀌기라도 한 거야?"

"나도 모르겠어." 엘런이 맥없이 말한다. "하지만 레일라가 아니라면 누군지 몰라도 우리한테 괜한 기대를 품게 하다니 그 사람한테 정말 화가 날 것 같아." 잠시 생각에 잠긴다. "오늘 점심은 잭도에서 먹을까?"

별일 다 있다는 표정으로 엘런을 보며 내가 말한다. "그러고 싶으면."

"생각하면 할수록 레일라가 이런 짓을 하다니 도저히 믿기지가 않아. 이렇게 우리 집까지 와놓고는 들어와서 우리를 만나지도 않고 담장 위에 인형만 남겨놓고 갔다는 얘기잖아. 내가 레일라를 잘 아는데, 천성적으로 잔인한 애가 못 돼. 이런 러시아 인형을 보내는 것도 잔인한 짓인데 얼굴을 뭉갠 인형은 말할 것도 없잖아. 그러니까 만일 다른 사람이라면 루비가 가장 유력한 용의자일 거야. 우리가 헤어지길 바랄 테니까. 「실종 여성의 애인, 그녀의 언니와 동거」 기사 기억하지? 그 기사의 배후도 분명 루비였을 거야."

머리가 획획 돌아간다. 엘런의 말이 맞는다면, 이 모든 게 정말 추악한 장난일 뿐 레일라가 돌아온 게 아니라면 어떻게 되는 거지? 언제부터 나는 나 자신을 의심하고, 내 마음을 의심하는 사람이 된 걸까? 어느새 이런 생각을 하고 있는 나를 발견한다. 6주 전에 그랜트 제임스 건을 성사시킨 남자는 존재조차 기억나지 않는 사람이 되어버린 것 같다.

"아직도 나랑 결혼하고 싶은 거지, 그렇지?" 엘런이 묻는다.

갑자기 부글부글 울화가 끓어오른다. "전에도 물어봐서 그렇다고 말했을 텐데!"

"몇 주 전이었잖아."

"그래서, 달라진 거 없잖아."

"모든 게 달라졌지."

내가 의자를 박차고 일어서며 말한다. "점심은 나가서 먹는 걸로 하자." 자리에서 일어나 내가 먹은 그릇을 싱크대에 아무렇게나 던진다. "나는 페기 데리고 산책 좀 다녀올게."

이렇게 외면하는 게 자랑스럽지는 않다. 엘런은 나한테서 더 많은 것, 안심이 될 만한 말을 원했을 것이다. 하지만 지금은 그녀가 원하는 것을 줄 수 없다. 엘런이 루비를 다시 방정식에 끼워 넣지 않았길 바라며 강가로 내려간다. 만약에 루비인 것으로 밝혀지면 나는 어떻게 해야 할까? 너무 피곤한 나머지 눈을 비비며 왜 또다시 루비를 의심하고 있는지 곰곰이 생각해본다. 내가 확신하는 게 한 가지 있다면, 레일라와 관련하여 벌어진 이 모든 일이 루비와는 무관하다는 것이다. 레일라가 돌아왔다는 건 확실하게 알겠다. 이쯤에서 내가 자문해보아야 하는 건 왜 나는 상황을 주도하지 못하고 레일라가 나한테 이런 짓을 하도록 내버려두느냐 하는 것이다. 내가 언제부터 이렇게 수동적인 인간이 된 걸까?

물리적인 조치를 취해야 할 필요성이 그 어느 때보다 커졌다. 단 한 순간만이라도 머리를 마비시킬 수 있다면, 그 모든 혼란을 날려버릴 수 있다면 기분이 나아질 텐데. 페기를 데려오지 않았으면 달리기를 할 수 있었을 텐데. 차가운 강물, 그 위를 어른거리는 아침 햇살이 나를 부르는 듯하다. 스웨터를 머리 위로 당겨 벗고 팬티까지 벗은 후 강물로 뛰어든다. 보기보다 얼음장처럼 차가운 물이 온몸에 닿자 정신이 번쩍 들고 다시 힘이 불끈 솟는다. 물살을 가르며 강 아래위로 힘차게 헤엄쳐 나아가자 수면 위의 오리들이 혼비백산하며 흩어진다. 지금은 오로지 한 가지에만 집중하자. 머릿속 비우기.

잭도에 가는 길에 엘런이 내 팔짱을 낀다. 루비에게 우리가 굳건하다는 걸 과시하려고 작정한 모양이다. 엘런의 그런 의도에 짜증이 난다. 잭도에 도착했지만 어디에서도 루비가 보이지 않아 마음이 놓인다. 물어보니 루비는 지난주 내내 자리를 비웠고 주말이나 되어야 돌아온다고 한다. 얼마 동안이든 루비가 자리를 비우는 건 이번이 처음이다. 엄마를 만나려고 이따금 하루 정도 쉬는 걸 본 적은 있지만 열흘씩이나 자리를 비운 적은 없었다. 재빨리 머리를 굴려본다. 열흘이라니. 그것이 의미하는 바가 무엇인지에 대해서는 마음을 닫자. 루비는 어디로 간 걸까? 물어봐도 아는 사람이 없는 것 같다. 전반적인 분위기로는 첼트넘에 있다는 엄마한테 간 것 같다. 아니면 내 생각보다 가까운 곳에?

"그렇다면 할 수 없지 뭐." 엘런이 의기소침하게 말한다. "우린 진실 근처에도 못 갈 거야."

그날 저녁, 최후의 이메일이 도착한다.

1

47
레일라

예전에 잃어버린 그 마지막 인형을 보내기 훨씬 전부터 나는 알고 있었다. 머리를 찌그러뜨렸을 때, 내가 찌그러뜨린 건 내 머리였다는 걸. 나는 핀이 이번에는 그 점을 제대로 알아듣기를, 깨닫기를 바랐다. 그 인형이 나타내는 건 엘런이 아니라 나라는 걸, 나를 선택하지 않는 건 날 죽이는 거나 마찬가지라는 걸. 목소리의 말이 옳았다. 핀은 나 때문에 엘런을 포기하지 않을 것이다. 핀이 엘런을 해칠 리 없다는 걸 나는 늘 알고 있었다. 그런 생각을 핀의 머릿속에 심어준 건 재미있었지만, 그는 그런 부류의 남자가 아니었기 때문이다. 격분하지 않는 한. 자기 마음에 거슬릴 만한 일은 일절 하지 않을 엘런을 두고 핀이 왜 이성을 잃겠는가?

그렇기는 해도 두 사람 사이가 그렇게 멀어졌으니 나는 핀이 엘런한테 끝내 자고 할 줄 알았다. 둘이 함께 있는 모습을 볼 때마다 확연히 드러났기 때문이다. 두 사람 사이에 난 구멍은 점점 커져 급기야 골이 파이기까지 했다. 어떻게 그런 지경에서 회복할 수 있단 말인가? 절대로 예전 같을 수는 없을 것이다. 핀은 나를 선택하는 게 나았을 것이다.

물론 핀도 자신이 잘못 선택했다는 것을 깨닫고 결국에 가서는 후회할 것이다. 하지만 그땐 너무 늦는다. 그때는 내가 또다시 사라져서 다시는 돌아오지 않을 것이기 때문이다. 내일이면 난 떠날 것이다.

목소리는 별 감흥이 없는 모양이다. 그렇게 쉽게 포기하다니 믿을 수가 없다며 나를 비웃는다. 진심으로 원하는 게 있으면 싸워야지, 지금쯤이면 그 정도는 알아야 하는 거 아닌가. 싸웠어, 싸웠다고. 싸워서 진 걸 어쩌라고. 핀이 날 원하지 않는데 어쩌라고. 그야 네가 싸움 상대를 잘못 골랐으니까 그렇지, 목소리가 대꾸한다. 네가 싸워야 할 상대는 핀이 아니라 엘런이야. 핀을 원하면 엘런하고 싸워야지. 제대로. 죽을 때까지.

생각만으로 몸서리치게 두려워진다. 넌 지금 나한테 불가능한 요구를 하고 있는 거야, 목소리에게 대들어본다. 난 엘런을 죽일 수 없어. 살아남고 싶으면 죽여야 할걸, 목소리가 말한다. 두 사람 다 들어갈 자리는 없다고 너도 그랬잖아. 그럴 수는 없어, 내가 다시 대든다. 아니 넌 그럴 수 있어, 목소리가 말한다. 넌 핀이 누구를 갖길 원하지? 너하고 엘런 중에서? 너한테 달려 있어.

하지만 나는 선택하고 싶지 않다. 어떻게 하면 좋을지 생각하다가 엘런한테 선택권을 넘기기로 한다. 카운트다운은 끝났다. 이제는 엘런한테 달려 있다. 그리고 엘런한테는 하루가 있다. 나는 물론이고 다른 어느 것도 눈에 들어오지 않을 만큼 핀이 자신을 사랑한다는 것을 몸소 보여주도록 설득할 수 있다면, 엘런은 핀을 가져도 좋다. 그걸 못한다면, 아쉽지만 핀은 내 것이 될 것이다. 그러면 나는 엘런을 영영 없애버릴 수 있게 될 것이다.

48
핀

    마지막 인형을 받았으니 이제 어떻게 되는 거냐고 레일라한테 답장을 보내고 싶어 손가락이 근질거릴 정도다. 시간이 다 된 지금, 레일라는 내일 어떤 계획을 세워놓았을까? 내가 바라 마지않는 건, 레일라가 패배를 시인하고 만날 시간과 장소를 제시하는 것이다. 하지만 엘런에 대한 위협을 암시한 것이 무겁게 마음을 짓누른다. 어떤 식이든 대결은 불가피할 듯하다.

    레일라가 이 집에 나타난다면, 그녀를 다시 본다면 어떤 기분일까? 보자마자 다시 사랑에 빠져서, 그녀를 잊고 엘런을 선택한 걸 후회하게 될까? 그럴 것 같다. 레일라와 나, 우리 두 사람에게 아직 기회는 있다. 요즘 엘런과는 거리감이 너무 심하게 느껴져서 원래대로 돌아갈 수나 있을지 모르겠다. 잭도에서 돌아오는 길에 우린 한마디도 하지 않았다. 생각해보니 잭도에 있을 때도 말 한마디 나누지 않았다. 거의 완벽한 침묵 속에서 밥만 먹었다. 엄밀히 말해서 나만 먹고 엘런은 접시 위 음식을 께적거리기만 했지만 말이다. 엘런은 지금 그 어느 때보다도 야위었다. 왜 진작 알아차리지 못했을까?

    적어도 지난 열흘간 나를 짓눌렀던 부담감은 사라졌다. 하루하루가 너무 길게만 느껴졌다. 매일 하루가 끝날 때쯤 도착한 이메일은 최후에 한 걸음 더 가까워졌음을, 그 어떤 행동도 취하지 않고 또 하루를 헛되이 보냈음을 상기시켰다. 그러면 나는 하루를 되돌리고만 싶어졌다.

    오늘 밤은 제대로, 꿈도 꾸지 않고 푹 잘 수 있을 것 같다. 일주일이나 내 침대에서 못 자고 소파에서 자 버릇했더니 침대에 기어 올라가고 싶은 마음뿐이다. 엘런이 침대 위에서 뒤척이고 있는 걸 보니 잠들 때까지 기다려야 할 것 같다. 찬장에서 위스키 한 병을 더듬더듬 찾아 한 잔 따른다. 레일라에게 굴복하지 않은 나 자신을 위하여 건배!

자정을 훌쩍 넘겨 위층으로 올라간다. 욕실에서 후딱 샤워를 마치고 침실에 들어선다. 엘런이 잠들어 있을 줄 알았는데 내 낡은 셔츠를 입고 침대에 앉아 나를 기다리고 있다. 순간 멈칫할 수밖에 없었다. 엘런 앞에서 벌거벗고 있는 게 이렇게 부끄러운 적이 없었는데 지금은 어색하기까지 하다.

"잠든 줄 알았어." 내가 말한다.

"자기 올 때까지 안 자고 기다리기로 했거든."

"그러지 말지. 피곤할 텐데 자야지."

"글쎄, 자기랑 얘기가 하고 싶어서."

"늦었어. 내일 하면 안 될까?"

"안 돼. 내일은 서재에 있을 거잖아. 그리고 요새는 서재에서 온종일 안 나오는 것 같던데." 엘런이 슬픈 얼굴로 나를 바라본다. "우리가 왜 이렇게 된 거야, 핀? 어째서 자기는 늦게까지 침실로 안 올라오는 거야? 하긴 늦게라도 오면 다행이지."

"잠이 안 와서."

"레일라 때문에?"

"그래, 레일라 때문에. 느닷없이 나타날지 어떨지 알 수 없다는 게 힘들었어, 요 몇 주 동안."

"레일라를 사랑했던 것보다 나를 더 사랑해?" 엘런이 묻는다. 레일라가 수 주 전 이메일로 물었던 질문이 메아리처럼 울린다.

"무슨 질문이 그래?"

"지극히 자연스러운 질문이지, 지금 이 상황에서, 레일라가 내 동생인 이 상황에서."

"언제는 레일라가 동생 아니었나, 전엔 그런 질문 한 번도 한 적 없잖아."

"전엔 어떤 대답이 나올지 너무 무서워서 못 물어봤거든."

서랍에서 티셔츠와 팬티를 급히 꺼낸다. "레일라에 대한 사랑은 좀 달랐어."

　"어떻게 달랐는데? 더 좋았다는 거야, 나빴다는 거야?"

　"그냥 달랐다고. 있잖아, 우리 이 얘기 내일 하면 안 될까? 나 너무 피곤해서 자고 싶어."

　"우리가 마지막으로 섹스한 게 언제였지, 핀?" 아무 말도 나오지 않는다. 기억이 나지 않기 때문이다. "그게 언제였는지 내가 말해줄까? 레일라가 담장 위에 러시아 인형을 두고 가기 전, 레일라가 우리 삶에 돌아오기 전이었어." 엘런이 침대에서 내려와 내가 있는 쪽으로 오더니 내 손에서 옷을 빼앗아 바닥으로 던진다. "날 사랑해줘, 핀."

　엘런을 빤히 바라만 본다. 전에는 이런 식으로 섹스를 해달라고 요구한 적이 한 번도 없었기 때문이다. 그런데 지금은 그게 가능할 것 같지가 않다. 특히 이렇게 머릿속이 만화경처럼 어지러울 때는 더더욱. 머릿속이 레일라로 꽉 찼을 때는 더더욱.

　"우리 섹스 안 한 지 너무 오래됐잖아." 엘런이 손을 셔츠 버튼으로 가져가더니 시선을 내 얼굴에 고정한 채 단추를 하나씩 풀기 시작한다. 셔츠가 어깨에서 미끄러져 바닥으로 떨어진다. "날 사랑해줘, 핀. 레일라한테 했던 것처럼 날 사랑해줘."

　스위치를 켠 말, 내 안의 욕망을 분출시킨 단어, 나로 하여금 엘런을 으스러지도록 꽉 껴안게 만든 단어, 엘런을 번쩍 안아 올려 침대에 눕히게 만든 단어는 다름 아닌 레일라다. 완전히 다른 사람으로 돌변해 엘런의 몸을 탐하게 만든 단어, 심지어 엘런을 레일라라고 상상하고 섹스를 했던 첫날밤보다도 나를 더 욕정에 불타오르게 만든 단어도 다름 아닌 레일라다. 따라서 모든 게 끝나고 내가 웅얼거린 이름, 부르짖은 이름, 내 머릿속에서 울려 퍼진 이름도 레일라다.

　하지만 내가 빠져들었던 심연으로부터 나를 다시 현실로 데려온 것은 내 옆에서 엘런이 숨죽여 우는 소리다.

　쥐구멍에라도 숨고 싶은 심정으로 침대에서 나와 바닥에 떨어져 있던 팬티를 주워 들고 씩씩거리며 계단을 내려가 부엌으로 간다. 레일라한테 그녀가 이겼다고, 그녀가 바란 대로 되었다고, 내가 엘런을 죽였다고 말해주고 싶다. 그게 지금 내 심정이니까. 뒷문을 열고 정원을 가로질러 서재로 향한다. 컴퓨터를 켜니 레일라가 보낸 메시지가 나를 기다리고 있다.

오두막으로 와

언제?

지금

갈 데가 생겼다는 생각에 안도감이 거세게 밀려온다. 몹쓸 짓을 저질렀으니 여기 있을 수는 없다. 지금 나가면 엘런을 보지 않아도 될 것이다. 지금 가면 레일라가 나를 기다리고 있을 것이다.

아! 옷이 위층 침실에 있다. 아래층에 내가 걸칠 만한 옷이 없는지 열심히 머리를 굴려본다. 하지만 없어선 안 되는 차 열쇠가 내 청바지 주머니에 들어 있다.

엘런이 잠들어 있기를 바라며 다시 집으로 간다. 창문으로 쏟아지는 달빛에 침대 위에서 태아 자세로 몸을 웅크린 엘런이 보인다. 레일라가 저런 자세로 자면 내가 그녀의 몸을 펴고는 품에 안은 채 온몸으로 그녀의 체온을 느끼곤 했다. 레일라. 이제 더 이상 내 마음속에서 그녀를 몰아낼 필요가 없다. 곧 그녀를 볼 테니까. 이제 곧 우리는 함께 있게 될 테니까.

최대한 소리를 내지 않으려 애쓰며 순식간에 옷을 입는다. 청바지 주머니에서 뭔가가 만져진다. 역시 차 열쇠다. 한옆에 놓아두었던 휴대전화를 집는다.

"어디 가려고?"

순간 온몸이 굳어진다. 엘런이 바로 일어나 앉더니 스탠드를 켠다. 부드러운 빛이 방 안을 휘감자 낯 뜨거운 수치심이 물밀듯 밀려온다. 무슨 말이라도 하고 싶다. 내가 얼마나 미안한지 모르겠다고 사과하고 싶다. 하지만 미안하다는 말로 어떻게 내가 한 짓을, 엘런을 레일라로 생각하고 사랑을 나눈 잘못을, 레일라의 이름을 부르짖은 죄를 갚을 수 있을까? 돌아서서 아무 말 없이 나갈지 말지 고민이 된다. 하지만 엘런은 그보다는 나은 대접을 받아야 한다.

"밖에." 숨기는 것이 있어서인지 목소리가 탁하게 나온다.

"레일라한테?"

심장이 벌렁거린다. 거짓말을 하기는 싫지만 사실대로 말할 수도 없다.

"왜 그런 말을 해?"

엘런이 침대 옆 테이블 서랍을 열더니 양손으로 뭔가를 그러모아 꺼낸다. 작은 러시아 인형 무더기를 침대 위로 던질 때 나무끼리 부딪치는 소리가 들린다.

"자기 서재에 이런 게 있더라."

분노가 터지고 만다. "내 서재를 뒤진 거야?"

"거기서 그렇게 안 나오는 이유가 궁금했어. 이거 말고 또 뭘 숨기고 있는 거야?"

"숨기긴 뭘 숨겨! 자꾸만 인형을 주웠는데 자기 걱정시키기 싫어서 일부러 말 안 한 거야."

엘런의 목소리가 한 옥타브 올라간다. "아냐, 레일라를 혼자만 간직하고 싶어서 말 안 한 거잖아!"

"아냐, 그런 게 아니라고!" 언성이 높아진다.

"레일라랑 계속 연락했지?" 대답할 수가 없어 방을 나간다. "핀, 돌아와!" 하지만 나는 이미 계단을 달려 내려가는 중이다. "핀!" 엘런의 목소리가 복도까지, 현관문 바깥까지 나를 쫓아온다. "가지 마!"

믹의 집 위층 창문 하나에 불이 켜져 있다. 믹이 우리가 다투는 소리를 들은 건 아닐까 걱정이다. 밤에는 목소리가 멀리 퍼지니까.

데번까지 차를 몰고 가면서 열을 식힌다. 도로는 텅텅 빈 것과 다름없어

나같이 홀로 이동 중인 차 한둘이 다다. 자동차 속도를 올리지만 규정 속도를 넘기지는 않는다. **오두막으로 와**, 레일라의 메시지였다. 그 말은 레일라가 이미 오두막에 가서 나를 기다리고 있다는 뜻이다. 언제 도착했을까? 마지막 인형을 나한테 부치자마자 갔을까?

새벽 3시를 막 넘긴 시각, 세인트메리스에 도착한다. 오두막에 불이 켜져 있을 것으로 예상했지만 어두컴컴하다. 어두컴컴한 게 뭐, 어두컴컴하다고 레일라가 없다는 의미는 아니야. 하지만 차에서 내릴 때부터 불길한 예감이 들더니 정원을 보자 그 느낌은 더욱 커진다. 어둠 속에서조차 토머스 영감이 그토록 정성스레 심어놓은 꽃들이 죽었다는 것을 알 수 있다. 창가 화단의 꽃들도 마찬가지다. 또 다른 흉조. 절망적인 내 눈에도 오두막은 폐가처럼 보인다.

대문이 땅바닥을 긁는 시끄러운 소리가 나도 현관문을 여는 사람이 없고, 내가 두드린 묵직한 노크 소리에도 문을 열러 계단을 달려 내려오는 사람이 없다. 그때 퍼뜩 떠오른다. 내게 열쇠가 없다는 게. 레일라가 나를 기다리고 있을 거라 철석같이 믿었기에 열쇠 같은 건 안중에도 없었다.

점퍼를 벗어 주먹에 휘감은 다음 부엌 창문에 주먹을 날려 구멍을 내고는 나머지 유리를 쳐내고 휴대전화 불빛을 이용해 실내를 둘러본다. 모든 게 지난번에 왔을 때 그대로다. 고개를 안으로 들이밀고 귀를 기울여본다. 인기척이라고 할 만한 것이 아무것도 없다.

허탕을 쳤다니 믿을 수가 없다. 이메일이 와 있나 휴대전화를 확인한다. 레일라가 늦는 것일 수도 있고 오는 중일 수도 있기 때문이다. 레일라한테 온 이메일이 없는 것을 확인한 후 내가 메시지를 보낸다.

난 도착했어, 지금 오두막이야.
어디야?

나도 도착했어

어디에?

사이먼스브리지에

49
레일라

내가 이겼다. 마침내 내가 이겼다. 하지만 부질없는 승리다. 이번 싸움으로 나 또한 만신창이가 됐기 때문이다. 쓰라리고 피가 낭자한 싸움이었다. 이번에도 내가 사라지려 들까 봐 두렵다. 그것도 영원히. 시시각각 나 자신이 나약해지고 있다는 걸 느낄 수 있다. 목소리가 나서서 나에게 실행 명령을 내려주길 기다리지만 목소리는 아무 말이 없다. 이젠 나밖에 없다.

그렇지만 엘런은 여기 있다. 핀은 나를 선택했을지 몰라도 엘런이 아직 여기 있다. 그런데 우리 둘이 들어가기엔 공간이 충분치 않다. 엘런이 사라져야 한다.

그래서 핀에게 그토록 고대하던 것, 시간과 장소를 준다. 오두막으로 오라고 한 다음 집을 나서는 걸 지켜본다. 나한테 오기 위해 엘런을 떠나는 모습을 지켜본다.

당연히 나는 오두막에 없다. 엘런에게 사라져줘야 할 이유를 설명해주기 위해 가까운 곳에서 기다리고 있기 때문이다. 엘런이 이해하지 못할 게 뻔하기 때문에 만만치 않을 것이다. 목소리가 속삭인다, 엘런은 당연히 이해하지 못하겠지, 뜬금없이 다시 나타나 그런 소리를 하면. 아주 오래전에 엘런하고 약속했잖아. 네 입으로 엘런한테 말했지, 핀의 사랑을 얻을 수 있으면 그는 엘런 거라고. 엘런이 그를 돌봐주는 한 네가 접근하지 않을 거고, 다시는 돌아오지 않을 거라고. 그래서 엘런이 완벽하게 자신을 가꾼 다음 핀의 사랑을 얻은 거고, 그 후로 그를 돌봐주고 아껴줬잖아. 그런데 넌 엘런한테 어떻게 보답했지? 다시 돌아왔잖아.

하지만 그건 핀의 잘못이었어, 내가 목소리에게 반박한다. 핀이 엘런이랑 결혼하기로 결정하지 않았으면 이 모든 일은 일어나지 않았을 거야. 게다가 핀은 엘런을 사랑한 적이 없어, 날 사랑했던 만큼 엘런을 진짜 사랑하지도 않았다고. 엘런도 그걸 알고 있어. 그러니까 이해할 거야.

그러자 목소리가 비웃는다.

50
핀

휴대전화에 뜬 메시지를 뚫어져라 바라본다. 사이먼스브리지라고? 사이먼스브리지에는 왜 간 거지? 사이먼스브리지에 있다면서 왜 나를 세인트메리스로 보낸 거지? 진실은 불을 보듯 뻔하다. 장애물을 제거하기 위해 나를 여기로 보낸 것이다.

뭐 때문에? 엘런하고 이야기를 하려고? 극히 정상적인 행보다. 엘런이 언니이니 자매끼리 할 얘기가 있을 것이다. 하지만 뭐 하러 나를 차로 세 시간이나 걸리는 세인트메리스로 쫓아낸 걸까? 갑자기 죽을 만큼 걱정이 된다. 사악한 속셈이 있어 나를 사이먼스브리지에서 멀리 떨어진 곳으로 유인한 거라면 어떻게 하지?

머리가 뭉개진 인형의 이미지가 머릿속에 흐릿하게 떠오른다. 돌아가야 한다. 이번엔 차를 더 빨리 몬다. 레일라는 내가 이미 출발해서 가고 있을 거라고, 곧장 차를 집 쪽으로 돌렸을 거라고 짐작하고 있을 것이다. 운전을 아슬아슬 위험천만하게 하는 바람에 내 목숨을 위태롭게 하고 있다는 건 나도 알고 있다. 하지만 바보가 아닌 다음에야 레일라가 엘런과 차를 마시고 담소를 나누며 부엌에서 얌전히 날 기다리고 있을 거라 생각해서는 안 된다. 엘런을 혼자 남겨두고 오는 게 아니었다. 전화를 걸어 경고를 해주어야 한다.

잠깐 차를 세우고 엘런의 휴대전화에 전화를 건다. 곧장 음성사서함으로 넘어간다. 레일라가 왔는지 물어본 다음 당장 나한테 전화해달라는 메시지를 남긴다. 문자로도 똑같은 메시지를 보낸다. 엘런이 답장해 올 경우에 대비해 몇 분 더 기다리다가 시간을 허비하고 있다는 생각에 차를 몰고 가던 길을 계속 달린다.

거리가 점차 좁혀질수록 걱정은 늘어만 간다. 다시 차를 세우고 엘런의 휴대전화에 전화를 걸어 똑같은 메시지를 남긴다. 연락이 닿지 않아 다급해진 마음에 언성을 높이지 않으려 애쓴다. 세 번째로 정차했는데도 엘런에게서는 아직 응답이 없다. 그러다 집까지 20분쯤 남았을 무렵, 내 휴대전화가 이메일이 도착했음을 알리는 신호음을 울린다. 속으로 제발 엘런이기를 기도하면서 차를 세운다. 하지만 엘런이라면 이메일이 아니라 전화를 걸거나 문자를 보낼 것이다. 레일라한테 온 이메일이라면, 자신이 세인트메리스로 가는 중이니 거기서 기다리라는 내용일까?

엘런을 없애버렸어야지

공포가 온 땀구멍에 스며든다. 엘런의 번호를 다시 누르려는데 손가락이 자꾸 헛나간다. 제발, 엘런, 전화 좀 받아, 전화 좀 받으라고! 하지만 엘런이 전화를 받지 않아 다시 메시지를 남긴다. '가능하면 집에서 나와. 차를 가지고 최대한 멀리 가. 사이먼스브리지에 있지 말고, 레일라도 믿지 마.'

기어를 올려 집까지 최대 속도로 달린다. 거리는 고요하다. 도로에도, 우리 집 진입로에도 못 보던 자동차는 없다. 엘런의 차는 보이지 않고 집을 나오고 있는 엘런의 모습도 보이지 않는다.

차에서 뛰쳐나와 현관문까지 달려간 다음 집 안으로 들어간다.

"엘런!" 소리쳐 불러본다. "집에 있어?" 부엌과 거실을 확인해본다. 둘 다 비어 있고 서재도 마찬가지다. 계단을 한 번에 두 단씩 오른다. 침실은 내가 마지막으로 봤을 때와 똑같다. 침대 위에는 러시아 인형이 쌓여 있고 엘런이 입고 있던 내 셔츠는 바닥에 그대로 있다. 침대에 앉아 있던 엘런만 없어졌다. 침실 옆 손님방도 확인해보지만 비어 있다. 돌아서서 층계참을 디디려는 순간, 층계참 중간쯤 되는 바닥 한가운데 세워놓은 러시아 인형이 보인다. 집어 들어 자세히 살펴보니 지난 몇 주에 걸쳐 출현했던 나머지 인형들과 똑같다. 다른 침실도, 욕실도 확인해본다. 둘 다 비어 있고 싸움이 벌어진 흔적도 없다.

쿵쾅거리며 계단을 달려 내려가 아래층 복도로 다시 가본다. 아직 확인해보지 않은 곳은 내 서재밖에 없다. 엘런, 제발 거기 있어줘, 멀쩡하게 내 책상에 앉아 있어줘. 멀쩡하게. 레일라가 엘런을 해칠 거라 생각하다니 내가 미친 걸까? 그럴지도 모르겠다. 하지만 레일라가 무슨 짓을 할지 누가 알겠는가? 레일라를 믿어선 안 되는 거였다.

서재는 비어 있고 정원에도 숨어 있는 사람은 없다. 다시 집으로 가서 부엌으로 간다. 테이블에 앉아 이제 어떻게 해야 할지 알아내려 머리를 굴린다. 엘런은 어디 있지? 레일라와 함께 있는 걸까? 두 사람이 내내 한 패였던 걸까? 일종의 복수로 두 사람이 나를 가지고 논 걸까? 무슨 복수? 모르겠다, 정말 모르겠다. 생각이 걷잡을 수 없이 번진다.

남은 가능성은 레일라가 엘런을 어디론가 데리고 간 것밖에 없다. 하지만 어디로? 레일라가 존재하기는 하는 걸까? 아니면 레일라를 사칭한 다른 사람이 있는 걸까? 마음이 다시 루비에게로 향한다. 루비는 지난 열흘 동안 어디에 있었을까? 마음의 안정이 절실히 필요해서 페기를 찾아 테이블 아래로 손을 뻗는다. 그런데 페기가 없다.

엘런처럼 페기도 사라져버렸다.

51
레일라

엘런이 도무지 말을 듣지 않는다. 게다가 내가 생각했던 것보다 강했다. 자신은 핀을 잃어버렸고, 핀이 자기를 버리고 나를 선택했다는 사실을 알고는 마음이 약해져 군말 없이 떠날 줄 알았다. 그런데 그것이 오히려 새로이 결의를 다지게 해준 모양이다. 익히 보아온 것처럼, 엘런은 핀에 관해서라면 악착같은 모습을 보였다. 그렇게 쉽게 내가 핀의 인생에 다시 들어가게 내버려둘 아이가 아니었다. 자기가 못 가질 것 같으면 나도 못 가지게 하려고 무슨 짓이든 할 아이였다. 핀이 이미 결단을 내렸고, 그가 원하는 건 나이며 날 사랑하지 않은 적이 없다고 엘런에게 설명해주려고 했다. 그런데 내가 아무리 열심히 설득해도 엘런은 떠나기를 거부했다. 가! 가라고! 내가 아무리 악을 써도 엘런은 듣지 않으려 했다.

그나마 남아 있던 힘마저 산산조각 나고 부서지고 빠져나가는 게 느껴졌다. 엘런은 떠나야 할 사람은 나라며, 원래 은신처로, 그동안 내내 피신해 있던 곳으로 다시 꺼져야 할 사람은 나라며 바락바락 악을 쓰기만 했다. 하지만 나는 하찮은 존재로 돌아간다는 생각만으로도 두려워졌다. 핀이 돌아올 때까지 버틸 수만 있으면 모든 게 괜찮아질 것이다. 핀이 나를 구하고 엘런을 영원히 쫓아버릴 것이다.

핀이 내가 시킨 대로만 했으면, 엘런을 없애버렸으면 얼마나 좋았을까! 핀한테 그런 내용을 적어서 메시지를 보냈다. 그런데 엘런이 보고 화를 냈다. 다시

한 번 엘런이 나를 억지로 떠나보내려고 해서 내가 거절했더니 몸싸움이 벌어졌다. 핀 생각밖에 나지 않았다. 돌아와봐야 그는 모두 다 잃어버렸다는 사실만 발견하게 될 터였다. 내 일부는 핀이 그런 일을 당해도 싸다고 여겼다. 기회가 있을 때 나를 다시 데려왔어야 했다. 그런데 또 다른 나는 내 기대가 지나치게 컸다는 사실을 알고 있었다. 핀은 내 사연을 몰랐다. 핀그에게 자초지종을 털어놓을걸 그랬다.

이젠 너무 늦어버렸지만. 몇 시간, 며칠, 몇 달 동안 나를 찾아다녀봐야 핀은 영영 찾지 못할 것이다. 내가 일말의 단서라도 주지 않는 한, 내가 그를 올바른 방향으로 이끌어주지 않는 한. 주머니 속에 러시아 인형이 들어 있기에 엘런이 나를 제압하려는 찰나 핀의 눈에 띌 만한 곳에 그 인형을 놓는다.

결국 그 마지막 인형이 러시아 인형에 관한 진실로 핀을 이끌어줄 것이다. 러시아 인형에 관한 진실을 알아내고 나면, 그는 나에 대한 진실도 알게 될 것이다.

어쩌면, 아주 어쩌면 핀은 어디서 나를 찾아야 할지도 알아낼 수 있을지 모른다.

3부

52
핀

페기도 사라졌다는 사실에 세게 얻어맞은 듯 멍하다. 다시 한 번 엘런의 휴대전화에 전화를 걸어보지만 음성사서함으로 연결된다. 또 전화할 만한 사람이 누가 있지? 토니. 토니한테 전화해야겠다. 토니한테 모조리 털어놓을 것이다. 레일라한테 받은 이메일도 실토하고 엘런이 사라졌다는 사실도 알릴 것이다. **사라졌다.** 그 단어가 머리를 강타한다. 레일라가 사라졌던 것처럼 엘런도 사라졌다. 의자에 털썩 주저앉는다. 살면서 한 여자가 사라진 것도 수상쩍은데 그런 일이 또 다른 여자한테도 일어난다면 유죄 판결을 받는 것이나 다름없다. 이 세상엔 아직도 내가 레일라를 죽이고 어딘가에 시체를 유기했다고 믿는 사람들이 있다. 그런데 나한테는 레일라가 돌아왔다는 증거가 전혀 없다. 가진 거라곤 누구라도 던져놓고 갈 수 있었던 러시아 인형에다 누구라도 보낼 수 있었던 이메일밖에 없다. 실제로 레일라를 본 사람이 없고, 심지어 나조차 본 적이 없다.

공포 때문에 정신이 아득해진다. 하나부터 열까지 충분히 생각해보기 전까진 토니한테 전화를 해선 안 된다. 결국 토니가 아니라 해리 형한테 전화를 걸기로 한다. 토니는 처음부터 레일라의 실종과 내가 무관하다는 것을 믿어준 사람이지만 그런 그조차 엘런까지 사라졌다는 말을 들으면 의심할 수 있기 때문이다. 아니, 엘런은 사라진 게 아니라 자발적으로 레일라와 함께 떠났을 수도 있다. 하지만 그게 맞는다면 전화를 받아야 하는 게 아닐까?

내가 아는 엘런은 메시지를 듣고도 전화를 안 할 정도로 매정한 사람이 못 된다.

해리 형은 어떻게 해야 할지 알고 있을 것이다. 해리 형도 토니가 알고 있는 정도밖에 모르지만 일단 전말을 듣고 나면 나한테 조언을 해줄 수 있을 것이다. 시간을 보니 막 7시를 넘었다. 해리는 보통 이 시간이면 일어난 다. 그의 번호를 누른다. 어이없게도 통화연결음을 들으니 해외에 있다. 해리 형이 외국에 가면서 나한테 말을 안 했다니! 초조하게 기다려보지만 결국 받지 않아 최대한 침착한 목소리로 전화해달라는 메시지를 남긴다. 부엌을 서성이며 해리 형의 전화를 기다리지만 20분이 지나도 전화가 오지 않아 다시 걸어본다. 그다음에도 나한테 전화를 되걸지 않자 불길한 예감이 들기 시작한다. 내가 알기로 해리 형이 연락이 닿지 않은 적은 없었고 그건 해외에 나갔을 때도 마찬가지였다. 회의 중이거나 여자랑 침대에 있어 통화를 할 수 없을 때면 형은 늘 '지금은 전화를 받을 수 없습니다.'라는 문자가 가게 설정해놓는다. 세 번, 네 번, 전화를 다시 걸어본다. 지금 여기는 오전 8시지만 어딘지 몰라도 형이 있는 곳은 그 시간이 아닐 수도 있다는 생각이 퍼뜩 든다. 그래서 형이 어디 있는지, 얼마나 있다가 올 건지 알아내려고 형의 사무실로 전화를 걸어보지만 아무도 받지 않는다. 아직 이른 시간이라 그럴 것이다.

페기는 어디 있지? 부디 엘런과 함께 있기를 바란다. 페기가 있으면 엘런한테 해를 가하도록 내버려두지 않을 것이기 때문이다. 하지만 만약 페기가 도망간 거면 어쩌지? 어젯밤 여기서 벌어진 일 때문에 겁을 먹은 거면 어쩌지? 속수무책으로 기다릴 것이 아니라 페기를 찾으러 가고 싶지만 토니하고 통화하려면 여기 있어야 한다. 하지만 먼저 해리 형하고 모든 걸 검토해보고 싶다.

8시 반에 해리 형의 사무실로 다시 전화를 건다. 세상에 홀로 남겨진 것 같다는 느낌이 들려는 찰나, 해리 형의 비서가 전화를 받자 마음이 놓인다.

"죄송하지만 출장 중이십니다." 내 추측을 앨리스가 확인해준다.

"어디로 가셨나요?" 내가 묻는다.

"그건 저도 모릅니다. 그냥 며칠 동안 해외에 좀 다녀오겠다고만 하셨거든요."

"혹시 어디로 갔는지 알 만한 사람이 있을까요? 보통 때 같으면 이렇게 캐묻지 않을 텐데 급하게 의논할 일이 좀 있어서요."

"잠깐만 기다려주시면 알아보겠습니다."

앨리스가 돌아와 말하길 해리 형의 소재나 귀국 일을 아는 사람은 없으며 이틀 전 평소와 다름없이 사무실을 나섰다고 한다. 중간에 해리 형한테 확인 전화가 없었느냐고 묻자 지금까지 딱 한 번 있었다고 한다. 다음에 혹시 해리 형이 전화하면 내가 통화하고 싶어 하더라고 앨리스가 전해주기로 했다. 전화를 끊자 불안감이 엄습한다. 처음엔 루비, 그다음엔 엘런, 이젠 해리 형까지. 셋 다 어딘가로 사라졌는데 아무도 소재를 모른다. 무슨 음모가 펼쳐지고 있는 걸까? 예전에 생각했던 대로 이 모든 일이 해리 형과 엘런의 계략이었던 걸까? 그렇다면 루비는 어느 대목에 넣어야 하지? 루비가 들어갈 대목이 없다는 건 루비가 그냥 휴가차 어딘가로 놀러 갔을 수도 있다는 얘기가 된다. 내가 확실하게 알고 있는 두 가지는 내가 혼자라는 것과 시간은 계속 흐르고 있다는 것이다.

토니가 마음에 걸린다. 토니한테 있는 그대로의 사실을 말할 거라면 앞으로 한 시간 안에는 전화를 해야 한다. 레일라한테 받은 마지막 이메일, 내가 엘런을 버리고 자신을 선택했어야 했다고 쓴 이메일을 토니가 알게 되면 메시지에 엄연히 위협적인 분위기가 깔려 있는데 왜 바로 전화하지 않았는지 궁금하게 여길 것이기 때문이다. 하지만 토니한테 있는 그대로의 사실을 말하지 않을 거라면 내게는 두어 시간이 생긴다. 두어 시간 후에 토니한테 전화해서 어젯밤 엘런과 다툰 후 홧김에 집을 나가 오두막에 다녀왔는데 와보니 엘런이 안 보이고 전화도 안 받는 데다 돌아올 시간이 지나 슬슬 걱정이 된다고 말하면 된다. 있는 그대로의 진실? 아니면 진실의 일부분?

점심때까지 시간을 더 갖기로 한다. 그때까지도 진전이 없으면 토니한테 전화해서 있는 그대로의 진실을 털어놓을 것이다. 거실로 가서 창밖으로 엘런의 차가 나타나는지 지켜보며 생각을 정리해본다.

레일라부터 시작해보자. 첫째, 정말 레일라인가 아니면 레일라를 가장한 다른 사람인가? 첫 번째 러시아 인형의 출현부터 마지막 이메일까지 하나하나 되짚어본 결과 레일라가 아니었을 수가 없다. 오직 나와 레일라만이 파로스힐 위 나무 그루터기가 러시아 인형처럼 생겼다는 사실을 알고 있었다. 둘째, 지난 12년간 레일라가 어디 있었을지 곰곰이 생각해보다가 가장 중요한 건 러시아 인형이 처음 등장한 이후, 지난 6주 동안 레일라의 행방이라는 사실을 깨닫는다. 엘런이 첼트넘에서 그녀를 봤다고 했지만 레일라는 그보다 더 가까이 있다고 했다. 그렇다면 어디일까? 어떻게 아무에게도 들키지 않고 담장 위에 러시아 인형을 남기고 갈 수 있었을까? 자동차가 떠나는 소리를 들은 날이 있지만 그건 **생각보다 가까운 데**라는 메시지를 받기 전, 레일라가 첼트넘에 있을 거라 짐작하고 있을 때였다. 따라서 차를 급히 출발시킨 사람이 레일라일 거라 추정하는 것이 논리적으로 옳았다. 하지만 레일라가 아니었다면, 그 차가 레일라와는 아무 상관없는 차고 레일라는 걸어서 이동했다면, 그건 그녀가 이미 사이먼스브리지에 있었기 때문일 것이다. 아니면 다른 사람에게 대신 인형을 놓고 오게 했을 수도 있다.

이제 루비로 돌아가보자. 인형을 남기는 일은 루비에게는 누워서 떡 먹기였을 것이다. 레일라가 루비한테 인형을 놓고 와달라고 부탁했을까? 아니면 루비의 단독 소행일까? 믹이 우리 집 앞을 지나가는 걸 보았다던 커플은 어떤가? 그 커플 중 한 명이 레일라였을까? 다시 가서 믹하고 얘기해봐야겠다. 그때 본 커플 중 여자의 머리가 빨간색이었는지, 그날 이후 혹시 수상한 것을 보지는 못했는지 물어봐야겠다. 지금 당장은 안 된다. 오전 이 시간이면 부인한테, 이름이 피오나라고 했던가, 하여튼 부인한테 아침을 먹여주고 있을 테니까.

피오나. 아 참, 레일라와 엘런의 어머니 이름이 피오나라고 했지.

갑자기 머릿속이 폭발하면서 방금 떠오른 이런저런 추측들이 하나하나 쿵쿵 소리를 내며 터지더니 귓가에 윙윙거리는 소리만 남아 울린다. 잠시 후 집에서 뛰쳐나가 길 건너 믹이 병든 아내와 함께 사는 집으로 향한다. 피오나 불리는 아내, 여태껏 한 번도 본 적 없는 병든 아내. 문을 쾅쾅 두드리며 빨리 열라고 외친다. 물론 믹은 문을 열어주러 곧바로 오지 못하고, 물론 믹의 손에는 오트밀 그릇이 들려 있다. 달갑지 않은 방문객에 대항하는 무기, 오트밀 그릇. 머리끝까지 화가 나서 손을 쳐들어 문짝을 날려버릴 태세인 나를 보고, 믹이 깜짝 놀라 뒤로 주춤한다.

"어디 있어?" 다짜고짜 소리를 지른다. 억지로 복도에 들어서려 하자 믹이 문을 거세게 밀고는 더 이상 열리지 않도록 발로 막는다.

"하느님 맙소사, 이봐요, 대체 왜 이러는 겁니까?" 믹이 겁에 질린 얼굴로 울먹이며 말한다. 하지만 나는 문을 한 번 더 힘껏 떠민다.

"당장 문 열어!" 이번에도 큰 소리로 외친다. "그녀를 봐야겠어!"

"그게 무슨 소리요? 엘런이라면 여기 없소."

"엘런에 대해서 뭘 알고 있는 거지?" 앙칼지게 묻는다.

"어젯밤 둘이 싸우는 소리가 들리더니 댁이 차를 몰고 휙 가버렸잖소. 장담하는데 엘런은 여기 없소."

"들어가야겠다고!" 문을 밀어붙이며 말한다. "당신 부인을 봐야겠어."

"우리 집사람을?" 믹이 어리둥절한 표정으로 나를 빤히 쳐다본다. "우리 집사람이 무슨 상관인데?"

"만나야겠다잖아!"

"안 돼." 믹의 태도가 돌변한다. 단호한 표정으로 몸을 꼿꼿이 세워보지만 여전히 나보다 20센티미터나 작다. "꺼져, 핀. 엘런 일은 유감이지만 꺼지지 않으면 경찰을 부르겠어. 엘런은 여기 없어."

"그래, 하지만 레일라는 있겠지!"

"레일라?"

"그래, 레일라!" 있는 힘껏 문을 떠밀자 믹이 비틀거리며 뒤로 밀려난다. "레일라 어디 있어?" 복도에 들어서며 내가 소리쳐 묻는다. "당신 부인 어디 있냐고?"

"제발 이러지 마." 믹이 울먹이며 말한다. "이러면 안 되지, 대체 무슨 권리가 있다고."

"권리가 왜 없어!" 그를 밀치고 방이 있는 복도 쪽으로 향한다. "레일라!

어디 있는 거야?" 거실 문을 열어보지만 아무도 없다. 문간에 선 채 믹을 돌아보고는 여전히 그의 손에 들려 있는 오트밀 그릇을 쳐서 바닥으로 떨어뜨린다. "어디 있어?" 집 안이 떠나가라 소리를 지른다.

그때 복도 저 아래쪽 방에서 흐느끼는 것 같은 소리가 들려온다. 믹을 거칠게 밀치고 그 방으로 향한다.

"안 돼!" 믹이 울부짖는다. "그 방은 안 돼! 우리를 내버려두란 말이야!"

하지만 나는 이미 그 방문을 활짝 열어젖히는 중이다.

거기 그녀가 있었다. 누워 있던 침대에서 일어나 앉으려 기를 쓰면서 갈고리 같은 손으로 잠옷 앞섶을 꽉 움켜잡은 채 두려움에 하얗게 질린 얼굴. 그녀의 얼굴을 보는 순간, 내 얼굴도 두려움에 하얗게 질린 것이 느껴진다.

53
핀

"믹, 여보!" 그녀가 잠옷을 손으로 더듬으며 다급하게 부른다.

믹이 나를 밀치고 지나간다. "괜찮아, 피오나." 믹이 부리나케 곁으로 달려가 그녀를 베개 쪽으로 살살 밀어 눕힌다. "내가 왔잖아."

"저 남자 누구야?" 여자가 충격을 받아 떨리는 목소리로 묻는다.

"괜찮아." 믹이 분노를 꾹 누르며 말한다. "이웃집 남자인데 맞은편 집에 살아. 당신 안부가 궁금해서 왔대." 그가 새하얗게 질린 얼굴로 나를 돌아본다. "이제 집에 갈 거래."

"왜 그렇게 소리를 질렀대?"

"죄송합니다." 내 목소리는 이제 속삭임이 되어 있다. "죄송합니다." 방에서 물러나며 거듭 말한다. "인사나 드릴까 했습니다. 그런데 이제 가야겠네요."

"가서 배웅하고 올게." 믹이 조곤조곤 설명하는 소리가 들린다. "다녀와서 아침 마저 먹여줄게."

믹이 문까지 나를 따라 나온다.

"믹, 정말 미안합니다……." 무슨 말인가 더 하려고 했지만 믹이 말을 막아버린다.

"당장 나가. 앞으로 우리 근처에 얼씬했다가는 경찰을 부르겠어."

비틀거리며 앞마당에 나오자 제프리스 부인이 손에 전화기를 든 채 문간에 서 있다.

"죄송합니다." 부인에게 사과를 한다. "정말 죄송합니다." 경찰에 신고했
는지 물어보고 싶지만 부인이 걱정스러운 얼굴로 믹을 보고 있어 차마 그럴
수가 없다. 길을 건너는데 두 사람이 시선으로 나를 좇는 것이 느껴진다.

집에 들어와 계단에 주저앉고는 얼굴을 양손에 묻는다. 처음부터 끝까지
악몽이었던 상황이 머릿속에서 끝없이 되풀이되자 자괴감이 물밀듯 밀려온
다. 피오나 부인의 얼굴에 떠올랐던 겁에 질린 표정도, 제발 내버려두라고
애원하던 믹의 얼굴에 떠올랐던 곤혹스러운 표정도 도무지 잊히질 않는다.
어떻게 내가 이런 짓을 저지를 수 있었던 걸까? 어떻게 내가 그렇게 금수만
도 못한 양아치 같은 행동을 저지를 수 있었던 걸까? 제프리스 부인이 경찰
에 신고해서 경찰이 이미 출동 중이라면 어쩌지? 경찰은 엘런이 실종됐다는
사실을 알아낼 것이고 믹은 어젯밤 우리 둘이 다퉜다고 증언할 것이다.

휴대전화를 꺼내 엘런에게 전화를 걸어본다. 이번에도 음성사서함으로
넘어가기에 당장 나한테 전화해달라는 메시지를 또 한 번 남긴다. 혹시 레
일라한테서 온 이메일이 있을까 해서 확인해보지만 아무것도 없다.

그렇게 얼마인지 모를 만큼 앉아 있는데 휴대전화가 울린다. 제발 엘런의
전화이길 기도하며 주머니를 뒤적여 전화기를 꺼낸다. 해리 형이다.

"괜찮은 거니, 핀? 날 찾았다면서."

"아니, 안 괜찮아, 통화 가능해?"

"사실 지금은 내가 좀 바빠. 외국에 있거든."

"알아." 해리 형이 지금 어디인지 말해주길 기다려보지만 말해주지 않자
분위기가 순식간에 어색해진다.

"내가 다시 걸어도 될까? 한 10분 뒤에?" 해리 형이 침묵을 깨고 묻는다.

"그래, 그럼."

"내가 이따가 다시 걸게."

해리 형의 전화를 끊고 손에 휴대전화를 쥔 채 앉아서 방금 나눈 대화를
곱씹어본다. 뭔가 이상하다. 해리 형은 내가 무슨 일이 생겼다고 했는데도
무슨 일이냐고 묻지 않았다. 왜 그랬을까? 왜 비서의 전달을 받은 다음에야

나한테 전화를 한 걸까? 내가 자기한테 연락하려고 했다는 걸 그보다는 일찍 알았을 테고, 곧바로 전화해달라는 내용의 음성메시지도 들었을 게 분명한데 왜 그랬을까? 무슨 일인지 이미 알고 있어서? 엘런이 사라진 걸 이미 알고 있어서?

해리 형과 엘런 사이에 무언가가 있다면 그걸 정말로 믿게 되기까지 앞으로 대체 몇 번을 의심해야 하는 걸까? 해리 형한테 엘런을 사랑하느냐고 물었을 때 형은 아니라고 부인하면서 엘런이 자기 타입이 아니라고 했다. 그때 그 대답은 거짓이었고 그가 러시아 인형의 배후 인물이라고 여겼던 내 생각이 옳았던 걸까? 내가 없는 동안 엘런이 떠날 수 있도록 나를 오두막으로 유인한 것도 해리 형이었을까? 하지만 그렇게 빨리 나를 다시 집으로 불러들인 이유는 뭘까? 그 대답은 불을 보듯 뻔하다. 나한테 엘런 실종 사건의 누명을 씌우려는 것, 내가 엘런을 죽인 것처럼 보이게 만들려는 것이다.

내가 이렇게 위태로운 상황에 처했다고 생각하니 구역질이 난다. 엘런이 이내 나타나지 않고 경찰까지 관여하게 되면 믹은 어젯밤 우리가 싸웠을 뿐만 아니라 싸운 직후 내가 차를 타고 집을 나갔다는 증언도 할 것이다. 그러면 경찰은 엘런의 시체가 트렁크에 있는지, 집에 돌아오기 전에 내가 어디엔가 유기했는지 의심하기 시작할 것이다. 오늘 아침에 믹의 집에 갔던 것도 일종의 계략이나 수사에 혼선을 주기 위한 작전, 내가 한 짓을 감추기 위한 계획의 일부쯤으로 여길지 모른다.

그때 휴대전화가 울려 화들짝 놀란다. 아직 휴대전화를 손에 쥐고 있다는 걸 깜빡한 탓이다. 마음을 가라앉히고자 잠시 뜸을 들인다. 해리 형이 뭔가 내가 듣고 싶지 않은 말을 할 것만 같은 불길한 예감이 든다.

"해리 형?"

"있잖아, 핀, 너한테 할 얘기가 있어."

"형이랑 있지?" 느릿느릿 묻는다.

"응." 해리 형이 거북스럽게 웃으며 말한다. "미안하다, 내가 진작 말했어야 했는데, 아니 우리가 진작 말했어야 했지." 해리 형이 고쳐 말한다. "하지만 네가 어떻게 생각할지 우린 몰랐거든."

가장 두려워했던 일이 현실이 되었다는 사실이 믿기지 않아 두 눈을 꼭 감는다.

"내가 어떻게 생각해야 하는 건데?" 그만 폭발하고 만다. "가장 친한 친구한테 배신당한 마당에."

"그건 좀 너무한 것 같은데." 해리 형이 못마땅하다는 듯 말한다.

"너무하다고?" 분노가 최고조에 달한다. "바보 같은 게임을 할 게 아니라 나한테 그냥 그렇다고 말해줄 순 없었어?"

"바보 같은 게임이라니?"

"잘 알면서 왜 이래! 바보 같은 러시아 인형하고 이메일 말이야. 뭐 때문에 레일라가 돌아왔다고 믿게 만든 거야? 그게 나한테 어떤 건지 알기나 해? 사람이 어쩌면 그렇게 잔인할 수 있어?"

"워, 워, 너 일단 진정 좀 해야겠다. 우선 나는 이메일에 대해서는 아무것도 모르고, 둘째로 내가 알고 있는 러시아 인형이라고는 내가 발견한 것하고 네가 나한테 얘기해준 것밖에 없어." 해리 형이 말을 멈추자 뒤로 여자 목소리가 들린다. "잠깐만. 전화 바꿔줄 테니까 받아봐, 루비. 루비라면 네가 무슨 얘길 하는 건지 알아들을 수 있을지 모르니까."

벽돌로 한 대 맞은 듯한 기분이다. 루비라고?

루비의 목소리가 전화선을 타고 들려온다. "안녕, 핀." 조심스럽고 주저하는 목소리다. "아무 일 없는 거야?"

생각을 정리하느라 바로 대답을 하지 못한다.

"응, 별일 아냐." 겨우 대답한다. "엘런이 사라졌는데 해리 형하고 연락이 안 되더라고. 그래서 엘런이 해리 형하고 있나 보다 했지."

루비는 놀라서 할 말을 잃은 듯하다. "해리하고 엘런이라고? 설마, 그럴 리가 없지." 뒤에서 해리 형이 헉하는 소리가 들린다. "진정해, 핀, 엘런이 사라졌다는 게 무슨 말이야? 언제부터 사라졌는데?"

"우리 둘이 어젯밤에 싸웠거든. 내가 잠깐 나갔다 왔는데 집에 왔더니 엘런이 없었어."

"열 좀 식히고 나면 돌아오지 않겠어? 겨우 몇 시간 사라진 거잖아. 며칠

씩 사라진 것도 아니고."

"레일라랑 같이 있을지도 몰라."

"레일라? 그럼 레일라가 나타났다는 거야?"

"내 생각은 그래. 어젯밤에 레일라가 나한테 세인트메리스에 있는 오두막으로 오라고 해서 가봤지만 레일라는 없더라고. 레일라한테 어디냐고 메시지를 보냈더니 집이라는 거야, 사이먼스브리지에 있는 여기 집. 그래서 다시 집으로 돌아가고 있는데, 도중에 엘런을 없애버렸어야 했다는 메시지가 도착했어. 그러고는 집에 왔더니 엘런이 사라졌고."

"엘런이 메모 같은 거 안 남겼어?"

"없었어. 레일라한테 받은 메시지 때문에 엘런이 위험에 처한 건 아닌지 걱정돼 죽겠어."

루비가 한동안 말을 잇지 못한다. "설마 진짜로 레일라가 엘런을 해칠 거라고 생각하는 건 아니지?"

"나도 모르겠어. 아니길 빌어야지. 하지만 지난 몇 주 동안 레일라가 보인 행동을 보면 이성적인 것 같지가 않아."

"엘런이 실종됐다는 걸 아직 경찰한테 알리지 않은 모양이네."

"응, 몇 시간만 더 기다려보려고. 참, 페기도 없어졌어."

"어머나, 핀." 페기의 실종이 내게 얼마나 크나큰 충격인지 잘 아는 루비다.

"괜찮아. 페기가 엘런하고 있길 바라고 있어. 레일라가 엘런을 해치려고 하면 페기가 가만있지 않을 테니까." 뒤에서 해리 형이 루비한테 무슨 말인가 하는 게 들린다.

"우리가 몇 시간 뒤에 출발하면 내일쯤 너 있는 데 도착할 거라고 해리가 전해달래. 지금 바하마라서 그보다 더 빨리 도착하는 건 불가능하거든." 루비가 미안하다는 듯 덧붙인다.

"바하마라고?"

"응. 비행기표 좀 알아보고 다시 연락 줄게."

"아냐, 괜찮으니까 오지 마."

"우리가 너한테 진작 알릴걸 그랬어. 근데 좀 이상했거든. 있잖아, 네가 해리를 펍으로 데리고 왔다가 해리가 한잔하겠다고 남았던 날 있지? 그날 내가 해리한테 어디 색다른 데서 좀 쉬다 왔으면 좋겠다고 했더니 바하마를 추천하면서 내가 가면 자기도 합류하겠다는 거야. 진짜 올 거라고는 생각도 못 했어." 루비가 한 템포 쉬었다가 말을 잇는다. "그런데 이렇게 왔네."

"그래서 귀국 예정일이 언제야?"

"3일 뒤."

"그때쯤엔 엘런이 나타나겠지 뭐." 조금이라도 밝은 목소리를 내기 위해 애쓰며 말한다.

"경찰에 신고해. 새로운 소식 있으면 우리한테도 알려주고. 말할 사람 필요하면 언제든 연락해도 되는 거 알지?"

전화를 끊는다. 적어도 내가 필요로 할 때 해리 형과 루비가 있어줄 거라는 사실은 알게 되었다. 두 사람이 사귀게 되어 내 기분이 어떤지 잠시 생각해보니 나는 정말 아무렇지도 않다. 그러다 정신이 번쩍 들면서 엘런을 떠올린다. 지금 그녀는 실종 상태다.

다시 한 번 엘런에게 전화를 걸어 또 메시지를 남긴다. 전화기를 다시 주머니에 넣다가 손이 무심코 층계참에서 발견한 작은 러시아 인형을 건드린다. 주머니에서 인형을 꺼내 자세히 들여다보다 보니, 이 인형이 엘런이 위층 침실 침대 위에다 집어던진, 내 서재에 있던 인형 중 하나인지 궁금해진다. 어쩌면 엘런이 손에 쥐고 있다가 차를 타러 나가는 길에 떨어뜨렸을지도 모른다. 아니, 떨어뜨린 게 아니라 거기 일부러 놓았을 것이다. 만약 떨어뜨렸다면 인형이 똑바로 서 있지 않았을 것이기 때문이다. 이 인형은 내가 발견했던 나머지 모든 인형과 마찬가지로 세심하게 놓인 것이다. 그렇다면 인형을 거기 놓아둔 건 엘런이 아니라 레일라가 되는 건가?

위층 층계참에 가본다. 인형은 층계참 중간 지점, 바닥 한가운데에서 발견됐다. 쭈그리고 앉아 무엇을 찾고 있는 건지도 모른 채 나무 마룻널을 자세히 살펴본다. 아무것도 발견하지 못하자 실망한 채로 쭈그린 몸을 편다. 여기에 너무 큰 의미를 부여하고 있는 것 같다, 그냥 러시아 인형일 뿐인데.

인형이 아직 손안에 있기에 상체를 숙인 후 인형을 바닥 한가운데, 내가 인형을 발견했던 지점 즈음에 내려놓는다. 다시 상체를 펴고 인형을 내려다본다. 왜 여기지? 조용히 자문해본다. 넌 왜 여기 서 있었니? 복도도 위아래로 훑어보고, 벽도 위아래로 훑어본 다음 천장을 올려다본다. 그랬더니 저 러시아 인형이 서 있는 지점 바로 위로 다락으로 통하는 뚜껑문이 보인다.

54
핀

 목덜미와 팔뚝의 털이 주뼛 선다. 처음 이 집에 이사 왔을 때, 해리 형이 집주인인 자기 친구가 물건 몇 가지를 다락방에 보관하겠다는데 괜찮은지 나에게 물었고, 그 이후로 다락에는 올라간 적이 없다. 나한테 다락은 출입 금지 구역이고, 내가 알기로 엘런도 거기에는 한 번도 올라간 적이 없다. 순간 소름 끼치는 생각이 떠오른다. 만약 레일라가 내내 다락에 숨어 있었다면? 그렇다면 **생각보다 가까운 데**라는 메시지는 완전히 다른 의미를 갖게 될 것이다. 게다가 레일라가 그토록 손쉽게 러시아 인형을 여기저기 놓아두고 갈 수 있었던 이유도 설명이 된다. 오늘 내가 잘못 짚은 일이 이것저것 많았지만 레일라가 나나 엘런 모르게 다락에서 지냈을 수 있다고 생각하다니 정말 어처구니가 없다. 엘런과 나, 우리 둘 중 한 사람은 늘 집에 있었다. 전에는 매일 오후 페기를 산책시킬 때 엘런과 함께 나갔기 때문에 적어도 하루에 한 시간은 집이 비었지만 최근에는 그런 적이 없었다. 우리 중 한 명이 혼자 페기를 데리고 나갔기 때문에 집에는 늘 누군가 있었다. 내가 주로 서재에서 하루를 보낸다고는 하지만 어느 때고 집에 들이닥칠 수 있었다. 엘런이 레일라가 숨어 지내는 걸 도와줬으면 모를까 불가능하다. 어느 날 갑자기 레일라가 나타나서 엘런한테 제발 숨겨달라고 빌었을지 모를 일이다. 하지만 어째서? 게다가 엘런이 나한테 아무 말도 없이 레일라를 정말 다락에 숨겨주었을까?

알아볼 방법은 단 하나. 팔을 위로 쭉 뻗어 한 손으로 뚜껑문을 밀어 연 다음 사다리를 풀어 아래로 내린다. 사다리의 가로대 중 처음 두어 개에 올라 내 체중을 견디는지 시험해본 다음 계속 올라 다락으로 들어간다. 지붕이 나한테는 너무 낮아서 똑바로 설 수가 없어 계속 구부정한 자세를 유지한 채 전등 스위치를 찾아다닌다. 탁 하고 스위치를 켜자 어슴푸레한 불빛이 다락을 가득 채운다.

주변을 둘러본다. 이상해 보이는 물건도 없고 매트리스나 개인 소지품, 먹다 남은 음식 등 누군가 생활한 것 같은 흔적도 전혀 없다. 꼼꼼하게 라벨을 붙여 구석 벽에 층층이 쌓아놓은 상자 쪽으로 다가가 휴대전화로 불빛을 비춘 후 옮겨진 상자는 없는지 확인해본다. 모든 게 제자리에 놓여 있어 여기에 가져다 놓은 뒤로 누군가 건드린 적이 있는 것처럼 보이지는 않는다. 오른쪽 벽 쪽으로 돌아서니 의자 두 개, 낡은 책상 하나, 서랍장이 기대어 세워져 있다. 그쪽으로 다가가 자세히 들여다본다. 두껍게 쌓인 먼지를 보니 세인트메리스 오두막이 떠오른다. 책상에서 낡은 펜 두 개, 서랍 한 군데서 오래된 동전 몇 개를 발견한다. 나머지 서랍은 비어 있다.

다락을 가로질러 왼쪽 벽으로 가본다. 가로 150센티미터, 세로 90센티미터 크기의 커다란 나무 궤짝이 있고 그 위에는 담요 여러 장이 차곡차곡 가지런히 쌓여 있다. 그쪽에도 제자리를 벗어난 물건은 하나도 없다. 레일라가 여기 숨어 지냈을지 모른다는 두려움이 근거 없었다는 데 안도하며 마지막으로 한 번 더 둘러본다. 뚜껑문 쪽으로 돌아가려는 찰나, 나도 모르게 나무 궤짝에 눈이 간다. 제자리를 벗어난 건 아니지만 그는 왠지 석연치 않아 보이는 구석이 있다. 먼지, 먼지 때문이다. 아니, 먼지가 없기 때문이다. 손을 뻗어 뚜껑 가장자리를 손가락으로 쓸어본다. 손가락이 깨끗하다.

먼지가 사방으로 풀풀 날릴 거라 예상하며 담요 더미 위를 손으로 세게 탁 내려쳐보지만 날리는 게 거의 없다. 아주 최근까지 이 궤짝도 담요 더미도 무언가로 덮여 있었다는 말이 된다. 심장 박동이 빨라진다. 저 담요들은 궤짝 안에 있다가 다른 걸 넣을 공간을 만들려고 꺼내놓은 걸까?

다른 것. 불안감에 등골이 오싹해지더니 나도 모르게 궤짝에서 한 발짝 뒤로 물러서고 있다. 온몸으로 번지고 있는 공포에 대한 반응으로 심장 박동이 느려지며 둔탁하게 쿵쾅거린다. 굳게 빗장을 걸어 마음이 날 데려가려 하는 곳으로 끌려가지 않으려 안간힘을 쓰지만 모든 것이(카운트다운, 자신을 선택했어야 했다는 레일라의 마지막 메시지, 일종의 단서로서 뚜껑문 바로 아래 놓여 있던 작은 러시아 인형) 단 하나를 가리키고 있는 듯하다. 그럴 리가 없어, 그럴 리가 없다고, 레일라가 엘런을 해칠 리 없어. 혼자 중얼거린다. 하지만 나한테 엘런을 없애버리라고 했던 사람, 열흘을 주겠다고 했던 사람은 레일라가 아니었던가? 내가 하지 못한 걸 결국 레일라가 직접 처리한 걸까?

숨을 제대로 쉴 수가 없다. 너무 늦기 전에, 당장 경찰을 불러야 한다. 하지만 이미 너무 늦었다. 레일라가 내가 짐작하는 일을 했다면, 이미 너무 늦어버렸다. 레일라가 엘런을…… 생각만으로도 견디기 힘들어진다…… 죽이지 않고 숨기기만 했다면 모를까.

궤짝 앞에서 털썩 무릎을 꿇는다. 열어보고 싶지 않지만 그래야 한다. 오, 하느님, 제발 죽은 엘런을 보지 않게 해주세요, 이렇게 기도합니다.

궤짝 위 담요 더미를 바닥에 내려놓는 동안에도 내내 손이 덜덜 떨린다. 숨이 목구멍에서 턱 하고 걸려 폐까지 공기가 도달하지 못한다. 궤짝 뚜껑 가장자리를 꽉 붙잡은 채 마음을 가라앉힌다. 마음속 깊은 곳에 숨어 있던 용기까지 끌어모아 뚜껑을 열고 안을 들여다본다.

도저히 믿기지 않는 광경에 머리가 빙글빙글 돌고 얼굴에서 핏기가 싹 가시는 듯하다.

55
핀

수백 개로 토막 난 러시아 인형들의 시체를 멍하니 내려다보고 있자니 혹시 내가 헛것을 보고 있는 건 아닌지 의아해진다. 손을 뻗어 한 토막을 만져본다. 채색된 나무의 촉감이 현실임을 말해준다. 하지만 내 마음은 받아들이려 하지 않는다. 이 궤짝 안에서 꽁꽁 묶인 엘런을 시체로라도 발견할 거라 확신하고 있었기에 겹겹이 쌓인 인형들을 궤짝 한옆으로, 그다음에는 또 반대편으로 파헤치고 퍼내면서도 엘런이 나올 거라 철석같이 믿는다. 그러다 마침내 엘런이 거기 없다는 사실을 받아들이자 이번에도 레일라한테 여지없이 속았다는 생각에 분노가 치밀어 올라 절규가 터져 나온다. 엘런을 찾기는커녕 단서조차 없는 현실도, 아직 레일라가 벌이는 죽음의 게임에서 빠져나오지 못하고 있는 현실도 믿기지 않는데 이제는 레일라가 러시아 인형이 가득 찬 궤짝을 여봐란듯이 남겨둔 이유도 알아내야 하고 그 뒤에 숨은 메시지도 파악해야 한다.

메시지. 무릎을 꿇은 채 뭐라도 찾기를 바라며, 종이쪽지가 들어 있는 온전한 인형 같은 건 없는지 토막 난 나무 덩어리들을 뒤적인다. 하지만 인형은 모조리 잡아당겨 분해된 상태다. 그때 불현듯 가장 작은 인형은 단 한 개도 발견하지 못했다는 걸 깨닫는다. 지금 내 앞에 놓인 것은 제일 작은 인형들의 동족, 버림받고 외면당한 잉여들이다. 다시 말해서 레일라가 오늘 오후 이 인형들을 몽땅 이 집으로 가져와서 다락에 올려놓은 다음 숨긴 게 아니라면(그러기엔 개수가 너무 많아서 아예 불가능한 건 아니지만 가능성은 낮다.) 엘런과 내가 집 밖에서 찾았거나 배달받은 작은 러시아 인형은 전부 여기 이 다락에 있던 인형이라는 말이 된다.

크나큰 충격에 다시 바닥에 주저앉는다. 팔꿈치를 무릎에 괴고 앉아 궤짝을 노려보는 동안 진실이 머릿속을 스치고 지나간다. 엘런도 이 모든 음모에 어떤 식으로든 연루되어 있는 게 틀림없다. 누군가의 도움이 없었다면 레일라는 이 모든 인형을 다락으로 옮길 수 없었을 것이기 때문이다. 레일라는 이 집 안에 들어와본 적이 없으니 다락의 존재도, 인형을 다락에 숨기면 된다는 것도 몰랐을 것이다. 그걸 알려줄 수 있었던 사람은 엘런밖에 없다.

레일라가 나와 연락을 주고받았던 그 몇 주 동안, 엘런과도 연락을 주고받았을 수 있다는 생각은 꿈에도 못 했다. 나한테 이메일을 보냈듯 엘런에게도 보냈을 것이다. 날 조종했듯 엘런도 조종했을 것이다. 자신이 돌아왔다는 사실을 엘런에게 알리라고 나한테 독촉했을 때, 엘런에게도 똑같이 하라고 다그쳤을까? 우리 사이를 떼어놓은 것도 레일라였을까? 나와 만날 약속을 잡았듯이 엘런하고도 어딘가에서 만날 약속을 잡았던 걸까? 나한테 테이블 위 메모를 남겨 쇼핑을 간다고 했던 외출이 실은 레일라를 만나러 나간 거였을까? 평상시 엘런은 메모를 남기는 법이 없이 외출을 할 거면 늘 나한테 직접 와서 말해주었다. 그런데 그때 두 번은 그러지 않았다. 혹시라도 내가 따라나서겠다고 할까 봐 외출을 나한테 알리고 싶지 않았던 걸까? 어쩌면 나한테 점심을 같이 먹자고 메모를 남긴 것도, 내가 그 메모를 뒤늦게 보거나 아예 못 볼 거라는 전제 아래 메모 내용이 진심이라는 분위기를 풍기기 위해서였을지도 모른다. 내가 때맞춰 메모를 보고 전화를 걸었다면, 엘런은 이미 집에 가는 중이라고 말했을 것이다. 그 외에도, 그날 집에 왔을 때, 나는 엘런이 나한테 화가 나 있다고 생각했다. 하지만 어쩌면 엘런이 화가 나 있었던 건 레일라를 만나러 나갔는데 레일라가 나한테 그랬듯 나타나지 않았기 때문일 수도 있다.

방금 생각해낸 추론이 모두 틀린 것으로 드러나길 간절히 바라며 다락을 나선다. 하지만 침실이든 집 안 그 어디든 몸싸움의 흔적이 전혀 없다는 건 엘런이 자발적으로 집을 나간 것이지 레일라가 강요한 게 아니라는 것을 암시한다. 엘런의 작업실에 들어가보니 엘런의 컴퓨터는 꺼져 있기만 한 것이 아니라 아예 플러그까지 뽑혀 있다. 어쨌거나 엘런의 컴퓨터는 나한텐 소용없겠지만 말이다. 플러그를 꽂아 컴퓨터를 다시 켠다고 해도 나는 엘런의 이메일 비밀번호를 모르기 때문이다. 컴퓨터를 이렇게 완전히 꺼놓은 것도 그 안에 나에게 죄를 뒤집어씌울 수 있는 무언가가(이를테면 레일라와 주고받은 이메일들) 있기 때문이 틀림없다. 어쩌면 '다시는 돌아오지 않을 테니 내 컴퓨터를 사용할 일도 다시는 없을 것'이라는 의도를 플러그를 뽑아 표명한 것일지 모른다.

불과 몇 시간 전, 여기선 무슨 일이 있었던 걸까? 레일라가 나한테 엘런과 자신 중에서 선택하라고 했듯 엘런한테도 나와 자신 중에서 선택하라고 했을까? 내가 저지른 짓도 있고, 엘런을 버리고 레일라를 선택하기도 했으니 엘런을 탓할 수는 없다.

내 두뇌는 결국에는 자학만을 초래할 새로운 추론을 모색하느라 쉴 새 없이 돌아간다. 어쩌면 엘런은 내내 공범이었고 레일라의 행방을 늘 알고 있었을지 모른다. 어쩌면 나와의 관계 자체가 내가 레일라에게 입힌 상처를 앙갚음하려는 하나의 소극이었을지 모른다. 내게 먼저 상처를 준 건 레일라였지만 말이다. 이 모든 일이 정말 다 그 때문에 벌어지고 있는 걸까? 복수심 때문에? 믿기 힘들다.

피로감이 전신을 훅 덮쳐온다. 휴대전화를 확인해보니 벌써 한낮이다. 도대체 얼마나 깨어 있었는지 헤아려보려 해도 머릿속이 너무 어지러워 금방 되질 않는다. 밤새 한숨도 못 잤으니 거의 서른 시간을 깨어 있었던 셈이다. 갑자기 만사 제치고 자고만 싶어진다. 한숨 자고 일어나면 모두 끔찍한 악몽에 불과했다는 걸 알게 될지 누가 알랴. 하지만 먼저 토니한테 전화를 해야 한다.

토니한테 모든 걸 털어놓기로 결심했지만 혹시 연락이 안 되더라도 실망하지 말자고 마음의 준비를 한다. 다행히 토니가 거의 단번에 전화를 받는다.

"당신 도움이 필요해요, 토니."

"말해봐요." 토니가 말문을 연다. "심호흡부터 해요." 내 목소리가 얼마나 불안정하게 들렸는지 그제야 깨닫는다. 일단 말을 시작하자 이제 목소리가 어떻게 들릴지 따위는 안중에도 없어진다. 일어난 일들을(러시아 인형, 이메일, 내가 세인트메리스에 다녀온 직후 엘런이 사라진 일) 있는 그대로 가감 없이 털어놓고 보니 내 귀에도 정신 나간 소리로밖에 들리지 않는다. 횡설수설이 따로 없다. 토니가 한 번도 중간에 내 말을 끊지 않아준 덕분에 나만의 독백이 마침내 막바지에 다다르자, 침묵만이 남는다. 내가 생각한 대로 토니는 정신 나간 소리라고, 황당무계하다고 여기는 게 분명하다.

"내가 그쪽으로 가죠." 마침내 나온 토니의 말에 궁색한 처지에서 벗어난 기분이다.

10년 묵은 체증이 다 내려간 듯하다. "고마워요, 토니, 정말 고마워요."

"단, 먼저 해줄 일이 있습니다."

"당연히 해야죠."

"먼저 몇 가지 확인해보고 싶은 게 있는데 몇 시간 걸릴 겁니다. 일단 요기 좀 하고 잠을 좀 자요. 목소리가 꼭 다 죽어가는 사람 같습니다. 열쇠는 매트 밑에 두면 내가 알아서 들어가죠."

"고마워요, 토니." 다시 한 번 말한다.

"이따가 봅시다."

음식은 입에도 못 댈 것 같은 심정이라서 뜨거운 물에 오랫동안 샤워부터 하기로 한다. 그러고 나니까 배가 고파져서 빵으로 토스트를 한 장 한 장 해먹다 보니 빵이 반 봉지나 비었다. 그 후에는 침실로 올라가 침대에 쌓여 있던 러시아 인형을 치우고 침대에 들어간다. 머리가 베개에 닿기도 전에 잠에 빠진다.

눈을 떠보니 고작 몇 시간밖에 못 잔 듯하다. 아직 바깥이 환하기 때문이다. 토니가 도착했는지 궁금해하던 차에 아래층에서 그의 목소리가 들려온다. 주섬주섬 옷을 입고 나가보니 루비와 해리 형이 토니와 함께 부엌에 앉아 있다.

"여긴 언제 도착한 거야?"

해리 형과도 루비와도 포옹을 하다가 두 사람이 휴가를 서둘러 끝내고 도중에 왔다는 사실을 깨닫는다.

"몇 시간 전에. 토니가 문을 열어줬어." 해리 형이 무슨 일인지 알아내려는 듯한 얼굴로 나를 바라보며 말을 잇는다. "비행기를 전세 냈다."

"그렇게까지. 그나저나 지금 몇 시야?"

"7시쯤 됐을 거야." 내가 어리둥절한 얼굴로 해리를 바라보자 해리가 덧붙인다. "아침 7시."

어제 오후부터 내리 잤다니 믿을 수가 없다. 세 사람이 내 곁에 있어주려고 부리나케 와주었다는 사실에 가슴이 뭉클해진다. "와줘서 고마워요, 모두들."

"우리 말 들으면 그렇게 고맙다는 생각 안 들걸." 루비가 말하자 가슴이 쿵 하고 내려앉는다. 내 표정이 금세 변하는 걸 보더니 루비가 서둘러 나를 안심시킨다. "아니, 네가 생각하는 그런 게 아니고. 내 말은 우리 셋이 하나하나 의견을 나눠본 결과 똑같은 결론에 다다른 것 같다는 거야."

"저 녀석한테 커피 한잔할 틈부터 주자." 해리 형이 나를 대신해 시간을 벌어준다.

의자를 잡아 빼 나도 앉는다. "괜찮아, 지금 알고 싶어."

토니가 목청을 가다듬는다. "최선을 다했습니다만, 첼트넘 그 어디에서도 레일라 양의 흔적을 찾지는 못했습니다. 하숙집이며 호텔까지 이 잡듯 뒤져 숙박부도 확인했고, 카페와 식당을 돌면서 과거 사진과 디지털로 제작한 가상 몽타주도 보여줘봤지만 성과가 전혀 없었어요." 토니가 잠시 말을 멈춘다. "그런데 당신이 다락에서 목각 인형이 가득 든 궤짝을 발견했죠. 그래서 나도 올라가서 한번 봤습니다."

"그랬군요." 토니의 결론이 무엇일지 궁금해하며 내가 말한다.

"논리적으로, 엘런 모르게 그 인형을 거기 둘 수는 없잖아." 루비가 말한다. "내 말은 레일라가 너희 둘한테 들키지 않고 어떻게 인형을 집 안에 들였겠냐는 거야."

"넌 엘런이 레일라를 도왔다고 생각하는구나." 내가 멍하게 말한다. "걱정 마, 그 생각은 나도 이미 해봤으니까." 세 사람이 불안한 시선을 주고받는다. "그럼 뭔데?" 내가 묻는다.

"사실 우리 생각은 상황이 그보다 좀 더 단순할지도 모른다는 거야." 이번엔 해리 형이 말한다.

"그게 무슨 뜻이야?" 그토록 내게 말하길 꺼려하는 게 대체 뭘까 궁금해하며 내가 묻는다.

"레일라가 돌아온 적이 없었다는 거지. 그러니까 애초에 엘런밖에 없었을지 모른다는 거야."

56
핀

고개를 돌려 테이블에 둘러앉은 세 사람을 차례차례 바라보며 지금 나한테 장난을 치고 있는 건가 생각한다. 그 어느 때보다 진지한 표정들이어서 내가 한 말을 토니가 하나도 이해 못했다는 것을 알아차린다. 처음부터 모조리 다시 설명해야 한다고 생각하니 너무 짜증이 나서 내가 가지고 있는 가장 그럴듯한 증거로 바로 넘어간다.

"기억할지 모르겠지만, 엘런이 첼트넘에서 레일라를 봤다고 했거든요." 내가 말한다.

"하지만 당신은 레일라를 실제로 본 적이 한 번도 없죠." 토니가 지적한다.

"난 못 봤죠. 하지만 토머스 영감님이 세인트메리스 오두막 밖에서 봤잖아요."

"토머스 영감님이 봤다는 사람도 엘런이었을지 모르죠."

내가 고개를 완강히 가로저으며 반박한다. "토머스 영감님이 그런 실수를 했을 리가 없어요."

"엘런이 첼트넘에서 레일라를 본 척한 걸 수도 있어." 루비가 유감스럽다는 듯 말한다.

항변하려고 입을 열었다가 재빨리 닫는다. 루비 말이 옳다. 엘런이 그냥 레일라를 본 척했을 가능성도 있다.

"그러면 그날 우리 차에 러시아 인형은 어떻게 갖다 놓았다는 거야? 내가 엘런을 미용실에 내려줬고 다시 데리러 갔을 땐 이제 막 머리를 다 한 참이었는데." 내가 따져 묻는다.

"네가 가고 난 다음에 미용사한테 주차비를 깜빡하고 안 낸 척하고 차에 잠깐 들렀을 수 있잖아."

뭔가 다른 게 없나 머릿속을 열심히 뒤져본다. "내가 받은 이메일 전부다, 한 통 한 통 모두, 엘런을 없애버리라고 쓰여 있던 메일까지도 엘런이 보냈다는 걸 나더러 믿으라니 다들 진심이야?"

"가능한 얘기잖아." 해리 형이 말한다.

"엘런이 우편배달로 받은 러시아 인형은 어떻고? 자기가 자기한테 보냈을 리가 없잖아."

"어째서?" 해리 형이 반격을 시작한다. "자신도 레일라의 표적이 된 것처럼 보이려면 그거야말로 말이 되는 행동일 텐데."

"다들 미쳤어. 다들 정신이 나간 거야. 당연히 엘런이 이번 일의 배후일리가 없지. 당신들이 한 말이 사실이라면 엘런이 오두막에는 어떻게 들어갔을까? 레일라하고 나만 열쇠를 가지고 있었다고."

"엘런이 네 열쇠를 찾아내서 복사했겠지."

"불가능해, 내 열쇠는 은행 금고 안에 있었으니까."

"그럼 레일라가 예전에 복사해두었다가 실종 전에 엘런한테 보내줬거나."

"엘런이라면 나한테 먼저 물어봤을 거야." 다시 한 번 테이블에 둘러앉은 세 사람을 바라본다. "아니, 엘런은 그런 사람이 아니라니까. 교활하거나 잔인한 사람도 아니고. 게다가 그 모든 걸 다 해내려면 명배우 뺨칠 정도로 연기를 잘해야 하잖아." 세 사람은 여전히 내 말을 받아들이지 못하는 눈치다. 그들의 판단력을 신뢰하기에 의심이 점점 나를 파고든다. 결국 상당 부분이 해명되기 때문이다. 어떻게 아무에게도 들키지 않고 그토록 수월하게 인형을 집 밖에 남기고 갈 수 있었는지도 해명이 된다. 첫 번째 인형이 나타났을 때는 그냥 담장 위에서 발견한 척만 해도 나를 속일 수 있었고, 두 번째 인형은 그날 아침 내가 마을에 다녀오려고 집을 비운 사이 엘런이 직접 담장에 올려놓았을 것이다. 첼트넘에서 어떻게 세 번째 인형을 차에 두고 갔을 지는 루비가 이미 알아냈다. 네 번째 인형, 잭도에서 두고 간 인형으로 넘어 가본다. 화장실에 가기 전에 계산서 접시 위에 슬쩍 올려놓고 가면 그만이 었다. 배달된 인형들의 경우, 내가 서재에 있는 동안 마을 우체국까지 걸어 가기만 하면 됐다. 길어봐야 10분 거리이니 충분히 가능한 얘기다. 엘런이 집에 없어도 어차피 나는 알아차리지 못했을 것이다. 최근 몇 번인가 첼트 넘에 가고 없었는데도 알아차리지 못했다며 나를 원망하지 않았던가? 우편 물이 오지 않는 두 번의 일요일에는 다시 담장 위에 올려놓기만 하면 됐다. 첫 번째는 내가 빵을 사러 마을에 간 사이, 두 번째는 함께 마을에 갈 때 놓 았을 것이다. 나보다 살짝 뒤처진 다음 팔만 뻗으면 가능한 일이었다. 그래 도 나는 전혀 눈치채지 못했을 것이다.

계속해서 머릿속을 샅샅이 뒤져본다. 파로스힐에서 발견한 러시아 인형 은 어떻게 거기 있게 된 걸까? 그날 아침 집을 나설 때 엘런은 집에 있었다. 하지만 내가 세인트메리스에 있는 오두막부터 들렀으므로 내가 가야 할 곳 이 오두막이 아니라 파로스힐이라는 걸 마침내 알아내기 전까지 엘런한테 는 파로스힐에 갈 시간이 있었을 것이다. 레일라가 나한테 주소가 있다고 메일에 쓰는 바람에 무심결에 세인트메리스를 가리키는 거라 넘겨짚고는 밀회 장소로 부리나케 달려가는 내 모습을 보고 엘런은 비웃었을까?

몇 주 동안 이어진 이 악몽의 배후 인물이 엘런일 가능성이 점점 커지고 있다. 분노가 거센 파도처럼 밀려온다.

"가서 엘런의 컴퓨터를 살펴봐야겠어." 내가 씩씩거리며 말한다. "이메 일이 엘런한테 온 건지 볼 거야."

"이메일 비밀번호는 알아?" 루비가 묻는다.

"아니, 하지만 되든 안 되든 시도는 해보려고." 의자에서 일어나며 말한 다. "하지만 지금까지 보여준 모습처럼 엘런이 교활하다면 거기서 뭘 찾을 수 있기나 할지 모르겠지만."

세 사람도 나를 따라 엘런의 서재로 간다. 컴퓨터의 전원을 연결한 다음 책상에 앉아 컴퓨터를 켜고 루돌프 힐 주소로 로그인한다.

"비밀번호를 아무거나 넣었다가는 잠겨버릴 텐데. 뭐 아이디어 없을까?"

"너무 어려운 걸로 만들지는 않았을 것 같고, 뭔가 일상적인 거랑 관련 있는 말일 것 같아." 루비가 말한다.

"파로스힐?" 해리 형이 제안한다. "거기서 추모식을 했으니까?"

"그래, 그런데 파로스힐 다음은? 어떤 날짜?"

"파로스힐하고 추모식 날짜를 입력해보자."

"알았어." PharosHill140413[8]을 입력하지만 로그인되지 않는다.

"파로스힐하고 엘런의 생년월일은 어때? 아니면 레일라의 생년월일은?"

"그럼 파로스힐은 계속 가지고 가는 걸로 하자."

"그게 가능성이 제일 높을 거 같아." 해리 형이 말한다.

내가 다시 한 번 PharosHill을 입력한다. "누구 생년월일을 넣지?"

"레일라 생년월일. 레일라 추모식이었잖아." 루비가 말한다.

260486[9]을 뒤에 붙여보지만 이번에도 로그인이 되지 않는다.

엘런이 되어 엘런처럼 생각해보려 애를 쓴다. 또 어떤 날짜가 파로스힐과 관련이 있을까? 추모식 날짜 말고 다른 날짜는 하나도 떠올릴 수가 없다.

"마지막 시도야." 그러고는 PharosHill을 입력한다. "그 뒤에 뭘 붙일지 의견 없어?"

"추모식 연도를 넣어보세요, 딱 연도만." 토니가 제안한다. "2013년. 사람들은 실제 날짜보다는 연도만 쓰는 경향이 있거든요."

PharosHill 뒤에 2013을 붙여본다.

"세상에. 로그인됐어!" 루비가 속삭이듯 말한다.

"네가 자기 이메일에 접속할 수 있길 바란 것처럼 보이는데." 해리 형이 조용히 말한다. 그러고는 말없이 모니터만 뚫어져라 응시한다. 받은 메일함에 내가 보낸 메일만 들어 있기 때문이다.

심장이 쿵 하고 내려앉는다. 보낸 편지함을 열어보고 싶지는 않지만 그래

---

8) 2013년 4월 14일을 가리킨다.

9) 1986년 4월 26일을 가리킨다.

야 한다는 걸 알고 있다. 제발 비어 있길 바라면서 보낸 편지함을 클릭한다. 그러나 눈앞에 여봐란듯이 나타난 것은 레일라가 나한테 보냈던 메일이다.

완전한 침묵만이 흐른다.

손으로 머리를 쓸어 넘기며 내가 내뱉는다. "젠장."

"유감이야, 핀." 루비가 조용히 위로를 건넨다.

다시 한 번 모니터를 본다. "아냐, 이건 내가 아는 엘런이 아니야. 엘런은 지금까지 내가 만난 사람 중에 가장 제정신인 사람이었단 말이야." 의자에서 몸을 틀어 해리 형에게 손을 뻗는다. "형도 엘런을 알잖아. 형도 엘런이 이런 짓을 할 수 있다고 생각해?"

"그렇진 않아." 해리 형도 인정한다. "하지만 과연 우리가 엘런에 대해서 그렇게 잘 안다고 할 수 있을까? 어머니도 잃고 레일라도 잃고 아버지도 잃고, 과거가 순탄치 못했지. 그런 과거가 어떤 영향을 끼쳤을지 누가 알겠니?"

"누군지 몰랐어도 인형하고 이메일의 배후에 있는 사람은 정신적으로 문제 있는 사람일 거라고 이미 얘기했잖아." 루비도 지적한다.

"그랬지, 하지만 이렇게까지? 대체 왜?"

"나야 모르지…… 레일라의 실종에 대한 복수?"

"그럴 수 있죠." 토니가 말한다. "정상은 아니지만. 당신 때문에 동생을 잃었다고 보는 거죠."

"하지만 난 대가를 치렀어!" 감정이 격해진다. "대가는 이미 치렀다고! 대체 왜 그걸 처음부터 다시 다 겪게 만드는 거지?"

"널 시험하려고?" 루비가 말한다.

"우린 부엌에 있을게." 해리 형이 내 어깨에 손을 얹으며 말한다. 세 사람이 나가자 불과 몇 분 만에 생판 남이 되어버린 여자의 작업실에 나만 덩그러니 앉아 있다.

감정을 자제하기가 죽을 만큼 힘들지만 판단력이 흐려지는 건 싫다. 이메일을 다시 훑어보면서 엘런이 내가 그 이메일을 읽어주길 바라기라도 한 듯 아주 깨기 쉬운 암호를 고른 것 같다던 해리 형의 말을 곱씹어본다. 그럴 의

도가 없었다면 떠나기 전에 엘런이 메일을 삭제했을 것이다. 컴퓨터의 플러
그를 뽑아놓은 이유는 내 시선을 끌기 위함이다. 그렇다면 내가 그 이메일
을 봐주길 바란 이유는 뭘까? 자신이 한 짓이 너무 자랑스럽고 자신이 얼마
나 똑똑했는지 나한테 알리고 싶어서? 아니면 친절하게도 내가 계속 기다리
지 않게 하려고? 2층으로 올라가는 층계참에 인형을 남겨서 궤짝 안 인형을
발견하게끔 인도한 것도 그래서였을까? 처음부터 쭉 자신이었다는 사실을
내가 알아주기를 바란 모양이다.

절망감이라는 주먹에 급소를 얻어맞은 기분이다. 엘런과 함께하면서 발
견한 행복이 사라졌다는 사실을 받아들이기도 힘든데 그 행복이 거짓을 바
탕으로 한 것이었다니! 나한테 상처를 주고 싶었다면 엘런은 더없이 훌륭한
방법을 고른 셈이었다. 그리고 그것 역시 힘이 든다. 내가 알던 엘런과는 다
른 모습이기에. 레일라와 1년 조금 넘게 함께 살면서 사랑한 것과 마찬가지
로 엘런과도 1년 조금 넘게 함께 살며 사랑했다. 두 사람과 거의 똑같은 시
간을 함께했다는 점에 어떤 의미라도 있는 걸까? 정말 타이밍이 문제였을
까? 우리(토니, 해리 형, 루비 그리고 나)는 '레일라는 살아 있다' 작전을 촉
발한 것이 결혼 발표였을 거라고 짐작했다. 어쩌면 그 두 가지는 서로 연동
하는 요소라서 일단 청혼을 받아내고 나면 엘런은 관계를 접을 때가 왔다고
생각한 걸지도 몰랐다. 어느 정도 자신이 분위기를 몰아간 면도 있지만, 엘
런은 내 청혼을 동생에 대한 배신으로 간주했던 걸까? 그렇다면 우리 사이
자체가 처음부터 일종의 시험이었고, 내가 그 시험에 처참하게 실패했다는
말이 된다. 하지만 시험에 성공할 정도로 그녀의 동생에게 절개를 지키는
건, 그렇게까지 애를 쓴다는 건 비정상으로 보인다.

머릿속에서 분노가 불끈 치민다. 엘런을 찾아야 한다. 엘런은 어디로 갔
을까? 외국으로? 페기를 데리고 외국으로 나가지는 않았을 것이다. 세인트
메리스에 있는 오두막으로? 아니면 어딘가 다른 곳, 내가 절대 찾지 못할 곳
으로? 내가 세인트메리스로 부리나케 달려 나가자마자 엘런도 집을 나섰다
면 지금쯤 북쪽으로 중간쯤 올라갔을 것이다. 남쪽으로는 그리 멀리 갈
수 없으니 그쪽은 아닐 것이다. 한밤중에 차를 몰고 정처 없이 다녔을 리는

없고 분명 염두에 둔 목적지가 있었을 것이다. 어느 호텔에 투숙해서 내가 지옥을 맛보는 동안 천진스레 단잠을 자고 있을까? 순간 충동에 이끌려 엘 런의 컴퓨터 키보드를 바짝 끌어당기고는 숙박업소 웹사이트 링크라도 걸 리지 않을까 하는 마음으로 검색 기록을 띄운다. 숙박업소 웹사이트 링크는 없지만 캘맥 여객선 웹사이트가 보인다. 재빨리 페이지를 열어보니 스코틀 랜드 본토와 군도 간 경로를 운행하는 업체다. 좀 더 살펴보니 울라풀과 루 이스 섬 스토너웨이 구간 여객선 시간표가 나온다.

"해리 형!" 내가 크게 소리쳐 부른다.

"괜찮니?" 해리 형이 황급히 뛰어 들어오며 묻는다.

"루이스 섬까지 가장 빨리 갈 수 있는 방법이 뭐지?" 내가 다급하게 묻는 다. "혹시 비행 편이 있을까?"

"나도 모르겠는데. 루이스 섬에 공항이 있는지조차 모르는걸. 거긴 왜 가 려고?"

"엘런이 간 곳이니까. 여객선을 알아봤더라고. 그러니까 차를 몰고 올라 가든지 도중에 기차를 타든지 했을 거야. 그보다 빠른 방법이 있어야 할 텐 데." 구글에 들어가서 루이스행 비행기를 입력한다. "좋았어, 스토너웨이에 공항이 하나 있네. 글래스고까지 비행기를 타고 간 다음 거기서 환승하면 되겠어."

미심쩍은 얼굴로 내 뒤를 서성이는 해리 형을 의식하면서 항공편을 찾기 시작한다.

"지금 몇 시지?" 내가 묻는다. "버밍엄에서 글래스고까지 가는 비행기가 11시 40분에 있는데, 가능할까?"

"잘하면." 해리 형이 떨떠름하게 말한다. "8시 반밖에 안 됐으니까. 하지 만 엘런이 거기 있다고 한들, 무작정 찾아가는 게 좋은 생각일까?"

"당연하지! 엘런하고 얘기를 좀 해봐야겠어, 이유가 알고 싶다고. 이런 가면놀이를 꾸며서 레일라가 살아 있다고 믿게 만든 이유가 뭔지 알아야겠 어. 어쩌면 그렇게 잔인할 수 있는지 따지고 싶어."

"그럼 며칠 기다려보지 그래? 이렇게 서두를 것 없잖아, 안 그래? 토니

형사님 의견도 좀 들어보는 게 어때?"

"아니야." 격하게 머리를 흔든다. 그러고는 다시 모니터에 주목한다. "글래스고행 11시 40분 비행기를 못 타면 12시 40분에 에든버러행도 있어."

"당일 표는 못 구할 수도 있어." 마치 내가 표를 못 구했으면 좋겠다는 듯이 해리 형이 일러준다.

"그럼 비행기를 빌리지 뭐." 내가 이를 악물고 말한다. "난 갈 거야, 해리 형, 아무도 날 막을 수 없어."

"그럼 같이 가자."

"아냐, 잠깐, 글래스고행 비행기표가 있네, 표부터 사고." 구매 완료까지 시간이 좀 걸린다. 고개를 들어보니 해리 형이 나를 지켜보고 있다. "고마워, 형, 그런데 나 혼자 갈 거야."

"그럼 공항까지 차라도 태워줄게."

잠깐 망설였지만 생각해보니 운전을 하기에는 내가 너무 흥분한 상태다. "고마워. 대신 루비하고 토니한테 내 행선지 말하면 안 돼, 알았지?"

체념한 듯한 표정으로 보아 해리 형은 루비와 토니가 날 단념시켜주기를 바랐던 모양이지만 이내 알겠다는 뜻으로 고개를 끄덕인다. 해리 형과 함께 부엌에 가니, 루비와 토니가 다가오는 폭풍에 대비해 몸을 데우기라도 하겠다는 듯 뜨거운 커피가 담긴 머그잔을 손으로 감싼 채 앉아 있다.

"잘 생각했어." 머리도 식힐 겸 드라이브를 다녀오겠다고 하자 루비가 밝은 목소리로 격려해준다. 사실을 알게 되면 루비가 해리 형을 가만두지 않을 거란 사실을 해리 형도 나도 알고 있다.

갈아입을 옷가지조차 챙기지 않는다. 루이스 섬에서 하룻밤 묵을 생각도 없다. 내가 그곳에 가는 이유는 오로지 하나, 단 하나밖에 없기 때문이다.

57
핀

공항까지 한 시간이 조금 넘게 걸려서 그 시간 동안 엘런의 집이 어디쯤 일지 추측해본다. 펜틀랜드 로드에 있다는 건 알고, 어린 시절 엘런과 레일라가 엄마와 함께 산책을 나갈 때면 늘 집 바로 아래 가축 탈출 방지용 철제 격자망을 나뭇가지로 쭉 훑으며 멈춰 서곤 했다고 레일라가 얘기해준 기억도 난다. 근처에 호수가 하나 있다는 말도 들은 적이 있었기에 구글 지도를 이용해서 그 집이 대충 어디쯤 있을지 찾아본다. 펜틀랜드 로드가 두 갈래로 갈라지기 때문에 쉽지는 않았지만 두 갈래 중 왼쪽 길 어딘가에서 가축 탈출 방지용 철제 격자망과 호수와 돌집이 가까이 붙어 있는 지점을 결국 찾아내고 만다.

해리 형은 공항까지 따라 들어오고 싶어 하지만 가까스로 설득해서 루비와 토니에게로 돌려보낸다.

"조심해." 해리 형이 나를 안아주며 이른다. 아까부터 담담하게 말하고는 있지만 긴장감이 역력하다. 해리 형이 걱정하는 건 내가 아니다.

비행 도중에는 미치기 일보 직전이었다. 비행기에 갇혀 있다가 글래스고 공항에 도착한 후 또 다른 비행기에 다시 갇히니 레일라가 돌아온 게 아니라는 것, 돌아온 적이 없다는 것, 앞으로 다시는 레일라를 못 볼 거라는 생각밖에 나지 않는다. 계속 머릿속을 맴도는 이 말, 레일라는 돌아온 게 아니다, 레일라는 돌아온 적이 없다, 앞으로 다시는 레일라를 못 본다, 이 말이 엘런을 향한 분노를 점점 더 키운다. 마침내 스토너웨이에 착륙할 때는 채찍처럼 내리는 비가 비행장을 휩쓸고 매서운 바람이 미친 듯이 휘몰아치는 통에 그렇지 않아도 암담했던 기분이 한층 더 어두워진다.

초조한 마음으로 한 시간을 더 기다린 끝에 차를 몰고 메리뱅크라는 작은 마을을 지나 펜틀랜드 로드로 향한다. 내 잘못이다. 막연히 도착하면 차를 구할 수 있겠거니 생각할 것이 아니라 공항으로 가면서 렌터카를 예약했어야 했다. 처음에는 양 떼와 땅바닥에 붙은 듯 낮은 하얀 석조 주택이 점점이 흩어져 있는 게 보이더니 이내 맨 바위가 군데군데 드러나 음울하고 험악한 머나먼 언덕들을 제외하면 별로 볼 것도 없고 토탄 늪만 끝도 없이 이어지는 풍경이 나온다. 나 말고 지나가는 차가 단 한 대도 없는 것을 보니 아주 외진 곳, 지구 끝을 향해 가고 있는 것 같은 기분이다.

생각이 자꾸만 열쇠에 미친다. 뭔가 앞뒤가 맞지 않는다. 우리가 부재중일 때 엘런이 세인트메리스에 오고 싶어 할 경우를 대비해서 레일라가 엘런한테 열쇠를 주고 싶었다면, 레일라는 나한테 그렇다고 말을 했을 것이다. 나한테 말 못 할 이유가 없었다. 내가 개의치 않을 거란 걸 레일라도 알았기 때문이다. 따라서 레일라가 실종된 후에 엘런이 레일라의 열쇠를 챙겼다고 해야 이치에 맞는다. 주차장에서 사라진 다음에 레일라가 엘런에게 열쇠를 보내준 걸까? 아니면…… 벌써 내 심장이 벌렁거리기 시작한다…… 레일라가 엘런한테 직접 전해준 걸까?

마지막 생각, 즉 레일라 실종 이후 엘런과 레일라가 가끔 만났을지 모른다는 생각이 암시하는 바 때문에 정신이 흐트러져 순간적으로 차를 제대로 제어하지 못하는 바람에 차가 왼쪽으로 휘청댄다. 그래서 엘런이 그날 밤 무슨 일이 있었는지 나한테 한 번도 물어보지 않았던 걸까? 이미 알고 있었기 때문에? 엘런이 레일라의 행방에 대해서, 레일라가 납치를 당한 건 아닌지, 레일라가 살았는지 죽었는지 추측해본 적이 없는 이유는 이미 알고 있었기 때문일까? 나는 엘런이 내 감정을 배려해서 그런 줄 알았지만 그렇게 과묵했던 건 더 음흉하고 은밀한 이유 때문이었던 걸까? 피크닉 구역에서 실종된 이후 레일라는 어떻게든 루이스 섬으로 돌아갔던 걸까? 엘런이 나를 여기로 이끈 이유가, 캘맥 여객선 링크를 컴퓨터에 남겨둔 이유가 바로 그 때문인 걸까? 레일라가 있는 곳이기 때문에?

자제력을 잃지 않은 채 정신을 집중하는 게 점점 힘들어진다. 엘런의 모든 소행, 속임수, 비밀, 거짓말을 하나하나 떠올려본다. 이게 바로 엘런이 그동안 내내 내가 믿기를 바라던 것이 아닌가? 레일라가 살아 있다고? 하지만 진실이 무엇이든 나는 엘런이 레일라의 실종에 대해서 나보다 상상도 하지 못할 만큼 많이 알고 있을 거라고 확신한다.

도로가 외길이 되면서 울퉁불퉁해지자, 차가 흔들리고 덜컹거릴 때마다 엘런의 컴퓨터에서 내가 레일라에게 보낸 이메일을 본 이후 내 안에서 꾸준히 자라나던 분노가 더욱 커진다. 쏟아지는 빗줄기 너머 왼쪽으로 새까만 갈대들이 까칠하게 자란 수염처럼 수면 위로 삐죽 튀어나와 있는 시커먼 호수가 눈에 들어와 속도를 줄이고 가축 탈출 방지용 철제 격자망을 찾는다. 얼마 후, 차바퀴가 덜컹거리면서 머릿속이 헝클어진다. 격자망 반대편에 차를 댄다. 차에서 내리는 순간 아드레날린이 온몸으로 퍼진다.

손으로 이마를 가려 빗물이 눈에 안 들어가게 한 다음 주변을 둘러본다. 50미터쯤 앞에, 내 오른쪽 언덕 위에 오래된 돌집이 한 채 있다. 골함석 지붕 곳곳이 녹슬어 불그죽죽하게 얼룩져 있다. 이 정도 거리에서도 폐가임을 단번에 알 수 있는 집이다. 길을 따라 집까지 이어진 울퉁불퉁한 오솔길을 오르는 동안 궂은 날씨에 양어깨가 구부정해진다. 공항으로 출발하면서 티셔츠에 얇은 점퍼를 급히 걸칠 때는 미처 비 생각을 하지 못했다. 그 바람에 온몸이 이미 흠뻑 젖고 말았다. 오두막이 가까워질수록 왠지 내가 엉뚱한 곳에 왔다는 느낌이 강해진다. 인기척도 전혀 없고, 불 켜진 창문 하나 없기 때문이다. 생각해보니 엘런의 차도 보이지 않았다. 주차를 할 만한 장소도 내가 주차해놓은 가축 탈출 방지용 격자망 옆밖에 없는데. 불현듯 캘맥 여객선 링크도 진짜 목적지를 못 찾게 하려는 엘런의 또 다른 계략, 속임수였을지 모른다는 생각이 든다. 좌절을 이겨내자 분노의 외침이 터져 나온다.

그때 무언가가, 어떤 소리가 가던 길을 멈추게 만든다. 그 소리가 한 번 더 들려온다. 희미하게 짖는 소리다.

"페기!" 소리쳐 부른다. 그제야 집의 출입문이 살짝 열려 있는 게 보인다. 문을 밀어 열자 페기가 나를 향해 터벅터벅 다가온다.

"페기!" 페기가 내 얼굴을 핥을 수 있게 웅크려 앉은 후, 착한 개라고, 보고 싶었다고 말해준다. 내 마음속 깊은 곳 어딘가에서 페기는 늘 레일라를 대신해온 존재이기 때문이다.

레일라. "엘런은 어디 있니, 페기?" 내가 묻는다. 페기가 마지막으로 내 얼굴에 코를 비비더니 내 손아귀에서 꿈틀거린다.

페기를 따라 집 안으로 들어간다. 가장 먼저 느껴지는 것은 집 안의 냉기다. 오른쪽에 방이 하나 있고 열린 문틈으로 담요를 꽁꽁 두른 채 소파에 웅크리고 있는 엘런이 보인다. 엘런은 내가 도착하는 소리도, 페기가 짖는 소리도 분명 들었을 것이다. 내가 왔다는 것을 똑똑히 알고 있을 텐데도 꿈쩍도 하지 않는다. 잠시 후, 이제야 내 인기척을 느꼈다는 듯, 엘런이 고개를 든다. 나를 이곳 루이스 섬까지 끌고 오는 데 성공했기 때문일까, 그 얼굴에 나타난 기쁜 표정에 나는 머리끝까지 화가 난다.

그녀를 향해 한 걸음 다가간다.

"와줬구나." 엘런이 말한다. 추위 때문인지 긴장한 탓인지 목소리가 덜덜 떨린다.

"어떻게 그럴 수 있어, 엘런?" 엘런의 발치에서 몸을 동그랗게 말고 앉아 있는 페기를 의식하며 싸늘하게 묻는다. "어쩌면 그렇게 잔인할 수가 있지?"

기대감에 잔뜩 부풀어 있던 엘런의 얼굴이 축 처지자 그녀가 나를 과소평가했다는 사실에 잔인한 희열을 느낀다.

"난 생각했어……." 엘런이 머뭇거린다.

"뭘?" 내가 으르렁거리듯 묻는다.

"자기가 와서 나를 다시 데려갈 거라고."

"당신을 데려간다고?" 무슨 말인지 알 수 없어 그녀를 바라보며 계속 묻는다. "어디로?" 엘런도 멍한 얼굴로 나를 바라본다. "사이먼스브리지로?" 엘런이 고개를 떨군다. 그렇다는 말인가? "난 당신을 데려가려고 온

게 아니야, 당신이 돌아오길 바라지도 않고. 이런 일을 당했는데 그럴 리가 없잖아." 내 분노에 엘런이 움찔한다. "왜 그랬어, 엘런? 우린 행복했잖아, 안 그래? 게다가 결혼도 앞두고 있었잖아, 이런 젠장! 그걸로는 성에 안 찬 거야?"

"자기가 레일라를 사랑했던 것처럼 나를 사랑해주지 않았으니까."

엘런의 목소리에 깃든 절망에 아랑곳하지 않고 그녀를 향해 한 발짝 더 다가선다. "앞으로도 레일라를 사랑했던 것처럼 당신을 사랑할 수는 없을 거야." 위협적으로 다가가며 말한다. "레일라가 살아 있다고 믿게 만든 이유가 뭐야? 다른 일이었으면 용서했을지도 몰라, 하지만 이건 용서 못 해. 레일라가 살아 있다고 믿게 하다니 절대 용서 못 해."

"레일라는 살아 있어." 엘런이 속삭인다.

가슴이 철렁 내려앉는다. "그럼 어디 있는데?"

엘런이 담요 아래에서 손을 꺼내더니 머리에 갖다 댄다. "여기." 머리를 툭툭 친다.

나는 크게 소리 내어 웃으며 말한다. "당신은 미쳤어." 몸을 낮춰 엘런의 어깨를 움켜쥐고는 내 얼굴을 그녀의 얼굴 앞에 바짝 갖다 댄다. "말해봐, 엘런, 레일라의 열쇠는 어떻게 손에 넣었어?" 엘런이 대답을 하지 않자 그녀를 세게 흔든다. "레일라의 열쇠를 어떻게 손에 넣었냐니까?" 이번엔 더 큰 소리로 묻는다.

"레일라가 나한테 줬어."

"언제?" 고함을 치다시피 묻는다. "실종 전이야, 후야?"

"후에."

"레일라가 루이스 섬에 왔던 거야? 레일라가 루이스 섬에 왔었냐고?"

엘런의 눈에 눈물이 그득 고인다. "응." 속삭이듯 대답한다.

숨이 턱 하고 막힌다. 조심해, 목소리가 경고한다. 잊지 마, 엘런은 거짓말쟁이라는 걸.

"레일라가 어떻게 여길 왔지? 프랑스에서 여기까지 어떻게 왔냐고?"

또다시 멍한 표정. 여전히 그녀의 어깨를 움켜쥐고 있던 손에 힘을 줘 그녀를 일으켜 세운다. 엘런이 비틀거리며 내게 쓰러지자 밀쳐버리고 싶었지만 꾹 참는다.

"대답해, 엘런! 레일라가 프랑스에서 루이스 섬까지 어떻게 왔냐고?"

"어떤 여자가 데려다줬어." 엘런의 목소리가 떨린다. "이동식 주택에 숨어 있다가 남의 차를 얻어 타고 배도 타고 그런 다음엔 걸어왔어."

"거짓말! 여자 같은 건 있지도 않았잖아!"

"아냐." 엘런이 고개를 가로젓는다. "운전자였어."

"그건 남자였잖아!"

"아냐, 아냐." 이번에도 격하게 고개를 가로젓는다. "여자였어."

엘런을 뚫어져라 내려다본다. 이 말이 사실일까, 그래서 경찰이 못 찾은 걸까?

"레일라가 루이스 섬에 왔다면, 경찰이 왜 못 찾은 거야?" 내가 계속 묻는다.

엘런의 표정이 교활해진다. "숨었으니까."

"어디에?"

"여기."

"왜? 왜 숨었는데?"

"그 남자가 못 찾게 하려고."

"누구?" 울부짖듯 묻는 순간 갑자기 두려워진다.

"그 남자." 대답을 기다린다. "우리 아버지."

그럼 내가 아니었다는 거다. 뚫어질 듯 노려본 끝에 간신히 엘런의 모습을 발견하지만, 그녀가 미친 건지 영악한 건지 갈피를 잡을 수가 없다.

"여기선 얼마 동안 숨어 있었지?"

이 말을 듣고 엘런이 씩 웃는다. "영원히."

엘런의 미소에 오싹해진다. "레일라가 죽었다는 말이야, 엘런?"

엘런이 미친 듯이 울다 웃다 한다. "거의."

끔찍한 공포가 나를 장악한다. "레일라는 어디 있지, 엘런?"

엘런의 눈이 곧장 문을 향하는가 싶더니 내가 미처 말리기도 전에, 내 손을 획 뿌리치고는 방에서 뛰쳐나간다.

"엘런!" 내가 울부짖은 소리가 내 귀에도 쩌렁쩌렁 울린다. 그녀의 뒤를 맹렬히 쫓는다. "엘런!"

땅거미가 지는 뒤로 시커먼 하늘이 질질 끌려오는 중이다. 얼굴에 매서운 바람을 맞고 발로는 물컹한 땅바닥을 디뎌가며 엘런을 뒤쫓는다. 돌담 옆에서 팔을 붙잡아 잡아당기고는 몸을 돌려 나를 향하게 한다.

"레일라 어디 있어?" 내 뒤에서 난생처음 으르렁거리는 폐기를 의식하며 다시 소리를 지른다. "레일라 있는 데를 대란 말이야!" 내가 너무 세게 흔들어서 엘런이 대답을 못 하고 있지만 그래도 멈출 수가 없다. 이 분노를 도저히 억누를 수가 없다. 내 안에서 엘런을 죽이고 싶어 하는 내가 꿈틀거렸다. "레일라 어디 있냐고?"

"이러지 마, 핀!" 엘런이 비명을 지른다. 목소리의 무언가가 그녀를 잡아 흔들던 나를 정지시킨다. 무턱대고 밀쳐내자 엘런이 비명을 지르는가 싶더니 쿵 소리가 들린다. 아니, 쿵 소리가 아니라 쩍 갈라지는 소리, 두개골이 돌에 부딪치는 소리다. 볼 수가 없다. 안개가 너무 많이 껴서. 대기가 아니라 내 눈에. 하늘을 향해 고개를 들어 얼굴을 빗물에 내맡긴 채, 숨을 헐떡이며 자제력을 되찾으려 사투를 벌인다. 간신히 고개를 내려 두 눈을 뜬다. 초점이 잡힌 두 눈이 엘런 위로 떨어진다. 꼼짝 않고 땅바닥에 누워 있는 엘런에게로. 덜컥 겁이 난다.

"엘런!" 그녀 옆에 쭈그리고 앉아 그녀를 비바람으로부터 보호하기 위해 내 몸을 그녀의 몸 위로 숙인다. "엘런!"

눈꺼풀이 깜박거리는가 싶더니 엘런이 눈을 뜬다. 피부가 창백하다. 물론 비 때문이 아니다.

"레일라, 레일라." 엘런이 힘없이 속삭인다.

엘런의 머리 밑으로 손을 넣은 다음 나를 볼 수 있게 고개를 살짝 들어 올린다. "괜찮아질 거야." 간절한 마음으로 말한다.

"레일라."

"레일라는 여기 없어."

엘런이 고개를 가로젓는다. 가느다란 핏줄기가 코에서 흘러나온다.

"레일라." 엘런이 다시 한 번 말한다. "엘런이 아니라 레일라야."

눈길을 내게 고정한 채 엘런이 눈을 감는다. 멍하니 그녀를 내려다보고 있자니 공포심이 점점 커진다. 여전히 그녀의 머리를 고이 안은 채 반대쪽 손으로 목을 만져 맥박을 확인한다. 축축이 젖은 그녀의 피부에 닿은 손가락이 덜덜 떨린다. 맥박이 있지만 약하다. 아주 약하다. 옆에서 페기가 낑낑거린다.

"괜찮아, 페기. 괜찮아."

주머니에 손을 넣어 휴대전화를 꺼낸 다음 전원을 켠다. 역시 신호가 잡히지 않는다. 고개를 이리저리 돌려 민가가 없는지, 누군가 도와줄 사람이 없는지 찾아본다. 아무것도, 아무도 없다. 하는 수 없이 엘런을 품에 안고 자동차까지 서둘러 뛰어가면서 내 곁에 바짝 붙어 걷고 있는 페기에 걸려 미끄러지거나 넘어지지 않으려 혼신의 힘을 다한다. 차문을 열고 엘런을 뒷좌석에 눕힌 다음 내 점퍼를 머리 위로 잡아당겨 벗는다. 점퍼로 베개 비슷하게 만들어주고 엘런의 머리를 받쳤던 손을 보니 피로 얼룩져 있다.

페기가 올라타 바닥에 눕는다. 차문을 닫고 휴대전화를 다시 꺼내본다. 여전히 신호가 잡히지 않는다.

시끄럽게 작동하는 와이퍼 소리보다 더 큰 소리로 엘런에게 말을 걸고, 다 괜찮아질 거라고, 당신은 괜찮아질 거라고 안심시키면서 최대한 빨리, 거의 목숨을 걸고 운전을 하는 동시에 머릿속으로는 아까 엘런이 한 말을 계속 곱씹어본다. 엘런이 아니라 레일라야. 엘런이 아니라 레일라야.

외길이 끝나는 지점에 다다르자 도로 상태가 좋아져서 가속 페달을 더 힘껏 밟는다. 스토너웨이에 다 와가자 휴대전화에 메시지가 도착했다는 알림음이 수백 번은 울리는 듯하다. 신호가 들어왔음을 알아차리자마자 전화로 도움을 요청하기 위해 재빨리 차를 세운다. 해리 형하고 루비, 토니로부터 부재중 전화가 와 있고 전화해달라는 문자메시지도 있지만 깡그리 무시하고 뒤를 돌아 엘런의 상태를 살핀다. 엘런의 얼굴이 시체처럼 창백한 데다 여전히 미동도 없자 가슴이 철렁 내려앉는다. 휴대전화를 조수석으로 내던지고는 뒷좌석 쪽으로 몸을 기울여 엘런의 손을 잡은 다음, 손가락으로 어설프게나마 맥박을 짚어본다. 맥박이 짚이지 않자 호흡을 가라앉히고 덜덜 떨리는 손가락을 진정시켜서 다시 맥박을 짚어본다. 여전히 아무것도 느껴지지 않는다. 엘런의 손목을 놓고 운전석 차문을 연 후 차에서 내리는데 거센 바람에 떠밀려 뒤로 주춤하다 차에 쾅 부딪친다. 얼른 뒷좌석 문을 열고 상체를 엘런 위로 숙여 비가 들이치지 않게 막은 다음 이번에는 단 한 번의 씰룩거림이라도 좋으니 아직 살아 있다는 징후를 찾을 수 있기를 빌며 목에서 맥박을 찾아본다. 하지만 고개 밑에 받쳐놓은 수건은 그 반대를 가리킨다. 이제 피로 얼룩진 정도가 아니라 흠뻑 젖은 수준이다. 나도 모르게 신음 소리가 새어 나온다. 전화기가 울리기에 엘런의 얼굴에 시선을 못 박은 채 조수석 쪽으로 손을 뻗어 멍하니 받는다.

"핀, 정말 다행이다! 잘 들어, 핀." 해리 형이 다급한 목소리로 말한다. "너 지금 당장 이메일 좀 봐. 내가 뭘 좀 보냈거든, 엘런의 컴퓨터에서 찾은 거야. 그거 꼭 읽어, 내 말 듣고 있지? 엘런을 보기 전에 읽어야 돼. 핀! 핀, 듣고 있어?"

전화를 끊는다. 해리 형이 너무 늦게 전화를 했다. 전화로 구급차를 불러야 한다. 하지만 너무 늦었다, 늦어도 너무 늦었다. 길바닥에 털썩 주저앉는다. 엘런은 죽었다, 그 말이 머릿속에서 울린다. 엘런은 죽었다, 엘런은 죽었다. 레일라가 아니라 엘런이. 레일라가 아니라. 하느님, 제발 레일라가 아니길. 엘런이어야 한다. 엘런을 죽인 거라면 감당할 수 있다.

하지만 나는 알고 있다. 해리 형이 나한테 보냈다는 이메일을 보기 전부터, 첨부 파일을 보기 전부터, 나는 알고 있다. 그래도 이메일을 읽어본다.

나는 아직 건재하다. 엘런이 나를 완전히 제압하지 못했기 때문이다. 나는 엘런이 생각한 것보다도, 내가 생각한 것보다도 강했다. 그런데도 엘런은 사라지지 않았다. 엘런은 여전히 어두운 구석에 숨어 주변을 얼쩡거리고 있다. 나는 느낄 수 있다. 하지만 지금은 엘런이 조용하고, 엘런이 조용한 동안 내 정신은 한결 더 맑아진다. 그래서 내게 남은 이 시간을 활용해서 핀한테 편지를 쓰려 한다. 일이 내가 바란 대로 돌아가지 않을 경우에 대비해서.

그러니 핀, 이건 자기한테 보내는 편지야. 실종되던 날 밤, 내가 무슨 짓을 하려는 건지, 어디로 갈지는 안중에도 없었어. 그저 자기한테서 최대한 멀리 떨어지고 싶었을 뿐이야. 알다시피, 자기가 날 죽이려는 줄 알았거든. 날 죽이려던 게 아니었다는 걸, 혹시라도 내가 다칠까 봐 잠깐 떨어져 있으려 했다는 걸 나도 이젠 알아. 하지만 그땐 몰랐어. 자기 편지를 읽고 나서야 알게 된 거지.

자기가 화장실 건물에서 나오는 걸 봤다고 했던 남자는 밖에 주차되어 있던 차의 운전자가 아니었어. 그 남자는 화물차 기사였을 거야. 그 차의 운전자는 여자였고 고속도로 진입로에서 뛰어 내려가던 나를 하마터면 칠 뻔했지. 그 여자가 끽 하고 내 옆에 멈췄을 때, 내가 조수석 문을 열고 차에 타버렸어. 나 때문에 겁을 먹은 것 같았지만 바로 뒤에서 화물차가 진입로에 들어서고 있었기 때문에 여자는 계속 차를 몰고 가는 수밖에 없었지.

그 여자는 다음 휴게소에서 날 내려주고 싶어 했지만 난 자기가 찾으러 올까 봐 너무 무서웠어. 그래서 이삼십 분을 더 달려서 다른 휴게소에 도착할 때까지 버티고 안 내렸지.

휴게소 내 주유소 급유기 앞에 서 있는 동안에도 내가 두려웠던 건 오로지 하나, 자기가 언제라도 올지 모른다는 거였어. 영국에는 어떻게 가야 할지, 막막해졌어. 여권도 없었고 가진 거라곤 세인트메리스에 있는 오두막 열쇠뿐이었거든. 우리가 휴가를 떠나던 날 입었던 청바지를 그대로 입고 있었기 때문에 열쇠가 있었던 거지. 대신 내 작은 러시아 인형은 없어졌어. 생각해보니까 자기가 나를 마구 흔들 때 빠졌던 모양이야. 여권이 없는 것보다 인형을 잃어버린 게 더 괴로웠어. 왜냐하면 그 인형은 내가 가진 물건 중에서 엘런을 떠올릴 수 있는 유일한 것이었거든.

여권 걱정은 나중에 하고 일단 항구부터 가기로 마음을 먹었어. 루이스 섬으로 가야겠다는 생각밖에 안 들었어. 내가 거길 얼마나 절실히 빠져나오고 싶어 했는지를 생각하면 정말 놀라운 일이지. 하지만 집은 역시 집인가 봐. 게다가 달리 갈 데도 없었으니까. 주유소 뒤쪽, 정반대쪽으로 가봤더니 캠핑카 두 대하고 이동식 주택 하나가 주차되어 있는 게 보였어. 캠핑카에는 들어갈 수 없었지만 이동식 주택 문은 활짝 열려 있었지. 그래서 거기에 올라탄 다음 더듬더듬 구석진 안쪽까지 갔어.

거기서 깜빡 잠이 들었던 모양이야. 목소리가 들려서 잠에서 깼는데 어떤 남자랑 여자가 캠핑카 쪽으로 가면서 대화를 나누는 소리였지. 정신을 차려보니까 차가 움직이기 시작하더라고.

항구에 도착했을 때 이동식 주택 안을 검사하러 온 사람은 없었는데 12년 전에는 그런 데를 검사하지 않았던 것 같아. 이윽고 한밤중이 됐어. 배가 흔들흔들 움직이니까 얼마 안 가서 잠이 들었어. 정박 중에야 잠에서 깼고, 영국까지 비교적 쉽게 올 수 있었다고 생각하니까 루이스 섬까지 나머지 여정도 얼마든지 헤쳐나갈 수 있겠다는 자신감이 생겼지.

몇 시간 후 마침내 캠핑카가 완전히 멈추더니 그 커플이 이동식 주택을 진입로에 세워놓고는 집으로 곧장 들어갔어. 혹시 돈이 없을까 하고 주변을 둘러봤지. 울라풀까지는 내내 차를 얻어 타고 갈 수 있을 것 같긴 했지만 일단 거기 도착하면 스토너웨이까지 가는 여객선 요금은 있어야 했으니까. 어떤 바지 주머니에서 꼬깃꼬깃한 지폐 두어 장을 발견했고 핸드백 속 지갑에는 60파운드하고 동전 몇 개가 들어 있었지. 결국 난 가방을 통째로 가지고 나왔고 너무 추워서 남자 파카와 울 모자도 챙긴 다음 파카는 껴입고 울 모자로는 머리를 가렸어.

이른 아침이었고 지금쯤 자기는 어디 있을까 궁금해하던 게 기억나. 나를 떼어버려서 홀가분한 마음으로 세인트메리스로 돌아갔을까, 아니면 아직 프랑스에 있을까? 멀리 차가 지나가는 소리가 들리기에 얻어 탈 수 있기를 바라면서 그쪽으로 향했어. 그 즉시 엘런이 떠올랐지. 내가 이렇게 위험한 짓을 하려고 한다는 걸 엘런이 알게 되면 얼마나 무서워할까, 그런 생각을 하니까 목이 메는 거야. 그토록 잔인하게 언니를 죽이고

시신을 토탄 늪에 내다 버리기까지 한 남자한테 내가 돌아가려고 하다
니, 어이가 없었어. 거기가 엘런이 있는 데야, 핀, 토탄 늪 말이야. 자기
는 엘런을 알았던 적이 없어. 내가 해석하고 표현한 엘런을 본 거지.

우리 아버지는 툭하면 남을 때리는 깡패 같은 사람이었어. 엘런한테
는 한없이 너그러웠지만 나는 죽도록 미워했지. 유일하게 아버지를 마
음대로 요리할 수 있던 단 한 사람이 우리 엄마였는데, 엄마가 돌아가
시자 그렇잖아도 이미 녹록지 않았던 우리 인생은 악몽이 되었어. 아버
지 성격 때문에 우리는 루이스 섬에서도 꽤 외따로 떨어져 살고 있었거
든. 엘런이나 나나 학교는 다녔지만 친구는 하나도 없었어. 우리는 사회
주변부에 사는 이상한 애들이었으니까. 엄마 장례식에도 아버지, 엘런,
나, 그리고 학교 선생님 한 분이 다녔으니 말 다 한 거지.

엄마가 돌아가셨을 때 엘런은 열여섯 살이었고 나는 열다섯 살이 못
되었어. 엘런이 학교에 아예 발길을 끊었는데도 찾으러 오는 사람 하나
없더라. 그 후 엘런은 엄마 자리를 대신 메우고 나랑 아버지를 보살폈
어. 엄마의 죽음은 나한테 뼛속 깊이 영향을 미쳤어. 고무줄이 딱 끊어
진 것처럼 내 머릿속에서도 뭔가 핑 부딪치는 소리가 났지. 나는 엄마가
돌아가셨다는 사실을 끝내 받아들이지 못했고 엄마한테 말을 건 다음에
내가 엄마 목소리로 대답하곤 했어.

"오늘 저녁은 마카로니 먹으면 안 돼?" 내가 이렇게 물어.

"그래, 그러자꾸나." 엘런이 대답도 하기 전에 내가 엄마 목소리로 대
답하는 거야.

나 때문에 아버지가 미칠 듯이 화를 내니까 엘런이 제발 아버지가 없
을 때만 엄마하고 대화를 하라고 간청했지. 하지만 그건 나 나름의 대응
기제였기 때문에 아버지가 술을 못 끊었던 것처럼 나 역시 멈출 수가 없
었어. 엄마의 버릇을 따라 하기 시작하다가 급기야 머릿속도 공유하게
됐지. 학교는 나도 그만 다녔는데 역시 찾으러 오는 사람 하나 없었어.
학교도 우리 아버지가 너무 무서웠던 거지.

돌아가시기 전에, 엄마가 엘런한테 상자를 하나 주셨거든. 그 상자에

는 아버지가 인사불성이 되도록 술을 마신 날 엄마가 아버지 지갑에서 꺼내 야금야금 모은 돈이 들어 있었어. 엄마가 우리한테 준 선물이자, 아버지한테서 벗어날 수 있게 해줄 수단인 셈이었지. 우리는 그 상자에 돈이 웬만큼 모이는 즉시 떠나기로 했어. 엘런과 나 이렇게 둘이. 엘런이 런던까지 가는 데 필요한 금액을 계산하기 시작했거든. 나는 열여섯 살이 되자마자 함께 떠나고 싶었는데 엘런은 내가 열여덟 살이 될 때까지 기다리고 싶어 했어. 난 런던을 두근거리는 모험으로 가득 찬 곳이라 생각했지만 엘런은 좀 더 신중했던 거야. 그때의 우리가 행복했다고 할 순 없겠지만 아버지 눈에 거슬리는 짓만 하지 않으면 안전은 보장됐지. 아버지가 집에 오면, 엘런은 아버지가 보이는 곳에 있었고 난 아버지가 안 보이는 곳에 있었어. 엘런이 안 보이기라도 하면 아버지는 엘런을 찾으면서 고래고래 소리를 지르곤 했어. 내가 보이면 꺼지라며 노발대발 악을 썼고. 아버지가 날 왜 그렇게 미워했는지 몰랐지만 알고 싶지도 않았어. 나한테 오냐오냐해줬어도 어차피 난 아버지를 싫어했을 테니까.

엘런의 목표액은 1000파운드였어. 엄마가 엘런한테 상자를 주셨을 때 700파운드 좀 넘게 있었고 둘이서 나머지를 채우는 데는 거의 3년이 걸렸지. 그즈음 아버지의 시력이 차츰 나빠지기 시작했지만 아버지는 병원도 안 가고 아무것도 안 하려고 했어. 가끔 땅거미가 질 때면, 나는 이런저런 물건들을 바닥에 놔두고 아버지가 걸려 넘어지는 모습을 보면서 쾌감을 느꼈지. 그러다 세게 넘어져서 돌바닥에 머리라도 깨졌으면 좋겠다는 마음이었거든. 하지만 그런 일은 일어나지 않았고 나는 죽을 만큼 떠나고 싶어졌어. 나는 크리스마스를 런던에서 보내고 싶었지만 엘런은 호그머네이[10] 전에 아버지를 떠나는 건 도리에 어긋난다고 생각했어. 난 아버지한테 일언반구도 없이 떠나도 상관없다고 생각했지만 엘런은 그것도 도리가 아니라고 생각했고. 아무리 개차반이라도 우리 아버지라나. 게다가 우리가 무작정 사라져서 아버지가 경찰에 신고라도

---

10) 스코틀랜드의 새해맞이 축제로 섣달 그믐날부터 1월 1일 새벽까지 진행된다.

하면 경찰에 강제귀가 조치를 당할 수도 있다는 거야. 아버지가 과연 경찰에 신고를 할지도, 신고하더라도 경찰이 우리에게 강제귀가 조치를 내릴지도 의심스러웠지만 그런 일이 발생할 가능성이 눈곱만큼이라도 있다고 하면 그걸 무릅쓰고 싶지는 않았어. 그래서 연기하기로 한 건데, 그 바람에 엘런이 목숨을 잃었지.

내 잘못이었어. 크리스마스를 일주일 앞둔 날, 엘런이 차에 넣을 우유가 없다고 하니까 아버지가 불같이 화를 냈어. 엘런한테 욕을 퍼붓기 시작했는데 전에는 없던 일이었지. 입에 담을 수조차 없는 욕을 하더라고. 나도 모르는 사이에 내가 엄마 목소리로 아버지한테 소리를 지르기 시작하더니 엄마라면 차마 꺼내지도 못했을 욕을 하고 있었어. 아버지한테 깡패라느니 아무 짝에도 쓸모없는 게으름뱅이라느니…… 그러다 우리가 떠나게 돼서 참 다행이라는 말까지 나온 거야.

"너희들 지금 당장 떠나도록 해!" 내가 엘런을 보며 엄마 목소리로 말했어. "어서, 너무 늦기 전에 레일라를 데리고 가렴."

우리가 떠날 거란 말을 아버지가 정말 믿었는지는 모르겠지만 이미 두 팔을 번쩍 쳐들고 나를 향해 고래고래 고함을 치고 있었어. 그 자리를 피하려고 했지만 아버지 주먹 한 방에 나가떨어졌고, 헐떡거리며 바닥에 쓰러져 있는 나를 아버지가 주먹으로 치기 시작했지. 양손으로 애써 주먹을 막고 있었는데 픽 하는 소리가 나더니 아버지가 끙 소리를 내는 거야. 올려다보니까 엘런이 삽을 들고 서 있었어. 문밖에서 아무거나 잡히는 대로 들고 왔겠지. 심지어 바닥에 쓰러져 있던 내 눈에도 아버지 눈에 어린 살기가 보여서 엘런한테 도망치라고 소리쳤어. 엘런은 아버지한테 한주먹거리도 안 됐으니까. 역시나 아버지가 엘런하고 몸싸움을 벌여서 삽을 빼앗았고, 그 삽으로 엘런을 내려치기까지는 얼마 걸리지도 않았지. 엘런이 볼링핀처럼 픽 쓰러지니까 두개골이 돌바닥에 튕기면서 쫙 갈라졌어. 갈라진 틈에서 피가 줄줄 새어 나오는데도 아버지란 인간은 엘런이 너덜너덜해질 때까지 삽으로 치고 또 치더라. 그러다 삽을 내동댕이치더니 엘런의 시체를 주섬주섬 챙겨서 집 밖으로 가지고 나가는 거야. 아버지 뒤로 핏자국이 길게 이어졌지.

난 꼼짝도 할 수 없었어. 충격으로 마비가 됐는지 울음도 나오지 않았지. 그 상태 그대로, 양손으로 머리를 감싼 채 바닥에 웅크리고 가만히 있었어. 아버지가 돌아오기까지 시간이 얼마나 흘렀는지 모르겠어.

"그만하면 너도 배운 게 있을 거다." 아버지가 웅크리고 있던 내 옆에 서서 으름장을 놨어. "어디 한번 도망칠 테면 도망쳐봐. 네 언니처럼 늪에 버려지는 신세가 될 테니. 이제 가서 잠이나 쳐자." 내가 자기 말대로 안 하니까, 그러고 싶어도 그럴 수가 없었거든, 아버지가 내 팔을 홱 잡아당기더니 내 침실로 질질 끌고 가서는 내동댕이쳤어.

그 후 며칠은 기억이 가물가물해. 로봇처럼 엘런이 하던 일을 대신 맡아서 요리며 청소를 하기는 했는데 뭘 하고 있는지도 잘 몰랐던 것 같아. 언젠가 내 머릿속 앙금을 처리해야 한다는 건 알고 있었지만 나는 그 앙금에서 위안을 받았어. 그 앙금 덕분에 엘런이 당한 일을 계속 거부할 수 있었기 때문이지. 그 앙금 덕분에 엄마 때 그랬던 것처럼 엘런도 그냥 잠깐 어디 간 척할 수 있었거든.

앙금이 결국 한편으로 자리를 옮기자 도망쳐야 한다는 생각을 할 정도로 정신을 차릴 수 있었어. 어렵지는 않았어. 아버지가 고주망태가 된 야밤을 틈타 스토너웨이까지 걸어가서는 상자에 있던 돈으로 울라풀까지 가는 배표를 샀고, 그다음에는 런던행 기차표를 샀지.

도착했을 때 난 세상물정 모르는 철부지였던 것 같아. 여전히 충격에서 벗어나지 못한 상태라 제대로 생각할 수 있는 게 아무것도 없었지. 자기가 날 구해주지 않았더라면 어떻게 됐을지 정말 모를 일이야. 엘런이 죽었다는 사실을 나는 받아들일 수가 없었어. 그래서 엘런이 보낸 걸로 하고 나한테 엽서를 썼던 거야. 그 엽서는 엘런이 스토너웨이에 있는 상점에서 산 건데, 엄마하고 산책했던 곳을 떠올리자면서 집 나갈 때도 가지고 나가려고 했던 거야. 생일카드도, 크리스마스카드도 다 내가 산 거였지만 자기한테 소리 내서 읽어줄 땐 솔직히 나도 그 카드들이 엘런한테 온 거라고 믿었지.

자기 덕분에 난 안전하고 사랑받는 기분을 느낄 수 있었고, 그래서 순식간에 사랑에 빠졌던 것 같아. 자기를 진심으로 사랑했다면서 어떻게 다른 사람하고 잘 수 있었냐고? 과음은 사실 사소한 이유에 지나지 않았지. 우리가 너무 급속도로 가까워지고 있는 게 큰 이유였어. 난 인생 경험을 하려고 런던에 왔는데 어느새 이미 정착을 해버린 거야. 그날 밤 친구들이 그걸 가지고 날 놀렸어. 친구들 성화에 자기를 만났을 때 처녀였다고 털어놓을 수밖에 없었던 건데, 그 말을 듣더니 나더러 다른 사람과의 섹스가 어떤 건지 앞으로 평생 모를 거 아니냐며 다들 경악을 하더라고. 친구들 탓을 하려는 건 아니야. 친구들이 날 취하게 하려고 한다는 것도, 이름조차 기억 안 나는 어떤 남자를 나한테 들이밀려 한다는 것도 난 다 알고 있었거든. 그런데 갑자기 내가 그 남자를 너무 원하게 된 거야, 그 남자하고 너무 섹스가 하고 싶어졌어. 틀에 박힌 말처럼 들리겠지만 난 그때 어리고 어리석었잖아. 결국 내 어리석음이 모든 걸 앗아 갔지. 자기까지도.

만약 그때 누군가 당신은 가출 후 15개월 뒤에 루이스 섬으로 돌아가 그토록 무서워하던 아버지를 돌보게 될 거라고 말했다면, 그 사람이 미쳤다고 생각했을 거야. 차를 얻어 타고 울라풀까지 가는 데는 이틀이 걸렸어. 스토너웨이행 여객선에서 나를 알아본 사람은 아무도 없었지. 알아보는 사람이 어떻게 있겠어? 엘런이나 내가 뭐 그렇게 동네에서 유명한 사람이었다고.

펜틀랜드 로드에 들어서서 집으로 향하는 동안 아버지가 술 때문에 죽었기를, 암이나 당뇨 합병증 같은 걸로 죽었기를 얼마나 빌었는지 몰라. 그런 일은 일어나지 않았지만 이제 곧 두 눈으로 똑똑히 목격하게 될 사실이 있긴 했어. 몸과 마음은 아주 짧은 시간 동안에도 너무 망가져서 얼굴조차 못 알아볼 정도가 될 수 있다는 사실 말이야. 이 사실을 맨 처음 눈치챈 건 문을 밀어 열고 현관에 들어선 순간이었어.

"엘런, 너냐?" 어떤 목소리가 들렸는데, 처음 생각했던 것처럼 어떤 낯선 사람이 아니라 아버지의 목소리라는 걸 깨닫기까지는 시간이 좀 걸렸어. 심호흡을 하고 오른쪽 방에 들어가봤더니 눈앞에 너무 낯설어 보이는 남자가 있는 거야. 너무 쪼그라든 나머지 전에 알던 남자의 반쪽밖에 안 남았더라고.

"엘런이냐?" 아버지가 안락의자에서 몸을 앞으로 내밀면서 다시 한 번 물었어. 실눈을 뜨고 나를 보는 데서 아버지가 날 전혀 못 알아본다는 걸 알 수 있었어. 갑자기 가슴이 두근거리기 시작했지. 아버지가 나를 엘런이라고 믿는다면 훨씬 편하게 지낼 수 있을 테니까. 하지만 당연히 아버지도 엘런이 죽었다는 걸 알고 있을 테고, 자기가 엘런을 죽였다는 것도 알고 있을 텐데?

"네, 저예요." 목소리를 엘런처럼 좀 더 나긋나긋하고 다정하게 바꿔서 말해봤지. 내가 사시나무처럼 벌벌 떨고 있다는 걸 아버지가 못 봐서 얼마나 다행스러웠는지 몰라. 그렇게 다시 아버지 가까이 있게 되니까 예전에 느꼈던 공포가 온전히 되살아나서 떨렸거든.

아버지가 다시 안락의자에 편히 기대앉더군. "차 한 잔 끓여 와."

전부 속임수는 아닌지, 내가 레일라인 걸 뻔히 알면서 나를 가지고 놀고 있는 건 아닌지 의심하면서 도망치듯 부엌으로 갔어. 그런데 부엌 수납장을 열어보고 나서 아버지가 누군가에게 속임수를 쓰기는커녕 자기 한 몸 건사하기도 벅찬 처지라는 걸 알 수 있었어. 수납장은 차하고 오트밀 한 부대 말고는 텅 비어 있었고, 싱크대에는 그릇이 산처럼 쌓여 있었으니까. 주전자를 올려놓고 물이 끓기를 기다리면서 아버지 침실에 가서 문을 밀어 열어봤어. 코를 찌르는 냄새는 아버지가 몇 달째 침대보를 갈지 않았을뿐더러 대소변도 제대로 못 가렸다는 걸 말해줬지.

아버지한테 차를 갖다드렸어. 아무것도 넣지 않은 차였는데, 차에 우유를 안 넣었다가 결국 엘런이 죽임을 당했던 게 생각나니까 차를 건네는 손이 덜덜 떨렸지.

"그래 그동안 어디 있었던 거야?" 아버지가 물었어.

"에든버러에요." 나도 모르게 엘런 목소리가 나와서 신기하더라.

아버지가 못마땅하다는 듯 말했지. "네 동생 말이다, 걔도 어느 날 갑자기 사라져버렸다."

"걔는 런던으로 갔어요." 아버지는 당뇨병 때문에 눈만 먼 게 아니라 술이 됐든 암이 됐든 아무튼 머리까지 이상해지기 시작했다는 걸 깨달 았어. 딱한 마음은 전혀 안 들었고 다행이란 생각뿐이었어.

다음 날 머리를 어깨에 닿는 길이로 잘랐어. 엘런 머리가 항상 그 정 도 길이였거든. 길이는 그만하면 됐지만 머리 색을 좀 더 어둡게 해야 했 어. 그래서 염색약하고 식료품을 사러 마을에 나갔지. 엘런이 타던 자전 거를 타고 엘런이 입던 옷을 입고 엘런이 두르던 스카프를 머리에 두르 고서.

루이스 섬으로 돌아온 지 일주일쯤 후에야 슈퍼마켓 바깥 벤치에서 주운 신문을 보고 내가 실종자 수색 대상이 되었다는 사실을 알았어. 난 완전히 패닉에 빠졌지. 그때는 내가 루이스 섬 출신이란 언급은 없고 런 던 얘기만 나왔어. 하지만 며칠 후, 경찰이 나타나더니 곧바로 기자까지 나타나더군. 혹시 내가 레일라라는 걸 누군가 알게 될까 봐 무서워서 벌 벌 떨었지만 아버지가 나한테 '엘런'이라고 소리쳐 부르면서 무슨 일이 냐고 물어보니까 경찰도 동생이랑 마지막으로 연락한 게 언제였는지 묻 더니 혹 동생이 다시 연락하거든 자기들한테 알려달라고만 했어. 이상 한 건, 이미 내가 엘런이 된 것 같아서 레일라를 동생이라고 말하는 게 하나도 어렵지 않다는 거였어. 어쨌거나 레일라가 되기는 싫었거든. 더 나은 삶을 살 기회를 내 발로 차버렸다고 생각하니까 너무 창피했지. 존 재할 자격조차 없는 것 같았어.

기자는 얼마 있지도 않았어. 아버지한테 꺼지란 소리를 듣기까지 그 기자가 알아낸 유일한 정보라고는 레일라가 못된 년이었다는 것밖에 없 었지. 그 후, 신문에서 자기가 나한테 청혼했다는 기사를 읽었을 때는 화 가 나고 속상했어. 자기가 왜 사실대로 말하지 않았는지는 이해가 갔어. 사실대로 말했다가는 자기가 홧김에 나를 죽였다고 경찰이 생각했을 테 니까. 하지만 자기가 거짓말을 한 것도 싫었고 신문에 실린 슬픈 표정도 꾸며낸 것만 같았어. 그래도 자기가 무혐의 처분을 받았다고 토니가 알

려줬을 땐 다행이다 싶더라고. 유력한 견해는 내가 납치를 당했으리라
는 거였는데 거기엔 이의가 없었어. 그래서 엘런이 되어 자기한테 편지
를 보냈지. 당신이 레일라한테 해가 되는 일을 했을 리 없다는 걸 알고
있다고 썼어. 자기가 뭐라고 할지 알고 싶었거든. 우리가 그날 다툰 일을
사실대로 털어놓고 뉘우치는 기색을 보일지 알고 싶었던 거야. 하지만
자기는 나랑 얼마나 행복하게 지냈는지 모른다고만 했기 때문에 이대로
자길 놔줄 순 없겠다는 생각이 들었지. 그래서 토니가 새로운 정보를 계
속 알려줄 때마다 야금야금 아는 게 많아지는 게 좋았어.

토니가 추모식을 제안했을 즈음엔 내가 한때 레일라였다는 사실을 거
의 잊어버리고 있었지. 아버지가 돌아가신 지도 1년이 다 된 시점이었고
나는 에든버러에 쾌적한 아파트를 빌려 살고 있던 참이었어. 아버지가
펜틀랜드 로드 저 아래 가지고 있던 얼마 안 되는 밭을 팔아치운 덕분에
가능한 일이었지. 자기를 다시 보게 된다는 생각에 속으로는 떨렸고 그
걸 계기로 내가 잘 숨겨놓은 레일라가 다시 돌아올까 걱정이 됐어. 이젠
엘런의 허물 속으로 입주를 완료한 상태였지만 말이야. 엄마 때 그랬던
것처럼 엘런의 버릇이나 몸짓도 아주 쉽게 내 것이 되었지. 먹고, 말하
고, 걷고, 서 있을 때, 나는 엘런이었어. 잘 때는 한쪽 팔을 머리 위로 쭉
뻗고 천장을 보고 잤지, 레일라처럼 몸을 동그랗게 말고 자지 않았어. 엘
런처럼 생각했고, 엘런처럼 웃었고, 엘런처럼 미소 지었어. 물론 엘런은
레일라보다 늘 더 진지했기 때문에 레일라처럼 활짝 웃진 않았어. 하지
만 내 마음속 깊은 곳에 있는 무언가가 추모식에 가고 싶어 했어. 아마도
아직 남아 있는 레일라의 일부였겠지.

자기가 나를 제대로 쳐다보지도 못했던 거 기억나? 만약 날 제대로 쳐
다봤다면, 내게서 레일라를 봤을지도 모르지. 하지만 자긴 그러지 않았
어. 그런데 레일라는 자기를 봤지. 레일라는 전처럼 손을 뻗어 자기를 만
지고, 눈가 주름에 키스를 하고, 머리를 손으로 넘겨주고 싶은 마음이 간
절했어. 추모식 이후, 에든버러로 돌아갔는데 레일라가 나를 가만 내버
려두질 않는 거야. 레일라가 꾸역꾸역 돌아와 다시 자기 인생의 일부가

되고 싶어 하는 게 느껴졌어. 그래서 레일라가 무슨 짓을 했는지, 레일라가 어떻게 당신을 배신했는지 레일라한테 상기해줬지. 그는 네가 돌아오는 걸 원치 않을 거야, 내가 비웃으며 말해줬어. 하지만 넌 그를 가질 수 있잖아, 레일라가 교활하게 뱉은 말에 난 깜짝 놀랐어. 꽤 오랫동안 레일라의 목소리가 안 들렸거든. 너라면 핀을 가질 수 있어. 생각만으로 난 떨렸어. 핀도 우리 아버지처럼 폭력적이지 않았어? 네가 완벽하게 가꾸고 핀을 화나게 하는 일만 하지 않는다면, 핀은 네 것이 될 거야, 레일라가 계속 우기더라. 넌 괜찮겠어? 내가 물었지. 넌 이대로 사라져서 돌아오지 않고 나를 내버려둘 거야? 내가 계속 엘런으로 살도록? 응, 그럴게, 레일라가 대답했지. 네가 핀을 사랑하고 아껴주겠다고 약속하는 한.

자기를 다시 갖게 될지 모른다는 가능성만으로 흥분이 됐어. 남은 평생을 혼자 보내고 싶지는 않았거든. 하지만 길고 더딘 과정이 될 거고 성공하지 못할 수도 있다는 건 나도 알고 있었어. 먼저 해리하고 꾸준히 연락을 주고받기 시작했고, 그와의 우정이 싹트길 기다리면서 초보 일러스트레이터로서 경력을 쌓아나가기 위해 두 배로 노력했지. 포트폴리오를 겨드랑이 밑에 끼고 에든버러, 글래스고, 런던 길거리를 1년 반 동안 열심히 뛰어다닌 끝에 핀스버리에 있는 에이전트한테 발탁이 되었고 한동안 런던에서 지내야 한다는 걸 알게 되자마자 해리한테 알렸어. 그때 자기는 다시 해리 밑으로 들어가 일하면서 주중에 런던에 있는 아파트에서 지내던 때라 해리랑은 내가 묵던 호텔 바에서 만나곤 했지. 해리는 내가 살아온 삶도, 나한테 가족이 없다는 것도 딱하게 여겼던 것 같아.

어느 날, 내가 셔츠 소매를 걷어 올리고 있는데, 해리가 지나가는 말처럼 레일라랑 피부가 똑같단 얘길 하는 거야. 해리가 말한 게 주근깨란 걸 난 단번에 알 수 있었지. 얼굴에 난 주근깨는 화장으로 가린 상태였거든. 레일라의 신체적 특징이 아직 남아 있다는 사실에 정신이 번쩍 들었어. 자기가 민낯인 나를 보면 어떤 일이 벌어질까? 그 후 6개월에 걸쳐 레이저시술을 받아 잡티를 제거했어. 체형 걱정은 전혀 하지 않았고. 아버지와 검소하게 살다 보니까 전보다 체중이 줄어서 거의 뼈만 남은 상태였거든. 눈은 달리 손써볼 도리가 없었지만, 마스카라를 칠하거나 눈썹을 그리지 않고 꾸준히 염색을 해서 달라 보이게 만들었지.

결국 해리는 내가 에든버러에서 내려올 때마다 그의 아파트에서 지내라고 권하기 시작했어. 처음엔 거리를 두던 자기도 내가 대여섯 번 다녀간 후에는 긴장을 풀기 시작했지. 재즈 아티스트 얘기를 꺼냈을 때, 자기가 내게 관심이 생겼다는 걸 알 수 있었어. 그 후 내가 개를 너무 좋아한다니까 자기가 주말에 사이먼스브리지로 초대해줬고 페기도 만날 수 있었지. 페기가 어찌나 온순하던지 레일라의 개 공포증도 눈 녹듯 사라질 정도였다니까.

해리한테 들어서 자기가 루비랑 사귀는 중이란 건 알고 있었는데 딱 보니까 루비가 자기보다 더 마음이 달아 있더라고. 하지만 일을 진행시켜야겠다는 내 마음은 더욱 공고해졌어. 그래서 어느 날 저녁, 내가 자기한테 키스를 했고 결국 우린 침대까지 갔어.

우린 행복했고 자기가 청혼했을 땐 정말 하늘로 날아갈 듯 기뻤어. 왜냐하면 내 기억에 자긴 레일라한테는 청혼을 안 했거든. 언젠가 레일라한테 청혼할 생각은 있었는지 궁금해서 물었더니 자기가 아니라고 해서 참 기뻤어. 그건 자기가 레일라보다 나를 더 사랑한다는 뜻이었으니까. 하지만 레일라는 곧 있을 우리 결혼이 별로 기쁘지 않았는지 자꾸 자기 존재를 드러내기 시작했어. 자기가 오두막을 파는 쪽으로 결정할까 봐 걱정이 돼서 마지막으로 한 번 보고 싶어 했지. 굴하지 않으려고 했지만 레일라가 그냥 넘어가지 않으려고 했어. 그래서 생각했지. 내가 레일라한테 한 번 져준다면, 이번 일을 들어준다면, 레일라를 영원히 묻어둘 수 있겠다고 말이야. 하지만 오두막을 다시 본 것이 오히려 역효과를 내고 말았어. 사라져주길 거부한 건 물론이고 레일라는 자신이 돌아왔음을 자기한테 알리고 싶어 했거든. 그러다 그 편지를 발견한 거야. 자기가 결혼하자고 쓴 편지, 그리고 반지도. 자기를 갖겠다며 싸움이 시작됐어.

이제는 내가 가야 할 때야. 이 모든 일이 다 어떻게 끝날지, 자기가 날 찾게 될지, 찾아서 날 다시 데려갈지 모르겠어. 하지만 혹시 못 찾더라도 이거 하나만 알아줘. 언제나 당신을 사랑했어, 핀.
우리 둘 다 당신을 사랑했어.

에필로그
핀

레일라를 다시 데려오기는 했다. 세인트메리스로. 하지만 그곳 작은 교회 묘지에 묻어주기 위해서였다. 그때 난 수갑이 채워진 채 경찰에게 끌려갔지만 이번에도 역시 해리 형이 손을 써준 덕분에 장례식에 참석은 할 수 있었다. 해리 형이 과실치사 혐의로 날 빼내주려고 하지만 내가 거절할 생각이다. 어쨌거나 레일라의 양어깨에서 발견된 타박상은 내가 레일라를 꽉 잡고서 흔들고 밀었다는 증거이기 때문이다.

자살 감시를 받으며 독방에 갇혀 있다 보니 내가 제대로 이해하기만 했다면 어땠을지 곰곰이 생각해볼 시간이 많다. 내겐 혼자만의 시간을 누릴 자격이 있다. 해리 형이든 루비든 토니든 면회를 일절 사절하는 중이다. 유일한 위안은 페기가 잭도에서 사랑과 보살핌을 받고 있다는 사실이다.

예전에는 모르는 게 최악이라고 생각했다. 레일라한테 무슨 일이 일어났는지 모르는 것, 레일라가 어디 있는지 모르는 것, 레일라가 살았는지 죽었는지 모르는 것. 하지만 아는 것이 훨씬 더 최악이다. 레일라가 얼마나 괴로웠을지를 아는 것, 내가 레일라를 실망시켰다는 사실을 아는 것, 결국 내가 레일라를 죽였다는 사실을 아는 것. 하지만 그중에서도 가장 괴로운 게 있다면, 바로 이거다. 레일라를 진심으로 사랑했다면, 그녀가 어디에 어떤 모습으로 있든 한눈에 알아봤어야 했다는 것⋯⋯.

감사의 말

책이 늘어날수록 고마운 사람들도 늘어나는 것 같습니다. 언제나처럼 고마운 사람 명단 맨 꼭대기는 내 에이전트와 편집자이며 대단한 재능의 소유자들인 커밀라 레이와 샐리 윌리엄슨의 자리입니다. 두 사람의 열정, 격려, 끝없는 인내가 없었다면, 작가가 되겠다는 내 꿈을 실현하지 못했을 것이기 때문이지요. 말로 다 하지 못할 만큼 고마운 사람들입니다. 두 사람은 단연 최고예요. 또 훌륭하기 짝이 없는 리사 밀튼과 케이트 밀스에게도 무한한 감사를 보냅니다.

달리 앤더슨과 HQ의 팀도 고맙습니다. 내 책이 영국은 물론 해외 독자에게까지 광범위하게 읽힐 수 있도록 물심양면 노력을 아끼지 않은 분들입니다. 끝도 없이 이어질 것이 뻔하기에 한 분 한 분 이름을 일일이 못 적어서 죄송한 마음 금할 길이 없을 따름입니다. 하지만 내가 누굴 말하는지 다들 아시겠지요!

올해에는 다른 나라에서 내 책의 편집을 맡아준 분들도 만나고, 전 세계 도서전에도 참석할 수 있어서 특히 즐거웠습니다. 초대에서 그치지 않고 즐거운 시간을 보낼 수 있게 여러모로 신경 써줘서 얼마나 고마운지 모릅니다. 미국 출판사인 세인트마틴, 그중에서도 특히 샐리 리처드슨, 제니퍼 와이스, 리사 센즈에게, 또 프랑스 출판사인 위고 에 콩패니의 베트랑 피렐과 마리 데크렘에게 특별한 감사를 보냅니다.

출판계의 이름 없는 영웅들(블로거들, 독자들, 소매상들, 사서들)께도 무한한 감사를 보냅니다. 여러분의 응원이 있어 힘이 납니다. 내 책을 사서 읽어주고 추천해줘서, 감상문을 남겨줘서 고맙습니다. 여러분들 없이 나 혼자서는 해낼 수 없었을 겁니다.

동료 작가들, 그중에서도 올해 직접 만날 수 있었고 보석 같은 친구가 되어준 분들에게도 고마운 마음 보냅니다. 점심이나 차를 같이 하며 책과 관련된 온갖 것들에 대해 대화를 나눌 수 있어서 정말 즐거웠어요! 그리고 영국과 프랑스에 있는 책 세상 밖 친구들! 늘 관심과 응원을 보내줘서 고마워.

니나 핍스에게도 남달리 고마운 마음 전하지 않을 수가 없습니다. 아우터 헤브리디스 제도 루이스 섬에서 레일라가 자랐을 만한 집의 위치로 펜틀랜드 로드를 제안해주었기 때문입니다. 심리학 분야의 전문지식을 나눠줌으로써 인격 장애를 이해할 수 있게 해준 도미니크 오든도 빼놓을 순 없죠.

마지막이지만 앞서 말씀드린 분들 못지않게 중요한 존재, 우리 가족에게도 고마운 마음 전합니다. 우선, 사랑스러운 우리 딸들, 소피, 클로이, 셀린, 엘로이즈, 마고, 내 책의 첫 번째 독자가 되어줘서, 내가 책 얘기를 귀에 못이 박이도록 할 수 있게 해줘서 고맙다. 케일럼, 한결같이 응원해주고 지금까지도 매일 웃게 해줘서 고마워, 35년을 같이 살고도 그럴 수 있다니 당신은 정말 대단한 사람이야! 그리고 엄마, 아빠! 94세와 87세에 아직도 정정하게 계셔주시고 내 책을 이렇게 또 읽어주셔서 감사해요. 아빠, 그 오트밀 안 드시기 없기예요! 이 세상 최고의 자매이자 최고의 친구, 크리스틴! 그리고 내 형제들, 케빈, 프랜시스, 필립, 도미니크, 책은 잘 써지는지 늘 물어봐줘서 고맙다. 내게 이 세상에서 가장 그리고 최고로 만족스러운 것, 최후의 웃음을 준 프랜시스를 특별히 언급하지 않을 수가 없구나. 고마워, 프랜시스!

옮긴이의 말

실종은 책이든 영화든 호기심을 자아내기에 충분한 소재다. 납치범의 관점으로 작품을 이끌어거나, 실종자와 가까웠던 이들의 편집광적 집착에 초점을 맞추거나, 실종 당사자가 어쩌다 그런 끔찍한 결말을 맞이했는지를 다룰 수도 있을 것이다. 독자나 관객은 주인공에 감정이입하여 사건의 진상이 드러날 때까지 스토리라인에 집중하게 되어 있다.

이 소설이 실종을 다루었다고 했을 때 영화 「배니싱」(1993)이 떠올랐다. 키퍼 서덜랜드, 제프 브리지스, 샌드라 불럭 주연의 이 작품에서도 고속도로 휴게소에서 여자 친구가 실종되기 때문이다. 영화에서는 자신의 범죄를 피해자에게 태연히 설명해주는 범인과, 비밀을 알고 싶은 호기심을 못 이겨 역시 위험에 빠지는 남자 사이의 대립을 보여준다면, 『브링 미 백』에는 납치범도, 납치범과 주인공의 대결도 나오지 않는다.

주인공 핀은 분주한 지하철역에서 레일라를 만나 첫눈에 사랑에 빠진다. 행복하던 두 사람의 관계는 레일라가 런던에 다녀온 후부터 달라지기 시작한다. 그리고 프랑스로 떠난 여행 중에 핀은 레일라를 잃어버린다. 몇 년후, 레일라의 추모식에서 그녀의 언니 엘런을 만난 핀. 둘은 연인 사이로 발전해 결혼 소식까지 발표하지만, 얼마 후 레일라가 살아 있는 듯한 흔적들이 발견된다. 게다가 핀의 진술과는 달리 그녀가 단순히 실종된 게 아닐지도 모른다는 의혹까지······.

정교하게 깔아놓은 복선, 레일라와 엘런과 핀, 그 누구의 말도 의심스러운 상황들은 독자들을 혼란 속으로 끌어들인다. 때로는 섬뜩하기도 했고, 또 때로는 인물들의 행동이 답답하게 느껴지기도 했다. 그런데 충격적인 결말을 알게 되자 그런 부분들이 다 달리 보였다. 대사 하나하나, 행동 하나하나가 다르게 느껴지면서 처음 읽을 때는 보이지 않던 복선이 보이기 시작한 것이다. 핀의 체격이 크다는 설정, 그가 아일랜드를 떠난 이유, 엄마가 돌아가신 후 레일라가 엄마 흉내를 냈다는 점 등이 모두 퍼즐처럼 딱딱 맞아떨어지는 게 아닌가! 처음 읽을 때는 완전히 이해하기 힘들었던 대사가 심지어 소름끼치게 느껴졌다. 이처럼 치밀한 작가의 복선과 장치를 온전히 흡수하기 위해서라도 꼭 재독을 권하고 싶다.

옮긴이 **황금진**

숙명여대 영문학과 졸업. 옮긴 책으로 『킬링 이브』, 『아내 가뭄』, 『소녀는 왜 다섯 살 난 동생을 죽였을까』, 『런어웨이』, 『개와 영혼이 뒤바뀐 여자』, 『호르몬의 거짓말』 등이 있다.

브링 미 백

1판 1쇄 인쇄 2024년 6월 19일
1판 1쇄 발행 2024년 6월 28일

지은이 B. A 패리스   **옮긴이** 황금진
펴낸이 김영곤   **펴낸곳** 아르테
기획편집 원보람   **일러스트** KUSH
표지 김단아   **본문** 최원석
문학팀장 김지연   **문학팀** 권구훈
해외기획실 최연순 소은선
출판마케팅영업본부장 한충희
마케팅2팀 나은경 정유진 백다희 이민재
출판영업팀 최명열 김다운 권채영 김도연
제작팀장 이영민 권경민

출판등록 2000년 5월 6일 제406-2003-061호
주소 (우 10881) 경기도 파주시 회동길 201(문발동)
대표전화 031-955-2100   **팩스** 031-955-2151

ISBN 979-11-7117-642-7 03840

아르테는 (주)북이십일의 문학 브랜드입니다.